Brian Lumley · Konzil der Vampire

In dieser Reihe erschienen:

2801 *Das Erwachen*
2802 *Vampirblut*
2803 *Kreaturen der Nacht*
2804 *Untot*
2805 *Totenwache*
2806 *Das Dämonentor*
2807 *Blutlust*
2808 *Höllenbrut*
2809 *Wechselbalg*
2810 *Duell der Vampire*
2811 *Totenhorcher*
2812 *Blutkuss*
2813 *Konzil der Vampire*

In Vorbereitung:

2814 *Grabgesang*
2815 *Blutsbrüder*

Brian Lumley

Konzil der Vampire

Necroscope 13

Aus dem Englischen von Heiko Langhans

FESTA

1. Auflage März 2004
Originaltitel: *Vampireworld 1: Blood Brothers*

Umschlaggestaltung: www.babbarammdass.de
Literarische Agentur: Thomas Schlück GmbH, 30827 Garbsen
Druck und Bindung: Finidr, s. r. o.

ISBN 3-935822-86-3

Für Nick Austin, seit vielen Jahren mein Leitstern.
Wir müssen unser Gewicht schon in Metaxa verarbeitet haben,
aber wo der herkam, gibt es noch eine Menge davon!

TEIL EINS
RÜCKBLICK

ERSTES KAPITEL

Morgen. Sonnenaufgang. Sonnauf!

Fünfzehn Mal war die Sonne seit der Schlacht um den Garten des Herrn aufgegangen, hatte sich über den südwestlichen Horizont erhoben, war ihrem vorgesehenen zyklischen Pfad gefolgt und im Südosten wieder versunken. Fünfzehn Mal der niedrige, warme, ach so träge goldene Bogen über den Himmel, gefolgt von einer gleichen Anzahl von Sonnuntern.

Sonnunter: Nacht, Finsternis, Gefahr!

Seit Ewigkeiten eine Zeit des Schreckens! Wenn die letzten gelben Schimmer sich lautlos von den hohen Bergen des gewaltigen Grenzgebirges zurückzogen, bis die Gipfel erst zu einem blassen Ocker, dann aschfahl wurden, schließlich wolfsgrau und silbern unter den Gestirnen der Sternseite. Eine Zeit des Schreckens, oh ja ... doch nun war sie vorüber. Denn die Schlacht um den Garten des Herrn war siegreich verlaufen, und die fast unsterblichen Herren der Festen auf der Sternseite, die Wamphyri, hatten sich als sterblich erwiesen. Sie waren entweder tot oder in die Eislande geflohen – und nur wenige hatten überlebt, um fliehen zu können.

Sonnunter, und nichts daran zu fürchten. Nicht mehr. Es war schon sonderbar ...

Auf der der Sonne zugewandten Seite der Berge (der Sonnseite mit ihren Wäldern und Flüssen und, weiter südlich, ihren gnadenlosen Wüstengebieten), hielt sich das Tageslicht noch weitere fünfundzwanzig Stunden; aber auf der Sternseite blockierte das Grenzgebirge die Leben spendende Wärme der Sonne, und nur die Sterne und die Aurora über den Eislanden schienen auf das zerklüftete Land. So war es immer schon gewesen, und so würde es immer sein.

Nur hatte es einst die Wamphyri gegeben! ... Doch jetzt gab es sie nicht mehr. Jedenfalls nicht auf der Sternseite. Keine Vampire mehr, bis auf einen, und der war anders. Er war der Herr.

Und zu Beginn dieser neuen Nacht, des fünfzehnten Sonnunters im Neuen Zeitalter der Sternseite, hatte der Herr Lardis Lidesci bestellen lassen, dass er ihn in seinem Haus im Garten hoch über den felsigen Ebenen der Sternseite aufsuchen möge.

Lardis war ein Traveller-König, der Anführer eines Szgany-Stammes der Sonnseite. Er war klein, gebaut wie ein Fass, und seine langen Arme verliehen ihm etwas Affenartiges. Sein strähniges, schwarzes Haar umrahmte ein zerfurchtes, verwittertes Gesicht mit einer platt gehauenen Nase und einem breiten Mund voller kräftiger, unregelmäßiger Zähne. Unter den buschigen Brauen zeugten Lardis´ braune Augen von der Gewandtheit seines Verstandes, und trotz seiner untersetzten Gestalt war er auch körperlich gewandt. Jawohl, er war ein Szgany, und man sah es schon von weitem.

»Szgany«: Tatsächlich hatte das Wort zwei Bedeutungen. Die Trogs von Sternseite, Neandertaler, die in Höhlen lebten, nannten sich ebenfalls Szgany. Für sie bedeutete es *die Gehorsamen* – gehorsam gegenüber den Wamphyri. Was den Ursprung der Bedeutung betraf, die die Traveller dem Wort beimaßen, so war dieser vom Mantel der Vergangenheit bedeckt. Wenn die Zigeuner es benutzten, ohne sich dabei auf die Trogs zu beziehen, beschrieb es sie selbst und ihre Lebensweise am besten: Kesselflicker, Musikanten, Zufluchtsuchende (häufig in Höhlen ähnlich den Behausungen der Trogs), wandernde Metallhandwerker, verwunschenes Volk: Szgany.

Traveller. Wanderer. Oh ja, vor noch nicht allzu langer Zeit hatte es mehr als genug Gründe für das Nomadendasein der Zigeuner gegeben! Jeder einzelne davon war monströs gewesen und hatte die aus Stein und Knochen errichteten Festen der Wamphyri bewohnt! Doch die Wamphyri gab es nicht mehr.

Es war schon sonderbar. Lardis hatte sich noch nicht daran gewöhnt: Zum fünfzehnten Mal senkte sich nun die Sonne seit der großen Schlacht, und noch immer erschauerte er und sehnte sich nach den nebelverhangenen Tälern, baumbestandenen Hängen und Wäldern der Sonnseite. Hinter den Bergen herrschte Dämmerlicht und die wahre Dunkelheit war noch viele Stunden entfernt. Reichlich Zeit, um in dem einen oder anderen der zahlreichen verzweigten Höhlenlabyrinthe Zuflucht zu suchen und dort das

Verstreichen der Nacht abzuwarten, bis ... Doch nein, all das war Vergangenheit Dennoch musste Lardis sich erneut ermahnen: *Narr! Das Joch ist aufgehoben. Die Szgany sind frei!*

Auf dem Weg durch den Garten blieb Lardis kurz stehen und blickte zurück, hinauf zu den höchsten Gipfeln. Sie waren jetzt aschgrau, schwarz wie Holzkohle, die unter den heller werdenden Sternen eine blasse, blaugraue Tönung annahm, die dem Fell eines Wolfes in der Abenddämmerung glich. Bald würde der eilende Mond am Himmel stehen, zur Hälfte golden im Widerschein der Sonne, zur Hälfte bläulich unter dem Schimmer der Eislande. Dann würden die Wölfe der Sonnseite in den dunklen Wäldern und auf den tannenbekleideten Bergen ihr Lied anstimmen, und die Rudel der Sternseite würden sie hören, gähnen und sich strecken, aus ihren Behausungen an der Baumgrenze hervortreten und ihnen mit eigenen Liedern antworten. Denn der Mond herrschte über alle grauen Brüder.

Lardis erschauerte (unter der Kühle der Dämmerung?) und nahm die abendliche Szene in sich auf. Ledrige, nachtaktive Trogarbeiter schlurften umher und begannen sich ihrer verschiedenen Pflichten anzunehmen. Schwache, aber doch beruhigende gelbe Lichter kündeten von den Behausungen des wandernden Volkes an den sanften Hängen des Sattels. Da lagen die dunstigen Silhouetten der Treibhäuser, dort schimmerte ein Teich, der sich aus heißen Quellen speiste, im funkelnden Glanz der Sterne. Auf einem skeletthaften Turm drehte sich quietschend ein Windrad in der Brise, die von der Sternseite herüberwehte. Lardis erschauerte erneut und beschleunigte seinen Schritt zum Haus des Herrn ...

... nur um sofort wieder zu verhalten. Kein Grund zur Hast. Sonnunter herrschte, nun gut, aber es bestand keinerlei Gefahr. Nicht mehr ... Warum also sollte er das Gefühl haben, dass etwas nicht stimmte?

Lardis vertraute seinen Instinkten. Seine Mutter hatte aus der Hand gelesen, und sein Vater hatte das zweite Gesicht gehabt; alle Lidescis waren mit verwunschenen Gaben bedacht. Und heute Nacht war Lardis unruhig, ohne den Grund zu kennen. Konnte ihn der Herr deshalb bestellt haben, weil etwas nicht stimmte? Nun, das würde er bald genug erfahren. Doch eines wusste Lardis bereits: dass er den Ruf der Sonnseite gehört hatte, ihrer Flüsse, Wälder und weiten Felder, und komme, was da wolle, er würde nicht lange im Garten des Herrn verweilen.

Der Garten war drei Morgenfelder groß und ein wundervoller Ort – gewesen. Er bestand aus einem kleinen Tal in einem sanft gesenkten Bergsattel. In dieser Region hatte die Natur das Grenzgebirge leicht abgeflacht: Wenn die Sonne ihren niedrigen südlichen Höhepunkt erreichte, brachte sie es irgendwie zuwege, ihr Licht durch die höchsten Felsspitzen und über die langen Hänge scheinen zu lassen, so dass es sich an den Gipfeln brach und hierher fiel. Von der frühen Dämmerung bis zu ihrem späten Gegenstück fiel das schmerzhafte Licht der Sonnseite in einem dunstigen Keil durch den Pass.

Eine lange, geschwungene Bruchsteinmauer bezeichnete die vordere Abgrenzung des Gartens, hinter der der Boden scharf zu harschen Klippen, verwitterten Felsvorsprüngen, weiterem abschüssigen Gelände, auslaufenden Vorbergen und schließlich zu den öden Ebenen der Sternseite hin abfiel. Umschlossen von der Mauer, den Sattelhängen und einem schmalen Pass an der rückwärtigen Seite lagen kleine Felder oder Gartenparzellen, Treibhäuser, Windräder, Schuppen und Lagerhäuser und Süßwasserteiche. Einige Tümpel wimmelten von Forellen; andere kündeten blubbernd von thermischer Aktivität. Von der üppigen Vegetation war ein Großteil während der Schlacht zermalmt und verheert worden; doch schon sprossen und wuchsen neue Triebe. Eine überraschend hohe Anzahl der Pflanzenarten im Garten hätte sich auch in der Welt des Herrn wohl gefühlt. Die genügsamen Gewächse, die vom Herrn selbst verbessert oder entwickelt worden waren, hatten sich an die langen Nächte und die längeren, gelegentlich trüben Tage der Sternseite gewöhnt.

Die Aufräumarbeiten im Garten waren beinahe vollendet. Sogar die Steine, die von den Überresten zerfetzter Gasbestien oder vernichteter Lords und ihrer Gefolgsleute befleckt worden waren, hatte man entweder gesäubert oder an den Rand geschafft und gen Sternseite hinabpoltern lassen. Was von den Vampiren übrig war, hatten sie in einen Schlund geworfen, mit den Brandölen des Herrn übergossen und unter grässlichem Gestank verbrannt. Schließlich war auch die letzte Unreinheit fortgewaschen. Zertrümmerte Behausungen waren wieder in Stand gesetzt, Treibhäuser wieder errichtet, die Generatoren des Herrn repariert worden. Viele Systeme des Gartens waren empfindlich und bedurften ständiger Wartung; ihre Pflege oblag nun den Leuten des Herrn, und diese Arbeit lehrte sie seine Sitten und Gebräuche.

Seine »Leute« – das waren Trogs, ausgesandt von den Wamphyri, um in seinem Reich Unheil zu stiften, die sich schließlich jedoch zu seiner Sache bekannt hatten; einige Wanderer von anderen Stämmen als demjenigen Lardis Lidescis, die dankbar für die Zuflucht waren; und die graue Bruderschaft der Sternseite, die wilden Wesen aus den Bergen, die im Mondlicht jagten. Bei diesen Letztgenannten seiner Helfer handelte es sich um Wölfe, doch schien er eher wie ihr Bruder – was er durchaus sein mochte. Denn der Vampir des Herrn war durch einen Wolf auf ihn übertragen worden ...

Aye, ein Vampir ... sogar Wamphyri! Denn er trug ein echtes Ei in sich. Und wäre er nicht der Herr mit seiner eigenen Stätte hier im Garten gewesen, was dann? Auf der felsigen Ebene der Sternseite, östlich des leuchtenden Halbkugelportals, stand die letzte große Hochburg der Wamphyri. Zu ihrer Blütezeit hatte sie Lord Dramal dem Verdammten gehört, der sie mit seinem Ableben seiner Erbin, Lady Karen, übereignet hatte. Spürte der Herr, selbst ein Wamphyri, nicht die fremdartige Verlockung, die von der Feste ausging? Sollte er sie sich zu Eigen machen und seine Maschinen dort aufbauen, damit sie das monströse Gemäuer beleuchteten, wie sie jetzt dem Garten Licht spendeten?

Was die Lady Karen betraf: In der Schlacht um den Garten hatte Karen sich auf die Seite der Verteidiger geschlagen. Mehr noch: Sie hatte die erste Warnung überbracht und mit ihren Hybridkriegern wie eine Wildkatze gegen die Vampirlords gekämpft! Sie hatte sich gegen Lesk den Vielfraß gestellt, ihm die Brust mit ihrem Handschuh geöffnet, ihm die Arterien an seinem Herzen zerfetzt und es ihm dampfend aus dem Leib gerissen, derweil Lesk immer noch stampfte und grunzte! Die Lady Karen: Sie war ein Erlebnis gewesen! Doch jetzt ...

Einige sagten, sie lebe immer noch in ihrer Feste, wenngleich Harry Keogh (den man den Höllenländer und mitunter auch Herrenzeuger nannte) dies zweifellos bestritten hätte; wenn er denn gesund genug war, um etwas zu bestreiten. Harry Keogh: der Vater des Herrn, und zwar der leibliche.

Nach der Schlacht hatte Harry sich eine Zeit lang bei Karen in ihrer Feste aufgehalten. Wer außer einem Magier aus den Höllenlanden hätte das gewagt? Immerhin war sie eine Wamphyri! Doch bei seiner Rückkehr in den Garten hatte er von Karens Ableben berichtet: dass sie, um einem finsteren, ungenannten Schicksal zu entgehen, sich das Leben genommen habe. Vielleicht war dem so! Aber wenn man ihren Namen in Gegenwart des Herrn zur Sprache brachte, pflegte er lediglich zu lächeln. Nur ... dieser Tage neigte er selten zum Lächeln.

Lardis erreichte sein Ziel, einen weißen, gleich neben einer heißen Quelle gelegenen Steinbungalow mit runden Fenstern und einem Dach im Chaletstil. Eine Außentreppe aus gelb gebeiztem Kiefernholz wand sich zu einem kleinen Balkon unter einem Dachvorsprung vor dem Schlafzimmer des Herrn im ausgebauten, mit roten Schindeln gedeckten Dach. Das Haus hatte unter den explodierenden Gasbestien schwer gelitten, und nach der Schlacht im Garten hatten nur noch die Grundmauern gestanden. Unter der Anleitung des Herrn hatten Trogs und Wanderer das Haus rasch wieder in Stand gesetzt. Jetzt schien es, als bedeute es dem Herrn nichts mehr, ebenso wenig wie seine früheren Werke.

Der Herr wartete im Eingang. Natürlich trug er seine goldene Maske und eine weite, gelbe Robe, die seinen Leib bis zu den Füßen verhüllte. Lardis blieb vor ihm stehen, hob die geballte Faust und stieß den üblichen Gruß hervor: »Reißt die Berge ein!« Üblich, gewohnt, tatsächlich instinktiv, doch hatte der uralte Fluch der Szgany seine Bedeutung verloren. Der Herr erwiderte den Gruß mit einem Nicken, nahm Lardis am Ellbogen und führte ihn in den langen Raum, der ihm als Arbeitszimmer diente. Ein rundes Fenster in einer Giebelwand ging auf die Sternseite hinaus, auf den fernen, schimmernden Horizont und die Auroren des weiten Nordens. Ein zweites Fenster in der gegenüberliegenden Mauer zeigte den Garten, den sich verengenden Sattellauf, die schroffen Felswände, die sich zu beiden Seiten erhoben und schließlich in Gipfel übergingen. Im Einschnitt des Passes wirkte der Himmel wie ein gestuftes Blau, in dem der Saphir in der Tiefe des V sich nach oben hin zu Indigo wandelte und das erste Funkeln der Gestirne der Sternseite offenbarte.

Die beiden Männer saßen einander im weichen, gelben Licht elektrischer Lampen auf einfachen Hockern an einem kleinen Kiefertisch gegenüber. Trotz des Umstandes, dass Lardis rund sechs oder sieben Jahre älter war als der Herr und zudem auch selbst ein Anführer, fühlte er sich in der Gegenwart des anderen unwohl. Das war von Anfang an so gewesen, und dieses Gefühl hatte sich im Lauf der Zeit noch verstärkt. Sein Unbehagen mochte seine Wurzel im fremdartigen Ursprung des Herrn haben – in der Tatsache, dass er ein Wesen war, das einer unbekannten Welt entstammte und dem gewaltige Waffen und Mächte zu Gebot standen. Doch das war nicht der einzige Grund. Vielmehr spürte Lardis in ihm etwas von der uralten Macht *dieser* Welt (der Sternseite, genauer gesagt), und zum größten Teil lag seine Unruhe darin begründet, dass er wusste, was ihm durch die Augenschlitze der ausdruckslosen Maske des Herrn entgegenblickte – die blutroten Augen eines Wamphyri! Nun, das war kein Geheimnis. Es war dem Herrn sehr zugute zu halten, dass er alles offenbart hatte – nämlich die Tatsache, dass er ein Vampirei empfangen hatte, und zwar durch den Biss eines Wolfes!

Lardis vermutete allerdings, dass seine stete Unruhe an noch etwas anderem lag. Aus dem Augenwinkel beobachtete er seinen Gastgeber und hatte dabei das Gefühl, dass die unsichtbaren Augen des Herrn mehr sahen, als ihnen zustand, dass sie sogar in die Seele eines Menschen zu blicken vermochten. Lardis´ Seele war ebenso kristallrein wie sein Gewissen, doch seine Gedanken suchten immerfort. Ihm missfiel die Vorstellung, dass der Herr auch ein Gedankendieb war, ein Mentalist. Jedenfalls hatten die meisten der Alten Wamphyri diese Macht in gewissem Ausmaß besessen.

Schließlich erhob der Herr die Stimme. »Du bist sehr ruhig.« Seine Stimme war jung und dennoch alt vor Wissen, vor Fremdartigkeit. Ihr haftete etwas Raues an, das von körperlichen Schmerzen kündete. Die Verbrennungen des Herrn waren noch nicht verheilt. Noch nicht ganz.

Unbehaglich zuckte Lardis die Achseln; ihm fiel keine passende Antwort ein. »Du hast nach mir geschickt. Ich kam her, um zu erfahren, was du möchtest.«

»Was ich möchte?« Der Herr erwiderte Lardis' Schulterzucken. »Das weiß ich selbst nicht! Für den Augenblick geht es darum, was meine Leute möchten. Später ... sehen wir weiter.«

Lardis wartete ab. Schließlich sagte der Herr mit einem Seufzen: »Ich fürchte, dass uns Veränderungen bevorstehen. Wir müssen über einiges sprechen – über meine Mutter, meinen Vater, über mich selbst. Über dich und dein Volk. Über den Garten und seine Zukunft. So er denn eine hat.«

Noch immer wahrte Lardis sein Schweigen.

»Seinerzeit erfüllte der Garten einen Zweck«, fuhr der Herr fort. »Er war eine Heimstatt, eine Zuflucht, sogar eine Festung gegen die Wamphyri. Jedenfalls gegen ihren Überheblichkeit, ihre angebliche Unbesiegbarkeit. Nun, sie waren nicht unbesiegbar. Ebenso wenig wie ich. Nichts ist unbesiegbar. Zudem diente der Garten als Beweis: Ein befestigtes, dauerhaft bewohntes Heim mag vielleicht verwundbar sein, dennoch kann es erfolgreich verteidigt werden. Zu den Stärken der Wamphyri zählte ihr Territorialverhalten. Sobald sie einen Ort beanspruchten – oder irgendetwas anderes, was das betrifft – gehörte er ihnen in alle Ewigkeit, oder zumindest so lange, wie sie sich darin behaupten konnten. Das ist nicht ungewöhnlich; die meisten Kreaturen ziehen nur ungern fort, sobald sie erst einmal ihren Platz gefunden haben. Bei Menschen ist das recht ähnlich. Was Mittel und Ursache dafür war, dass wir den Garten hielten und die Wamphyri niederstreckten.« Er verstummte.

»Im Land meines Vaters«, fuhr der Herr nach einer Weile fort, »in seiner Welt gibt es ein Sprichwort: ›Das Haus eines Engländers ist seine Festung.‹ Das lässt sich als Warnung verstehen: ›Drohe mir nicht auf meinem Land, denn hier bin ich stark. Hier bin *ich* der

Herrscher!« Wieder hielt der Herr kurz inne, ehe er fragte: »Verstehst du, was ich meine?«

Lardis war sich nicht sicher, ob er verstand, aber ganz gewiss war er beunruhigt. Die Ausdrucksweise des Herrn erinnerte doch sehr an die Wortklaubereien der Wamphyri! Und plötzlich fragte Lardis sich: *War der Zweck der Schlacht um den Garten nur die Verteidigung gegen die Wamphyri gewesen ... oder der, ihren Platz einzunehmen?* Falls Letzteres zutraf, was waren dann Lardis Lidesci und seine Leute? Freie Menschen ... oder Knechte? Nun, da der Herr die einzige Gewalt auf der Sternseite darstellte, wie würde er seine Macht wohl ausüben?

Endlich fand Lardis seine Stimme wieder. »Sind diese Dinge auf mich anwendbar?«

»Auf dich und die deinen, ja«, antwortete der Herr. »Die Szgany kämpften für mich und für meinen Garten. Ihr Blutzoll wurde ihnen in Fertigkeiten und Kenntnissen vergolten; und sollte sich in Zukunft die Notwendigkeit erweisen, so wird dein Volk wissen, wie es sich zu verteidigen hat. Doch jetzt ... was gibt es auf der Sternseite für euch? Was gab es je außer der Bedrohung? Nun, die Bedrohung besteht nicht mehr. Also geht zurück zur Sonnenseite, gebt die Wanderschaft auf, errichtet Siedlungen und lebt in Frieden – solange es euch vergönnt ist. Ihr habt euch eine Ruhepause verdient, eine Zeit ganz für euch, um zu erstarken. Nur denkt daran: Die Vampirsümpfe sind immer noch da. Falls die Wamphyri je zurückkehren, sei es aus der Brut des Sumpfes oder von ... anderen Orten, seid beim nächsten Mal bereit für sie.«

Lardis hatte die Luft angehalten. Mit einem Seufzen, das fast schon ein Keuchen war, atmete er aus. Er brauchte sich ob seiner Absichten nicht mehr schuldig zu fühlen; er hatte sich bereits dafür entschieden, weiterzuziehen, was dem Rat des Herrn entsprach. Was gewisse andere Befürchtungen bezüglich der Absichten des Herrn anging, sah er nun ein, dass sie seiner unwürdig gewesen waren.

»Vor dem nächsten Sonnauf«, erwiderte er schließlich«, »führe ich mein Volk von hier fort. Bis dahin wollen wir mit deiner Hilfe, wenn du sie gewährst, alles lernen, was wir von dir lernen können. Was den Kampf gegen die Wamphyri angeht, sind wir einer Meinung.

Ich habe schon immer gegen sie gekämpft. Und wenn sie zurückkehren, werde ich sie erneut bekämpfen.«

Die Maske des Herrn umschloss seine Wangenknochen, ein Vorsprung gewährte seiner Nase Raum. Unter ihrem Rand verzogen sich seine Lippen nun zu einem Lächeln. Er nickte und sagte: »Ja, ich weiß – doch früher habt ihr sie mit Muskeln, Blut und Knochen bekämpft. Beim nächsten Mal wird es mit ›Wissenschaft‹ geschehen. Ah, du glaubst, du kennst das Wort nicht, aber es ist dir bekannt! Du hast sie überall hier am Werk gesehen! In euren dauerhaften Siedlungen, den Weilern, die ihr errichten werdet, wird Zeit dafür sein. Für alle möglichen Dinge, da euer endloser Wanderzug nun wahrlich zu Ende ist! ›Wissenschaft‹, oh ja; das bedeutet, alles zu lernen und zu verstehen ... alles! Was denn? Ist ›alles‹ dir zu viel? Nun, vielleicht ist es so. Aber ihr Szgany seid ein kundiges Volk: Kesselflicker, Waffenschmiede, Kenntnisse, die aus einer Zeit stammen, noch ehe es die Wamphyri gab. Mit nur ein wenig Lernen, einem ganz geringen Teil an Wissenschaft ... nun, in diesem Garten gibt es nichts, was ihr nicht selbst herstellen könntet! Nichts aus meiner Technologie, was ihr im Laufe der Zeit nicht enträtseln und selbst nachbauen könntet.«

Lardis verspürte eine große Erregung, doch zugleich runzelte er die Stirn. Denn im Ton des Herrn entdeckte er noch etwas anderes, Worte zwischen seinen Worten. In dem, was er sagte, lag etwas – Endgültiges? Wenn die Szgany jedoch vor einem Anfang standen, wer sah sich dann vor einem Abschluss? Oder ... wer vermutete, dass sein Ende bevorstand?

»Nun zu anderen Dingen«, krächzte der Herr schmerzerfüllt. Seine drängende Stimme unterbrach die Gedankengänge des Zigeuners, so dass Lardis sich erneut fragte: *Ist er ein Mentalist? Ein Gedankendieb?* Laut sagte er:

»Die dich betreffen, Herr?«

Der Herr zuckte unmerklich zusammen, und jetzt war es an ihm, sich zu wundern. Der Zigeuner war gewitzt. Hatte Lardis die Gedanken seines Gastgebers einfach erraten oder sich selbst einige Fragen beantwortet? Hatte er die Qual in dem verbrannten Gesicht des Herrn gesehen, sie in seiner Stimme gehört? Hatte er vielleicht mitbekommen, dass das sonnenvergiftete Fleisch des Herrn abstarb? Nun, möglicherweise, doch selbst ein kluger Mann konnte kaum die ganze, die endgültige Wahrheit ermessen – dass selbst in diesem Augenblick der Vampir des Herrn das restliche unbefallene Fleisch verwandelte. Doch in was?

»Mich?«

Lardis nickte. »Wenn wir Wanderer – wir Szgany, nun, da die Zeit unserer Wanderungen wohl vorüber ist – wenn wir also den Garten verlassen, was wird dann aus dir, aus deinen Trogs, deinen Leuten? Was wird aus deiner Mutter und ... deinem Vater? Aye, was wird aus Harry Höllenländer? Schon das zweite Sonnunter wirft er sich nun stammelnd in seinem seltsamen Fieber herum. Wer weiß, wie lange es dauert, bis er sich wieder erholt? Und schließlich, doch nicht als Letztes, was soll aus dem Garten werden?«

Der Herr nickte. »Mit all diesen Dingen werden wir uns beizeiten befassen. Meine Mutter ... liegt im Sterben. Ich habe sie alt werden sehen, obwohl sie in Wahrheit noch jung ist. In der Welt, in der sie geboren wurde, sind Frauen ihres Alters noch im Vollbesitz ihrer Kräfte, aber das war nie ihre Bestimmung.« Seine krächzende Stimme nahm einen bitteren Unterton an. »Von dem Tage an, als sie meinen Vater traf, war ihr Leben vorgezeichnet, ohne jede Möglichkeit, einen geraden Verlauf zu nehmen. Sie war nicht schwach, aber sie war auch nicht stark ... genug. Sie war eine ganz gewöhnliche Frau, und Harry ist – er war – außergewöhnlich. Und doch ist ihr Leben nicht unglücklich verlaufen. Hier im Garten ist sie sogar glücklich gewesen. Ihre Heimsuchung ist derart, dass sie alle schrecklichen Dinge aus ihrem Geist ausschließt, bis fast alles ausgeschlossen ist. Und jetzt lebt sie allein darin.«

»Doch nicht allein, Herr!«, protestierte Lardis.

Der Herr hob eine schlanke Hand. »Ich weiß, ich weiß: Meine Leute achten gut auf sie und erhalten ihr Lächeln als Belohnung. Diese Reaktionen sind jedoch automatisch; sie gehorcht lediglich ihren Instinkten. Sie ist meistens allein – aber nicht mehr lange. Bald schon wird sie sich den Reihen jener anschließen, die vorangingen und weiterziehen von diesem Ort wie eine Weinranke, die über die Mauer wächst. Und es ist wohl wahr, dass dahinter Welten liegen, und ich darf nicht zu viel erwarten. So sei es denn: Lassen wir ihr schlichtes Lächeln alsbald den Garten eines anderen erhellen. Bis dahin bleibe ich bei ihr, ich und einige meiner Leute, die sie nicht verlassen wollen ...« Er hielt inne. Nach einer Weile sagte er: »Was dich und dein Volk betrifft, Lardis – Ihr werdet auf der Sonnseite gedeihen, ganz sicher. Und ich? Nun, ich sorgte für mich, meine Mutter und den Garten schon lange, bevor die ersten von euch Szgany sich zu mir gesellten; und jetzt ... habe ich außer Wanderern und Trogs auch noch andere Freunde. Und außerdem keine Feinde mehr.« In einer scheinbar fließenden Bewegung, nicht unähnlich der Art der Wamphyri, stand er auf und schritt zu dem Fenster, das den Garten überblickte. Lardis folgte ihm und sah zu, wie er das Fenster öffnete, sich leicht hinauslehnte und den Kopf zu den nebelverhangenen Berggipfeln hob. Ein geisterhaftes Heulen klang herab, leise und unheimlich und hallend unter dem hellen Mondlicht. Hinter seiner goldenen Maske lächelte der Herr.

»Mir und den meinen wird nichts geschehen«, fuhr er fort, als das Heulen schließlich erstarb. »Binnen kurzem werden mich selbst meine Getreuesten verlassen. Ich werde sie darum *ersuchen,* und wenn es so weit ist, werden sie dazu bereit sein.«

»Aber ... warum isolierst du dich?« Lardis versuchte verzweifelt, seine Beweggründe zu verstehen. »Wirst du allein zurückbleiben?«

»Hier bleiben? Ach, nein. Aber ich werde gelegentlich zurückkommen, um auf meine Weise mit ihr zu sprechen ...«

»Mit deiner Mutter? Wenn sie ...«

»Wenn sie tot ist, ja.«

Einen Augenblick lang glaubte Lardis, das Abbild roter Flammen am Rand der Augenhöhlen der Goldmaske zu sehen, und er bemühte sich, sein plötzliches Erschauern zu unterdrücken. Wamphyri war der Herr, aye – und noch viel mehr. Denn wie sein Vater vor ihm verfügte auch er über – nun ja, besondere Kräfte!

Der Herr sah Lardis an, legte ihm die bleichen, schmalen Hände auf die breiten Schultern und dachte: *Er ist tapfer, dieser Mann. Tapfer und treu. Er sollte mich fürchten, sogar vor mir fliehen, aber er behauptet sich. Was auch immer geschehen mag – ganz gleich was – ich werde ihm und den seinen nicht schaden. Niemals!*

Es schien, als habe Lardis ihn gehört. Sämtliche Furcht wich von ihm, und wie groß diese Furcht gewesen war, hatte er bis eben kaum erkannt. Schließlich straffte er sich und nickte. »Dann scheint es, als hätten wir nichts mehr zu besprechen«, sagte er. »Hm – natürlich mit Ausnahme deines Vaters.«

Der Herr nickte langsam und bedächtig. »Wie steht es mit ihm?«

Darauf grunzte Lardis und zuckte hilflos die Achseln. »Wir pflegen ihn, geben ihm zu essen, wachen über ihn, wenn ihn das Fieber ergreift«, sagte er. »Alles gemäß deinen Anweisungen – aber seine Krankheit kennen wir nicht. Du sagst, dass ihr beide von euren eigenen Waffen verbrannt wurdet, von den gleißenden Sonnenstrahlen, mit denen ihr die Wamphyri vernichtet habt. Nun, deine Verbrennungen, Herr, waren deutlich sichtbar, ihre Wirkung offenkundig – es ist ein Wunder, dass du überlebt hast! Doch Harry Höllenländer erlitt, soweit ich sehen konnte, keine Verbrennungen.«

Der Herr hatte eine Antwort parat. »Ich wurde äußerlich verbrannt«, sagte er. »Mein Fleisch wurde vom Feuer der Sonne leibhaftig versengt. Doch die Krankheit meines Vaters liegt in seinem Blut, ein langsames Gift, wie Silber oder Kneblasch für die Wamphyri. Das verursacht sein Fieber. Doch wenn die Hitze des Fiebers sich verzehrt hat, wird auch er geheilt sein. Dann werde ich ihn wieder an seinen angestammten Ort bringen. Und dann werde ich endlich allein sein.«

»Und das ist es, was du willst?«

»Es muss sein.« Die Stimme des Herrn war zu einem tiefen Knurren geworden. Er wollte sich schon abwenden – fuhr dann herum und starrte den Zigeuner an. Mit eindringlicher, vielleicht sogar flehender Stimme sagte er: »Lardis, hör mich an. Ich bin Wamphyri! Als ich um diesen Ort kämpfte, erregte die Schlacht etwas in mir, in meinem Blut. Du vertraust mir, das weiß ich. Ebenso deine Leute und die meinen. Aber ich weiß nicht, wie lange ich mir selbst trauen darf! Verstehst du jetzt?«

Lardis glaubte zu verstehen, und etwas von seiner entschwundenen Furcht schlich in ihn zurück. »Aber wie ... wie willst du überleben?« Unbeabsichtigt betonte er das ›willst‹ ein wenig.

Bevor der andere antworten konnte, erscholl ein heulender Chor von den Hügeln. Mit langen Schritten ging der Herr wieder ans Fenster und blickte zu den Höhen hinauf. Zu Lardis sagte er: »Wie überleben sie denn, die Graue Bruderschaft?«

»Sie sind Jäger«, antwortete der Zigeuner gelassen. »Willst du auch ... jagen?«

»Ich weiß, was du denkst«, sagte der Herr. »Und ich mache es dir nicht zum Vorwurf. Eure Zeit war beschwerlich. Dafür haben die Wamphyri gesorgt. Aber eins schwöre ich dir: Ich werde niemals Menschen jagen.«

Lardis erschauerte erneut, doch er glaubte den Worten des Herrn. »Du bist ... ein Mischgeschöpf«, sagte er. »Ich kann nicht behaupten, dich zu verstehen.«

»Ein Mischling, wohl wahr«, pflichtete der Herr ihm bei. »Ich hatte zwei Väter, und nur einer davon war ein Mensch! Mein menschliches Fleisch stirbt, aber ich spüre, wie der Vampir in mir arbeitet. Er erinnert sich an seinen früheren Wirt und ist dabei, mir eine andere Gestalt zu geben.«

In seiner Stimme lag etwas ... Lardis hatte keine Angst ... aber etwas Unheimliches lag in der Luft ... Der Mond hatte den Garten in gelbes Licht getaucht, schwarz ragten dahinter die Berge auf, und der blaue Keil des Passes zerteilte sie. »Ich sollte gehen«, sagte der Zigeuner. Sein übliches Bassgrollen war kaum mehr als ein Raunen.

»Sieh dir meine Hände an«, sagte der Herr, »wie dünn sie sind! Wie Pfoten?« Er streckte die Arme aus, bis Arme und Handgelenke aus den weiten Ärmeln ragten. »Ich werde sie behalten, so gut ich es vermag – die Hände eines Menschen – um mich daran zu erinnern, was ich war.« Neugierig legte er den Kopf zur Seite und warf Lardis einen Blick zu. »Auch damit du und deine Leute mich erkennen, wenn ich ... ein anderer bin als der, der nun vor dir steht.«

Lardis sah genau hin. Die Hände des Herrn waren bleich und schlank wie die eines Mädchens, aber was man von seinen Handgelenken und Unterarmen sehen konnte, war von grauem Fell bedeckt. Der Zigeuner wich an die Tür zurück. »Du, Herr?«, zischte er. »Einer von den Grauen?«

»Wenn sie so von den Gipfeln unter dem Mond herabrufen«, seufzte sein Gegenüber, »ah! Dann höre ich sie! Und ich weiß, dass sie nach mir rufen.« Er öffnete Lardis die Tür, und zitternd trat der Zigeuner in die Nacht hinaus.

»Ich ... natürlich habe ich gewusst, dass sie deine Freunde sind«, sagte er dem Herrn, der in der Tür stehen geblieben war. »Aber ...«

»Meine Freunde?« Wieder ein rasches Neigen des Kopfes; die Augen des Herrn schimmerten in den Löchern seiner Maske – nicht mehr rot, sondern im Mondlicht wild funkelnd. »Das und mehr. Meine Verwandten!«

»Ja«, schluckte Lardis. Er nickte, wich zurück. »Ich verstehe.«

Und als er sich zum Garten wandte, rief der Herr ihm nach: »Lardis, denke daran – wir werden euch nicht jagen. Doch achtet darauf, dass ihr niemals mich oder die meinen jagt ...«

Harry Keogh wälzte und wand sich in qualvollen Träumen. In gewisser Weise hatte auch er seine Verletzungen davongetragen. Was sein Sohn, der Herr, ihm angetan hatte, konnte auf keine andere Weise bewerkstelligt werden: Der metaphysische Geist des Necroscopen war wie ein Haus in der Nacht betreten worden; die innersten Schatzkammern waren aufgebrochen und der Besitzer seiner Schätze beraubt worden. Der Eindringling war Harry Junior gewesen, den man zur Zeit noch den Herrn nannte und bald schon Harry Wolfsohn nennen würde. Nur hatte er nichts gestohlen, lediglich die Kombination an bestimmten Schlössern geändert und gewisse Durchgänge mit Fallen versehen. Im Verlauf einer Arbeit wie dieser war ein gewisser ›struktureller Schaden‹ unvermeidlich gewesen, der, obgleich er ihn auf ein Minimum beschränkt hatte, die wahre Ursache für das ›Fieber‹ seines Vaters war. Bei Harry Keogh lag weniger eine Blutvergiftung vor als vielmehr eine Entleerung seiner Geisteskräfte.

Harry träumte vom Möbius-Kontinuum, das ihm nun verboten war. Gefangen in dessen Strömungen trieb er hilflos wie ein Schiff ohne Segel oder Ruder umher, ein abgetakelter, lecker Kahn, der behäbig von mathematischen Fluten und algebraischen Wirbeln in Meerengen aus reinen Zahlen gespült wurde, deren Bedeutung er nicht länger verstand. Und in der vollkommenen Finsternis dieses Ortes jenseits oder zwischen jenen Orten, die Menschen kennen dürfen, war er sich Tausender versperrter Türen bewusst, die alle mit ihm, um ihn, sogar durch ihn trieben, und jede einzelne war ihm ein Rätsel und für immer verschlossen. Denn er besaß nicht länger die Macht, die Möbius–Gleichungen aufzurufen, die ihre Schlüssel darstellten.

Es waren Türen, oh ja, zu anderen Orten, sogar zu anderen Zeiten, aber ohne die Schlüssel, die sie öffneten, war die immense Weite des Möbius-Kontinuums gleichbedeutend mit den engen Zellen eines Verlieses ... oder mit der innersten Kammer eines verschütteten Pharaonengrabes, das auf ewig im Tal der Könige verschwunden ist.

Diese phantasievollen Assoziationen kehrten in ständig neuer Form wieder, wie es Träume nun mal so an sich haben. Ideen riefen neue Visionen hervor, als Harrys Traum sich auf das ägyptische Motiv ausrichtete. Im nächsten Augenblick fragte er sich daher: Türen? Aber wenn diese zahllosen dahintreibenden Umrisse Türen sind, warum sehen sie dann wie Sarkophage aus?

Sarkophage, Särge, Totenschreine: Jetzt erschienen sie ihm wie aus Glas und gewährten ihm Einblick. Und aus ihnen konnten sämtliche der zahllosen Tausenden, der Großen Mehrheit, zu ihm herausblicken! Sie konnten sehen, wie Harry hilflos vorbeitrieb, und riefen ihm alsbald etwas zu. Er sah, wie ihre Münder sich bewegten, wie die Kiefer der Totenköpfe schnappten und Fratzen schnitten, wie das Leder in Mumiengesichtern brach, als lebloses, vormals belebtes Gewebe unnatürlichen Belastungen unterzogen wurde. Mit beinernen Knöcheln klopften sie an ihre Glasdeckel, starrten ihm aus leeren Höhlen hinterher, winkten ihm mit röntgenbildähnlichen Händen, derweil er vorüberschwebte.

Seine zahllosen toten Freunde: Wie einst sprachen sie zu ihm, stellten ihm Fragen, bettelten um Neuigkeiten, Informationen, diesen oder jenen Gefallen. Aber der ehemalige Totenhorcher konnte sie nicht hören und wagte ohnehin nicht, ihnen zu lauschen, und wusste, dass er nie mehr versuchen durfte, ihnen Antwort zu geben. Oh, Harry fürchtete sich nicht vor den Toten, das hatte er nie getan, aber er fürchtete – tatsächlich graute ihm davor – ihre Bemühungen, sich mit ihm zu verständigen! Denn ihm war sein Talent der Totensprache verboten worden, ebenso wie selbst die einfachsten Zahlen ihm nun nichts mehr sagten. Schlimmer noch, sollte er mit ihnen reden, würde er die Strafe dafür auf sich nehmen müssen: sengende Todespein, die ihm leicht einen eigenen Sarg einbringen konnte!

Er konnte ihnen nur ein verneinendes Kopfschütteln widmen (und hielt selbst das schon für riskant), während er schwerfällig dahindümpelte, wo er einst entlanggeschossen war, nicht länger Meister, sondern Gefangener des Möbius-Kontinuums. Ich dürfte nicht einmal hier sein, *sagte er sich.* Wie bin ich bloß hergekommen? Wie komme ich hier wieder raus?

Als hätte ihm jemand geantwortet, erkannte er nun, dass die Särge wieder zu Türen geworden waren, von denen eine sich genau auf seinem Weg öffnete. Ohne zu widerstreben (wozu er auch nicht imstande war), wurde er an einen anderen Ort gezogen, in eine andere Zeit. In die Zeit selbst, aber einer Zeit, die rückwärts strömte! Und so begann Harry den Sturz in seine eigene Vergangenheit.

Seine Geschwindigkeit nahm zu, während er durch die Zeit gezerrt wurde wie ein Faden, der sich selbst aufspult. Tatsächlich sah er seinen eigenen blauen Lebensfaden – der nichts weniger war als der Verlauf und die Abfolge seiner vierdimensionalen Existenz von der Wiege bis zum Grab – in sich hineinschlüpfen, als er durch all die Jahre zurückglitt, die er bereits gelebt hatte. Und er dachte sich: Ich kehre zu meinen Anfängen zurück. Ich werde das alles noch einmal erleben müssen – bewirken und erleiden müssen – alles noch einmal!

Das war zu viel. Es war der Unterschied zwischen einem Traum und einem Albtraum. Und Harry Keogh erwachte ...

... schweißgebadet und keuchte auf: »Nein!«

»Nicht!«, sagte sie sogleich. Ihre Stimme klang fast so erschrocken und verängstigt wie seine, doch nicht so heiser. »Du tust mir weh.«

»Brenda!«, krächzte Harry, schluchzte fast ihren Namen, zweifelte zugleich daran, dass es *ihr* Name sei, und hoffte es dennoch. Er betete, dass alles nur ein Traum gewesen war – nicht allein das hier, sondern alles andere auch, alles – und erkannte im nächsten Moment, dass es kein Traum war. Nein, denn ihre festen Brüste, gegen die sie nun aus einem Impuls heraus seinen Kopf drückte, waren nicht die von Brenda. Sie roch nicht wie Brenda; und außerdem fiel ihm nun ein, dass es die Brenda, nach der er gerufen hatte, vor vielen, vielen Jahren in einer ganz anderen Welt gegeben hatte.

»Brenda?«, wiederholte sie mit dem kehligen Akzent der Szgany, als er seinen Griff um ihre Arme lockerte und wieder auf das feuchte Bett zurücksank. »Hast du geträumt, Harry Herrenzeuger?«

Sie beugte sich über ihn, stützte seinen Kopf mit einer kühlen Hand, strich ihm über die Stirn.

»Geträumt?« Er sah zu ihr auf, versuchte sie deutlich zu erkennen. Es war nicht leicht; er fühlte sich schwach und vollkommen erschöpft. Das letzte Wort – in Verbindung mit dem Namen, bei dem sie ihn genannt hatte, Herrenzeuger – löste weitere Erinnerungen aus. Nein – nicht erschöpft: entleert. Beraubt. Von seinem eigenen Sohn, dem Herrn des Gartens. Und nichts davon war ein Traum gewesen – oder zumindest nur der letzte Teil. Und selbst dieser kam der Wirklichkeit so nahe, dass es keinen Unterschied machte.

Er wandte den Kopf, sah sich in dem kleinen, aus gekalkten Steinen errichteten Raum um, den der Schein elektrischer Lampen erhellte. Eine einfache Behausung, kaum mehr als eine Höhle. Aber für manche bedeutete das schon Luxus. Gewiss für das Wandernde Volk, das vor dem Herrn und seinem Garten kein dauerhaftes Heim gekannt hatte. Harrys Stimme wurde so bitter wie der Geschmack in seinem Mund, als er murmelte: »Sternseite?«

Sie nickte: »Ja, du bist auf der Sternseite, im Garten des Herrn. Dein Fieber ist gewichen.« Sie lächelte ihn an. »Du wirst wieder gesund.«

»Mein ... Fieber?« Sein Blick wanderte wieder zu ihrem Gesicht. Im weichen, unregelmäßigen Schein der Lampen – der Großteil der Elektrizität aus den Generatoren des Herrn wurde in die Treibhäuser geleitet – wirkte es geradezu hübsch. »Ah ja, mein ›Fieber‹«, wiederholte Harry und nickte mürrisch. Er wusste, dass es kein Fieber gewesen war. Nur sein zerschmetterter Verstand, der sich allmählich wieder zusammenfügte. »Wie lange liege ich denn schon hier?«

»Das ist das zweite Sonnunter«, sagte sie. Sie zog ihre Hand unter seinem Kopf hervor und schob ihm stattdessen ein Fellbündel als Kissen darunter. Dann erhob sie sich von ihrem Hocker und sagte: »Ich mache dir eine Suppe. Wenn du gegessen hast, wird der Herr Bescheid wissen wollen, dass du ...«

»Nein!«, unterbrach er sie mit spürbarer Furcht. »Noch nicht, noch nicht ... gleich. Er muss es noch nicht erfahren. Ich brauche etwas Zeit für mich, um meine Gedanken zu ordnen.«

Und sie fragte sich: *Fürchtet er sich etwa vor seinem eigenen Sohn? Dann sollten wir uns vielleicht alle fürchten.*

Harry sah sie an, wie sie vor ihm stand und das attraktive, wenngleich sorgenzerfurchte Gesicht verzog. Sie war klein, wohl proportioniert, hatte dunkle, leicht schräg stehende Augen, eine für eine Zigeunerin kleine Nase und schimmerndes, schwarzes Haar, das ihr auf die Schultern fiel. Sie war in weiches Leder gekleidet, und die Leidenschaft ihres Volkes verlieh ihr, selbst wenn sie nur dastand, etwas Ursprüngliches, Geschmeidiges, Sinnliches.

Sie ging zu einer Feuerstelle in der Felswand und hängte einen vorbereiteten Topf an ein Dreibein. Ihre Miene war noch immer beunruhigt, als sie die Glut des Feuers zu neuem Leben entfachte, und schließlich sagte sie: »Aber die Anweisungen des Herrn waren sehr deutlich! Lardis' Leute sollen dich nach Kräften mit allem versorgen, was du brauchst, bis du dich erholt hast. Dann soll er sofort Bescheid erhalten.«

»Ich benötige dringend noch weitere Ruhe.« Harry hatte seinen Verstand nunmehr etwas besser beieinander. »Ich darf mich nicht aufregen. Du musst ... du darfst dich nicht mit mir streiten.«

Das Denken, all die Worte, stellten eine große Anstrengung dar. Erschöpft ließ er sich zurücksinken und fragte sich, warum er sich als nur halb anwesend empfand. Nein, er kannte den Grund: Er war *in der Tat* nur zur Hälfte anwesend. Er hatte etliche seiner Wahrnehmungsfähigkeiten eingebüßt – war ihrer beraubt worden und empfand es so, als habe er Tastsinn und Geschmacksempfinden verloren. Er fühlte sich taub, und das Leben hielt für ihn keine Würze mehr bereit.

Die Zigeunerin lächelte und nickte bedächtig, so, als hätten Harrys heftige Worte ihr etwas Ungenanntes bestätigt. »Du bist halsstarrig«, sprach sie aus, was ihr auf der Seele lag. »Ihr Höllenländer seid alle so, wild und eigensinnig. Zekintha, Zek nannten wir sie, und Jazz Simmons – sie waren genauso. Wären sie doch nur hier geblieben. Ihr heißes Blut – ihre Kinder – wären den Wanderern willkommen gewesen. Wir wären dadurch stärker geworden.« Das Kompliment einer Szgany.

»Das Blut der Szgany ist heiß genug«, gab Harry das Kompliment zurück. »Also ... wirst du melden, dass ich erwacht bin? Wie heißt du eigentlich?«

»Ich bin Nana Kiklu«, erwiderte sie und setzte sich wieder neben ihn. »Und nein, ich werde nicht melden, dass du wach bist. Vorerst nicht.«

»Bis zum Morgen? Bis Sonnauf?«

Sie neigte den Kopf zur Seite. »Das ist eine lange Zeit. Die Nacht ist erst zur Hälfte verstrichen. Vor Sonnauf werden noch andere bei dir wachen, die sicher bemerken werden, dass du erwacht bist.«

»Nicht, wenn ich schlafe«, entgegnete Harry.

»Vielleicht nicht ...« Doch mittlerweile konnte sie erkennen, wie wichtig ihm die Sache war, und fasste einen Entschluss. »Ich habe die letzte Schicht«, sagte sie nachdenklich. »Wenn deine Gesundung bei meiner Rückkehr noch unentdeckt ist, kann es sicher bis zum Tagesanbruch warten.«

Harry unterdrückte ein erleichtertes Seufzen und machte es sich in seinem Bett bequem. Er hatte die Frist bitter nötig. Er wollte nicht in seine Welt zurückgesandt werden, solange er sich noch in einem ... Schockzustand? ... befand.

Deshalb sagte er: »Das ist nur recht.« Und in offener Bewunderung fügte er hinzu: »Dein Mann kann sich glücklich preisen, Nana Kiklu. Seine Frau ist sowohl zuvorkommend, als auch auf das Wohl ihrer Schützlinge bedacht.«

»Ich danke dir«, entgegnete sie, »doch was meinen Mann angeht – leider ist er nicht mehr.« Ein Sehnen, eine Leere schlich sich in ihre Stimme, und Trauer legte sich auf ihr Gesicht. Denn Nana war ebenso wie Harry etwas genommen worden. »Meinem Mann ... war nicht genug Glück beschieden«, erklärte sie. »In der Schlacht um den Garten schlitzte der giftgetränkte Handschuh des Lord Belath Hzaks Schulter bis auf den Knochen auf. Ich betete, dass er am Leben blieb. Und er überlebte auch – sechs Sonnaufs lang.«

Da seufzte Harry Keogh auf. Es war mehr ein Stöhnen als ein richtiges Seufzen, und er wandte das Gesicht ab. Doch zuvor sah sie das Mitgefühl in seiner Miene – und das Bedauern. Es gab eine Zeit – die nun vorüber war – da hätte er mit Hzak Kiklu sprechen können, um ihn zu trösten und ihm zu sagen, dass es die Wamphyri nicht mehr gab. Doch als ein *gewesener* Necroscope konnte Harry die Toten nicht mehr erreichen.

»Alles geht einmal vorüber«, sagte sie tapfer. »Also – kannst du dich aufsetzen? Ich habe Suppe mit weichen Fleischstücken für dich. In den langen Stunden, die du hier gelegen hast, ist dein Blut so dünn wie Wasser geworden. Das Essen wird dich kräftigen.« Sie brachte ihm Suppe und Brot. Plötzlich war Harry sehr müde, aber er hatte auch Hunger. Während er aß, sah Nana Kiklu ihm beifällig zu. Es gefiel ihr, wie er sich über das Essen hermachte, das sie zubereitet hatte, und er ... gefiel ihr ebenfalls.

Unter den Decken lag der Körper eines Jägers, eines Kämpfers, mit ebenso harten Muskeln, wie Hzak sie besessen hatte, aber hellhäutig und anders. Nun wohl, sicher war er anders, schließlich kam er aus den sagenumwobenen Höllenlanden! Aber ... so anders auch wieder nicht. Sie hatte ihn von Kopf bis Fuß gewaschen und wusste daher, dass er nicht *so* anders war. Aber hübsch war er, oh ja! Hoch gewachsen und schmalhüftig. Auch stark, vor seinem Krankenlager, und er würde es wieder sein. Nana kannte den Begriff ›Athlet‹ nicht, aber sie konnte sich vorstellen, wie Harry ein Wildschwein jagte und den Speer schleuderte. Wie seine Muskeln spielten, seine seltsam honigbraunen Augen sich verengten. Sie konnte ihn sich bei ... vielen Dingen vorstellen.

Und die grauen, welligen Strähnen in seinem rotbraunen Haar: Es war unwahrscheinlich, dass das Alter sie hinzugefügt haben sollte. Harry Herrenzeuger war – nun ja, alterslos, nicht wahr? Als sie seinen Fieberreden lauschte, hatte er wie ein unschuldiger Knabe geklungen; tatsächlich schien sein Körper älter als sein Geist zu sein! Nana konnte es nicht wissen, aber mit diesem Gedanken erfasste sie die Wahrheit voll und ganz.

Doch warum wurde er dann grau? Kam es von seiner großen Gelehrsamkeit, der daraus folgenden Weisheit, der Last gewaltigen Wissens? Doch Wissen um welche Dinge? Auch mit diesen Überlegungen kam sie der Wahrheit näher, als sie ahnte. Doch wie die Dinge lagen, konnte sie nur leicht und arglos mit den Achseln zucken, und diese Geste blieb unbemerkt. Warum sollte sie sich mit diesem Rätsel plagen? Schließlich war er ein Höllenländer.

Wahrscheinlich war es ganz gut, dass sie es nicht genauer wusste oder eingehender verstand.

Fast noch ehe der letzte Löffel Suppe heruntergeschlungen war, schlief Harry schon wieder. Eine halbe Stunde später übergab Nana Kiklu ihre Pflichten einer anderen, weit älteren Frau. Sie hielt ihr Wort und erwähnte die teilweise Gesundung ihres Patienten nicht ...

Harry erwachte zum Ende der sechsstündigen Schicht, sah die alte Zigeunerin, die auf ihrem Hocker eingenickt war, schloss die Augen und stöhnte, bis sie aufschreckte. Dann schlug er mit schwachen Bewegungen um sich, bis sie überzeugt war, dass er immer noch fieberte. Als er sich beruhigte, löffelte sie Suppe in ihn hinein und gab beruhigende Worte von sich, bis er wieder einschlief. Sechs Stunden später wandte er diese Täuschung bei einer dritten Szgany an, aber diesmal blieb ihr seine rasche Genesung nicht verborgen. Nur die zeitige Ankunft von Nana Kiklu rettete ihn.

»Er sieht wohl aus«, sagte seine unbekannte Szgany-Pflegerin zu Nana, als diese aus der langen Nacht der Sternseite hereintrat und sich aus einem dicken Pelzumhang schälte. »Sein Fieber geht zurück. Er hat keine Schweißausbrüche mehr, und er hat genug Suppe für zwei gegessen! Ich glaube, er wird bald aufwachen. Wir sollten dem Herrn Bescheid geben.«

Und Harry, der sich schlafend stellte, hörte Nana sagen: »Wir sollten nichts übereilen. Der Herr ruht sich aus. In fünf Stunden ist Sonnauf, und wenn es hell wird, ist immer noch Zeit genug. Mach dir keine Sorgen, ich kümmere mich darum.«

»Wie du willst«, meinte die andere und ging hinaus.

Harry hatte die meisten Überlegungen im Schlaf angestellt, der zumeist tief und ruhig gewesen war, aber auch in seinen weit weniger ruhigen Träumen. Ihm war klar, dass sein Sohn ihn bald aus dieser in seine angestammte Welt zurückbringen und dort zurücklassen würde und dass er dort wieder ein freier Mann wäre. Doch eben nur ein Mann, kein Necroscope mehr. Daran führte kein Weg vorbei. Er hatte sich nicht damit abgefunden, aber ihm blieb auch keine Wahl. Im Augenblick schien seine Niedergeschlagenheit geradezu aus ihm herausgebrannt zu sein, nur dass ... sie gewiss wiederkehren musste. Oh ja, solange es in seinem Verstand verschlossene Türen gab, solange er sich an das Möbius-Kontinuum erinnerte und an seine zahllosen toten Freunde, die nun für ihn verloren waren, würde sie stets zurückkehren.

Doch während er Nana Kiklu, Schlaf vortäuschend, aus zu drei Vierteln geschlossenen Augen ansah, als sie zu ihm trat, stellte er fest, dass er an andere, erdgebundenere Dinge dachte. Irdische, allzu irdische Dinge, die jedoch nichts mit Alter oder Tod zu tun hatten. Denn Nana Kiklu stand beidem gleichermaßen fern. Im Gegenteil, sie war voller Leben. Und er dachte daran, wie ihre Brüste sich angefühlt hatten, als sie ihn an sich drückte.

Mit einem Mal wurde ihm bewusst, warum er sich weiter schlafend stellte: damit er sie beobachten konnte, wie sie ihn ansah. Er wollte ihre Miene betrachten und sehen, ob er darin dasselbe sah, was auch er fühlte. Es war schon sehr, sehr lange her, dass er mit einer Frau zusammen gewesen war.

Als Nana sich neben ihn setzte, rückte er wie von ihr angezogen in den Schatten ihres Körpers. Die obersten Knöpfe ihres ledernen Hemdes standen offen, die Rundungen ihrer festen Brüste lagen zum Teil frei. Er brauchte nur die Hände etwas anzuheben, um ihr Gewicht zu prüfen. Es fiel ihm schwer, zu widerstehen. Und die Atmung unter Kontrolle zu halten.

Sie legte den Kopf etwas zur Seite, betrachtete ihn aus halb geschlossenen Augen und runzelte die Stirn. Ihr Blick war so tief wie ihre Gedanken. Sie hatte das Heben und Senken seiner Brust bemerkt, das ... leicht unregelmäßig war. Sowohl Harry als auch die Zigeunerin fragten sich, was ihr Gegenüber dachte.

Im gleichen Moment, da er schon glaubte, sie berühren zu *müssen,* bewegte sie sich, stand auf, ging zur Tür – und schob den Riegel vor.

Harry wusste, was geschehen würde, und er wusste ebenfalls, dass er es wollte.

Mit hypnotisch schwingenden Hüften trat die Zigeunerin näher und setzte sich wieder. Aber als sie seine Decke zurechtzupfte, glitt ihre Hand darunter und legte sich auf seinen nackten Schenkel.

Harry hielt den Atem an, erstarrte unter ihrer Berührung, und sogleich bestätigte sich ihr Verdacht. Leise und kehlig erklang ihr Lachen.

»Ich dachte, dein Fieber hätte sich etwas abgekühlt. Doch sieh, hier bist du so heiß wie zuvor! Heiß – und hart ...«

Seine Männlichkeit hatte sich aufgerichtet und wuchs nur noch mehr in ihrer fest zupackenden, so herrlich beweglichen Faust.

Schließlich stöhnte er auf: »Nicht! Warte! Nana, verschwende mich nicht!«

Seine zitternden Hände fanden die Knöpfe an ihrem Hemd, und ihre Brüste schwangen frei. Während er die weichen Kurven küsste und die braunen Warzen zum Leben erweckte, zerrte sie sich die Kleider vom Leib und schlüpfte zu ihm ins Bett.

»Füll mich aus, Harry Herrenzeuger«, stöhnte sie, »denn wir sind beide leer gewesen, und unsere Qual hat lange genug gedauert. Ich kenne die Ursache deines Leids nicht, aber vielleicht ist dies ein Teil der Heilung.«

Er antwortete nicht, fand den saugenden Eingang zu ihrem Geschlecht und stieß zu. Im nächsten Moment hielt er inne und keuchte: »Ich kann nicht, darf nicht – verdammt, ich werde dich noch schwängern!«

»Nein.« Sie schüttelte den Kopf, rollte herum und senkte sich langsam und schwer auf ihn, umfing sein Fleisch mit ihrem glühenden Innern und sein Gesicht mit dem Seidenvorhang ihres Haars. Und während sie sich langsam bewegte und ihre Brüste vor seinem Gesicht schaukelten, stieß sie hervor: »Ich bin ... unfruchtbar.« Das war eine Lüge; sie wusste, dass Hzaks Samen unzulänglich gewesen war. Doch Nana wünschte sich ein Kind – warum also nicht von Harry?

Harry merkte, wie er anschwoll, schüttelte heftig den Kopf. »Nana, ich kann es nicht mehr halten.«

»Versuche es nicht«, sagte sie und spürte sogleich, wie er sich zuckend in sie ergoss. Die langen Strahlen schienen nicht aufhören zu wollen, schürten nur das heiße Feuer ihrer Weiblichkeit.

»Zu früh«, stöhnte er auf, verärgert über sich selbst. »Viel zu früh, verdammt!«

»Ja«, raunte sie und nahm ihm fast den Atem mit ihren Brüsten, ihren Küssen. »Zu früh, zu schnell. Aber das war für dich. Das nächste Mal wird für mich sein und länger dauern.«

So war es auch. Ebenso beim dritten Mal ...

In der grauen Dämmerung kurz vor Sonnauf schlich Nana sich aus Harrys Bett, kleidete sich an, ging zum Herrn und sagte ihm, dass sein Vater das Fieber überwunden habe. Als sie ihren Liebsten der viel zu kurzen Stunden verließ, lag er in einem traumlosen Erschöpfungsschlaf, und irgendwie wusste sie, dass sie ihn nie wieder sehen würde.

Aber sie fühlte die Hitze in sich und wusste, dass er ihr etwas zurückgelassen hatte.

ZWEITES KAPITEL

Vier Jahre später

Das Haus von Lardis Lidesci stand auf einer kleinen Anhöhe über Siedeldorf, wo das grasbewachsene, gemäßigte, wenngleich schroffe Vorland zu felsigen Ausläufern und steilen, bewaldeten Höhen anstieg. Bei Sonnunter saß er gerne vor dem Haus, um die letzten Sonnenstrahlen zu erhaschen, ebenso bei Sonnauf, um die ersten Strahlen zu genießen. Solange sich das Muttergestirn noch nicht erhoben hatte, auf den Beinen und trotzdem völlig sicher zu sein, wäre vor vier kurzen Jahren (zweihundert »Tagen« beziehungsweise Sonnauf-Sonnunter-Folgen) noch undenkbar gewesen. Selbst jetzt überlief ihn bei dem bloßen Gedanken daran ein Schauer. Sonderbar schien es auch, an nur einem Ort, in einem Haus zu leben, auch wenn fast alle Szgany das heutzutage taten – gewiss die meisten von Lardis' wohlhabendem und stetig wachsendem Stamm.

Die Szgany Lidesci: Lardis' Volk.

Oh, sicher gab es noch einige Familien, die es vorzogen, in fellbespannten Wohnwagen über die Talpfade zu ziehen, und jene, die ihre kläglichen Habseligkeiten in Karren von Ort zu Ort schleppten und sich keine Rast gönnen, nicht entspannen, nicht daran erfreuen wollten, dass die Geißel der Wamphyri nunmehr der Vergangenheit angehörte. Doch die meisten hatten sich niedergelassen oder waren im Begriff, es zu tun, während andere Stämme, Sippen, Trupps der Wanderer es ihnen gleichtaten und ihre eigenen Dörfer am Waldrand entlang der Ostwestachse des unteren Grenzgebirges errichteten.

Lardis' Hütte war in der Bauweise der Behausung des Herrn auf der Sternseite nachempfunden. Sie gewährte Lardis, seiner jungen Frau Lissa und nicht zuletzt ihrem kleinen Sohn Jason Unterkunft – den sein Vater nach jemandem benannt hatte, den er sehr bewunderte – und stand eine Meile östlich vom Zufluchtsfelsen. Lardis hatte die Stelle selbst gewählt, das Haus gebaut, sich schließlich eine Frau genommen und hier niedergelassen, und das alles binnen vierundzwanzig Sonnendrehungen, nachdem der Herr (den einige mittlerweile den »Tiermenschen« und andere »Harry Wolfsohn« zu nennen sich erfrechten) die Szgany aus seinem Garten auf der

Sternseite weggeschickt hatte. Und während Lardis sich in dem niedrigen Vorgebirge mit dem Bau seines Hauses geplagt hatte, waren seine Leute seinem Beispiel gefolgt, hatten Bäume gefällt und Siedeldorf errichtet.

Da die Stätte nach zweitausend Jahren der Wanderschaft die erste Gemeinde ihrer Art war, fand Lardis ihren einfachen Namen angemessen – wenngleich nicht unbedingt die starke, hohe Palisade, die die Zigeuner errichtet hatten. Mit ihren Laufgängen, Wachtürmen und verschiedenen Verteidigungsanlagen ... nun ja, vielleicht wäre »Festung« ein passenderer Name gewesen! Doch die Erinnerungen an harte Zeiten bleiben lange lebendig, und das Grauen der Szgany vor der Schreckensherrschaft der Wamphyri war instinktiv und tief in ihnen verwurzelt.

Aye, die Wamphyri!

Während Lardis so dasaß im fahlen, trügerischen Dämmerlicht der Sonnseite und auf Siedeldorf herunterblickte – mit seinen kleinen Gärten und Gemüsebeeten, wo blauer Rauch sich aus steinernen Schornsteinen emporringelte und die ersten ameisenhaften Bewegungen auf den engen Straßen zu sehen waren – fragte er sich, ob die Wamphyri je zurückkehren würden. Nun, möglich war es schon, denn sie glichen einem immer wieder aufsteigenden Albtraum, der dem Gedächtnis nie ganz entschwindet, sich aufbläht, wenn er am wenigsten erwartet wird, und erneut der Nacht entsteigt. Aber nicht, so betete er, zu seiner Zeit. Möge es nicht zu seiner oder der Zeit des kleinen Jason geschehen.

Und das würde es auch nicht, falls er etwas dagegen tun konnte.

Dennoch ... berichtete man, dass sich in den Vampirsümpfen wieder etwas regte. Tiere und vereinzelte unwissende Menschen gingen an ihr Wasser, um zu trinken, und wenn sie weggingen, waren sie mehr als Tiere und weniger als Menschen. Oder auch mehr als Menschen, das hing davon ab, welchen Standpunkt man vertrat: den eines Menschen oder den eines – anderen. Es war unmöglich und daher sinnlos – und zudem äußerst gefährlich – auch nur zu versuchen, diese gewaltigen sumpfigen Weiten westlich des Grenzgebirges, diesen unendlichen Morast aus brodelndem, schwärendem Bösen abzuriegeln, zu überwachen oder dort

Patrouillen hinzuschicken. Wie weit die Sümpfe sich tatsächlich ausdehnten, war unbekannt und auf keiner Karte verzeichnet. Niemand verstand zur Gänze, wie die Verseuchung, der Befall durch und letztlich die Verwandlung in einen Vampir vonstatten ging.

Wie dann der Gefahr begegnen? Die Szgany Lidesci konnten lediglich ihr Bestes tun. Lardis' Plan war einfach und hatte bislang funktioniert.

Westlich der schroffen Berge, wo die lotrechten Felsen abfielen und zu Höhen, Hügeln und Karst wurden, zu einem Vorland, das allmählich morastigen Tiefen wich – dort begannen die Sümpfe. Gespeist aus Gebirgsbächen, brauten die Moore ihre Schrecken durch das lange, dunstige Sonnauf hindurch und entließen sie in die blubbernde, nebeldurchwobene Finsternis. Mindestens ein Stamm der Trogs der Sternseite, jener Bewohner der tiefen Höhlen weit westlich des ehemaligen Gartens des Herrn, kannte die Gefahr gut und hielt stets Wache gegen jedes verdächtige Geschöpf, das aus jener Gegend kam. Und da sie alle verdächtig waren, vernichteten sie sie, wo immer sie auf sie trafen. Ganz gleich ob Wolf, Ziege, oder Mensch – wer oder was auch immer aus der feuchtdumpfen Finsternis hervorkam oder -stakste und das Territorium der Trogs betrat, war verloren.

Lardis tat es den Trogs gleich. Einhundertvierzig Meilen westlich von Siedeldorf, dort wo die Berge nicht mehr ganz so zerklüftet waren und der Grüngürtel der Sonnenseite sich zu einer Art spärlich bewaldetem Flaschenhals verengte – dort hatten die Szgany ihre Grenzlinie gezogen. Während Lardis' gesamter Zeit als Wanderer hatte er den Stamm niemals über jene Linie geführt, und auch kein anderer Anführer, von dem er wusste. Von einer Hand voll Einzelgänger abgesehen – einsamen Wanderern, die stets für sich reisten, vielleicht um der Sicherheit für Leib und Leben willen – von diesen also und von sehr gelegentlichen Nomadenfamilien abgesehen, war das Gelände hinter der Grenzlinie den Menschen unbekannt und unerforscht. Doch was die Grenze selbst betraf: Jetzt war sie zumindest mit Posten versehen. Und das dauerhaft.

Westlich von Siedeldorf gab es zwei weitere feste Zigeunergemeinden: Mirlu-Städtchen, das nur zwanzig Meilen entfernt lag, und Tireni-Hang, noch drei Mal so weit dahinter. Freiwillige aus allen drei »Städten« wechselten sich bei der Bewachung des düsteren Vampir-Grenzlandes ab. Gerade jetzt befanden sich zwei Dutzend Männer der Szgany Lidesci einen ganzen Sonnauf-Marsch weit im Westen. Dort blieben sie dann vier lange Tage – und vier kalte, unheimliche Sonnunter – bis die Szgany Mirlu sie ablösten. Danach war eine Gruppe vom Tireni-Hang an der Reihe, und so weiter. Ebenso wie die Trogs der Sternseite nach Eindringlingen Ausschau hielten, schützten die Szgany die Sonnseite.

Mehr konnte nicht getan werden. Lardis hatte das gesamte Verfahren mit Anton Mirlu und Yanni Tireni abgesprochen. Die Lidesci schienen – weil sie am weitesten von der Grenze entfernt lebten und daher den längsten Weg zur Wahrnehmung ihrer Pflichten hatten – den schlechtesten Teil des Abkommens erhalten zu haben. Allerdings waren sie eben diejenigen, die am weitesten entfernt von der Gefahr lebten ... doch nie so entfernt, dass Lardis die Verbindung verloren hätte. Oh nein, schließlich musste er seine Kenntnisse frisch halten, musste auf dem Laufenden bleiben, ob, wo und wann sich vampirische Ausbrüche oder Manifestationen zeigten ...

Lardis kauerte auf seinem Stuhl über Siedeldorf und wälzte all diese Gedanken, dachte über Vergangenes nach und fragte sich, was kommen würde, bis er plötzlich fröstelnd den Kragen seiner Jacke hochschlug. Nicht, dass ihm dadurch wärmer wurde, denn es war – vielleicht – ein Frösteln seiner Seele. Er schnaubte und zuckte beunruhigt die Achseln. Manchmal verfluchte er seine seherische Gabe! Sie zeigte ihm Dinge und warnte ihn, aber nie zeigte sie genug, und manchmal warnte sie zu spät.

Vom Boden, aus den Bächen und dem Fluss stieg langsam (und ganz natürlich) ein leichter Nebel auf, rückte durch die Wälder vor und sammelte sich in den Vertiefungen. Die Mauern von Siedeldorf verschwanden allmählich im Grau. Lardis hatte nicht viel für Nebel übrig. Er hatte schon zu viel davon gesehen, der nicht natürlichen Ursprungs war. Er erinnerte sich wieder an das klamme Gefühl auf der Haut, daran, was diese Nebel hervorgerufen hatte, was nur all zu oft aus ihnen hervorgekommen war. Aber dieser hier ...

Er kniff die dunklen Szgany-Augen zusammen und tat diesen

Nebel mit einer mürrischen Miene ab. Da er seinen Ursprung kannte, konnte er sich diese Geste leisten, denn der Dunst entsprang lediglich der Morgendämmerung. Nur eine kurze Weile noch, dann würde die prächtige, sich mühende Sonne ihren Rand über die fernen Glutwüsten erheben und ihr Licht auf Büsche, Präriegras und Savanne ergießen, die allmählich in Wald überging, bis schließlich ihr goldenes Licht auf Siedeldorf und das Grenzgebirge fiel.

Sonnauf, schon bald! Das Land wusste es, regte sich, stieß seinen nebligen Atem aus, um warmblütige Tiere und Vögel gleichermaßen zu wecken und die schimmernden Forellen in den heller werdenden Flüssen noch um ein weniges länger zu schützen.

Sonnauf, oh ja ... Mit diesem Gedanken wichen alle düsteren Vorzeichen und Schreckensbilder aus Lardis' Gemüt. Jedenfalls eine Zeit lang ...

»Halloo!« Der Ruf durchbrach Lardis' Selbstversunkenheit und brachte ihn auf die Beine.

Er trat an den vorderen Rand des Gartens und spähte die grobe Steintreppe hinunter, die er im Zickzack an der steilsten Stelle des Hangs angelegt hatte. Lardis sah zwei ungleiche Gestalten heraufklettern, deren Füße durch milchigen Nebel wateten. Eine davon, deren vertraute Stimme ihn angerufen hatte, war Nana Kiklu. Die andere – männlich, knorrig und leicht gebeugt – gehörte Jasef Karis, dem Mentalisten oder auch ›Gedankendieb‹, wie die meisten ihn nannten, wenngleich dieser Ausdruck nicht sehr freundlich war. Oh ja, der alte Zigeuner konnte einem schon in den Kopf schauen und die Gedanken *stehlen,* wenn er es denn wollte! Aber das war nicht seine Art. Für gewöhnlich behielt er seine Gabe für sich und nutzte sie zum Wohl des ganzen Stammes.

Und was Nana betraf: Ihr Mann war nach der Schlacht um den Garten des Herrn gestorben, die sich wiederum kurz nach dem höllischen Blutbad am Zufluchtsfelsen ereignet hatte. Und *daran* erinnerte sich Lardis nur allzu gut ...

Damals war der Wamphyri-Lord Shaithis auf die Sonnseite gekommen, um nach Zekintha Foener und dem Höllenländer Jazz Simmons zu suchen. Tatsächlich stammten beide, Zek und Jazz, aus den Höllenlanden, doch während Lardis sie als Einzelpersonen bewundert hatte, waren seine Erinnerungen an Zek doch weitaus freundlicher. Zwar hätte man sie unmöglich für eine Zigeunerin halten können (wie auch – bei ihrer sonnengleichen Farbe?), dennoch hatte sie *etwas* Zigeunerhaftes an sich gehabt. Nicht ein einziges Mal hatte sie Lardis irgendwie ermuntert, und trotzdem hatte er Hoffnungen gehegt. Vielleicht, wenn die Dinge anders verlaufen wären ... aber das waren sie eben nicht. Zek war fortgegangen, zurück in ihre eigene Welt. Jedenfalls hatte Lardis Lissa und Jason, die er beide von Herzen liebte. Doch er schweifte ab!

Nach dem Gemetzel am Zufluchtsfelsen und der Ruhezeit im Garten des Herrn, als der Stamm wieder zur Sonnseite zurückgekehrt war und Siedeldorf errichtete, war Nana die Pflege des alten Jasef auferlegt worden; denn bei den Szgany gab es keine Müßiggänger. In der Tat hätte Nana sich unter den Bedingungen ihrer alten Lebensweise einen neuen Mann suchen müssen. Und was den Alten anging: Schon lange wäre der Tag gedämmert, da es den Mentalisten nicht mehr gegeben hätte. Sein rasch einschrumpfendes Hirn, seine verfallenen Knochen und knotigen Sehnen hätten ihm ein rasches Ende eingebracht. Ohne die Klugheit, sich ein Versteck zu suchen, oder die Gewandtheit, die ihm zur Flucht verhalf, hätte Jasek seine Tage nach einem albtraumhaften Überfall von der Sternseite als Fraß im Wanst einer Kampfzüchtung der Wamphyri beschlossen. Nur ... das war damals gewesen, heute war heute, und die Zeiten hatten sich geändert.

Lardis behielt die herannahenden Gestalten weiter im Auge, und seine Gedanken über den alten Szgany-Telepathen waren weder hartherzig noch berechnend, lediglich ehrlich.

Der alte Jasef mit seiner Gedankenleserei und alldem: Was er aß, machte nicht viel aus, und er bereitete niemandem Schwierigkeiten. In dem Anbau bei Nanas Hütte verbrachte er seine Tage in aller vorhandenen Behaglichkeit und war dafür dankbar. Denn er wusste, dass er bei bestimmten Stämmen der Szgany dieses Glück vielleicht nicht gehabt hätte. Womöglich hätte man ihn sogar getötet, wie es seinem Vater vor ihm ergangen war; denn er hatte etwas von den Wamphyri in sich. Es war nur sehr wenig und zeigte sich auch nur in seinem Mentalismus. Doch in Lardis Augen machte ihn das wertvoll. Besonders jetzt, da sich wieder etwas zu tun begann, allerdings etwas, worauf die Szgany gut und gerne verzichten konnten.

Lardis dachte daran, wie es damals, vor dreizehn Sonnaufs, gewesen war, als Nana Jasef Karis das letzte Mal zu ihm gebracht hatte – und was sich daraus ergeben hatte:

»Karen ist unruhig in ihrem Horst!« Die flatternden Hände des alten Mannes hatten wie braun gefleckte Vögel gewirkt. »Ebenso Harry Wolfsohn, der mit dem Rudel an den Hängen der Sternseite umherstreift und den dahineilenden Mond anheult. Ihre Gedanken sind sonderbar und künden von Unheil. Mit ihren Augen habe ich gesehen, wie die Auroren über den Eislanden wabern und pulsieren, und mit ihren Nasen roch ich die unheimlichen Winde, die von jenem kalten Reich herüberwehen!«

Lardis hatte genickt und gefragt: »Woran denken sie?«

»Karen ist verstört – sehr verstört! Sie erschafft Ungeheuer!«

»Aus Menschen?« Lardis hatte den Atem angehalten, hatte es nicht glauben wollen. Vor vier Jahren war es schwierig genug gewesen, daran zu glauben, dass sie noch lebte! Karen am Leben? Da Harry Herrenzeuger doch so sicher gewesen war, dass sie nicht mehr unter den Lebenden weilte? Aber als der Herr zur Sternseite zurückgekehrt war, nachdem er seinen Vater wieder in die Höllenlande gesandt hatte, war die Wahrheit offenbar geworden: Die Lady Karen selbst hatte ihn aufgesucht! Sie und der Herr (zwei vom gleichen Schlag?) waren auf den silbrigen Hängen hoch über den karstigen Ebenen der Sternseite umhergeschritten und hatten sich unterhalten. Warum auch nicht? Schließlich war sie seine Verbündete gegen die Wamphyri-Lords gewesen! Sie war diejenige gewesen, die die erste Warnung überbracht hatte.

Und nun das: Sie übte die Künste der Wamphyri aus und erschuf Ungeheuer! Aber woraus? Vielleicht war es doch ganz gut, dass der Herr zu einem Tiermenschen geworden war, dessen Macht im Einklang mit seinem menschlichen Fleisch dahinschwand. Aye, denn nun war er der Anführer der grauen Bruderschaft – ein Wolf! Wenn auch mit den bleichen, schlanken Händen eines jungen Mannes. Wäre es anders gewesen ... ach, welch undenkbare Albträume hätten Karen und er vereint hervorbringen können! Welch eine blutrünstige Nachkommenschaft, die ihre Überfälle von der Sternseite erneut aufgenommen hätte!

Jasef hatte jedoch zittrig den grauen Kopf geschüttelt. »Nein, Karen raubt keine Menschen, um ihre Kreaturen zu züchten. Sie hat weder das Fleisch von Wanderern noch das von Trogs verwendet, sondern ... was sie lebendig in den Werkstätten der Lords Menor Malmzahn und Lesk der Vielfraß entdeckt hat, was unter den Ruinen ihrer eingestürzten Horste begraben lag.« Dann fügte er achselzuckend hinzu: »Doch was soll's? Denn einst ... war auch das der Stoff, aus dem Menschen gemacht sind.«

Nun war die Kunde von Karens finsteren Umtrieben und Harry Wolfsohns unruhigen Streifzügen an sich schon schlimm genug gewesen. Doch Lardis hatte wissen wollen, was sie zu diesen Absonderlichkeiten trieb. Hatte Jasef den Grund dafür erfahren können? Was fürchtete Karen, dass sie Wachgeschöpfe erschuf, da sie doch selbst die Letzte der Wamphyri war? Es gab Gerüchte, dass sie sich menschliche Liebhaber genommen und nicht einem davon etwas angetan hatte. Was wusste Jasef darüber? Überhaupt irgendetwas? Oder tastete er nur blindlings im Dunkeln?

»Schreckliche Winde pfeifen aus den Eislanden«, hatte der Alte gestöhnt und dabei mit den Augen gerollt. »Der Tiermensch und Karen, sie haben beobachtet, wie die Auroren wabern, und Stimmen aus dem lebendigen Eis belauscht!«

Bei diesen Worten hatten sich Lardis' Augen zu Schlitzen verengt. Das war nun schon das zweite Mal, dass der alte Mann die Eislande erwähnte, die entlegenen Nordregionen jenseits der Sternseite, in die die Wamphyri seit undenklichen Zeiten Übeltäter aus den eigenen Reihen verbannt hatten. Es war bekannt, dass nach der Schlacht um den Garten mehrere überlebende Lords dorthin geflohen waren: der riesenhafte, missgestalte Fess Ferenc, der durch und durch abscheuliche Volse Pinescu, der stämmige und rachsüchtige Arkis Leprasohn – selbst der große Lord Shaithis sowie eine unbekannte Zahl von Offizieren und Knechten. Nun, und sie waren nur die Letzten von vielen, die vor ihnen gegangen waren. Aber keiner war zurückgekehrt. Bislang jedenfalls ...

Lardis war erschauert und hatte mit rauer Stimme gefragt: »Willst du damit sagen, dass sie ihre ... Rückkehr fürchten?«

»Warte! Warte!« Der alte Jasef wedelte mit den Händen. »In der Stunde vor der Dämmerung träumte ich vom Herrn, dem Tiermenschen, dem Wolf mit den Menschenhänden. Nur war es mehr als ein bloßer Traum, und er fragte nach dir, Lardis. Wenn du mehr erfahren willst, geh hin und sprich mit ihm, der mit dem Rudel umherstreift.«

»Ach?«, hatte Lardis geschnaubt und zum Zeichen seiner Gereiztheit ruckartig die Schultern gezuckt, wie es seine Art war. »Einfach so? Und soll ich vielleicht auch mit den Wölfen laufen? Und werden sie wie die zahmen Wölfe von Siedeldorf mein Leben verschonen? Sage mir doch: Wenn ich den Herrn sehen wollte, wo sollte ich ihn suchen, wo finden?« Doch er kannte die Antwort bereits, ehe er die Frage vollendet hatte.

»Nun, wo schon?«, hatte Jasef gesagt und den Kopf zur Seite geneigt.

Natürlich am Grab seiner Mutter ...

Nana und Jasef hatten die oberste Treppenflucht erreicht. Der alte Mann atmete schwer und keuchte an den steilen Stellen und stützte sich mit seinem ganzen Gewicht auf Nana. Es musste sich um etwas Wichtiges handeln. »Ihr hättet einen Läufer schicken sollen«, rief Lardis hinab. »Ich wäre zu euch gekommen.«

Einen Läufer – selbst diese einfachen Worte beschworen Bilder herauf.

Bilder von einem Mond, der durch den Himmel über Sternseite jagte, und von grauen Gestalten, die wie Quecksilber durch die Nacht liefen, deren Umrisse zur Nacht selbst zu gehören schienen. Man konnte sie nie ganz sehen – nur als graue Schemen am Rande des Sichtfelds. Sie verschmolzen mit den Kämmen und Klüften, mit den Schatten schwarzer, regloser Bäume. Im unnatürlichen Dämmerlicht des Gartens hatten ihre dreieckigen Augen geleuchtet.

Denn Lardis hatte seine Pflicht selbstverständlich gekannt und sich trotz seiner Furcht dorthin begeben, war den hohen Pass hinaufgestiegen und zum Garten gegangen, um sich mit Harry

Wolfsohn beim Grab der Sanftmütigen Unter Den Steinen zu treffen. Sicher, er war weder allein gegangen noch unbewaffnet; fünf seiner besten Männer hatten ihn begleitet, und er hatte seine Schrotflinte und eine Kiste mit Silberpatronen aus der Waffenkammer des Herrn bei sich getragen. Nicht, dass Lardis Harry Wolfsohn nicht traute: Seinerzeit *hatte* er ihm vertraut, ihn beinahe verehrt und tat es immer noch – bis zu einem gewissen Punkt. Aber man hörte so einiges über ihn. Jäger, die an den Abendhängen der Sonnseite gejagt hatten und spät nach Siedeldorf, Mirlu oder Tireni-Hang zurückgekehrt waren, hatten ihn mit dem Rudel laufen sehen. Und er hatte nach Kräften in ihr Geheul eingestimmt!

Sie hatten jedoch eine Vereinbarung, und kein Szgany aus den westlichen Siedlungen würde je auf einen Gebirgswolf schießen. Doch um vollkommen sicherzugehen, dass sie nicht in Versuchung gerieten, hatte Lardis seine Männer am Eingang des Gartens zurückgelassen, wo der Pass zur Sonnseite hinabführte. Dann hatte er seinen Weg zum Treffen am Grab der Mutter des Herrn allein fortgesetzt. Nur war es nicht der Tiermensch gewesen, dem Lardis im nunmehr verwüsteten Garten begegnet war. Nicht ihm, sondern seinem Vater, dem Necroscopen Harry Keogh, der endlich aus einer anderen Welt zurückgekehrt war.

Lardis erinnerte sich noch genau an die ersten Augenblicke dieser Begegnung. Zunächst war der Garten leer gewesen war, dann hatte dort, wo eben noch nichts gewesen war, plötzlich die hoch gewachsene Gestalt des Höllenländers gestanden, allein, mit hängenden Schultern, verloren. Lardis hatte sogleich erkannt, um wen es sich handeln musste, denn kein anderer konnte auf diese Weise kommen oder gehen. Und er hatte sich gefragt: *Ist es das, was der Herr mich wissen lassen wollte, dass sein Vater ins Grenzgebirge zurückgekehrt ist?*

Doch als Lardis näher getreten war, hatte Harry sich aufgerichtet, sich umgewandt und ihn gesehen. Im gleichen Augenblick hatte Lardis erkannt, dass der Herr nicht der der Einzige war, der eine Veränderung durchlaufen hatte.

Harrys Gesicht war grau und hager und die Augen blutrot. Wamphyri!

Was den Rest dieses Zusammentreffens anging – was sie getan und gesprochen hatten, war so gut wie vergessen. Lardis hatte nur noch weggewollt. Vielleicht hatte er vom Schicksal des Herrn gesprochen, vielleicht auch von seinen Befürchtungen bezüglich einer Gefahr aus den Eislanden. Vielleicht hatten sie über Lady Brenda gesprochen und über das Steingrab, unter dem sie begraben lag; dabei hatte im Blick des Necroscopen womöglich nicht nur Blut gelegen. An eines erinnerte sich Lardis noch deutlich – und er würde sich immer dafür schämen: Er hatte seine Waffe abgefeuert – hatte nicht getroffen, und der Höllenländer hätte ihn so leicht töten können ... und hatte es doch nicht getan.

Später hatten sie schweigend nebeneinander an Brendas Grab gestanden. Doch als Harry sich nach den Wanderern erkundigte, war Lardis sofort misstrauisch geworden. Die Absichten des anderen bereiteten ihm Sorgen, und er hatte gefragt: »Wirst du also auf der Sonnseite jagen, Harry – Männer, Frauen und Kinder – im Dunkel der Nacht?«

»Jagt mein Sohn die Szgany?«, gab Harry zur Antwort. »Hat er das je getan?«

Doch da war die Stimmung bereits so trüb gewesen wie Lardis' Laune. Als er sich auf den Weg zum Pass gemacht hatte, wo seine Männer im Verborgenen auf ihn warteten, hatte er zum Abschied gemeint: »Ach, du wirst schon bald auf die Jagd gehen, nach einer Frau, die dir dein Bett wärmt, oder einem Travellerkind, wenn du genug hast vom Fleisch der Kaninchen!« Und das Heulen der Wölfe war ihm und seinen Männern auf dem gesamten Rückweg zur Sonnseite gefolgt ...

Nana und Jasef hatten das obere Ende der Stufen erreicht; Lardis nahm den alten Mann am Arm, führte ihn stolpernd zu seinem Stuhl und half ihm beim Niedersetzen. Nana sagte: »Ich hätte auch allein kommen können, aber Jasef sagte, nein, er wolle mit dir persönlich sprechen. Außerdem seid ihr hier unter euch. Was Jasef dir zu sagen hat, sollte besser niemand hören. Er möchte den Leuten keine Angst einjagen.«

»Und was ist mit dir?« Lardis blickte sie an und verschaffte dem

Mentalisten dadurch Zeit, sich zu sammeln und wieder zu Atem zu kommen. »Hat er es dir gesagt?«

Sie zuckte die Achseln. »Ich sorge für ihn. Er brabbelt unablässig im Schlaf vor sich hin, und manchmal bekomme ich einiges mit.«

»Ich brabble, jawohl«, nickte der Alte und fletschte die Zähne zu einem bitteren Grinsen. »Aber worum es in meinem Gebrabbel geht – eieiei!«

»Heraus damit«, sagte Lardis finster. »Worum geht es, alter Mann?«

Jasef kam ohne Umschweife zur Sache: »Die Wamphyri sind wieder auf der Sternseite!«

Lardis hatte es zwar schon befürchtet, dennoch erfasste ihn das nackte Grauen. Er schüttelte den Kopf und packte Jasef am Arm. »Aber wie kann das sein? Wie ist das möglich? Wir haben die Wamphyri vernichtet!«

»Nicht alle«, sagte Jasef. »Und jetzt sind sie aus den Eislanden zurückgekehrt, Shaithis und noch ein anderer. Sie planen Übles gegen Harry Höllenländer, die Lady Karen, sogar gegen den Tiermenschen. Ihre Stimmen wehen im Wind über das Grenzgebirge, und in meinen Träumen höre ich, wie sie miteinander sprechen.«

»Worüber?«

»Über süßes Wandererfleisch, über das Blut, dass das Leben ist, über Bälger, die man wie Ferkel am Spieß röstet, und Frauen, die ihre Lust zerreißt! Von all diesen Dingen, die sie in den Eislanden entbehren mussten. Sie nisten schon in Karens Horst und fliegen mit ihren unbesiegbaren Kämpfern aus, um die Stämme im Osten zu überfallen.«

»Nur zwei?«

»Was?« Jasefs wässrige Augen richteten sich erstaunt auf Lardis. »›Nur‹ zwei, hast du gesagt? ›Nur‹ zwei Wamphyri–Lords?« Natürlich wusste Lardis, dass er Recht hatte. Es hätte ebenso gut eine Armee sein können. Nur waren Armeen ... nicht immer siegreich.

Jasef erahnte seine Gedanken. »Aye«, nickte er. »Die Szgany Lidesci sind nicht wehrlos. Wir haben die Waffen des Herrn! Zumindest jene Waffen, in deren Anwendung er uns unterwiesen hat. Aber was ist mit den anderen Stämmen und Dörfern? ›Nur‹ zwei – zumindest für den Augenblick! Aber glaubst du etwa, dass die Wamphyri sich keine Offiziere einfangen werden? Glaubst du, dass sie sich nicht vermehren und Ungeheuer erschaffen werden? Lardis, ich bin nur ein alter Mann, dessen Tage gezählt sind, daher habe ich in der Welt nur noch wenig Gewicht. Aber ich sage dir, wovor ich mich am meisten fürchte – dass dies nämlich der Anfang vom Ende für *alle* Szgany ist.«

Auf einmal packte Lardis die Verzweiflung. Sein Griff um Jasefs Arm wurde fester. »Wie können wir sicher sein, dass du die Zeichen auch richtig gedeutet hast? Du bist dir deiner doch selbst nicht immer sicher. Sogar *deine* Träume sind manchmal ... eben nur Träume.«

»Diesmal nicht, Lardis.« Der alte Mann schüttelte den Kopf. »Diesmal leider nicht. Meinst du denn, es bereitet mir Freude, den Unglücksboten zu spielen, den Überbringer der bösen Vorzeichen, einem Manne gleich, dessen bloßer Atem schon den Hauch der Pest in sich birgt? Glaube mir, das tue ich nicht gern. Aber ich kenne die Wamphyri und besonders Shaithis, der stets zu den Gerissenen zählte ...« Er hielt inne, als ein unwillkürlicher und unbeherrschbarer Schauer ihn durchfuhr. »Oh ja, seine Gedanken sind stark. Sie durcheilen den Äther wie Schreie in einem hohen Tal, und mein Verstand ist die Wand des Tals, die sie auffängt, damit ich sie lesen kann.«

Lardis sah sich um, als suche er nach einer verborgenen Lösung, doch dann erhob er die Stimme. »Was ist mit Karen? Was mit Harry Herrenzeuger? Er verfügt über Kräfte, die er in der Schlacht um den Garten des Herrn eingesetzt hat. Und dieses Paar – vergebt mir, wenn ich so etwas sage, es auch nur denke – aber sie sind selbst Wamphyri! Ich kann mir nicht vorstellen, dass sie stillsitzen und nichts unternehmen werden, während Shaithis seinen alten Einfluss wieder aufbaut, seine alten Territorien erneut beansprucht. Oder? Undenkbar! Wir waren schon einmal Verbündete, wir werden wieder Verbündete sein.«

Jasef nickte mit zittrigem Haupt. »Von zwei Übeln erwählt man sich lieber dasjenige, das man bereits kennt, nicht wahr, Lardis? Aber hast du mir nicht zugehört? *Karen ist bereits von ihrer Höhe geflohen!* In diesem Augenblick hält sie sich mit dem Höllenländer im

Garten seines Sohnes auf. Und was den Tiermenschen betrifft: Es ist geradezu sicher, dass er sich mit ihnen gegen Shaithis und die anderen verbünden wird. Nur sage mir, was kann ein Wolf schon ausrichten? Ach, er ist nicht mehr der Herr, den wir einst kannten!«

Lardis schritt auf und ab. »Nun, zumindest weiß ich, was ich tun muss!«, sagte er schließlich und wandte sich an Nana. »Geh nach Siedeldorf hinunter, sprich mit Peter Szekarly, Kirk Lisescu, Andrei Romani und seinen Brüdern. Sag ihnen, sie sollen sich sofort bei mir einfinden – mit ihren Gewehren! Wir gehen wieder zur Sternseite, in den Garten. Wenn Harry Herrenzeuger und Karen Kämpfer brauchen ... Ich bleibe hier und packe alles zusammen, bis die fünf hier sind. Wir gehen und besprechen uns mit jenen, die die Sternseite verteidigen, wie sie es schon einmal getan haben. Wir werden ihnen unser Bündnis anbieten und Kriegsrat halten!«

Nana nickte. Bisher hatte sie geschwiegen, doch nun sprudelten ihr die Worte wie ein Wasserfall über die Lippen. »Lardis, denkst du, dass ich ... Könntest du vielleicht ... Ich will nur sagen ... dass ich gerne mit euch gehen möchte!«

Erstaunt sah er sie an, verzog das Gesicht und legte die Stirn in Falten. »Du? Zur Sternseite? Hast du auf einmal den Verstand verloren, Nana? Du hast doch zwei kleine Söhne, um die du dich kümmern musst! Sie sind kaum ein Jahr älter als mein Jason! Wie könnte ich so etwas erlauben – und warum willst du es überhaupt tun? Bist du dir denn der Gefahr nicht bewusst?«

»Ich ... natürlich weiß ich, dass es gefährlich ist.« Sie wandte den Blick ab. »Es war nur ... nicht mehr als eine Laune.« Dann brach es erneut aus ihr heraus: »Aber ich ... ich habe damals Harry Herrenzeuger gepflegt, und ich frage mich, wie es ihm jetzt wohl ergeht, da er doch ...«

»Verwandelt ist!«, beendete Lardis den Satz für sie. »Damals war er nur ein Mensch, Nana, wenngleich ein ziemlich seltsamer – doch nun ist er etwas anderes geworden. Du darfst nicht mitkommen. Zur Sternseite, was? Selbstverständlich nicht! Bleibe in Siedeldorf und kümmere dich um Hzak Kiklus Kinder, solange es geht. Eine Laune, sagst du? Eine verdammt dumme Laune, muss ich schon sagen! Soll ich einem Vampirlord, und sei es auch einer wie Harry

Herrenzeuger, gestatten, seine roten Augen über eine meiner Szgany-Frauen wandern zu lassen? Du könntest ein Schicksal erleiden ... das ich nicht einmal einem Hund wünsche!«

Ah ja!, dachte sie bei sich. *Du weißt es nicht, du weißt es nicht!*

Dennoch war dies Lardis' letztes Wort zu dem Thema, und Nana konnte nur ihre eigene Zunge verwünschen, die sie beinahe verraten hätte ...

Der Rückweg nach Siedeldorf war leichter. Als Nana und Jasef sich der letzten Treppe näherten, von der aus sie vorauslaufen würde, um den Männern Lardis' Botschaft zu übermitteln, schnaufte der alte Mann: »Nana, das vorhin war ein Fehler.«

Zwar war auch sie außer Atem, doch nun blieb ihr fast die Luft weg. »Was war ein Fehler?«

»Vor vierzig Sonnaufs oder so wuchs ein Kind in einer Frau heran«, sagte der alte Mentalist mit gespielter Nachdenklichkeit. »Doch vor vier Jahren (er sagte nicht ›Jahre‹, sondern sprach den Gepflogenheiten der Sonnseite und den Zeitmaßen der Szgany gemäß) ereigneten sich gewaltige Dinge, und keiner zählte groß nach.«

»Was willst du damit sagen?« Doch noch ehe er antwortete, wusste sie bereits, was er meinte.

»Hzak Kiklu starb nach der Schlacht um den Garten«, sinnierte Jasef gemächlich weiter. Die Bemerkung war ganz und gar unnötig, doch bewies sie, was Nana schon immer gewusst hatte: dass, so alt er auch sein mochte, Jasef dennoch nicht der alte Narr war, für den manche ihn hielten. »Doch bevor er starb, steckte er noch immer voller Manneskraft. Ganz offensichtlich, denn du hast deine Söhne! Oh, aber diese Schwangerschaft währte wahrlich lange, Nana«, fuhr er fort. »Fast ... wie lange? Zehn Monate?«

»Zehneinhalb«, brummte sie leise. »Doch wie du schon sagtest: Damals zählte keiner groß nach. Komm zum Punkt, Jasef.«

»Man übergab mich deiner Obhut«, sagte er. »Seitdem bist du gut zu mir gewesen. Es gibt Leute, die hätten einen Weg gefunden, sich nicht um mich zu kümmern. Was denn, um einen alten Gedankendieb wie Jasef Karis? Vergessen wir mal, ihm zu essen zu geben, lassen wir ihn auf seinem Feldbett liegen, soll er doch schwächer werden und sterben. Aber bei dir hat es mir an nichts gefehlt ... na ja, vielleicht eine neue Pumpe in dieser alten Brust, ein paar anständige Zähne, neue Knie! Aber an Bequemlichkeit alles, was ich brauchen kann. Also habe ich meine eigenen Gründe, dir zugetan zu sein, Nana.«

»Das beruht auf Gegenseitigkeit«, erwiderte sie. »Du bist auch gar nicht so übel. Und?«

Er schwieg, während sie die letzte Kehre nahmen. Schließlich sagte er: »Ich sah dich zusammenzucken, als ich Lardis sagte, dass Harry und Karen sich gemeinsam im Garten aufhielten. Deine schwarzen Augen haben auf einmal geglüht wie Kohlen, Nana.«

»Für einen Moment«, sagte sie und wandte den Blick ab. »Aber auch nur einen Moment. Immerhin fließt sein Blut in meinen Kindern.«

Er nickte, dachte darüber nach und sagte: »Warum hast du es geheim gehalten?«

»Aus gesundem Menschenverstand heraus«, gab sie zur Antwort, »vielleicht auch aus anderen Gründen. In Siedeldorf gibt es ein paar Frauen, die es wichtig genommen, und etliche andere, die sich darüber lang und breit die Mäuler zerrissen hätten. Aber zu der Zeit, als Harry krank im Garten des Herrn lag, dachte ich an ihn nicht als den Höllenländer. Für mich war er nur ein einsamer Mann in einem fremden Land, und ich war ebenfalls einsam. Aber du hast Recht: Damals ereigneten sich viele Dinge, und als die Zwillinge sich zeigten, kam vieles Schlag auf Schlag. Im Rückblick verschwimmen die Ereignisse.«

Sie waren im Tal angekommen. Nana löste den Griff um den Arm ihres Schutzbefohlenen und reichte ihm seinen Stock. »Und heute kann ich es nicht mehr bekennen, selbst wenn ich wollte. Harry Höllenländer ist Wamphyri! Was würde mir die Wahrheit einbringen? Im besten Fall würden meine Jungen und ich unter Beobachtung stehen – stets und ständig aus nächster, allernächster Nähe – selbst in den friedlichsten Zeiten. Und jetzt, da die Wamphyri nach Sternseite zurückgekehrt sind?« Sie schüttelte den Kopf. »Wenn Menschen in Panik verfallen, neigen sie dazu, mit der

Herde durchzugehen, Jasef. Und dann werden die Unschuldigen zertrampelt.«

Er nickte und sah ihr nach, als sie sich auf den Weg machte. »Die Unschuldigen, oh ja«, nickte er. Und als die Entfernung zwischen ihnen größer wurde, rief er ihr nach: »Mein Vater bezahlte dafür den vollen Preis! Gepfählt, enthauptet, verbrannt. Allerdings war er nicht mehr unschuldig. Wohlan, und als die vampirische Verwandlung ihn überkam, da war er auch kein Mensch mehr!«

Sie blieb stehen und blickte zurück. »Aber meine Kleinen *sind* Menschen«, sagte sie langsam und bedrohlich. »Und das ist alles, was sie sind.«

»Natürlich, natürlich«, winkte Jasef ab. »Nun geh schon, Nana Kiklu! Erfülle Lardis' Auftrag. Ja, ja, und wir werden dein Geheimnis bewahren, das außer uns niemand kennt ... und so wird es auch bleiben ... Nur Menschen, deine Kleinen, nur Menschen ...« Doch bei sich dachte er: *Was denn, nur Menschen sollen sie sein, Nana? Die Abkömmlinge des Necroscopen Harry Keogh aus den Höllenlanden? Und dann nur Menschen? Ah, das frage ich mich. Das frage ich mich fürwahr.*

Zwei der Romanibrüder waren im Wald auf der Jagd, Kirk Lisescu war fischen gegangen, und keiner von ihnen kehrte vor dem späten Vormittag nach Siedeldorf zurück. Bis dahin waren ihre Bewegungen müde und langsam geworden. Mittlerweile hatte Lardis ebenfalls die Lust verloren, noch länger auf seine Gefährten zu warten, und war von seinem Haus heruntergestiegen, um festzustellen, weshalb sich die Dinge so verzögerten. Seine Ankunft fiel mit der eines müden, abgekämpften und verängstigten Zigeunertrupps zusammen, der aus dem östlichen Hügelland kam – und bei dem es sich um die Überlebenden eines Wamphyri-Überfalls handelte!

Dieser letzte Umstand brauchte eine Weile, bis er sich in den Köpfen der Zuhörer festgesetzt hatte, doch als es endlich geschah ...

... traf er Siedeldorf mit der Wucht eines lähmenden Donnerschlags! Sogar Lardis, der doch eine gewisse Vorwarnung erhalten hatte, war entsetzt. Wenn es in der Vergangenheit Zeiten gegeben hatte, da er an der Wahrhaftigkeit von Jasef Karis' telepathischen

Fähigkeiten gezweifelt hatte, nun, dann waren seine Zweifel jetzt endgültig zerstreut.

Lardis sprach eine Weile mit einem der sieben Überlebenden, der sich etwa in seinem Alter befand. Offenbar war er einst klug und stark gewesen, doch nun war er verwirrt und murmelte unablässig vor sich hin. »Wann haben sie zugeschlagen? Wann?« Lardis schüttelte ihn leicht.

»Zwei oder drei Stunden nach Sonnunter«, erwiderte der Mann. Sein Gesicht war eingefallen und ausgemergelt. »Vorher waren einige von den Kindern in der Dämmerung nach Hause gekommen; sie hatten oben auf den Bergspitzen Ziegen gejagt und erzählten, dass sie in Karenhöhe viele Lichter gesehen hätten. Vielleicht hätte uns das eine Warnung sein sollen. Aber man sagt, dass die Lady Karen tot sei, und es waren nur Kinder. Sie konnten sich auch irren.«

»Wo wart ihr? Wo?« Lardis schüttelte ihn wieder.

»Jenseits des Großen Passes.« Der Mann zuckte zusammen und blinzelte heftig. »Auf einer Hochebene vor den Gipfeln ...« Er sah Lardis in die Augen, einen Moment lang schien er ihm direkt in die Seele zu schauen. Dann wurde sein Blick wieder glasig. Aber irgendwie brachte er es fertig, weiterzusprechen: »Vor zwei Jahren zogen wir in die Hügel und entdeckten dort einen See. Die Fische waren reichlich, auf den Gipfeln gab es Ziegen und Wild an den Waldhängen. Wir sind – oder wir waren – die Szgany Scorpi. Emil Scorpi, mein Vater, war unser Anführer. Es gab dreißig von uns ... damals. Jetzt nur noch sieben. Wir bauten uns Häuser in den Wäldern um den See. Unsere Boote befuhren den See. Wenn es Nacht war und die ersten Sterne erglänzten, saßen wir am Ufer um unser Feuer, kochten unsere Fische, aßen gemeinsam. Warum nicht? Wir hatten doch nichts zu befürchten. Alle großen Horste auf der Sternseite lagen in Trümmern: Wrenhöhe, Menorhöhe, Vielfraßhöhe – alle verwüstet und zu Schutt zerfallen. Nur Karenhöhe stand noch, und man sagte, dass Karen tot sei. Vielleicht ist sie das auch, wen schert es schon? Es war nicht die Lady Karen, die über uns herfiel ....«

Lardis stöhnte und nickte. »Shaithis, aye.«

Der junge Überlebende ergriff ihn am Arm. »Ja, Shaithis ... und noch ein anderer! Ich habe ihn gesehen! Das ist kein Mensch!«

»Kein Mensch?« Lardis runzelte die Stirn. »Nein, selbstverständlich nicht. Keiner von ihnen ist das. Sie sind Wamphyri!"

»Aber selbst die Wamphyri waren einmal Menschen«, beharrte der andere. »Sie sind menschen*ähnlich*. Nur der hier ... war es nicht.«

Lardis fiel ein, dass Jasef sich in diesem Punkt nicht klar geäußert hatte. »Wie sah er aus?«

Der andere schluckte. Er schüttelte den Kopf, fand nicht die rechten Worte. »Wie eine ... eine Schnecke«, keuchte er schließlich. »Oder ein aufrecht gehender Egel, so groß wie ein Mensch. Aber gezackt wie eine Eidechse, mit einer Haube, und darunter brannten seine Augen wie glühende Kohlen. Ein unheimlicher Wurm, eine Schlange, eine Schnecke ...«

»Wie hieß er?« Lardis sträubten sich die Nackenhaare.

Der Überlebende nickte. »Ich habe gehört, wie Shaithis ihn genannt hat. Sein Name war Shaitan!«

Shaitan! Unwillkürlich stöhnte Lardis auf. Shaitan: Der Erste der Wamphyri! Aber wie war das möglich? Shaitan war eine Sage, die finsterste aller Legenden der Szgany.

»Ich weiß, was du denkst«, sagte der andere. »Aber ich habe es mit eigenen Augen gesehen. Der eine war ein Lord, aber da war auch die große Schnecke. Ich hörte, wie sie sich unterhielten. Shaithis war der Menschenähnliche, und ich hörte, wie er den anderen – ihn, es, was auch immer – bei dem schrecklichen Namen Shaitan nannte. Aber frage mich nicht nach dem Rest, den ich gesehen habe, ehe ich wie ein Feigling mit den anderen geflohen bin. So viel will ich dir sagen, nicht mehr: Ihre Kampfkreaturen waren mager und ausgehungert, und dies nicht nur nach Nahrung! Es war ein Albtraum! Meine Mutter! Meine Schwestern! Die Wamphyri haben Ungeheuer erschaffen, denen die Geschlechtsteile von Männern zu Eigen sind!«

Danach stellte Lardis den zerlumpten Überresten der Szgany Scorpi keine weiteren Fragen mehr, sondern machte in Siedeldorf die Runde, um die Verteidigungsanlagen zu überprüfen. Von jetzt an wurden Wachen auf den Laufgängen und Türmen postiert, und keine Männer wurden mehr zum Wachdienst an der Vampirgrenze gen Westen ausgesandt. Nein, denn jetzt war die Gefahr dem heimischen Herd näher, und Lardis dankte den unbekannten Glückssternen, die über ihnen leuchteten, dass er damals überstimmt worden war, als die übrigen Ratsmitglieder darauf bestanden hatten, schwere Waffen in die Mauern von Siedeldorf einzubauen.

Katapulte, die mit Stachelketten umschlungene Felsen verschossen; gewaltige Armbrüste, die Bolzen aus ganzen Bäumen auf das gerodete Feld rings um Siedeldorf abfeuerten; Gräben, die mit zeltähnlichen Aufbauten aus grobem Leder bedeckt waren. Letztere hatte man wie kleine Kampfkreaturen bemalt und über spitze Tannenpfähle gespannt. Jeder feindliche Krieger, der diese grotesken Zerrbilder erblickte, würde sofort angreifen und sich zweifellos selbst aufspießen; aus dem sicheren Graben darunter sprangen dann Männer hervor, um ihre Ölhäute zu schleudern und das Ungeheuer in Brand zu stecken, während es sich brüllend aufbäumte!

Diese Anlagen befanden sich zwar allesamt noch an Ort und Stelle, bedurften aber dennoch der Wartung. Fransige Taue mussten überprüft und gegebenenfalls ersetzt werden; die großen Armbrüste mussten geladen und ihre Schusspinnen geschmiert werden; Kinder waren beim Spielen auf den Rahmen der Lockfallen herumgeklettert und hatten einige zerbrochen. All das musste wieder hergerichtet werden. Sobald Siedeldorf sich von dem Schrecken erholt hatte, gab es für alle reichlich zu tun.

Es war, als seien sie von einem friedlichen Traum in einen lebendigen Albtraum hinübergeglitten, als der alte Schrecken sich nach kurzer Ruhepause wieder erhob. Die Wamphyri waren zurückgekehrt! Die Trägheit fiel wie die abgeworfene Haut einer Schlange von den Szgany Lidesci ab, und sie gingen erschrocken, aber frisch, rege und betriebsam daraus hervor. Und sehr, sehr verängstigt.

Lardis rief den Rat zusammen, hob die Befugnisse seiner Miträte auf und erklärte sich erneut zum Anführer wie in der alten Zeit. Räte waren von Nutzen, solange Frieden herrschte, doch im Krieg benötigte ein Stamm einen Anführer. Keiner war dafür besser geeignet als Lardis. Und da er in der Tat seine alte Stellung nie aufgegeben hatte, war dies einfach nur seine rasche und wirksame

Art, seine Autorität wiederherzustellen. Keiner sprach sich dagegen aus.

Er traf mehrere Maßnahmen:

Zwei Drittel der kampffähigen Männer würden in Siedeldorf bleiben. Der Rest sowie sämtliche Frauen und Kinder sollten sich gen Westen in den Wäldern zerstreuen, weit hinter den Zufluchtsfelsen und sogar bis zum Mirlu-Städtchen. In der Zwischenzeit sollten Läufer die Warnung an die Szgany Mirlu weitergeben, die sie wiederum zum Tireni-Hang brachten. Lardis' eigene Kampftruppe sollte ihn zum Garten über der Sternseite begleiten, wo er ein Bündnis mit Karen und Harry Herrenzeuger zu schließen hoffte.

Ein Großteil des fünfundzwanzigstündigen Sonnseiten-›Morgens‹ verstrich, ehe Lardis mit seinen Maßnahmen zufrieden war. Der fünfundsiebzigstündige ›Tag‹ und der fünfundzwanzigstündige ›Abend‹ würden für die verschiedenen Abschnitte des Aufstiegs und die dazwischen liegenden Ruhepausen verwendet werden. Denn der Weg in die Berge, über die hohen Pfade und Pässe, war lang ... was wahrscheinlich ganz gut war.

Denn wie die drei im Garten nun einmal beschaffen waren, schien es unwahrscheinlich, dass sie bei Sonnauf munter waren ...

Bevor Lardis aufbrach, ging er noch einmal zu Hause vorbei. Er sagte Lissa, was geschehen war, küsste Jason und schickte sie nach Siedeldorf hinunter. Dort sollten sie sich Nina Kiklu und ihrem Jungen, dem alten Jasef und einem jüngeren kampffähigen Mann anschließen, ehe sie sich in die vergleichsweise Sicherheit des Waldes begaben.

Lardis sah zu, wie Frau und Kind mit dem Abstieg begannen, betrachtete einen Augenblick lang das emsige Umhergewusel in Siedeldorf und wandte sich schließlich an seine fünf Gefährten.

»Also«, sagte er, »es ist wieder so weit. Aber das haben wir alles schon einmal erlebt, nicht wahr? Für die Szgany Lidesci ist es nichts Neues. Wenn allerdings jemand von euch lieber bei seiner Familie bleiben, sich um die seinen kümmern möchte, dann soll er es jetzt sagen. Ihr wisst, dass ich es euch nicht zum Vorwurf machen würde. Unsere Aufgabe ist eine Sache für Freiwillige.«

Sie sahen ihn nur an und warteten.

Lardis nickte zufrieden. »Also dann. Gehen wir!«

Als die sechs ihre Reise begannen, glitt die große goldene Kugel der Sonne langsam und gemächlich dem höchsten Punkt ihrer niedrigen südlichen Bahn entgegen.

Während der ersten sechs Stunden kämpften sie sich durch die Hügel aufwärts in die ersten Felshänge, wo sie erschöpft zwischen den sich an die Felsen klammernden Bäumen zusammenbrachen, die ihnen Schutz vor der gleißenden Sonne boten. Sie schliefen; später aßen sie. Die Sonne schien unschlüssig zu verharren und bewegte sich dann leicht gen Osten. Noch blieben gut sechzig Stunden Tageslicht vor dem ›Abend‹ und der Dämmerung, und Lardis war über ihr Vorankommen nicht unerfreut.

Der zweite Abschnitt führte sie durch eine Reihe nebelverhangener, flacher Felshänge, über die Wasserfälle zu Tal stürzten und die nur trügerischen Halt boten. Sie umrundeten mehrere sumpfige, dampfende falsche Ebenen aus Ried, Schilf und zähen Kriechgewächsen, bevor das Gelände wieder trockener wurde und steil anstieg. Hier kamen sie sehr viel mühsamer voran. Sie brauchten längere Zeit für kürzere Strecken; das war ermüdend und legte sich auf die Stimmung. Schließlich schlugen sie ein Lager auf, aßen von ihren Vorräten und legten ihre zweite Schlafpause am Fuß einer steilen Klippe ein, wo eine alte Gebirgsfalte einen schmalen, unsicheren Pfad zum Gipfel bildete. Als sie erwachten, bemerkten sie deutlich, dass die Sonne ihren nur scheinbar unaufhörlichen Abstieg fortgesetzt hatte.

Mit dem Anstieg über den Pfad kamen sie nun wirklich ins Gebirge. Die Ebenen der Sonnseite lagen weit hinter ihnen, fast verborgen in einem leicht violetten Dunst aus Tiefe und Entfernung, in dem sich nur die glitzernd meandernden Flüsse aus einem graugrünen Walddach hervorhoben. Weiter südlich, am gebogenen Weltenrand, bildeten die Glutwüsten ein grellgelbes Band, das sich über den gesamten ostwestlichen Horizont zog, und weit vor und über ihnen schienen die Berggipfel sich hinter aufeinander folgenden Kämmen und falschen Gipfeln zu verbergen.

Schon jetzt kam es ihnen so vor, als seien sie bereits ewig

aufgestiegen und hätten noch eine weitere Ewigkeit des Kletterns vor sich. Aber Lardis war unverzagt; sein Richtungssinn verriet ihm, dass sie sich auf dem richtigen Weg befanden, und er erkannte viele Berghänge wieder. Wenn alles weiter nach Plan verlief, würden sie die letzten Berghöhen überqueren, wenn die Dämmerung sich zur Nacht verfinsterte.

Was genau der Zeitpunkt war, ab dem nichts mehr nach Plan verlief ...

Ion Romani, der gerade einen leichten Felskamm überstieg, der zu einem neuen Gipfel führte, war der Letzte in ihrer Reihe. An einer Stelle, die die anderen ohne Zwischenfall durchschritten hatten, verschob er einen Stein, der einer kleinen, schlafenden Schlange Schutz gewährte. Die Kreatur zischte auf, schoss aus ihrem Versteck hervor und biss ihn. Er fuhr heftig zurück, trat fehl, glitt aus und stürzte rutschend über einen nicht allzu hohen, mit scharfen Steinen besetzten Hang auf eine Mulde aus Felsen und Findlingen zu. Er kam unglücklich auf, brach sich den Arm und fiel damit für die weitere Reise aus.

Sie verbanden dem stöhnenden Ion die Wunden, so gut sie es vermochten, legten seinen Arm in eine Schlinge und teilten ihre Vorräte auf. Franci Romani würde bei seinem jüngeren Bruder bleiben, ihm durch das einsetzende Schlangenfieber beistehen und schließlich einen weniger steilen Abstieg nach Siedeldorf suchen. Alles in allem kostete der Zwischenfall sie drei Stunden wertvoller Zeit. Danach setzten nur noch vier Männer die Reise fort.

Später gewährte ihnen eine Spirale aus Quellwolken, die durch aufsteigende Warmluft aus den fernen Wüsten in die Berge gesogen worden war, vorübergehend Erleichterung vor dem Sonnenglast. Ein viel versprechender Ziegenpfad endete enttäuschenderweise in lotrechten, unersteigbaren Felswänden, und sie mussten sich einen neuen Weg suchen.

Für die sich abkämpfenden Männer wurde die Zeit zu einer bedeutungslosen Aneinanderreihung von Stunden, während der sie mühsam, schwitzend, angestrengt hintereinander hertrotteten. Als schließlich jeder Muskel in ihren Leibern nur noch aus einem brennenden Schmerz zu bestehen schien, ließ Lardis dreihundert Fuß unter der Baumgrenze Halt machen.

Nach der Zeitrechnung einer anderen Welt waren zweieinhalb Tage verstrichen, seit sie ihren Aufstieg begonnen hatten. Dies war ihre letzte Gelegenheit, zu schlafen. Dann mussten sie eine weitere Strecke überwinden, ehe die Dämmerung hereinbrach. Schon neigte sich die Sonne ihrem südöstlichen Horizont entgegen.

... Sie stellten keine Wache auf und schliefen zu lange. Lardis erwachte mit schlechter Laune und knarrenden Gelenken. Er hegte dic Bcfürchtung, dass die vier Jahre des leichten Lebens ihn aller Kraft beraubt hatten, und ärgerte sich, dass er diese Schwäche gerade jetzt entdeckte, da er seiner großen Stärke doch am meisten bedurfte. Die Sonne war nur noch eine rotgelbe Halbkugel, die sich am Weltenrand festklammerte. Die unnatürliche Stille der Dämmerung begann sich bereits über das Land zu legen. Daher trieb er seine Männer zu größerer Eile an, während sie durch die letzten Bäume aufstiegen und die gewundenen Pfade und Pässe zwischen den Gipfeln erreichten. Vogelgezwitscher wich dumpfem Eulenruf. Über ihnen zog der Mond seine rasche, taumelnde Bahn. Im Westen heulte der erste Wolf seiner dahineilenden Himmelsherrin einen einsamen Gruß entgegen.

Aber endlich trafen die vier auf einen Pfad, den sie von früher kannten, und Lardis konnte nun mit größerer Gewissheit behaupten, dass ab jetzt der Weg leichter verlaufen werde. In neun Stunden sollten sie die letzte Höhe erreicht und den letzten Pass durchschritten haben, der zu dem führte, was einst der Garten des Herrn auf der Sternseite gewesen war. Dort .... würden sie sehen, was es eben zu sehen gab.

Nur dass sie es schon lange vorher sehen und als die schlimmste aller Kunden erkennen würden ...

Als sie die Hälfte des Weges durch die Gipfel zurückgelegt hatten und die Dämmerung allmählich der Nacht wich, als nun die vier durch das ausgetrocknete Bett eines alten Wasserlaufes schritten, da spürte Lardis eine bleierne Schwere auf seinem Herzen und eine klamme Kälte in seiner Seele. Er kannte dieses Gefühl von früher

her; es war ein Vermächtnis seiner mit sonderbaren Kräften ausgestatteten Zigeunervorfahren. Zur gleichen Zeit wich wie auf ein geheimes Zeichen das ferne Wolfsgeheul ängstlichem Jaulen und erstarb, und die kleinen Bergeulen, die einander über die tiefen Schluchten hinweg zuriefen, verfielen ebenfalls in Schweigen.

Die vier atmeten kaum, duckten sich in die Schatten der hochragenden Felsen und spähten ihre Umgebung aus. Hinter ihnen stießen schwache, rosig gelbe Lichtstrahlen wie ein sich auflösender Fächer in den südlichen Himmel über der Sonnseite. Sonnunter, ja ... aber kein Sonnunter wie jeder andere. Lardis kauerte sich tiefer herunter und zog die anderen mit sich. In der Finsternis legte er die Finger an die Lippen und mahnte sie mit einem atemlosen Zischen, zu schweigen. Und wartete ...

Auf den widerscheinenden Hängen der umliegenden Gipfel wurden hellgelbe Flecken langsam pulvergrau, das samtige Dämmerlicht wurde schwächer, und dann erklang ein hohes, klagendes Quietschen, ein plötzliches, von Flughäuten erzeugtes Flattern – Fledermäuse! Aber es gab Fledermäuse verschiedener Art.

Das hitzige Zigeunerblut gefror Lardis in den Adern. In seiner Welt gab es viele Fledermausarten, nicht zuletzt Insektenfresser, die kaum größer waren als winzige geflügelte Mäuse. Doch jene Kreaturen, die plötzlich in der Nacht erschienen und in Dreiergruppen über ihnen dahinrasten, deren Umrisse sich bläulich vor dem Sternenlicht abzeichneten, gehörten keiner so harmlosen Gattung an. Voll ausgewachsen waren sie den *Desmodeus* oder Echtvampiren einer anderen Welt nicht unähnlich, einer Welt, die die Szgany nur als die Höllenlande kannten – aber die Spannweite dieser Tiere betrug von einer Flügelspitze zur anderen fast einen Meter.

Trotz der Größe dieser Kreaturen und trotz aller Lagerfeuergeschichten über angebliche Angriffe wusste Lardis, dass sie an und für sich nicht besonders gefährlich waren. Doch das, wofür sie standen, ließ ihn nachgerade erstarren. Über vier Jahre waren vergangen, seit er zum letzten Mal einen Schwarm so zielgerichtet und planvoll hatte fliegen sehen, doch ebenso, wie er es damals gewusst hatte, wusste er auch heute instinktiv, was es zu bedeuten hatte.

Die Vertrauten der Wamphyri durchstreiften erneut den Nachthimmel, flatterten ihren Herren voraus, um ihnen einen grauenhaften Schreckensdienst zu erweisen – sie suchten!

Doch wonach?

DRITTES KAPITEL

Die albtraumhaften Vertrauten der Wamphyri brachten die Luft zum Erzittern, während sie in vier Pfeilspitzenformationen, je drei in einer Gruppe, über den Himmel rasten und ohne innezuhalten in Richtung der Sternseite und des Gartens des Herrn verschwanden. Lange Augenblicke verstrichen, in denen ihnen nur die kalten Sterne an einem Himmel Gesellschaft leisteten, der über der Sonnseite noch der Farbe eines Amethysten glich, während er sich zwischen den Berggipfeln schon zu Indigo verfinsterte. Lardis rührte sich nicht, aber Peder Szekarly, der jüngste seiner Männer, machte Anstalten, sich wieder zu erheben. Es fehlte ihm an Erfahrung und an Lardis' Vorwissen in diesen Dingen.

Lardis spürte, wie Peder sich neben ihm ungeduldig regte und ein Bein ausstreckte. Er griff nach ihm, und seine harten Finger gruben sich unnachgiebig in Peders Schulter und hielten ihn am Boden. Lardis' drei Männer bemerkten, wie ihr Anführer sich zusammenkauerte, und duckten sich sich tiefer, verschmolzen nachgerade mit den Umrissen der Felsen.

»Was ...?«, setzte Peder an, und seine Stimme war nur ein Hauch, doch Lardis warnte ihn mit einem heiseren, atemlosen Flüstern: *»Sage nichts! Tue nichts! Beweg dich nicht, atme nicht, denke nicht einmal – oder wenn es sein muss, dann denke an Schweigen, an Schlaf, an die Zeit im Bauch deiner Mutter, wo es außer der Geburt nichts zu fürchten gab! Tu, was ich dir sage, wenn du weiterleben willst!«*

Peder hörte diese Worte nicht zum ersten Mal; diese Warnungen hatte er schon als Kind zu beherzigen gelernt. Denn wie jedes Kind der Wanderer hatte man auch ihn in der Kunst der Stille unterwiesen: Darin, nicht gehört zu werden, nicht gesehen zu werden ... nicht zu sein.

Ihm fiel wieder ein, wie sein Vater ihm in einer furchtbaren Nacht eben jene Worte ins Ohr gehaucht hatte, und wie er beim folgenden Sonnauf weder Vater noch Mutter mehr hatte. Es war so lange her, so schrecklich, sich daran zu erinnern, dass er es fast vergessen hatte ...

Aber nun wollte Peder Szekarly sehr gerne am Leben bleiben,

ebenso wie seine Gefährten, die reglos wie ein Stein verharrten, und so verlängerten sich die Sekunden zu Minuten.

Als dann die Zeit selbst sich verlangsamte und sich zum Jetzt zusammenzog, verdickte sich die nächtliche Luft und legte sich mit einem unausgesprochenen, jedoch fast greifbaren Grauen wie ein bleiernes Gewicht auf sie. Fast schien es, als wären die Herzschläge der vier so laut wie Trommelschläge, die gegen ihre Rippen pochten – und jeder glaubte, dass der Mann neben ihm ihn sicher hören musste, und betete, dass es sonst niemand hörte. Die vier wandten wie ein Mann die Köpfe und blickten zurück auf den Weg, den sie gekommen waren. Von dort waren die großen Fledermäuse erschienen, und wenn ihre Meister in der Nähe waren ...

Das war der Fall, und im nächsten Augenblick sahen Lardis und seine Männer sie auch schon.

Als dunkle Flecken, wie riesige Flugdrachen oder sonderbare Blätter, deren gezackte Ränder im Wind über der Sternseite flatterten, stiegen sie bedrohlich aus dem erdrückenden Schleier der Nacht empor. Über die Baumgrenze, über die niedrigeren Gipfel und höher in den Himmel hinauf, wo sie die klaren, hellen Sterne mit ihren albtraumhaften Umrissen verdeckten.

Ein Schwarm nächtlicher Zugvögel auf dem Weg gen Osten spürte ihr Nahen und löste sich krächzend in ein Dutzend davonirrender Geschwader auf. Eulenpärchen stürzten sich gemeinsam von Felsvorsprüngen, glitten über die Klüfte und suchten nach einem Versteck. Lardis' Gefährten, allesamt tapfere Männer, schlossen die Augen, hielten regelrecht den Atem an und überließen es ihrem Anführer, den Kurs der schrecklichen Gestalten vor dem sternklaren Himmel zu bestimmen. Und da kamen sie auch schon heran, diese grässlichen, keilförmigen Kreaturen, deren Rochenschwingen sie mit lautlosen Schlägen in die oberen Regionen trugen.

Es handelte sich um Flieger, deren vormals menschliches Fleisch umgewandelt und zu Luftsegeln geformt worden war ... zu gewaltigen Membranhäuten, die sich über weichen, gebogenen Hohlknochen spannten und die Luft zum Anhub und Auftrieb einfingen ... Ihre flachen, spatelähnlichen Köpfe nickten an langen Hälsen hin und her und schnupperten nach den Brisen von der Sternseite, die zwischen den Gipfeln dahinfegten und für Aufwinde sorgten. Es waren Flieger, zwei davon, die Luftbeobachter und Kommandoposten ihrer Wamphyri-Schöpfer und Meister. Darüber hinaus dienten sie ihnen als Reittiere!

Flüchtig erspähte Lardis zwei kleinere Gestalten, die sich in den Sätteln am Nackenansatz der Tiere vornüberbeugten. Die eine Gestalt war menschenähnlich, und die andere – bei ihr war Lardis sich nicht sicher. Aber er dachte daran, was der Mann von den nunmehr fast ausgelöschten Szgany Scorpi ihm berichtet hatte – von einem schneckenähnlichen Wesen namens Shaitan ...

Die Flieger stiegen immer noch weiter auf, strichen direkt über sie hinweg und verschwanden vor dem Hintergrund der höheren Gipfel. Doch Lardis blieb reglos und atemlos starr in den Schatten gekauert. Denn waren die Wamphyri-Lords auf ihren Fliegern auch lautlos dahingeglitten, die Wesen, die ihnen unmittelbar folgten, waren alles andere als lautlos! Als sie donnernd in Sichtweite flogen und ihre Antriebsorgane wummerten und pulsierten, benötigte Lardis jedes Quentchen seines eisernen Willens, um angesichts dieses absoluten Grauens nicht die Augen zu schließen.

Es waren Kämpfer, und sie waren zu sechst.

Kampfkreaturen! Ganz gleich welche Bedeutung dieses Wort in anderen Zungen vermitteln mag, wenn die Szgany es verwendeten, um die grotesken Streitbestien der Wamphyri zu beschreiben, bedeutete es nur eines – kreischenden Wahnsinn! Doch was diese Kreaturen betraf ... Für mindestens eine von ihnen schien selbst diese Bezeichnung unzureichend. Als Lardis die Bestie erblickte, zuckte er unwillkürlich zusammen, und seine Lippen zogen sich wie von selbst zu einem Zähnefletschen zurück.

Die fünf – harmloseren? – Kreaturen flogen in einer engen Pfeilspitzenformation, ihr weitaus scheußlicherer Cousin hielt sich ein Stück hinter ihnen in der Mitte. Sein vor den Sternen pulsierender Schattenriss bannte Lardis' Blick; die anderen hatte Lardis kaum wahrgenommen, ehe dieses Wesen sich seinem ungläubigem Bewusstsein einprägte. Es war länger, kräftiger und stärker gepanzert als seine Begleiter, und es schien unmöglich, dass eine solche

Kreatur ihren Rumpf auch nur einen Zoll vom Boden erheben, geschweige denn fliegen konnte! Doch hier war sie und stieß sich wie ein riesiger Oktopus durch den tintenschwarzen, sternenübersäten Himmel.

Die Einzelheiten brannten sich in Lardis' Gehirn:

Das grau gefleckte Fleisch mit den bläulich im Sternenlicht schimmernden Schuppen, die wie wohl eingepasste Platten aus einem eigenartig flexiblen Metall wirkten ... Trauben aus Gasblasen, die wie seltsame Kehllappen an dem Wesen hingen, seinen pulsierenden Körper aufblähten und sicher seine Beweglichkeit behinderten, aber notwendig waren, um das zusätzliche Gewicht der Dinosaurierpanzerhaut zu tragen ... die Klauen und Haken, die riesigen, Krebsscheren gleichenden Schneidglieder ... die bösartige Intelligenz in seinen zahlreichen Augen, von denen einige nach vorn blickten, während andere die Berghöhen ausspähten. Und dennoch wirkte keiner dieser Körperteile an dem Kampfwesen *aufgepfropft*, sondern als ein von Anfang an vorgesehener Bestandteil gleich allen anderen Waffen und Panzerungen geringerer wilder Tiere. Nur hätte die Natur selbst in ihrer übelsten Laune, ihren furchtbarsten Träumen, niemals etwas Derartiges erschaffen!

Wie die Flieger und ihre Reiter flogen die Kämpfer direkt über sie hinweg, und so hinterließ dieses letzte und furchtbarste der Wamphyri-Geschöpfe einen dauerhaften Eindruck seiner Größe und Kampfkraft. Die ledrigen Schwingen pulsierten wie die Haut eines Tintenfisches, die Blasen vibrierten, während sie schrumpften und sich wieder ausdehnten und das Wesen im Gleichgewicht hielten, und die ausgestoßenen Gase seiner Flugdüsen wehten als zum Erbrechen stinkende Wolke in das Versteck der vier Szgany – es war Grauen erregend. Aber endlich war es verschwunden.

Lardis' Gefährten hörten, wie das Brüllen und Schnauben des Monsters in der Ferne erstarb, und öffneten die Augen gerade noch rechtzeitig, um es in Richtung Sternseite davonjagen zu sehen. Dann trieben seine üblen Schwaden herab und legten sich wie Nebel über sie, und sie konnten nur noch die Luft anhalten, während sich der warme, feuchte Dunst niederschlug.

Peder Szekarly hatte nicht ganz so viel Glück und holte in genau dem falschen Augenblick Luft. Unerfahrenheit kann einen teuer zu stehen kommen. Er hatte sich den Szgany Lidesci erst sechs Monate nach der Schlacht um den Garten des Herrn angeschlossen. Was er über Kampfkreaturen wusste, bestand aus einigen wenigen undeutlichen, verstreuten und widerwillig geglaubten Kindheitserinnerungen und aus ein paar Sichtungen am Rande von Wamphyri-Überfällen, als er, Knabe, der er damals war, mit anderen Kindern vor den schlimmsten albtraumhaften Verheerungen geflohen war.

Man musste ihm zugute halten, dass er es im Stillen tat; doch er entleerte Magen und Gedärme und musste sich eine Stunde lang ausruhen, bevor er wieder zu irgendetwas zu gebrauchen war ...

Andrei Romani war eigentlich kein aufrührerischer Bursche, er wollte es nur genau wissen. »Ich sehe keinen Zweck darin«, meinte er, »weiter zum Garten zu gehen. Sollte dort ein Kampf stattfinden, dann ist er bereits im Gange, und wir nehmen schon nicht mehr daran teil! Außerdem, wie sollen wir solche Abscheulichkeiten bekämpfen wie jene, die unseren Weg vor noch nicht einmal zwei Stunden gekreuzt haben? Für mich ergibt das nur wenig Sinn.«

Der dahineilende Mond war wieder aufgegangen, und von den Kämmen und Gipfeln im Osten erklang das lockende Geheul der grauen Bruderschaft, der großen Wölfe, die die silberne Sichel am Himmel ihre Herrin und Harry Keogh Junior ihren Meister nannten. Aber ihr Heulen klang eigenartig gequält, und Lardis hörte daraus üble Vorzeichen heraus.

»Hörst du das, mein Freund?«, sagte er zu Andrei. »Kannst du es deuten? Das sind wohl die Hunde des Herrn, aber ich kann nicht heraushören, ob sie nun geprügelt wurden oder nicht.« Er verhielt kurz in seinen langen Schritten, mit denen er die Gruppe über einen lang gezogenen, hohen, steinigen Bergsattel geführt hatte, ließ seinen mürrischen Begleiter aufholen und packte ihn am Arm. »Jetzt hör mir gut zu, Andrei Romani – ihr auch, Peder Szekarly, Kirk Lisescu – und ich sage euch noch einmal, was wir vorhaben und warum wir es ausführen werden. Ich sehe die Sache so:

Die alten Wamphyri, Shaithis und mindestens noch ein weiterer, sind nach Sternseite zurückgekehrt; sie und ihre Kreaturen waren es, die vorhin in der Rinne über uns weggeflogen sind. Sie bewohnen Karenhöhe und begehen von dort aus wie in alten Zeiten ihre Überfälle auf die Szgany. Nur haben sie es heute sehr viel leichter: Wir Wanderer ziehen nicht mehr durchs Land; stattdessen haben wir Häuser und pflegen unsere Gärten und machen uns so zu reglosen Zielen. All das ist erwiesen ...

Allerdings gab es eine Zeit, als die Szgany die Wamphyri zurückschlugen – sie bekämpften und siegten – und dies, als sie am mächtigsten waren! Die Szgany waren es, die den Lords Belath, Volse Pinescu, Lesk dem Vielfraß und Menor Malmzahn widerstanden, aye, und sogar diesem hinterhältigen Shaithis, der nun aus den Eislanden zurückgekehrt ist.

Aber ... du und deine Brüder, ihr wart damals doch im Garten dabei, Andrei Romani! Muss ich einem Romani denn sagen, wie die Szgany mit den Waffen des Herrn gekämpft haben – mit ebendiesen Schrotflinten aus einer anderen Welt, die wir jetzt bei uns tragen – während er die Sonne selbst dazu gebrauchte, seine Feinde in stinkende Stücke zu sprengen? Natürlich nicht!

Nun ja, und jetzt läuft er mit den Wölfen, ich weiß es wohl, und wir haben nur einen Pakt, der uns schützt ...

Doch sein Vater, der Herrenzeuger, ist zur Sternseite zurückgekehrt! Ich habe ihn gesehen, sogar mit ihm gesprochen – wenngleich ich zugebe, dass ich meine Worte nicht gut gewählt habe. Nun, jetzt werden sie umso gewählter sein. Denn wer kann schon sagen, welche Waffen er vielleicht dieses Mal mitgebracht hat, oder? Wir reden von Harry Herrenzeuger, wie ihr wisst! Ich sage euch, wir müssen zum Garten, und sei es nur, um ein Bündnis zu knüpfen!« Er hielt inne, ließ Andreis Arm los und fuhr mit ruhigerer Stimme fort: »Oder ziehst du es etwa vor, irgendwann einmal gegen Karen, den Tiermenschen und seinen Vater zu kämpfen, he?«

»Was?« Andrei Romani, ein schlanker, sehniger Mann, verzog das Gesicht und wich einen Schritt vor Lardis zurück. »Aber du weißt doch, dass ich das nicht will! Mag kommen, was da wolle, ich weiß, wo ich stehe. Wir haben Seite an Seite gekämpft, wie du eben gesagt hast – die Szgany, die Trogs und die drei – gegen unsere gemeinsamen Feinde. Nichts kann das ändern. Jedenfalls nichts von meiner Seite.«

»Einverstanden«, entgegnete Lardis und nickte knapp. »Nichts von unserer Seite. Aber würdest du es als ›von unserer Seite‹ bezeichnen, wenn wir ... gar nichts unternehmen? Vielleicht erweisen sich die drei als Ungeheuer, wenngleich sie uns bisher nur Gutes und nie etwas Böses getan haben. Doch sage mir, sollen wir sie allein kämpfen – und vielleicht sterben – lassen, obwohl es doch eher unser Kampf ist als der ihre? Und was, wenn sie dann tot und dahin sind? Kehren wir zur Sonnseite zurück und warten auf den nächsten Sonnunter und den darauf folgenden und ... die wenigen, die uns dann noch bleiben? Ah, aber nun stellt euch vor – womöglich gewinnen sie und denken nach ihrem Sieg ein wenig nach? Und *was*, bitte schön, werden sie wohl denken? Wo waren eigentlich die Szgany, als es heiß herging?«

Nach langem Schweigen zuckte Andrei die Achseln; vielleicht erschauerte er auch nur in der sich abkühlenden Luft. »Gehen wir weiter«, knurrte er, schlug den Kragen hoch und wandte sich gen Norden. »Sechs, vielleicht noch sieben Meilen bis zum letzten Pass, und dann ein leichter Aufstieg zum Garten des Herrn. Möglicherweise haben die Wamphyri das Gelände nur ausspioniert – ein Aufklärungsflug. Wenn es mehr war, dann haben sie vielleicht ihre Beute verfehlt: Wir wissen ja, dass es hier zahlreiche Verstecke gibt. Die drei könnten im Moment sogar wie wir zum Garten unterwegs sein ...«

Wenig später, während sie mit langen Schritten weiterwanderten, richtete Lardis mit leiser Stimme das Wort an Andrei, damit die anderen sie nicht hörten: »Einen Augenblick lang hast du mir Sorgen bereitet, alter Freund«, sagte er. »Nach all den Jahren, die ich dich kenne, glaubte ich schon, dass du mir doch fremd seist!«

Als die vier den Kamm des Gebirgssattels erreichten, der die rückwärtige Begrenzung des Gartens des Herrn darstellte, entdeckten sie Anzeichen für einen wütenden Kampf. Der Gestank ausgestoßener Gase hing in der Luft, Panzerschuppen vom Unterbauch einer riesigen Kreatur lagen überall verstreut, große Lachen aus dunkelrotem, geronnenem Plasma tränkten die zähe Bergheide. Das war zunächst alles – doch es reichte aus, ihre Nerven so anzuspannen, dass sie dem Zugseil einer geladenen Armbrust glichen.

Geduckt und lautlos wie Schatten bewegten sie sich zwischen den zerfallenen Wirtschaftsgebäuden und verwilderten Feldern des Gartens voran und erreichten bald die vordere Grenzmauer, an der Lardis vor drei Monaten mit Harry Herrenzeuger gesprochen hatte. Dort entdeckten sie das erste Opfer jener namenlosen Schlacht: eine Kampfkreatur, die tot am Boden lag, achtlos beiseite geworfen wie ein von einem Fuchs erlegter Fasan! An dem gedrungenen Hals waren Panzerschuppen, Lederhaut, Fleisch und Knorpel bis zur durchtrennten Wirbelsäule durchbissen worden. Das nahezu enthauptete Wesen lag in einer Pfütze seiner eigenen dampfenden Körperflüssigkeiten: fünfzehn Tonnen Kampfeslust, die selbst wilder Raserei zum Opfer gefallen waren! Zu fragen, welch lebende Vernichtungsmaschine das angerichtet hatte, war unnötig.

Staunend ging Lardis Lidescu um den riesigen Leichnam herum. Er wies auf die ausgequetschten Hauptaugen in den rot geränderten, leeren Höhlen des grotesken Schädels. »Seht nur!«, raunte er. »Das war kein Kampf, das war ein Gemetzel! Der Metzger hat seine Klauen durch die Augen in das winzige Gehirn gestoßen, um das Ding rasch abzutun. Und dieses stinkende Geschmiere ist immer noch warm ... Dieses Geschöpf Karens war vor nicht einmal fünfzehn Minuten noch am Leben!«

»Lardis!« Kirk Lisescus leiser Ruf erklang aus den Felsvorsprüngen am östlichen Mauerrand, die er erklettert hatte. »Rasch! Komm her, sieh dir das an!«

Gebückt hasteten Lardis und die beiden anderen zu den Vorsprüngen, erkletterten sie und schoben sich zu Kirk, der auf einem Sims in der Höhlung eines aufragenden Felsens kauerte. »Seht ihr das?«, flüsterte der kleine, drahtige Mann. »Hört ihr das?«

Er deutete zur Sternseite. Die anderen konnten es sehr wohl sehen und nach einer Weile hörten sie es auch.

Weit über der Geröllebene jagten wie ein kleiner Mückenschwarm schwarze Flecken dahin, flitzten hin und her, kreisten und schwärmten unter der funkelnden Himmelskuppel und bewegten sich dabei in östlicher Richtung. Auf diese Entfernung die reinsten Winzlinge, oh ja, doch aus der Nähe würden sie sich als Monster erweisen. Im östlichen Windschatten des Grenzgebirges flohen weitere Schattenrisse, die von anderen verfolgt wurden. Es waren die Wamphyri, Freunde und Feinde, obgleich auf diese Entfernung nicht feststand, wer zu welcher Gruppe gehörte.

»Wer ist wer?«, japste Peder und starrte mit flackerndem Blick mal in diese Richtung, mal in jene.

Lardis schüttelte den Kopf, kniff die Augen gegen das bläuliche Funkeln der Sterne zusammen, versuchte die wimmelnden Umrisse zu zählen. »Wie viele Kampfbestien seht ihr?«, grunzte er. »Wir wissen, dass Shaithis sechs hatte.«

»Karen und Harry Höllenländer hatten mindestens zwei«, brummte Andrei mürrisch. »Wir fanden die Spuren von einer und das Aas der anderen!«

»Dann betet lieber, dass sie noch mehr hatten«, knurrte Lardis. »Betet, dass sie noch viel mehr hatten!«

Die Geräusche der Luftschlacht wurden auf wechselnden Winden in unterschiedlicher Stärke herangeweht: Das Fauchen und Brüllen der Kampfkreaturen, das tiefe Wummern ihrer Ausstoßorgane, das Krachen der Panzerschuppen, wenn riesige Körper in der Luft zusammenprallten. Doch als der Lärm sich entfernte und immer schwächer wurde, war Kirk Lisescu mit dem Zählen fertig. Es war auch nicht schwierig gewesen.

»Zwei Flieger und sechs Kämpfer über der Geröllwüste«, berichtete er. »Sie fliegen nach Osten zur Torkuppel und den zerfallenen Festen der Wamphyri. Zwei weitere Krieger im Windschatten der Berge, die von einem einzelnen Krieger verfolgt werden.«

Lardis' Zählung stimmte damit überein. »Und der Große ist bei der Hauptgruppe«, ergänzte er. »Insgesamt sieben Krieger. Shaithis hat keine Verluste erlitten – es sei denn, ich habe mich geirrt, und der Riesenkadaver an der Mauer gehörte zu ihm. Aber bestenfalls steht es zwei gegen fünf ...«

Andrei Romani schüttelte missmutig den Kopf und stellte schlicht fest: »Sie sind erledigt, so gut wie tot!«

Lardis funkelte ihn böse an. »Wenn dem so ist, dann sei dir sicher, dass wir kaum länger durchhalten werden – oder dass es uns nicht besser ergehen wird!«

Abermals ließ er seinen Blick über die Sternseite schweifen, musterte den Horizont von der Geröllwüste im Osten bis zum Gebirge. Die größere Gruppe der dahineilenden Flecken ging jetzt in den Sinkflug über, zog sich zu einer unregelmäßigen Linie auseinander. Die kleinere, aus zwei Fliegern und dem sie verfolgenden Krieger bestehende Gruppe, ging ebenfalls tiefer, als sie die niedrigeren Gipfel erreichte. Noch während er ihnen mit den Blicken folgte, verschwand die Dreiergruppe hinter einer vorspringenden Felsreihe.

Lardis begann wieder zum Garten hinabzusteigen. »Kommt schon!«, knurrte er.

Die anderen folgten ihm. Zwar hörten sie das Drängen in seiner Stimme, der Grund dafür blieb ihnen jedoch verborgen. »Wohin denn?«, wollte Peder Szekarly wissen. Mittlerweile hatte er sich von seiner Vergiftung einigermaßen erholt, fühlte sich aber immer noch, als könne er bis Sonnunter durchschlafen.

Am Fuß der Felsen drehte Lardis sich zu ihm um. »Nach Osten entlang der Kämme, wohin sonst? So weit es nötig ist, um den Ausgang des Kampfes festzustellen. Mutmaßungen allein reichen nicht aus – wir müssen wissen, wie die Sache ausgegangen ist! Die Zukunft der Szgany, all unserer Männer, Frauen und Kinder, hängt davon ab.«

Mit einer heftigen Bewegung wandte er sich um und wollte schon den Osthang des Gartens ansteuern, ... als plötzlich die Schatten in einer umfassenden, schleichenden Bewegung zum Leben erwachten! Lardis und seine drei Gefährten erstarrten. Sie hatten nichts gehört, und doch waren sie umzingelt. Aber von wem? Hatten Shaithis und das Schneckenwesen aus den Eislanden etwas dagelassen, das ihnen den Rücken freihalten sollte? Wie *viele* Wesen hatten sie hier gelassen?

»Mein Vater wäre ... es würde ihn *freuen*«, erklang eine leise, stockene Stimme aus dem Dunkeln – eine Stimme, die japste, knurrte und kaum menschlich klang. »Ihn freuen, zu erfahren ... zu wissen, dass er immer noch ... noch *Freunde* unter den Szgany hat.«

Einer Sage gemäß hatten die Wanderer in uralter Zeit einst einen gütigen Gott verehrt. In jüngerer Zeit hatten sie allerdings nur Dämonen gekannt ... die Wamphyri genannt wurden! Nicht, dass jemand die Wamphyri angebetet oder auch nur bei ihrem Namen geflucht hätte; es reichte schon aus, dass sie selbst ein lastender Fluch waren! Wenn es um Gebete ging, hielten sich die Szgany für gewöhnlich an die Sonne, und zwar nicht in Gestalt einer Gottheit, sondern als Zeichen eines gütigen Schicksals. Oder wenn ein Mann während Sonnunter geboren wurde, dankte er womöglich dem Stern, der in der Stunde seiner Geburt über ihm geleuchtet hatte. Lardis Lidesci war kaum abergläubisch zu nennen. Als die Stimme aus der Finsternis erklang, hätte er nicht sagen können, ob sein Stern nun gerade am Himmel stand – doch hoffte er, dass es der Fall war!

Links von Lardis spannte Peder Szekarly seine Armbrust; zu seiner Rechten ließ Andrei Romani die frisch geladene Schrotflinte einrasten; beide zielten in die Schatten. Ein Stück hinter ihnen stieß Kirk Lisescu mit fliegenden Fingern Patronen in seine doppelläufige Flinte.

»Nicht!«, warnte Lardis sie jedoch. »Die grauen Brüder sind hier, und es war ihr Anführer, der zu uns gesprochen hat.« Das eine mussten die anderen Lardis zugestehen: Wenn jemand diese entsetzliche Stimme erkannte, dann sicher er. Auf ähnliche Weise erkannte das Wesen, das einmal der Herr gewesen war, auch Lardis. Er kam aus den Schatten hervorgeschlichen – ein großer, grauer Wolf!

Seine schräg stehenden Augen waren gelb und von Wildheit durchdrungen – und blutrot im Innern. Harry Wolfsohn verharrte in der Finsternis. Aber im Sternenlicht waren seine *Hände* zu sehen ...

Er sah Lardis an und legte den Kopf wie fragend ein wenig zur Seite; und der Ausdruck auf seinem Gesicht war keineswegs der eines Hundes, als er halb knurrend, halb sprechend sagte: »Ich ... kenne dich. Komm, sprich mit mir – dort, wo meine sanfte Mutter unter den Steinen schläft.« Er wandte sich schon ab, hielt dann inne und blickte zurück. »Aber nur du. Deine Männer ... werden hier warten.«

»Lardis!« Kirk Lisescu ließ seine Waffe einrasten und duckte sich wie zum Sprung.

»*Nicht,* habe ich gesagt!«, bellte Lardis, als fünfzig gelbe Augenpaare blinzelten und sich unruhig in den Schatten regten. »Wenn einer von euch eine Waffe abfeuert, ich schwöre euch, ich bringe ihn mit bloßen Händen um!«

»Nein«, japste Harry Wolfsohn sogleich, »das wäre nicht nötig. Die graue Bruderschaft regelt ihre Angelegenheiten selbst. Leg also deine ... deine *Waffe,* ja ... leg sie fort und komm mit zum Reden.«

Am Grabmal schwieg der graue Wolf lange. Er stieß nacheinander mit der Schnauze an die größeren Steine, markierte sie, winselte kurz, sah Lardis aus brennenden Augen an. Schließlich sagte er: »Sie erinnert sich ebenfalls an euch. Es war vor einiger Zeit. Nach der Schlacht kamt ihr zu uns. Ihr wart freundlich. Trotz eurer eigenen Entbehrungen wart ihr Menschen .... freundlich. Zu mir, zu meiner Mutter, meinem Vater. Und du und ich, wir sprachen miteinander, als ich ... als ich noch ein Mensch war. Ich weiß es noch.«

»All das ist wahr«, sagte Lardis und nickte. Er bemerkte einen Kloß in seinem Hals, der wenig oder auch gar nichts mit Angst zu tun hatte. »Wir sprachen mehrere Male miteinander. Bei unserem letzten Gespräch schienst du zu spüren, was deiner harrte.«

Der andere sah ihn auf seine eigenartige, wachsame Weise an, und Lardis fand es unheimlich, dass ein Wolf verstand, was er sagte, und ihm darauf mit einem Nicken und eigenen geknurrten Worten antwortete: »Und jetzt ... jetzt ist es eingetreten. Sonderbar, irgendwie sogar traurig. Manchmal habe ich das Gefühl, ich habe so viel verloren; dann wiederum erfreue ich mich an dem, was ich erhalten habe. Nur ... schwindet meine Menschenerinnerung, jeden Tag ein bisschen mehr. Ich vergesse die Menschenzeiten und erinnere mich nur noch an die Wolfszeiten, und dadurch ... dadurch bin ich zum Verräter geworden. Denn ich habe geschworen, dass ich hier ... *hier* sein würde, wenn die Wamphyri Karen und meinen Vater heimsuchten. Aber ich ... *vergaß* es und kam daher zu spät.«

»Du hättest ihnen nicht helfen können.« Lardis schüttelte den Kopf. »Dieses Mal haben die Wamphyri unbesiegbare Kreaturen erschaffen, Monster von unglaublicher Wildheit und Kraft! Du und all deine grauen Brüder, was hättet ihr tun können?«

Der andere sprang hin und her. »Trotzdem hätte ich da sein sollen.«

»Es gab nichts, was du tun konntest«, beharrte Lardis.

Harry Wolfsohn kam näher und blieb stehen. »Hast du es gesehen?«

»Wir sahen sie gen Osten fliegen«, antwortete Lardis. »Sie kämpften immer noch. Ich glaube, dass Harry und Karen ... ich glaube, sie erlitten das schlimmste denkbare Schicksal.«

Der große Wolf blinzelte aus schräg stehenden Augen, und das blutrote Feuer in ihrem Innern loderte heller. »Nein, noch nicht – aber bald! Das Schlimmste hält Shaithis erst noch für sie bereit!«

Mit einem Mal, so plötzlich, dass Lardis heftig zusammenzuckte, reckte der Wolf, der einst ein Mensch gewesen war, seine Schnauze zu den Sternen und heulte, und aus den Schatten des verlassenen Gartens erklang das Antwortgeheul seiner Brüder. Dann sprang er zum Grabmal hinauf, warf einen weiteren Blick auf Lardis und knurrte: »Ich gehe.«

Als er schon im Begriff war davonzuspringen, rief Lardis ihm nach: »Aber wohin willst du gehen? Und was hast du vor? Vielleicht wäre es besser, wir gingen gemeinsam.«

»Zum Tor.« Der andere hielt noch einmal kurz inne und witterte die Nachtluft. »Dort spüre ich sie. Ich weiß nicht, was die grauen Brüder ausrichten können, aber du und die deinen würden uns nur aufhalten.«

Wieder wandte er sich ab – und stieß mit einer schlanken Wölfin zusammen, die mit langen Sprüngen aus den Schatten hervorkam. Ihre Augenbrauen waren dicht und weiß wie der Schnee auf den hohen Gipfeln. Sie sahen sich an, vielleicht tauschten sie auch Botschaften aus; sie winselte kurz, und Harry Wolfsohn biss nach ihr, ließ jedoch die Zähne mit Bedacht in der Luft zusammenschnappen. Offenbar war die Wölfin seine Gefährtin. Zu Lardis sagte er: »Sie wird hier bleiben, wo es keine Gefahr mehr gibt.«

Lardis unternahm einen letzten Versuch. »Meine Männer und ich, wir machen uns ebenfalls dorthin auf. Wir müssen es sehen. Ich muss es wissen.«

Der Tiermensch dachte kurz darüber nach, dann knurrte er mit kehliger Stimme: »Dann lasse ich euch einen Führer zurück. Folgt ihm, er kennt den leichtesten Weg ...«

Lardis kehrte zu seinen Männern zurück. Sie waren fast allein; das Wolfsrudel war wieder mit den Schatten verschmolzen, und nur ein einzelner grauer Bruder war zurückgeblieben. Lardis entdeckte ihn sogleich, einen Umriss mit flammenden Augen, der nervös und ungeduldig oben am Osthang des Gartens wartete. Kirk Lisescu nickte und meinte: »Der da ist hier geblieben; offenbar soll er uns im Auge behalten!«

Lardis schüttelte den Kopf. »Nein«, berichtigte er seinen Kameraden, »er ist unser Führer. Wir sollen ihm zum Tor zu den Höllenlanden folgen. Zumindest versuchen wir, so nahe heranzukommen, dass wir sehen, was dort vor sich geht.«

Sie kämpften sich den steilen Osthang hinan und sahen auf die Sternseite herab, die in unheimlichen Blautönen vor ihnen ausgebreitet lag. Die Geröllebenen, die bis zu einem gekrümmten, vom Polarlicht erleuchteten Horizont reichten; zu ihrer Rechten die sich ostwärts erstreckenden, gezackten Gebirgskämme – scheinbar endlose Meilen durch Berge und Höhen, die sie bis zu ihrem Ziel noch zurückzulegen hatten, dort, wo die öden Felshöhen auf den pockennarbigen Krater hinabblickten, der das Tor zu den Höllenlanden beherbergte.

Lardis war nur ein einziges Mal dort gewesen, und zwar in seiner Jugend (natürlich bei Sonnauf, als die Sonne am höchsten stand und die Wamphyri schliefen und hinter den verhangenen Fenstern ihrer Horste scharlachrote Träume träumten). Doch schon damals hatte er den Ort als unheilvoll, beunruhigend, unfassbar empfunden. Die große, weiße Kugel aus Licht, die wie das aus seiner Höhle hervorquellende boshafte, bösartige Auge eines vergrabenen Riesen aus der Erde ragte, verlieh ihrer Umgebung die aussätzig grau-blaue Färbung verwesenden Fleisches. Der steinige Krater selbst, der den Rand des Tores bildete, war mit Löchern übersät wie verrottetes Holz, an dem sich die Bohrwürmer gütlich taten, überall mit fremdartigen Wurmlöchern durchsetzt. Selbst der schiere Felsen ...

Als Lardis sich dort aufgehalten hatte, war ein Fledermausschwarm umhergeflattert, um Mücken, Motten oder andere Insekten zu jagen, die durch das Sonnenlicht, das durch einen Pass im Grenzgebirge schien, ausgebrütet oder erweckt worden waren. Ein wohl leicht verwirrtes Tier war zu dicht am Tor vorbeigeflitzt; sein Hautflügel berührte die scheinbar feste Oberfläche aus weißem Licht, und es war spurlos verschwunden, als hätte der gleißende Schein es geradezu in sich *aufgesogen!* Lardis hatte die Stelle noch eine Zeit lang im Auge behalten, aber die Fledermaus war nicht wieder aufgetaucht.

Dies war ihm eine Warnung gewesen: Komm dem Tor nicht zu nahe! Ah ja, doch damals hatte Sonnauf geherrscht, während nun gerade Sonnunter angebrochen war. Und Lardis hatte ganz bestimmt nicht vor, allzu nahe heranzugehen. Wenn Wamphyri sich dort herumtrieben? Blanker Wahnsinn! Er hatte jedoch einen Plan, der wie stets ganz einfach war.

»Seht ihr den Grauen?«, fragte er. »Wie er zur Baumgrenze schnürt? Er erkennt jeden Baum wie einen alten Freund wieder, ebenso die Pfade dazwischen. Wir kommen am schnellsten voran, wenn wir seiner Fährte folgen.«

»Lardis«, sagte Andrei Romani leichthin, »du musst wahnsinnig sein! Eigentlich haben wir allesamt unseren Verstand verloren, wir alle miteinander! Das blaue Funkeln der Sterne hat uns in den Irrsinn getrieben!«

»Ach ja?« Lardis sah ihn kaum an, während er sich einen Weg durch die geröllübersäten Felszacken suchte. »Erkläre mir das mal.«

»Auf der Sternseite herrscht Sonnunter«, fuhr der andere fort, »und alle Menschen, die bei klarem Verstand sind, halten sich irgendwo versteckt. Aber wir? Wir folgen einem Bergköter, um nachzusehen, was die Wamphyri denn so vorhaben! Wir sollten uns irgendwo in einem Loch auf der Sonnseite aufhalten, warten, dass die Sonne aufgeht, und darum beten, dass wir dann noch da sind, um sie aufsteigen zu sehen!«

»Aber weil wir es nun mal hassen, uns auf der Sonnseite in Löchern zu verkriechen, sind wir doch hier«, sagte Lardis. »Ich für meinen Teil ziehe die Behaglichkeit meines Hauses am Hang vor, das kannst du mir glauben – ich finde bloß keinen Frieden, solange ich weiß, dass die Wamphyri nachts Jagd auf uns machen. Und jetzt ... nun, jetzt habe ich eine Gelegenheit, mit eigenen Augen zu sehen, wie viele es sind und wie unsere Chancen stehen. Damit wir, wenn wir zur Sonnseite zurückkehren, wissen, was von beidem wir zu tun haben: Entweder raten wir den Szgany von Siedeldorf und den anderen Städten zu den Vorsichtsmaßnahmen, die sie ergreifen müssen, oder wir sagen ihnen, dass es die Wamphyri erwiesenermaßen nicht mehr gibt! Und lass mich dir noch eins sagen, Andrei ...« Doch da hielt er inne.

Denn im letzten Augenblick hatte Lardis erkannt, dass eine gefährliche Leidenschaft in ihm aufgeflammt war. Es steckte in seinem hitzigen Blut, in der Weise, wie er die Worte förmlich ausgespuckt hatte, dass er begriff, er stand kurz davor, einen Schwur auszusprechen. Er war ein Szgany und stolz darauf und zudem ein Anführer. Wenn ein Schwur einmal ausgesprochen war, konnte er nicht widerrufen werden. Jedenfalls nicht, wenn man damit weiterleben wollte.

»Ach?«, drängte Andrei. »Du willst mir etwas sagen?«

Lardis biss sich auf die Zunge und wechselte das Thema: »Wisst ihr, wie weit es bis zum Tor ist?«

»Zu weit«, sagte Kirk Lisescu, der hinter ihnen kletterte. »Selbst auf den Ebenen der Sonnseite würden wir einen ganzen Sonnauf brauchen, um von Siedeldorf zum großen Pass zu gelangen. Aber hier oben, über all die Hänge und Gipfel ...« Er verfiel in Schweigen, Peder Szekarly jedoch nahm den Faden auf: »Fünfundachtzig Meilen von Siedeldorf bis zum Pass. Aber auf diesen gewundenen Gebirgspfaden ... mindestens hundert. Und das in schwierigem Gelände.«

»Noch etwas weniger als vierzig Stunden bis Sonnauf«, sagte Lardis nachdenklich. »Bis dahin wollen wir dort sein. Denn wenn die Wamphyri dann noch am Leben sind und sich im Freien aufhalten, werden sie machen, dass sie nach Karenhöhe gelangen, um dem Licht zu entkommen, sobald die Sonne sich zwischen den Gipfeln zeigt!« Er rechnete rasch nach und fuhr fort: »Großzügige zehn Stunden zum Schlafen lassen uns rund dreißig Stunden Reisezeit. Nun, bei etwas mehr als drei Meilen in der Stunde haben wir mehr als genug Zeit, dort anzukommen!«

»Um was zu sehen?«, murrte Andrei. »Um was festzustellen? *Hah!* Womöglich das Allerschlimmste!«

Lardis seufzte und schwieg eine Zeit lang.

Aus der Dunkelheit unter ihnen ragten gerade, hohe Tannenstämme auf. Neben einem Pfad, auf den die Sterne ihr gesprenkeltes Licht warfen, schimmerten kluge, wilde Augen; der graue Bruder wartete geduldig und leidenschaftslos, bis die vier ihn erreicht hatten, dann wandte er sich um und strebte gen Osten. Sie folgten ihm so dicht, wie es eben ging, während er den wegsamsten, geradesten Pfad durch die spärlichen Bäume nahm.

Aber während die Leidenschaften des Wolfes sich kaum regten, wallten die von Lardis noch immer mit unverminderter Heftigkeit. Er dachte an Lissa und Jason auf der Sonnseite, an sämtliche Szgany Lidesci, an alle Stämme der Wanderer in ihren Lagern und Siedlungen entlang des Grenzgebirges. Und dann dachte er an den Schrecken der Wamphyri, den er für vorbei und vergangen gehalten hatte.

Doch nein, es war eben nicht vorbei, noch nicht ...

So lange nicht, bis es zu Ende gebracht wurde ... und zwar zu einem vollständigen Ende!

Schließlich wurde Lardis von seinem Zorn übermannt.

»Ganz gleich, wie es ausgehen mag«, stieß er den Schwur der Szgany zwischen zusammengepressten Zähnen hervor, »ich werde sie *tot* vor mir sehen! Enthauptet, gepfählt, mit Pflöcken in den Gliedern an den Boden genagelt – in sauberem, gelbem Sonnenschein – bis sie in Rauch und Gestank verwehen!«

In seinen Worten brannte die Hitze der Hölle: ein hasserfülltes Knurren, ein Versprechen, eine Drohung, und seine Männer erkannten sie als seinen Schwur. Aber noch war er nicht fertig.

»Bisher sind da nur diese zwei«, fuhr Lardis schließlich fort. »Zwei, von denen wir mit Sicherheit wissen, obwohl sie sich schon bald Offiziere erschaffen werden. Oh, aber es sind Wamphyri! Und wohin können sie bei Sonnauf wohl gehen? Wohin außer nach Karenhöhe, ihrem letzten Horst! Hört also meine Worte: Wenn Harry und Karen unterlegen sind und wir allein weiterkämpfen müssen, und wenn Shaithis und sein Pack sich in diesem letzten riesigen Pestloch von einer Feste niederlassen ... dann werden wir diese Sache eben dort zu Ende bringen. Nicht am nächsten Sonnauf, nein, auch nicht am übernächsten – aber vielleicht an dem, der darauf folgt!«

»Gib Acht, Lardis!«, warnte Andrei. »Ist dies dein Schwur?«

»Das ist er«, gab Lardis zur Antwort und nickte unter den düsteren Bäumen. »Mein Schwur und der eure – es ist der Schwur aller Männer der Szgany Lidesci! Hört mir jetzt zu:

Ihr Werk, das schreckliche Werk der Wamphyri, benötigt Zeit. Zeit, um Menschen zu nehmen und aus ihnen Offiziere zu machen, und Zeit, um Monster aus dem Fleisch von Wanderern und Trogs zu erschaffen. Zwei oder drei Sonnaufs sind nichts, sie reichen nicht aus dazu. Aber in Karenhöhe wähnen sie sich in Sicherheit. Nicht wahr? Wer würde es schon wagen, sie auf ihrem eigenen Terrain anzugreifen? Nun, wir werden es tun!«

Peder Szekarly war fassungslos. »Die Wamphyri angreifen? Auf der Sternseite?«, flüsterte er.

»Bei Sonnauf, jawohl«, erwiderte Lardis. »Mit Armbrüsten und spitzen Bolzen, Hämmern und Pfählen! Mit Kneblasch, Silber und den Schrotflinten des Herrn.«

»Was denn?«, raunte Kirk Lisescu mit gedämpfter Stimme. »Mit Spielzeugen gegen die Wamphyri? Und was ist mit ihren Kampfungeheuern?«

»Ihre Kriegerbestien sind doch ebenso Vampire wie die Wamphyri selbst!« Lardis ergriff Kirk am Arm, um seinen Worten mehr Nachdruck zu verleihen. »Wir gehen mit unseren Spiegeln hin, die uns der Herr gegeben hat. Wir stecken die Vorhänge an den Türen und den unteren Fenstern in Brand und lenken die reinigenden Strahlen der Sonne tief in die faulige Finsternis. So werden wir das machen! Wer versteht sich auf diese Kampfweise besser als wir? Der Herr und sein Sohn haben uns doch gezeigt, wie es geht! Nun, und jetzt sind wir an der Reihe.«

»Reißt die Berge nieder!«, stieß Andrei Romani laut hervor, um Lardis' Vision etwas Gleichartiges entgegenzusetzen. Dann sagte er (allerdings nicht ganz so begeistert): »Hoffen wir nur, dass es nicht so weit kommt. Schließlich könnten wir uns irren ... vielleicht ist die Lage doch nicht so hoffnungslos ... es ist doch so, dass Karen und der Höllenländer über enorme eigene Macht verfügen – oder verfügten.« Andrei konnte kaum wissen, dass er die Sache recht genau traf, indem er in der Vergangenheit sprach. Denn schon als die vier Männer sich auf ihre Reise entlang der Baumgrenze machten, befanden sich weit im Osten, nahe des gleißenden Tores zu den Höllenlanden, Harry Keogh und Lady Karen bereits als Gefangene in Shaithis' Händen.

Was hieß, dass sie so gut wie tot waren ...

Was folgte, ereignete sich nach und nach und erschien zunächst kaum wichtig. Später jedoch sollten sich die Ereignisse in Lardis' Gedächtnis zusammenballen, scheinbar Schlag auf Schlag aufeinander folgen und verschiedene Grade der Bedeutsamkeit annehmen.

Nach sechs Stunden strammen Marschierens entlang der Baumgrenze waren die vier so erschöpft, dass sie anhalten mussten, um zu essen, zu schlafen und ihren schmerzenden Muskeln eine Erholungspause zu gönnen. Sie erwachten, als der dahinjagende Mond aufging, dessen Licht ihnen das Vorankommen deutlich erleichterte.

Später, als der Mond untergegangen war, gingen sie es etwas langsamer an und verfielen in den natürlichen, schlenkernden, raschen Gang, der erfahrenen Wanderern zu Eigen war. Sie sprachen nicht und sparten sich den Atem für den Weg. Ab und zu mussten sie über Kämme und Vorsprünge klettern, meist jedoch hatten sie ebenes Gelände vor sich. Offenbar hatte der Herr Recht gehabt. Ihr Führer war mit den Höhen vollkommen vertraut, oder aber diese Kreatur besaß einen untrüglichen Instinkt. Auf ihrem Weg nach Osten kamen sie gut und stetig voran.

Eine weitere Pause mit einer weiteren Mahlzeit ...

Eine Kette aus langen, flachen Sattelhängen, wie Wellenkämme zwischen hohen Gipfeln, über die ihre langen Schritte Meile um Meile überwanden, bis schließlich und viel zu früh das leichte Gelände ein Ende hatte ...

Ein Abschnitt mit rutschigem Geröll, das die Bäume in einer unsicheren, trügerischen Barrikade aufgetürmt hatten. Ein falscher Schritt, ein einziges Mal den falschen Stein angestoßen, und die ganze Geschichte – Bäume, Geröll, Menschen und alles andere –

würde sich in einer Lawine auf die Sternseite ergießen. Zahlreiche Lücken, in denen der Grüngürtel bis auf den blanken Felsen abgetragen war, zeugten von derartigen Ereignissen ...

Eine weitere Schlafenszeit ...

Wenn sie sich setzten, saß der Graue abseits. Wenn sie sich hinlegten, streckte er sich aus. Wenn sie erwachten, war er als Erster auf den Beinen und wartete auf sie. Sie warfen ihm Streifen getrockneten Fleisches zu, die er regelrecht, eben wie ein Wolf, herunterschlang. Seine Aufgabe ließ ihm keine Zeit zum Jagen.

Dann geschah etwas Seltsames:

Fünfundzwanzig Stunden nach Beginn der Reise, als sie schon fast zwei Drittel des Weges zurückgelegt hatten, holte die Wölfin sie ein, die Lardis beim Tiermenschen gesehen hatte. Er erkannte sie an ihren schneeweißen, auffallend buschigen Augenbrauen. Sie trug etwas in ihrem geifernden Maul, das sie ablegte, bevor sie sich ihrem Führer näherte. Die beiden Wölfe begrüßten sich ausgiebig, danach setzte sie sich eine Zeit lang zu den anderen. Peder Szekarly warf ihr etwas Fleisch zu, das sie dankbar annahm.

Lardis war jedoch mehr an dem Gegenstand interessiert, den sie in ihrem Maul getragen hatte: eine Granate aus der Waffenkammer des Herrn. Lardis wusste auf Anhieb, worum es sich handelte. Bei der Schlacht vor vier Jahren waren einige davon übrig geblieben; verheerende Sprengkörper, mit denen er nichts zu tun haben wollte. Nun ja, es gab Waffen und Waffen. Eine Schrotflinte war beherrschbar, solange man den Abzug nicht drückte; aber eins von diesen Dingern ...?

Man brauchte sie nur scharf zu machen ... und ab jenem Augenblick konnte man es sich nicht mehr anders überlegen. Alles Weitere hatte man nicht mehr in der Hand – tatsächlich musste man zusehen, dass man sie loswurde, und zwar so rasch wie möglich! Was die Gefährtin des Herrn mit dem Ding vorhaben mochte, war Lardis ein Rätsel, aber soweit es ihn betraf, konnte sie es gerne behalten. Wenig später nahm sie die Granate wieder ins Maul und setzte ihren Weg gen Osten fort.

Dann ...

Sechs weitere Stunden raschen Marschierens, gefolgt von einer allzu kurzen Pause, ehe sich der nächste Zwischenfall ereignete: ein geringfügiger und aussichtsloser Streit. Doch schon lange vorher konnte man ab und zu das Leuchten der Torkuppel im Osten erkennen. Während sich die Entfernung allmählich verringerte, erschien es zuerst wie das Flackern eines Leuchtkäfers; später glich es dem unheimlichen Leuchten eines Glühwürmchens – einem Licht ohne Hitze, das im Schatten des Grenzgebirges schien, wo das östliche Bergvorland in die Felsebene überging, um die bläuliche Mondlandschaft der Sternseite zu bilden.

Was nun den Streit anging:

Dazu kam es, als Lardis den Rand des Tannenwaldes verlassen und schräg zu den Sattelhängen zwischen den Gipfeln aufsteigen wollte, um seinem Fluchtweg zur Sonnseite näher zu sein, falls ein solches Schlupfloch nötig werden sollte. Ihr Wolfsführer war allerdings anderer Ansicht: Ihm war befohlen worden, sich an der Baumgrenze zu halten und zu der Kugel aus gleißendem weißen Licht in der Nähe des großen Passes zu gehen, und er hatte keineswegs vor, von seinen Pflichten abzuweichen. Als der graue Bruder sich also schlicht weigerte, einen anderen Weg einzuschlagen, ... war der wortlose Streit auch schon beendet. Und außerdem, tröstete Lardis sich, hatte der Weg nach oben ziemlich uneben und rau ausgesehen. Daher folgten die vier Männer ihrem vierbeinigen Führer wie zuvor, nur dass sie von jetzt an ständig nach leichten Klettergängen Ausschau hielten.

Sie entdeckten sie auch eine Stunde später, als eine Trennung unumgänglich wurde. Denn wenn die Wamphyri sich immer noch in der Umgebung des Tores aufhielten, war es ab diesem Punkt der schiere Wahnsinn, sich zu weit Richtung Sternseite von den Gipfeln zu entfernen.

Die vier erklommen eine leicht ansteigende, zu einer Reihe von Vorsprüngen, Satteln und Hochplateaus führende Falte und winkten ihrem Führer ein Lebewohl. Er behielt sie seinerseits im Auge, bis sie nicht mehr zu erkennen waren, dann winselte er leise tief in der Kehle, schlug sie sich schließlich aus dem Kopf und trottete weiter gen Osten ...

Lardis und seine Gefährten brauchten eine Stunde, um die flachen Hochebenen zu erklimmen, und noch etwas länger, um sich von ihren Anstrengungen zu erholen. Dann schlugen sie wieder die Richtung zum Großen Pass ein. Das Gelände war ihnen unbekannt, aber sie kamen gut voran. Während der seltenen Gelegenheiten, bei denen sie zwischen den Gipfeln hindurch einen Blick auf den südlichen Horizont erhaschten, stellte er sich ihnen als amethystfarbener, silberdurchzogener Streifen dar. Noch drei Stunden, dann würde das Silber zu Gold geworden sein.

Nicht mehr lange bis Sonnauf. Lardis hätte sich bei dem Gedanken wohler fühlen sollen. Doch das war nicht der Fall. Das Blut seines unbekannten seherischen Vorfahren kreiste in seinen Adern und warnte ihn vor bösen Zeiten, die ihnen bevorstanden ...

Drei Stunden später begann es zu regnen, und bald wurde der Weg rutschig und trügerisch. Lardis hielt es für zu gefährlich, weiterzugehen. Nach ihrem langen Marsch hatten sie eine Stelle etwa vier bis fünf Meilen südwestlich des Tores erreicht und spähten nun von einem Aussichtspunkt im oberen Felsgewirr darauf herab. Hinter ihnen wand sich ein viel versprechender Pfad zwischen den Gipfeln vermutlich zur Sonnseite hinunter. Und der Himmel im Süden wurde von Minute zu Minute um ein Winziges heller.

Lardis und seine drei Freunde kauerten sich unter den peitschenden Zweigen eines windzerzausten, grotesk missgebildeten Baumes, bis der Regen aufhörte. Danach hatten sie eine wesentlich klarere Sicht auf die Sternseite und das gleißende Tor zu den Höllenlanden. Ein paar Meilen östlich lagen die seltsamen Stümpfe und Überreste der zerfallenen Wamphyri–Festen – Wenshöhe, die einst Volse Pinescu gehört hatte; die zerschmetterte Vielfraßhöhe des wahnsinnigen Lord Lesk; die ausgedehnten, großbuckeligen Flügel von Shaithishöhe; die explodierte Scheußlichhöhe des riesenwüchsigen Fess Ferenc; die Quetschhöhe des rangniedrigeren Lord Grigis; Lascula Langzahns Fanghöhe und noch einige mehr. Tatsächlich lagen dort sämtliche großen Horste der Wamphyri in Trümmern auf der Ebene.

Mit einer Ausnahme: Karenhöhe.

Aber in den kilometerhoch gelegenen Fenstern von Karenhöhe

brannte kein Licht, von ihren Schornsteinen stiegen keine Rauchschwaden auf. Nichts regte sich auf den düsteren Brüstungen oder Startrampen. Im Augenblick war sie .... reglos. Aber nicht ruhig.

Als Lardis hinsah, erschauerte er und spürte, wie das Blut seines Vorfahren sich in ihm regte. Gleichsam in einer Zukunftsvision sah er, wie die hohen Fenster sich erhellten, die Schornsteine Rauch ausstießen, wie Flieger in den Aufwinden über den Landebuchten kreisten und darauf warteten, dass ihnen Zugang gewährt wurde.

Dann verschwand die Vision ebenso rasch, wie sie gekommen war, und ließ Lardis bebend zurück. Er holte tief Luft und rief sich seinen Schwur wieder ins Gedächtnis ...

»Was ist denn jetzt los?«, grunzte Andrei Romani, doch seine Stimme klang erregt. Er starrte wie gebannt auf das Tor.

»Hmmm?« Lardis löste sich aus seinen Gedanken.

»Mehrere Feuer!«, japste Peder Szekarly. Seine jungen Augen waren um einiges schärfer. »Und etwas bewegt sich dort nahe beim Tor. Seht doch, im Auflodern wirft es Schatten. Aber etwas so Großes ... dabei kann es sich nur um Krieger handeln!«

»Die Wamphyri haben dort ihr Lager aufgeschlagen.« Lardis' Augen verengten sich unter den zusammengezogenen Brauen. »Die Lords, ihre Flieger und ihre Kämpfer. Aber warum rücken sie erst so spät aus? Sonnauf naht. Sie sollten schon auf dem Weg zur Karenhöhe sein, bevor die ersten Strahlen durch den großen Pass fallen. Was haben sie so dicht am Kuppeltor nur zu suchen?« Er kniff die Augen zu Schlitzen zusammen und versuchte vergeblich, Einzelheiten auszumachen. Doch es war zu weit entfernt, und vielleicht war es auch eine Gnade, dass er nicht sah, was dort vorging.

»Seht doch!« Kirk Lisescus Stimme war in der zunehmend heller werdenden Luft kaum mehr als ein Beben. Sie erblickten, worauf er zeigte: Mehrere hundert Fuß unterhalb ihres Aussichtspunktes war die Baumgrenze von Bewegung erfüllt, als das gesamte Wolfsrudel des Herrn in einer lautlosen Flut durch die Bäume heraufjagte! Sie strebten den Höhen zu, nach Westen, in jede nur denkbare Richtung, nur weg von dem Tor, den Wamphyri und ihren Freudenfeuern!

»Was ist denn ...?«, setzte Andrei an – doch Lardis ergriff ihn am Arm und brachte ihn damit zum Schweigen.

»Runter!«, stieß Lardis hervor und warf sich aus dem spärlichen Unterholz des Baumes hinter einen aufragenden Felszacken. Endlich hatte sich der Seher in ihm erhoben; er wusste, dass gleich kommen würde, was auch immer ihnen bevorstand!

Als ein einziges grelles, langes Aufblitzen die Gipfel erleuchtete, gesellten sich Andrei und Kirk zu Lardis und kauerten sich hinter den nackten Felsen. Und als Donner wie ein dröhnender Trommelwirbel den Himmel erfüllte, hörten die drei eben noch Peder Szekarlys gekrächzte Frage: »Aber was ist denn?« Peder hatte den Schutz des verkrümmten Baumes als Letzter verlassen und machte keinerlei Anstalten, in Deckung zu gehen. Zitternd stand er da und blickte durch eine zackige Scharte in den Felsen auf die Sternseite hinab.

Lardis konnte von seiner Kauerstellung aus Peder nicht sehen und wusste nicht, dass sein junger Freund keine Deckung hatte. »Ich weiß nicht, was los ist«, gab er schließlich zur Antwort, »aber ich habe es gesehen – gespürt – wie einen grellen Lichtblitz, der mir die Augen, ja, sogar die Seele versengte!«

»Ein Blitz?« Peder begriff nicht.

Da blickte Lardis endlich auf, sah ihn dort stehen und erkannte gleichzeitig, dass dieses ... dieses Ding aus seiner Vorahnung sie schon fast erreicht hatte! »Peder, runter mit dir!«, brüllte er.

Zu spät.

Auf der Felsebene der Sternseite verschwand das Kuppeltor in einem LICHT, das es binnen eines Augenblicks verschlang, ein Licht, das einem Mann die Augen und, wie Lardis gesagt hatte, sogar die Seele versengen konnte. Aber es war viel mehr als das, viel machtvoller, schrecklicher. Binnen eines Sekundenbruchteils sprang es aus der Felsscharte hervor und tauchte Peder in seinen Schein. Nur einen Moment, doch der währte lange genug. Rauch wehte von ihm empor. Er kreischte auf, griff sich ans Gesicht, taumelte von der Lücke zwischen den Felsen zurück. Und noch während er stolperte, schien ihn die Hand eines Riesen zu Boden zu strecken!

Gleich darauf erhob sich ein Geheul aus zerfetzter Erde, gespaltenem Fels, wahnwitzigen Windstößen ... es war wie die Summe des Zischens, Fauchens und Bellens einer jeden Kampfkreatur, die die Wamphyri je hervorgebracht hatten! Und als der Himmel über der Sternseite sich rot verfärbte und die gehetzten Wolken davongetrieben wurden – hielt Lardis Ausschau – weil er Bescheid wissen *musste,* weil er es sehen *musste.*

Und *was* er dort sah ...!

Es schien, als sei eine Wesenheit direkt aus den Höllenlanden durch das Kuppeltor entfesselt worden. Damit kamen Lardis und die anderen der Wahrheit so nahe, wie sie es nur vermochten. Nur eine Hand voll Menschen in einem anderen Universum wusste, was sich hier tatsächlich abgespielt hatte.

Das Tor an sich war nicht länger zu sehen. An seiner Stelle brodelte ein riesiger, schaumweißer, schmutzig grauer, von roten und orangenen Flammen durchzogener Pilz in den Himmel empor. Seine gewaltige Kappe war bereits so hoch wie das Gebirge, und sein Stamm neigte sich zu den Eislanden, als ob sein siedender Kopf ihn herabdrücke.

Lardis blieb der Mund offen stehen. Seine Lippen flüsterten lautlose Worte in den warmen Wind, der von der Sternseite kam, jenen Dämonenhauch, der ihm das Haar aus dem Gesicht peitschte und ihn mit heißem Sand peinigte. Und als der Gluthauch erstarb, beschirmte er die Augen vor dem Lichtnetz der Blitze, das sich zwischen dem unglaublichen Pilz und der kochenden Erde spannte.

Als er hörte, dass Andrei und Kirk nach ihm riefen, riss er sich zusammen. Sie knieten neben Peder, und er ging zu ihnen. Durch eine wundersame Fügung hatte der Junge die Augen im Moment des Feuerblitzes geschlossen gehabt. Zwar war die Haut auf seinem Gesicht, seinem Hals und den Händen schlimm verbrannt, aber sein Sehvermögen besserte sich von Sekunde zu Sekunde. Er griff nach der Hand seines Anführers und keuchte: »Lardis! Lardis! Das war ... es war ...«

»Ich weiß!«, nickte Lardis. »Es war die Hölle!«

Später fielen Peder die Haare aus, Zahnfleisch und Fingernägel begannen zu bluten, und als neue Haut auf seinem Gesicht wuchs, blieb sie stets weiß. Aber zumindest *schien* er sich zu erholen und war wieder ein ganzer Mann. Doch als er sechs Jahre später starb, wirkte er so grau und gekrümmt, als sei er uralt. Und er hinterließ auch keine Erben ...

In den wilden Wäldern westlich von Siedeldorf, in der stillen Vordämmerung von Sonnauf, hatte der alte Jasef Karis seinen letzten Traum geträumt und versuchte sich nun aufzurappeln, wachzuschütteln und aufzustehen. Aber irgendetwas war ganz und gar nicht in Ordnung. Die Arme taten ihm weh wie im Krampf, und ein stechender Schmerz wütete in seiner Brust. Er brachte es kaum fertig, die Augen aufzuschlagen.

Über sich erblickte Jasef die eingeölte Haut, die Nana wie einen Baldachin über die unteren Zweige gebreitet hatte, um den Frühregen von seiner runzligen Haut fern zu halten. Nur hatte er sich im Schlaf zur Seite gerollt, war nun klatschnass geworden und zitterte. So, wie er sich fühlte – innen heiß, außen kalt und dennoch schwitzend unter der Pein, die ihm das Ding in seiner Brust bereitete – hegte er den Verdacht, dass das Morgenlicht in dem grünen Dach über ihm das Letzte sei, was er je erblicken würde. Oh ja, das musste sein Ende sein, denn so hatte er sich noch nie gefühlt und er wollte sich auch nie wieder so fühlen.

Aber zuerst musste er jemandem von seinem Traum erzählen. Er musste ihn ... Nana erzählen, natürlich! Seinen Traum. Seinen Traum von ...

... einer schwelenden Leiche, deren feuergeschwärzte Arme weit ausgebreitet waren, deren dampfender Schädel wie in letzter Todesqual zurückgeworfen war, die sich überschlagend in einen schwarzen Abgrund trieb, der mit leuchtenden Bändern in Blau, Grün und Rot durchzogen war. Tatsächlich glitt sie in diesen bänderdurchzogenen Tunnel hinab, zog sich geradezu in ihn zurück. Ein gepeinigtes Ding, oh ja, aber nunmehr tot und aller Schmerzen ledig. Sein Leiden hatte ein Ende gefunden, unbekannt und unkenntlich, wie es bei dem sonderbaren Stoff der Träume so häufig ist.

Und dennoch ... hatte der Leichnam etwas grausig Vertrautes *an sich gehabt, und Jasef hatte sich gewünscht, einen genaueren Blick auf dieses endlos sich drehende, stumm schreiende, versengte und Blasen werfende Gesicht tun zu können.*

Und als sein Traum ihn näher gleiten ließ, da hatte Jasef gesehen und endlich auch gewusst. Gewusst, um wen, und auch zu wissen geglaubt, um was es sich handelte.

Danach hatte sich der torkelnde Flug der Leiche in die Ewigkeit – durch das fremde Kontinuum mit seinen grünen, blauen und roten Streifen – beschleunigt und Jasef zurückgelassen. Doch dann, ganz kurz, nachdem dieses Ding davongeeilt und entschwunden war, flammte es im fernen Dunst golden auf, wo eben noch die Leiche geschwebt war. Und ein Schwarm aus goldenen Splittern raste wie lebendige Pfeile auf Jasef zu und an ihm vorüber, und jeder einzelne davon erlosch, als er aus diesem namenlosen Ort in andere, realere Zeiten und Orte entfloh!

Dann hatte sich die Szenerie verändert:

Nanas vierjährige Zwillinge waren zu erkennen, sie lagen gemeinsam in eine Decke gewickelt unter einem Baum, und ein Dach aus eingeölten Häuten, dem von Jasef ganz ähnlich, beschirmte sie vor dem Regen. Plötzlich tauchte wie aus dem Nichts einer der goldenen Pfeile auf und schwebte unschlüssig erst über dem einen Zwilling, dann über dem anderen. Die beiden regten sich im Schlaf. Das schien die Sache zu beschließen. Jasef hatte vor Grauen scharf die Luft eingesogen, als der Pfeil herabstieß und im Kopf des einen Zwillings verschwand. Nur war da keine Wunde gewesen, kein Blut, nichts außer einem Lächeln, das sich über das unschuldige Gesicht des Schlafenden breitete!

»Unschuldig?«, hatte Jasef sich wie in Erinnerung an einen früheren Traum aus einer vergangenen Zeit gefragt. »Immer noch unschuldig?«

Da war er aufgewacht oder hatte es versucht, nur um festzustellen, dass ihn diese Schmerzen wie enge Fesseln um Brust und Glieder lähmten. Aber er wusste, dass er jetzt tatsächlich wach war, und dass er seinen Traum, seine Vision, weitergeben musste, solange er es noch konnte.

Er versuchte, nach Nana zu rufen. Doch es gelang ihm nicht, denn die Schmerzen waren zu groß. Sein Ruf kam als bloßes Japsen heraus. Nun gut, dann musste er eben liegen bleiben und dem Gesang der ersten Vögel lauschen und warten, bis Nana zu ihm kam.

Aber er hoffte, dass sie ihn nicht zu lange warten ließ ...

Nana Kiklu war nur wenige Augenblicke vorher erwacht. Aber sie war etwas von ihm entfernt und konnte Jasefs Japsen daher nicht hören. Da war ein Geräusch gewesen – vielleicht ein dumpfes Donnergrollen in der Ferne? – und kurz darauf war einer der Zwillinge hereingestapft, hatte sich die Augen gerieben und kurz vor dem Weinen gestanden. Offenbar hatte er einen Albtraum gehabt, sonst hätte er nicht sein Bettchen verlassen, um zu seiner Mutter zu kommen. So klein sie auch waren, schliefen Nanas Zwillinge am liebsten allein.

Nana hatte ihn unter ihre Decke in ihre Wärme gezogen und ihn getröstet: »Ach, Liebling! Alles ist gut, alles ist gut«, und ihm übers Haar gestrichen. Sie hatte selbst noch halb geschlafen und tastete automatisch nach dem schmalen Lederstreifen, den er am linken Handgelenk trug. So hielt Nana die Zwillinge im Dunkel der Nacht auseinander: Nestor trug ein einfaches Band, einen einfachen Lederstreifen, den ein paar kräftige Nähte zusammenhielten, während Nathans Band etwas gedreht war. Sie erkannte den Kleinen, als er sich an sie kuschelte, spürte, wie sein kleines Herz schlug, und fragte: »Was war denn, hm?« Sie drückte ihn an sich. »Ein Traum? Ein böser Traum?«

Allmählich erwachte der Wald. Die Vögel erfüllten die Luft mit ihrem Morgengezwitscher, Licht fiel in dunstigen Strahlen durch die Bäume. Sonnauf, und alles war gut. Dennoch war etwas nicht in Ordnung. Nana spürte es in den Knochen: eine nagende Unruhe, eine lästige Besorgtheit. Aber worüber?

»Mama?« Das Kind in ihren Armen schlief schon beinahe wieder.

»Ja?«

»Mein ... mein Papa ...«, sagte er. Das hatte er noch nie gesagt.

»Schhhh!«, sagte sie. »Schhhh!« Und mit einem Hauch von Bitterkeit dachte sie: *Dein Papa schläft auf der Sternseite in den Armen der Lady Karen, und sie verstecken sich vor dem Licht des neuen Tages.*

»Tot«, nuschelte das Kind und schmiegte sich enger an ihre Brust. Nur ein Wort, aber was für eins! Es füllte Nanas Adern mit Eis.

»Was?«, fragte sie ihn. »Tot? Ist etwas tot?«

»Ist er tot?«, kam die nicht ganz wache Antwort, die zugleich eine Frage war und ihr erneut das Blut erstarren ließ. »Ist er tot, mein Papa?«

Nana wusste, dass sie nicht wieder einschlafen würde, also stand sie auf. Auf der morgendlichen Lichtung entdeckte sie Jasef Karis auf dem Rücken liegend. Seine Augen waren starr und leblos, und der Tau tropfte ihm von der Nase. Nun glaubte sie zu verstehen, was ihr kleiner Sohn ihr hatte sagen wollen. Er hatte nicht von seinem Vater gesprochen, den er nie gekannt hatte (und auch unmöglich kennen konnte), sondern von dem alten Seher, dem Mentalisten Jasef.

Doch weit im Osten, hinter den Bergen, erhob sich ein Vorzeichen!

Der brodelnde Himmel über der Sternseite war schwarz, und die Unterseiten der Wolken flackerten rötlich im Widerschein von Bränden ...

TEIL ZWEI
EIN WEITERER RÜCKBLICK UND EIN AUSBLICK

ERSTES KAPITEL

So viel ist bekannt: Shaitan, der Erste der Wamphyri, erinnerte sich weder an Mutter noch Vater, noch verstand er seinen eigenen Ursprung. Ihm kam es so vor, als sei er einst voll ausgewachsen ins Dasein getreten, ausgestattet mit einem eigenen Willen, jedoch ohne nennenswerte Erinnerungen. Danach war er auf die Erde gefallen oder geworfen worden, wobei in diesem Fall mit Erde der Boden und nicht der Planet gemeint war. Jedenfalls fand er sich auf der Oberfläche einer der vielen Welten in einem der unzähligen Universen des Lichts wieder. Ganz schwach (und noch während er dies dachte, entschwand das Bild auch schon) erinnerte er sich an so etwas wie ... ausgestoßen worden zu sein.

Die Welt, auf die er gestürzt war, konnte in gewisser Hinsicht als alte Welt, in anderer jedoch als neue bezeichnet werden. Vor kurzem war ihr Übles widerfahren: Ein Schwarzes Loch, das den Großteil seiner Masse verloren hatte und so zu einem Grauen Loch verkommen war, hatte die Raum-Zeit durchbrochen und sich hier abgesetzt, wodurch der Planet erheblichen Umwälzungen unterworfen war. Aber dieses doch recht vorhersehbare Desaster wurde durch die unvorhersehbare Katastrophe namens Shaitan noch in den Schatten gestellt.

Er sollte der Urahn von Wesen werden, deren Beschaffenheit sie zu einer Bedrohung nicht nur für eine, sondern gleich zwei Welten machte und die Sagen und Legenden beider Welten mit Grauen und äußerstem Schrecken erfüllte. Denn Shaitan war ein Vampir.

Und doch: Als er fiel (oder ausgestoßen wurde), war er noch kein Vampir gewesen. Das sollte erst später kommen, und zwar aufgrund einer bewussten Entscheidung, einem Akt freien Willens, durch seine menschliche Neugier. Und so geschah es ...

Als Shaitan sich urplötzlich seiner selbst bewusst wurde, schrie er auf ...!

Es war der Schock der Bewusstwerdung, der eine zuvor verwehrte Intelligenz umfing, einen Willen ohne Erkenntnis, der in einem blankgewischten Verstand hauste. Und als sein Schrei im Leeren verhallte, entdeckte er, dass er am Rande eines stehenden Gewässers kniete, und sein nacktes Abbild spiegelte sich in den überwucherten Tiefen. Doch er sah, dass er schön war, und er war stolz.

Shaitan stand auf, stellte fest, dass er gehen konnte, und wanderte im Dämmerlicht eines trüben, dunstigen Morgens am Rand der stinkenden Tümpel entlang, die einen Sumpf bildeten. Und als er sah, wie elend und einsam diese Welt war, auf die er herabgefallen war, hielt er sich für einen Sünder, der zur Strafe hierher verbannt worden war.

Diese Annahmen entsprachen nicht allein Shaitans Verstand, sondern auch seinem Wesen. Begriffe wie Sünde und Strafe erfasste er instinktiv. Und er glaubte, dass sein Verbrechen wohl darin bestand, schön zu sein. Doch war hier sein Stolz am Werk ... der sein eigentliches Vergehen darstellte! Denn Schönheit hielt er für Macht und Macht für Recht, und Recht war, was seinem Willen entsprang.

Und diesen Willen würde er allem aufzwingen.

Unter solchen Gedanken entfernte Shaitan sich von dem stinkenden Tümpel, um diese fremde Welt seinem Willen zu unterwerfen. Doch hinter ihm wallte der Schlamm in brodelnden Blasen auf, und er hielt inne, um auf jene Stelle zu blicken, an der die schwarzen Blasen an der Oberfläche zerplatzten. Und als die Sumpfgewächse und Algen sich teilten, sah Shaitan eine Gestalt aufsteigen.

Ihr Leib war verbrannt und aufgedunsen, aber das Gesicht war fast unversehrt. Darin lag eine Unschuld jenseits allen Begreifens. Shaitan erkannte dies als ein Zeichen, doch ein Zeichen wofür? Er verfügte über einen freien Willen. Er konnte bleiben und abwarten, was geschehen würde, oder weiterziehen, ganz nach Belieben. Außerdem argwöhnte er, dass dem Wesen im Sumpf Böses innewohnte. Warum sonst sollte ein so geschwärztes, blasenübersätes Ding hier in der Morgendämmerung dieser eben erst entstehenden Welt erscheinen? Abermals erkannte Shaitan instinktiv, dass alle Dinge sich im Gleichgewicht befanden, und dass für etwas Gutes in gleichem Maße etwas Böses auftreten musste.

Einen Augenblick lang verharrte er wie an einem Kreuzweg, dann ... drehte er sich um und kniete sich wieder an den Rand des Sumpfes. Denn es war sein Wille, dieses Böse kennen zu lernen.

Er blickte in ein Gesicht, das er noch nie gesehen hatte, an das er sich zahllose Jahre lang nicht erinnern würde, und er spürte nichts Bedeutsames, nur dass er das Schicksal herausforderte, und darauf war er stolz und freute sich. Und als die Tiere dieser Dämmerwelt zum Trinken an das Wasser kamen, blickte der Gefallene, Shaitan der Ungeborene, auf seine eigene Zukunft hinab, die das Sumpfkraut in Schlamm und Algen umfing.

Nach einer Weile platzten die versengten, aufgedunsenen Glieder und der Rumpf der Leiche auf, und kleine schwarze Pilze drängten sich zuhauf in den Rissen, wuchsen aus dem verwesenden Fleisch und öffneten ihre Lamellenkappen. Sie entließen rote Sporen in das morgendliche Dämmerlicht; diese stiegen auf und trieben mit dem warmen, stinkenden Aufwind des Sumpfes davon. Shaitan sah die dahintreibenden Sporenwolken, und aus freiem Willen sog er sie tief in seine Lungen, um sie besser zu erfahren ... Dies war seine letzte Handlung, die in Unschuld geschah ...

... zumindest in dieser Inkarnation.

All das ist bereits erzählt worden. Das Folgende wurde jedoch noch nicht berichtet: Es ist die Geschichte von Shaitans Reisen und Mühen, seinen Triumphen und seinen Qualen von jenem Zeitpunkt an ...

Shaitan wanderte durch die vorgelagerten Hügel der allmählich vor ihm aufsteigenden Berge gen Osten. Er suchte nach dem oder den Wesen, denen er seinen Willen aufzwingen konnte. Die Sümpfe hatten ihm nicht zugesagt, ebenso wenig das morastige Gelände zwischen den Sümpfen und dem Gebirgsvorland. Die Kreaturen an jenen Orten verfügten zwar über keine Intelligenz, aber sie waren allesamt auf der Hut!

Aus dem Süden hatten sich die ersten Sonnenstrahlen erst zögernd, dann mit voller Kraft eingestellt, als eine goldene Kugel langsam den Himmel erklomm, um sich in einem niedrigen Bogen im Osten allmählich wieder zu senken. Die Strahlen hatten das Land ringsum ausgetrocknet und der feuchten Erde einen klammen Nebel entlockt. Dort, wo es wenig oder gar keinen Schatten gab, bereiteten die gelben Strahlen Shaitan Unbehagen. Sie röteten seine Haut und ließen sie aufspringen.

Von da an wandelte er stets und in jeder Hinsicht im Schatten. So, wie er linker Hand der Berge blieb, um sich von der Sonne fern zu halten, sollte er auch einen finsteren und unheilvollen Lebenspfad einschlagen. Zwar wusste er es nicht, aber diesen Pfad hatte er immer schon gewählt, auch bereits zuvor in anderen Welten.

Wenn Shaitan Durst verspürte, trank er. Das frische Wasser stillte seinen Durst, aber es lag keine Befriedigung darin. Wenn er Hunger bekam, aß er Gräser, Pflanzen, Früchte. Sie füllten ihn, aber ... der Hunger blieb. In seinem Körper hatte sich eine rote Spore festgesetzt und bildete nun den Kern eines Wesens, das einen eigenen Hunger verspürte.

Er war unbekleidet, schämte sich jedoch nicht. Da er wusste, dass er schön war, zeigte er sich. Nur hätte er es vorgezogen, sich anderen zu zeigen, die von seiner Gestalt und ihm ähnlicher waren. Denn die Kreaturen in den Sümpfen und im Bergvorland waren anders als er und unschuldig, also flohen sie vor ihm. Und wegen ihrer Unschuld konnte er ihnen seinen Willen nicht aufzwingen.

So wanderte Shaitan ostwärts durch ein Land, dessen nördlicher Himmel dunkelblau bis schwarz war und über den das Flackern der Sterne und die kalten Gespinste unheimlicher Auroren waberten. Im Süden jedoch gleißte stets die goldene Sonnenscheibe in gefährlichem Glanz, und er musste sich in den Schatten halten, um nicht verbrannt zu werden. Das gesamte Land südlich des Vorgebirges nannte er ›Sonnseite‹ und verabscheute es, und das gesamte Land im Norden nannte er ›Sternseite‹ und erhob Anspruch darauf. Und als das Bergvorland zu seiner Rechten sich schließlich wie eine Wand zu einem hohen Gebirge erhob, das die schädlichen Sonnenstrahlen fern hielt, entdeckte Shaitan Kreaturen, die ihn nicht fürchteten, sondern nur neugierig waren – zunächst jedenfalls.

Was Shaitan betraf, war er ebenfalls neugierig, ja erstaunt. Diese Kreaturen waren nicht menschlich, dennoch schienen sie von einer fast menschlichen Zielstrebigkeit und Intelligenz erfüllt. Sie verständigten sich untereinander, wenngleich recht geistlos, in einer fast wahrnehmbaren Stimmlage, die Shaitan eher spürte als hörte (denn das aus der Spore in ihm hervorgegangene *Wesen* wuchs heran und verstärkte seine fünf Sinne auf seltsame Art ...). Es waren kleine, niedere, schwache Kreaturen, die allerdings zu fliegen vermochten: eine Fähigkeit, die Shaitans bislang ungeformten Talente bei weitem übertraf.

Als er sah, wie gewandt sie sich durch die Luft bewegten, machte er ein finsteres Gesicht und war eifersüchtig auf sie; denn es schien Shaitan, dass auch er einst geflogen war – doch hatte er es weit besser beherrscht als diese kleinen Geschöpfe und *Orte* erreicht, die ihre größten Anstrengungen wie nichts erscheinen ließ! Nun, wenn er es nur aus eigenem Willen bewerkstelligen könnte, würde er wieder fliegen, hier und jetzt, und ihnen zeigen, wie man es richtig machte!

... Nur lag dies nicht in der Macht seines Willens, da sein Körper ihm Beschränkungen auferlegte. Er konnte es nicht erzwingen. Noch nicht ...

Aber während Shaitan sie beneidete, bewunderte er zugleich diese Kinder des Zwielichts, der Nacht, der samtigen Dunkelheit, und erwählte sie zu seinen Vertrauten. Und als er im Geist nach ihnen rief, sah er, dass sie ihm gehorchten und eilig zu ihm strebten; denn sie wussten, dass sie ihm zu Eigen waren. Doch waren sie lediglich die kleinen Vettern weit größerer Geschöpfe, die in den Schatten der Sternseite ebenfalls Shaitans Geistesrufe ›hörten‹; und als auch sie kamen, um ihn zu umkreisen und, schrille Schreie ausstoßend, über ihn hinwegzuhuschen, war sein Stolz groß. Denn er erkannte, dass er wahrhaftig allen Fledermäusen dieser Welt seinen Willen aufgezwungen hatte.

Sie waren seine ersten Eroberungen. Er ergötzte sich an seinem Triumph, so klein er auch sein mochte. Weitere Siege sollten bald folgen.

Auf seinem Marsch nach Osten aß Shaitan gelegentlich von den geschmacklosen Beeren, die er sich an der Sumpfgrenze und im Bergvorland gesammelt hatte. Er trank aus den Bächen, die von den Höhen herabplätscherten, obwohl ihm das brackige Wasser nicht schmeckte. Und bevor er sich schlafen legte, hatte er herausgefunden, wie er seine kleinen und großen Fledermausuntergebenen dazu brachte, sich an ihn zu schmiegen und ihn zu wärmen. So lernte er viel über ihre Gewohnheiten.

Die kleinen Fledermäuse waren Insektenfresser. Ihre großen Vettern ... tranken Blut! Was Shaitan nur würdig und recht erschien: dass nämlich kleine Lebensformen sich ernähren sollten, indem sie noch kleinere Formen verspeisten. Größere Lebensformen nährten sich, indem sie ... nun, die Quelle des Lebens selbst zu sich nahmen! Nun glaubte er zu begreifen, warum er mit der gewöhnlichen Nahrung der wilden Tiere so unzufrieden war. Beeren, Früchte, Gräser? Was war das schon für jemanden wie ihn? Wasser? Was für ein Trank sollte das sein?

»Nein, nein!«, gelobte Shaitan sich. »Davon will ich nichts mehr zu mir nehmen. Das ist für die Huftiere und wimmelnden Pflanzenfresser dieser Welt. Doch für mich ... ist das Blut das Leben!« Und in ihm ergötzte sich (wenngleich geistlos und instinktiv) das noch unreife Sporenwesen, denn es war von gleicher Art und Einstellung, oder würde es bald sein.

Hinter den Bergen versank die Sonne. Die letzten gelben Strahlen verschwanden selbst von den höchsten Gipfeln. Im Norden leuchteten die Sterne heller und schienen sich wie verstreute Edelsteine über das Himmelsgewölbe auszubreiten. Ein eiliger Mond zog seine rastlose Bahn und verlockte die wilden Wesen im Gebirge zu ihren Lobgesängen. Unheimliche Wolfsstimmen hallten durch die Nacht der Sternseite, und Shaitan war beeindruckt von dem Geheul der jagenden Rudel.

Erneut griff er mit seinen stärker werdenden Vampirsinnen hinaus, um sie zu berühren und ihnen seinen Willen aufzuzwingen, wie er auch den Fledermäusen geboten hatte. Doch scheuten diese Kreaturen seine Berührung. Denn obwohl sie ungezähmt waren, verfügten sie über ein hohes Maß an Klugheit – das die Intelligenz der Fledermäuse bei weitem übertraf – und waren argwöhnisch. Außerdem hatten sie eigene Anführer, die ihre Gewalt über das Rudel eifersüchtig wahrten.

»Hunde!«, nannte Shaitan sie da, knurrte seinen Zorn hervor und schmähte sie mit seiner Geistesstimme. Daher kam es (zumindest in dieser Welt) nie zu einer völligen Herrschaft der Wamphyri über die Wölfe. Spätere Vampir–Generationen, die allesamt Shaitan entsprangen, brachten hin und wieder einen Lord hervor, der diesen oder jenen einzelnen Wolf beherrschte oder sich mit ihm anfreundete, aber in den meisten Fällen wahrten die grauen Brüder ihre wölfische Eigenständigkeit ...

Nach dreihundert Meilen, die ihn am Nordwestrand des Grenzgebirges entlangführten, traf Shaitan auf seinen ersten Stamm von Menschen oder dergleichen. Die Trogs – graue, lederhäutige Höhlenbewohner, die langsam dachten und sich ebenso langsam bewegten – hatten schon vor der Ankunft des Grauen Loches kaum ein urtümliches Stadium überschritten gehabt, doch nun, im siebten Jahrhundert nach der Katastrophe, waren sie wirklich primitiv geworden. Sie hatten eine ausgeprägte Angst vor dem Licht, zogen sich bei Sonnauf in ihre Höhlen zurück und gingen bei Sonnunter auf die Jagd. Sie lebten hauptsächlich von den Maden einer riesigen Mottenart, deren Flügelspanne eine ganze Männerhand maß, von Pilzen und kleinen Fledermäusen, die sie in Netzen fingen und dann rösteten. Dennoch waren sie Menschen; sie verstanden sich auf den Umgang mit Feuer und hatten eine eigene Sprache. Daher gaben sie für Shaitan die idealen Untertanen ab, die er seinem Willen unterwerfen konnte.

So geschah es.

Er sah, wie eine Gruppe von ihnen eine braune Bergkatze zur Strecke brachte, die sich auf die Hänge der Sternseite verirrt hatte. Sie fingen das Tier mit Netzen, schlugen es mit Keulen bewusstlos und machten ihm mit Knochenmessern ein Ende. Als sie ihm die Haut abziehen wollten, trat Shaitan aus dem Schatten eines Felsens hervor, in dem er geruht hatte, und erschien plötzlich unter ihnen. Sie erschraken und starrten ihn mit offenen Mündern an. Denn auch wenn sie sich ihrer eigenen Hässlichkeit nicht bewusst waren, war Shaitans Schönheit doch unübersehbar.

Nackt und stolz stand er im Glanz der Sterne vor ihnen, und sein Erscheinen wie aus dem Nirgendwo besaß nachgerade Zauberwirkung. Während die Trogs gebückt und unbeholfen liefen, war er von hohem, geradem Wuchs. Er lächelte auf seine finstere, spöttische Weise, wo sie nur gaffen und plappern konnten, und war wie ein Lichtstrahl, der unter die Schatten geraten war. Was allerdings den Tatsachen ganz und gar widersprach, denn in Wahrheit war er der Große Verderber, der sich unter die Unschuldigen begeben hatte.

Als sie näher kamen, um ihn in Augenschein zu nehmen, blieb Shaitan stehen und erduldete ihre scheuen Berührungen und die ehrfürchtigen, erstaunten Ausrufe. Aufmerksam lauschte er ihrer Sprache, denn ihm dämmerte, dass seine eigene (die bislang recht unerprobt war) ziemlich unvollständig war, eine undeutliche Aneinanderreihung von Lauten, der Rest von ... was? Wovon? Das konnte er nicht sagen. Doch er spürte, dass seine wenigen Worte die verhallenden Widerklänge vielerlei Zungen waren. Denn er vermochte, wiewohl undeutlich, in die Geister von Mensch und Tier gleichermaßen zu schauen. Von da war es nur noch ein winziger Schritt, eine Verbindung zwischen Bildern und gesprochenem Wort herzustellen.

»Ist kein Mensch!«, verkündete ein Trog seinen Gefährten das Urteil über Shaitan. »Seine Haut ist weich, blass, leicht zu durchstoßen.«

»Seine Augen sind blau, nicht gelb«, bemerkte ein anderer. »Trotzdem sehen sie wie die unseren im Dunkeln.«

»Blau, ja«, grunzte ein Dritter. »Aber in ihrem Innern ... brennt da nicht ein Feuer? Ab und zu brennen seine Augen!«

»Er ist ... ein Mensch!«, sagte der Erste. »So ähnlich wie die Menschen hinter den Bergen, die im Licht leben – und doch nicht wie sie.«

Ein weiterer, vielleicht etwas klügerer Trog wollte wissen: »Aber ist er auch ein Freund?«

Shaitan war listig. Zunächst würde er ihr Freund sein, dann ihr Meister. »Ich bin, was ich bin«, verkündete er ihnen, »und ich bin gekommen, um euch zu zeigen, was Leben heißt.«

Torkelnd wichen sie vor ihm zurück und staunten, dass ihm ihre Sprache so leicht über die Lippen ging. Doch der Kluge erwiderte: »Wir wissen, was Leben ist. Wir werden geboren, wir wachsen, wir jagen und suchen nach Essen, wir machen Junge. Dann sterben wir und lassen unsere Jungen zurück, damit sie tun, was wir getan haben. Das ist das Leben.«

Darauf nickte Shaitan und lächelte. »Aber es gibt noch andere Weisen«, erklärte er ihnen. Und zum ersten Mal hörte er eine Stimme in seinem Innern, die nicht die seine war. Sie sagte: *Die hier sollen dir gehören!* War es die Stimme seines Gewissens, oder seiner Gewissenlosigkeit, oder etwas anderes? Jedenfalls zeigte Shaitan sich nicht beunruhigt. Aber der Anblick der Bergkatze, wie sie rot und glänzend mit abgezogener Haut vor ihm lag, beunruhigte ihn. Erneut erklang es in seinem Innern: *Das Blut ist das Leben!*

Er ließ sich von einem der Trogs ein Messer geben, schnitt sich ein gutes Stück vom Hinterbein des getöteten Tieres ab und hockte sich hin, um zu essen. Als die Trogs sich um ihn versammelten, sprach einer von ihnen: »Seht, er isst sein Fleisch roh!«

Ein anderer meinte: »Sein Lächeln ist schön!«

Ein Dritter, der zuvor Shaitans Augen erwähnt hatte, sagte: »Und wo ist nun das Blau seiner Augen? Verschwunden, als sei das Blut des Tieres in sie geflossen!«

Und das traf in mehr als einer Hinsicht zu ...

Shaitan lebte eine Zeit lang bei den Trogs und lernte ihre Sitten kennen. Sie zeigten ihm die essbaren Höhlenpilze, aber davon wollte er nichts wissen, und sie zeigten ihm diejenigen, die ein tödliches Gift enthielten, von denen er nicht essen *durfte*. Als Shaitan später mit dem Stammesältesten Fleisch aß (dem klugen Mann, dem er gemeinsam mit den anderen als Erstem begegnet war und der ihm und seiner Art misstraute), wandte er sein neu erworbenes Wissen an. Der Weise starb unter Qualen, und Shaitan nahm seinen Platz ein.

Der Stamm war gering an Zahl, seine Menschen hässlich an Gestalt und Verhalten, seine Höhlen waren rauchgeschwängert und stanken. Shaitan war seiner rasch überdrüssig. Er wollte diese Menschen in ... nun ja, verschiedenen Dingen unterweisen, aber ihre Lernfähigkeit war nicht groß. Er wollte ihnen die Augen öffnen, ihnen ihre kindliche Unschuld nehmen und sie ersetzen ... wodurch eigentlich? Abermals war er sich nicht sicher, er wusste nur, dass es ihn gelüstete, ihnen seinen Willen aufzuzwingen. Doch zu welchem

Zweck? Das Dasein dieser primitiven Menschen war äußerst eingeschränkt und einschränkend zugleich.

Shaitan steckte voller Laster. Er hatte die Leidenschaften eines Mannes, die Gelüste, das Verlangen; und sie wurden sämtlich verstärkt, vervielfacht durch das Wesen in ihm. Er verabscheute die Trogweiber, dennoch versammelte er einen Harem jüngerer Frauen um sich. Als ein erboster Mann gegen den Diebstahl seiner angelobten Partnerin aufbegehrte, beraubte Shaitan ihn seiner Männlichkeit und machte ihn zum Eunuchenaufseher seiner Lustbarkeitskammern. Als mehrere Trogs sich gegen ihn erhoben, um ihn zu töten, versteckte er sich zitternd und schwitzend in einer Höhle ... und sein Schweiß bildete einen Nebel, der ihn verbarg und seine rachsüchtigen Feinde erschreckte. Sie flohen zu anderen Stämmen und verbreiteten die Sage von Shaitan im Land.

Er übte sich in Künsten, die ihm instinktiv zu Gebote standen, denn er wusste, dass er ganz und gar verderbt war. Er setzte Ungeziefer an sich, das sich mit seinem Blut vollsog, und verseuchte damit die Vorratshäuser der Trogs, bis ihre Speisen vor seinem Unrat wimmelten. Weitere Halbmenschen flohen, solange sie noch unverseucht waren. Was jene betraf, die zurückblieben: Sie wurden krank an Körper und Geist und nannten Shaitan ihren Meister und folgten in seinen Fußstapfen. Sie waren die Ersten aller Wamphyri-Knechte.

Shaitan pflanzte seinen Samen in seine Frauen, und etliche kamen nieder. Die Bälger aus diesen Vereinigungen waren scheußlich, mit blutroten Augen ... und hungrig. Sie lutschten Blut aus den Zitzen ihrer Mütter und wuchsen zu schnell. Ihre eigenen Mütter erstickten sie – bis auf eines, das Shaitan auffraß ... Schließlich hatte er genug von den Höhlenbewohnern, da er doch wusste, dass es anderes Fleisch auf der Welt gab als das mindere Fleisch der Trogs.

Ständig trieb sein Parasit ihn an und lebte von seinem Blut, wie Shaitan vom Blut anderer lebte. Allerdings war es eine sehr subtile Symbiose, so dass Shaitan – außer in seinen finstersten Träumen und in gewissen seltenen, wachen Augenblicken – stets glaubte, dass er der einzige Herr über sein Schicksal sei und Meister seines eigenen Willens und seiner Zukunft. Jedoch ... ganz sicher konnte er sich nie sein. Fortan wurden die Fragen nach dem freien Willen, nach seiner Selbstbestimmung und alle damit zusammenhängenden Überlegungen zur Einheit des Geistes für Shaitan äußerst wichtig, ja, sie gerieten geradezu zu einer Besessenheit. Für ihn und für alle anderen Vampire, die ihm nachfolgten ...

Shaitan erinnerte sich daran, wie die Trogs ihn bei ihrer ersten Begegnung mit Männern von der anderen Seite des Grenzgebirges verglichen hatten. Nun, da er fast vergessen hatte, welches Unbehagen ihm die goldenen Strahlen der Sonne bereitet hatten (und es gab nur einen Weg, herauszufinden, ob das Problem wieder auftreten könnte), beschloss er, sich die Sonnseite untertan zu machen. Wie all seine Werke würde auch diese Eroberung verstohlen vonstatten gehen. Zuerst wollte er sich den Sonnseitern als Freund nähern und sich dann zu ihrem Meister aufschwingen. Es würde genauso geschehen wie bei den Trogs – dachte Shaitan ...

Er überließ seine Trogknechte ihrem Schicksal und erkletterte das Gebirge, wobei er sich wie stets östlich hielt. Er stieg bei Sonnauf hinan, doch der Gebirgswall schützte ihn vor der Sonne. Dennoch störte ihn der helle Himmel, und das Licht schmerzte in seinen Vampiraugen, und er fragte sich, ob alle Geschöpfe dieser Welt so wie er das Licht scheuten. Hoch über der Baumgrenze sah er große Vögel, die sich nicht an der Sonne störten, zwischen den Gipfeln kreisen. Auf den Höhen gab es große, zottige Ziegen, die das Licht nicht fürchteten, und außerdem kleineres Getier in Gras und Heide.

Shaitan zuckte die Achseln. Nun gut, er würde seine Theorien überprüfen; vielleicht zwang er ja schon bald der Sonne seinen Willen auf! (Darauf krümmte sich der sporengewachsene Vampir in ihm zusammen und machte sich ganz klein. Denn in dieser Hinsicht war Shaitan zu willkürlich, und sein Vampir konnte ihn weder leiten noch beherrschen. Da er selbst noch unreif war, musste er ihn überallhin begleiten.) Shaitan dagegen fühlte sich aufgrund der Sorge seines Parasiten nur ein bisschen unbehaglich.

Wie das Schicksal es wollte, erreichte er den Gebirgsgrat gerade zu jener Stunde, als der traurige Überrest der Sonne nur noch ein rosig gelbes Strahlenrad am südlichen Horizont war. So musste er keine Unbilden erleiden, und das in Shaitan heranwachsende Wesen, das nun unwiderruflich ein Teil von ihm war, entspannte sich ein wenig. Schließlich konnte es die Kraft seines Wirtes spüren und wusste, dass er stark war.

Als die Dämmerung zur Nacht wurde, sah Shaitan die flackernden Feuerstellen von Jägern, die ihr Lager am Berghang aufgeschlagen hatten. Und unten auf der Ebene der Sonnseite erstreckten sich die glühenden Feuer ihrer Lager und Siedlungen in alle Richtungen, so weit sein Auge reichte. Ihre Stämme waren Legion!

Shaitan freute sich in seinem tiefsten Innern, da er doch glaubte, endlich wahre Menschen gefunden zu haben, denen er seinen Willen aufzwingen konnte ...

Als Volk waren die Sonnseiter noch immer dabei, sich von der Verheerung durch das Graue Loch, das die ›Erde‹ neu geformt und ihre Umlaufbahn und ihren geologischen Aufbau verändert hatte, zu erholen. Sie erholten sich von Erdbeben und Flutwellen, von jahrelangen Sturzregenfällen und Wirbelstürmen aus schwarzer, gefrorener Asche (die man in einer anderen Welt vermutlich ›nukleare Winter‹ genannt hätte) und von Jahren, die den halben Planeten zu einer Glutwüste gebacken hatten, während die andere Hälfte kalt und öde von gefrorenen Meeren bedeckt war. Doch sie erholten sich wahrhaftig, und allmählich wuchs ihre arg geschrumpfte Zahl.

Einst hatte die ›Erde‹ Kontinente gehabt, Meere, Inseln, Jahreszeiten mit Wind, Sonne, Schnee und Regen. Ihre Tierarten waren zahlreich gewesen, und die Menschen hatten eine viertel Milliarde gezählt. Sie hatten das Rad erfunden, Feuer und Segel verwendet, mit ersten Arzneien und den Grundlagen der Chemie experimentiert. Das Schießpulver hatten sie noch nicht entdeckt gehabt, aber sie hatten die Grundelemente des Schmiedehandwerks und der Metallbearbeitung verstanden. Sie hatten über metallene Werkzeuge verfügt und über die Armbrust für die Jagd. Alles in allem hatte eine strahlende Zukunft auf sie gewartet, in der Entdecker in hölzernen Schiffen übers Meer gesegelt wären, um nach neuen Ländern zu suchen.

Doch das war vor dem Grauen Loch gewesen. Und nun, siebenhundert oder mehr Jahre danach, zur Zeit Shaitans? So viel wussten die Sonnseiter – die nun weniger als dreißigtausend zählten – noch von ihrer Welt:

Sie war mit den meisten Tieren und Menschen verwüstet worden und konnte wohl für tot erklärt werden – von jener gemäßigten Zone einmal abgesehen, deren Scheitelgrat das Grenzgebirge zwischen Sonnseite und Sternseite darstellte. In ihren Legenden (die wirr und widersprüchlich waren, weil die schriftliche Form ihrer Sprache vor der Katastrophe bestenfalls einfach gewesen und danach verloren gegangen war, so dass Geschichte seit undenklichen Zeiten mündlich weitergegeben wurde) war die Geißel, die sie heimgesucht hatte, um ihre Welt zu zerstören, gleichbedeutend geworden mit einem verbotenen Ort auf der Sternseite, den man nur als das ›Tor zu den Höllenlanden‹ kannte. Der Sage zufolge war eines Nachts eine seltsame ›weiße Sonne‹ am Südhimmel erschienen ... ein Zeichen, dass schreckliche Zeiten bevorstünden!

Zuerst hatte sie sich wie ein Komet scheinbar langsam bewegt, dann rascher, und schließlich geschwind wie ein Pfeil aus Licht, der aus dem Weltraum herabschoss, am Mond abprallte und seine gleißende Bahn über die Erdoberfläche zog! Doch während des Sturzes auf die Erde flackerte die ›Sonne‹ und schrumpfte, bis sie, wie ein riesiger flacher Stein übers Wasser, über das Land hüpfte. Schließlich schlug sie in einem selbst geschaffenen Krater auf. Mit ihrer Ankunft war die Welt aus den Fugen geraten. Es handelte sich weder um eine Sternschnuppe, noch um einen Kometen, oh nein, sondern um eine weit größere Naturgewalt, die glücklicherweise nur selten auftritt: ein Schwarzes Loch, das sich selbst verzehrt hatte, bis nur noch der Ereignishorizont geblieben war. Daraus war ein Graues Loch geworden, eine Brücke zwischen den Universen.

Ein derartiges Phänomen war den Menschen dieser Welt unbekannt. Für die Hand voll wie betäubt umhertorkelnder Überlebender genügte es – und das in überreichem Maße – dass eine todbringende weiße Sonne vom Himmel gefallen war, alles, was sie kannten, vernichtet und ihnen und ihren Nachkommen mehr als zweieinhalb Jahrhunderte lang eine Hölle auf Erden bereitet hatte.

Bis die Umlaufbahn des Planeten sich schließlich stabilisiert und seine Klimazonen sich – wenngleich dramatisch – neu geordnet hatten, fristete der klägliche Rest der Menschheit sein karges Leben in den schmalen Waldgürteln, auf den Ebenen südlich des großen Grenzgebirges und an den Südflanken der Berge.

Wenn heutzutage Jäger die Berge der mittleren Region erkletterten oder durch den großen Pass auf die Felsebenen der Sternseite gelangten, sahen sie einen schrecklichen Überrest, der der Katastrophe entgangen war, um der Legende neue Nahrung zu verleihen. Ein Kraterrand, aus dem ein blindes, weißes Auge hervor- und aufwärts zu starren schien, als liege dort ein gelähmter Dämon mit stierem Blick und denke über sein Geschick nach. Der Blick seines kalten, toten, weißen Auges war wie ein Leuchtfeuer, das den Seelen nicht den Weg wies, sondern sie warnte und von Unheil kündete ...

Ein Dämon – ja, warum nicht? Jedenfalls etwas aus der Hölle. Etwas, das die Hölle mitgebracht hatte.

In den Sagen kursierte auch die Geschichte von dem wandernden Abenteurer, der nach den Jahrhunderten der Stabilisierung als Erster den Pass durchschritten hatte und zu der größtenteils verschütteten Kuppel aus weißem Licht hinabgeklettert war, um sie zu berühren ... Niemand hatte ihn je wiedergesehen. Denn sie hatte sich wie ein Tor geöffnet, um ihn in die Hölle zu bringen.

Daher hatte der Ort seinen Namen, und deshalb wurde er gemieden, ebenso wie die Ödlande nördlich des Gebirges: die Geröllebenen, und weiter östlich eine Gegend mit Schwindel erregend aufragenden Felshöhen aus Vulkangestein, die sich wie riesige steinerne Speere erhoben, um es mit den Grenzbergen selbst aufzunehmen, und hinter dem nördlichen Horizont die Eislande, die einen bläulichen Schimmer zu den wie Diamanten strahlenden Sternen und den seltsam wabernden Polarlichtern sandten.

All diese Orte waren verboten und an sich bereits abweisend. Wer hätte schon dorthin gehen wollen? Nichts lebte dort; nichts konnte dort leben, bis auf die Fledermäuse in ihren Höhlen und die Wölfe auf den Berggipfeln und Pässen über der Sternseite und ein paar niedere Kreaturen. Und gewiss war dies kein Ort, an dem Menschen leben konnten. Jedenfalls noch nicht ...

Shaitan traf seine ersten wirklichen Menschen im Schein eines Lagerfeuers und sah, dass sie die Pelze und Häute von Tieren trugen. Sie waren zu dritt und erblickten ihn zur gleichen Zeit. Außerdem bemerkten sie, dass er nackt war. Das kam Shaitan zugute, denn es waren Jäger. Wenn er Kleidung getragen hätte und so plötzlich unter ihnen erschienen wäre, hätten sie ihn womöglich für einen großen Bären gehalten. Er sah, dass sie ihre Armbrüste auf ihn richteten, während sie aufsprangen und sich ihm zuwandten. Doch dann grunzte einer von ihnen »Ein Mensch!« und verzog das Gesicht.

»Ein Idiot!«, sagte ein anderer. »Ich hätte ihm fast einen Bolzen reingejagt!«

Shaitan las in ihren Mienen, von ihren Lippen, teilweise auch in ihren Gedanken. Ihre Worte passten zu dem, was er erblickte, und so verstand er von Anfang an einen großen Teil ihrer Sprache. Als sie vortraten, um ihn im Feuerschein zu mustern, fragte der Letzte unbehaglich: »Ein Wahnsinniger? Meint ihr wirklich?«

»Was denn sonst?«, begann der Zweite erneut. »Nachts allein unterwegs und nackt unter den Sternen.« Zu Shaitan gewandt sagte er kühl: »Wer bist du?«

Mit einem düsteren Lächeln antwortete dieser: »Ich bin, was ich bin.«

»Und wie heißt du?«

»Shaitan!« Endlich fiel ihm sein Name wieder ein.

»Nun, Shaitan«, schmunzelte der Erste der drei nicht unfreundlich, »du wirst mir schon verzeihen, wenn ich das sage, aber du kommst mir ein bisschen dämlich vor!«

»Du hältst mich für ... schwachsinnig?« Er sah sie an, blickte an sich hinab. »Aber wenn ich verrückt bin – ein harmloser Idiot – warum richtet ihr dann eure Waffen auf mich?«

Darauf ergriff der zweite Mann wieder das Wort: »Weil ›Idiot‹ und ›harmlos‹ nicht unbedingt zusammengehören, deshalb. Im Lager von Heinar Hagi, unten auf der Ebene, haben wir einen solchen ›Idioten‹, der dort für seinen Lebensunterhalt arbeitet – und Janni Nunov schmeißt mit Felsen herum, die ich noch nicht mal zum Wackeln bringe!«

Mit unbeholfenen Bewegungen, die sie beruhigen sollten, trat Shaitan ans Feuer, hockte sich hin und legte einen Ast in die flackernden Flammen. Die drei steckten ihre Waffen weg und näherten sich ihm. Er tat, als beachte er sie gar nicht, während er sich die Hände wärmte. Es schien, als hätten sie keinen Anführer in ihrer Gruppe, sondern stünden einander gleich. Einer war klein, untersetzt und trug einen Bart, der Nächste war mittelgroß, von kräftiger Gestalt und mit vorstehendem Kiefer, der Letzte war jung und drahtig und schien vollkommen arglos. Da sie ihn ebenfalls musterten, hielt Shaitan seine blutroten Augen halb geschlossen und starrte meistens ins Feuer. Sie sollten das Rot für den Widerschein der Flammen halten.

Schließlich murmelte der untersetzte Dezmir Babeni: »Deine Haut ist weich und blass, wer du auch sein magst! Du bist zwar groß und stark, aber du hast kaum hart arbeiten müssen. Zu welchem Stamm gehörst du?«

Shaitan schüttelte den Kopf.

»Warum bist du nackt?«, wollte der kräftige Klaus Luncani mit dem vorstehenden Gebiss wissen. »Bist du überfallen worden? Ah, im Gebirge treiben sich zu viele Wildlinge herum, Einzelgänger, die einen Mann bloß um seines Ledergürtels willen erschlagen würden!«

Wieder schüttelte Shaitan den Kopf und zuckte die Achseln.

Aber der junge, drahtige Vidra Gogosita öffnete ein Bündel und holte eine lange Lederjacke hervor, die er Shaitan über die Schultern breitete, während er am Feuer saß. Die Jacke war alt, aber bequem. Und er sagte: »Die Nächte sind kalt. Ein Mann – selbst ein Narr – sollte nicht nackt durch die Hügel wandern!«

Shaitan lächelte und nickte und dachte bei sich: *Von den dreien soll er allein am Leben bleiben – als mein Knecht. Denn er ist empfindsam, daher werden seine Qualen unter meinem Joch umso schlimmer sein! Das hat ein ›Narr‹ bestimmt ... so sei es!* Laut sagte er: »Ich danke dir. Doch was mich angeht ... Ich wünschte, ich könnte euch mehr sagen. Leider kann ich mich an nichts erinnern.« Das entsprach im Wesentlichen der Wahrheit.

»Überfallen, ganz sicher«, schnaubte Klaus Luncani, als sei die Sache damit zweifelsfrei bewiesen. »Von Gesetzlosen aus den Bergen.

Hat eins mit der Keule auf den Kopf bekommen und das Gedächtnis verloren. Und seine Kleider haben sie ihm auch gestohlen. Ein Mann, der allein auf die Jagd geht, setzt viel aufs Spiel!«

Dezmir Babeni rückte näher und streckte die Hand nach Shaitans Kopf aus – vielleicht, um nach einer Wunde zu suchen. Doch Shaitan wehrte ihn mit erhobener Hand ab. »Nein! Es ... tut weh!«

Dezmir nickte und ließ es gut sein.

Damit schien die Angelegenheit erledigt. Shaitan war offenbar Räubern zum Opfer gefallen. Er konnte von Glück sagen, dass sie sein Leben verschont hatten.

»Nun, in einem hat Dezmir Recht.« Klaus Luncani reichte Shaitan ein Stück Käse und einen Happen grobes Brot. »Du siehst ganz gewiss ziemlich groß und stark aus! Du wirst am Leben bleiben, da bin ich mir sicher!«

Tja, aber du nicht, dachte Shaitan und blickte auf das Essen in Lucanis ausgestreckter Hand. Das Zeug war abscheulich, und er schüttelte den Kopf. »Ich ... ich habe ein Tier getötet«, log er, »und sein Fleisch gegessen. Das ist noch nicht lange her. Ich bin nicht hungrig.«

»Ein Tier?« Das kam vom jungen Vidra Gogosita.

»Mit nach hinten geschwungenen Hörnern. So.« Seine schlanken Hände deuteten die Krümmung an. »Klein, aber süß ...« *Ihr werdet noch viel süßer sein.*

»Eine Ziege«, sagte Dezmir Babeni. »Oder ein Zicklein. Hah! Da hat er wohl mehr Glück gehabt als wir drei zusammen!«

»Eine ... Ziege, ja«, wiederholte Shaitan langsam und legte die Hand an die Stirn, um das allmählich zurückkehrende Gedächtnis anzudeuten.

»Das kommt schon noch wieder«, sagte Klaus Luncani, der sich im Schutz dreier Felsen, etwas vom Feuer entfernt, ein Nachtlager bereitete. »Hör mal, wir sind den Großteil des Tages unterwegs gewesen – auch wenn wir nur ein paar Ferkel im Sack haben, um es zu beweisen! Also holen wir jetzt etwas Schlaf nach! Das ist sicherer, als im Dunkeln herumzuklettern! Nur ein paar Stunden, bis der Mond wieder aufgeht; dann geht es zurück auf die Ebene und zum Lager unseres Anführers, Heinar Hagi!«

Dezmir Babeni ergriff das Wort. »Du würdest gut daran tun, mit uns zu kommen, Shaitan, da du doch nichts anderes vorhast. Ach, du bist schon ein seltsamer Kerl: groß und bleich, und in deinem hübschen Kopf ist das Gehirn ganz durcheinander. Keine nennenswerten Erinnerungen, und kein Stamm, dem du dich zugehörig fühlst. Aber die Szgany Hagi haben schon den einen oder anderen Streuner bei sich aufgenommen. Also ... was sagst du dazu?«

Shaitan blickte zu ihm hoch, und in diesem Moment fiel Babeni die Art und Weise auf, in der sich das Feuer in seinen Augen spiegelte. Rasch wandte Shaitan sich wieder ab und starrte wie zuvor in die Glut. »Nehmt euch euren Schlaf«, sagte er, »ihr alle. Später ... werden wir weitersehen.«

Babeni zuckte die Achseln, entfernte sich ein kurzes Stück und trampelte sich im Farnkraut ein Bett zurecht. Er legte sich nieder, zog sich eine Decke über den Leib, grunzte und schnaubte ein paarmal und wurde still. Klaus Luncani schnarchte bereits in seinem Felsennest. Doch Vidra Gogosita, der jüngste der drei, setzte sich bloß neben Shaitan ans Feuer.

»Ich werde nicht schlafen«, sagte er, »sondern Wache halten. Ich bin an der Reihe. Du solltest dich jedoch hinlegen. Ich kann dir eine Decke geben.«

Shaitan nickte und gab leise zur Antwort: »Das werde ich – bald.«

Oh ja, sehr bald.

Was den Rest betraf: Vidra erinnerte sich kaum daran, und was ihm im Gedächtnis blieb, war undeutlich und schemenhaft in einem Verstand, der Shaitans hypnotischer Ausstrahlung rasch erlegen war. Er wusste noch, wie er mit dem – Mann? – gesprochen hatte, und erinnerte sich an das schläfrige Gefühl, eine Trägheit, die sich in seine Glieder, seinen Geist, seinen Willen schlich.

Da war etwas mit einem Gesicht (aber doch sicher nicht Shaitans gut aussehendes Gesicht?), das sich auf grässliche Weise in eine tierhafte Albtraumfratze verwandelt hatte, in der die gespaltene Zunge und die geifernden Fangzähne einer Schlange zu sehen waren. Das Gesicht kam näher ... ein schwefliger Gestank wie aus einem Kaminloch ... und dann ein Schmerz wie ein heißer Wespenstich an der Stelle, wo die Schlagader an Vidras Hals pulsierte ... nein, zwei Wespen, und ihre Stiche lagen nur wenige Zoll auseinander. Und dann Shaitans Singsang und seine Küsse, als er versuchte, die Stacheln herauszusaugen ...

Vidra schreckte mit einem leisen Schrei in die Höhe. Fast schien ihm, als habe noch jemand geschrien. Ihm war kalt, all seine Glieder waren verkrampft, und sein Nacken war steif und wies eine große schorfige Stelle auf, noch klebrig von ... Blut? Sein Traum ...

... war kein Traum gewesen!

Torkelnd kam er auf die Beine und stolperte in die Aschenreste am Rand des Feuers. Wo war nur seine Kraft geblieben? Ihm schwindelte, er taumelte und fühlte sich so schwach, als rinne Wasser statt Blut durch seine Adern! Vor seinem Geist stand deutlich ein Bild, das die nächtliche Szene überlagerte, die seine Augen erblickten – von anderen Augen, die wie entzündete rote Narben auf seiner Seele lasteten. Genau das waren sie auch; und etwas blickte durch diese Fenster in seinem Verstand auf ihn, lächelte düster und verhöhnte ihn.

Der Mond zog seine rasche, krumme Bahn über die Berge. Das Feuer war bis auf die Glut erloschen. Bodennebel bedeckte die Landschaft und wand sich wabernd durch das karge Hügelland, in die kleinen Senken und um die Wurzeln von Farn und Heide. Keine Eule klagte, kein Wolf heulte, weder Mensch noch Tier war zu hören. Doch in den Schatten da drüben ... schmatzte etwas!

Dort hatte sich Dezmir sein Bett im Farnkraut bereitet, und Vidra taumelte darauf zu. Aber zu seiner Rechten waren die drei Findlinge, die Klaus Schutz gewährten; seine Beine ragten hervor, und der Nebel umwogte sie. Vidra blieb stehen, bückte sich und wollte nach Klaus' Knöchel greifen und ihn wachrütteln. Bevor er dazu kam, durchlief das ausgestreckte Bein ein heftiges Zucken, es erbebte fürchterlich, fiel schlaff zurück und lag dann still.

Vidra durchfuhr ein Schauer. Er fuhr hoch, tat zwei unsichere Schritte an Klaus' Körper entlang zu den Findlingen, stützte sich auf, um auf seinen schlafenden Freund hinabzublicken – und sah, dass er nicht mehr nur schlief. Nicht mehr.

Denn jemand oder etwas hatte einen großen, unmöglich schweren Stein genommen, ihn über die Einfriedung gehoben, die die drei Felsen bildeten, und mit voller Wucht auf das Gesicht von Klaus fallen lassen! Der nahezu runde Stein verdeckte die Stelle, an der sein Kopf sein musste, und im Schein des Mondlichts schien es, als sickere eine teerige Substanz darunter hervor – oder als werde sie hervorgequetscht. Vidra Gogosita war klar, dass das Mondlicht täuschte: Die Flüssigkeit war nicht schwarz, sondern rot.

Der junge Mann konnte kaum seine Gliedmaßen beherrschen – er würgte, vermochte nicht zu schreien, weil er seinen Mageninhalt herunterzwang und ihm die Kehle trocken geworden war – und stolperte durch den unheimlichen Nebel zu Dezmir Babenis Farnkrautlager. »Dezmir!«, brachte er schließlich ein warnendes Krächzen hervor. »Dez...

...mir?«

Dezmirs Decke war beiseite geschleudert worden und über ihm lag Vidras eigene lange Jacke, die seine Mutter ihm noch für die Reise aufgedrängt hatte. Nur schien die Jacke lebendig geworden zu sein, beulte und regte sich und flatterte wie eine riesige schwarze Fledermaus, die auf die Erde gefallen war!

Vidra wich taumelnd zurück und schrie auf! Die Jacke fuhr samt ihrem Inhalt in die Höhe, erhob sich und drehte sich zu ihm um. Es war Shaitan – aber nicht länger hübsch anzusehen, eigentlich kaum noch menschlich. Sein ungeheuerliches, wandelbares Gesicht war rot unter dem gierig eingesogenen Blut, und der schleimige, fremdartige Nebeldunst quoll ihm wie Schweiß aus den Poren und unter der geborgten Lederjacke hervor.

Dann ... fuhr Shaitans Klauenhand vor, packte den Jungen am Arm und hielt ihn aufrecht. Da erkannte Vidra mit Gewissheit, woher die Augen in seinem Geist stammten, und er erkannte auch, dass sein Traum schreckliche Wahrheit war. Was blieb ihm danach noch anderes übrig, als vor seinem neuen Herrn auf die Knie zu fallen? So oder so hatten seine Beine keine Kraft mehr, ihn aufrecht zu halten. Nein, diese *Kraft* sollte erst später kommen.

Shaitans brennende Augen blickten auf ihn herab, und die Stimme des Ungeheuers klang wie ein klebriges Gurgeln, als er sagte: »Was ich hier tue, mag dir zunächst sehr seltsam erscheinen, obwohl du es letztlich auch mit Freuden tun wirst wirst. Sage mir nur, habe ich eben nicht gehört, wie du nach Dezmir Babeni gerufen hast? Nun, sein Blut ist noch warm und lebendig! Wenn du schon ... bereit dazu bist?«

Und dann, vielleicht eine Spur enttäuscht, fuhr er fort: »Ach, wie schade. Ich sehe schon, das ist nicht der Fall ...«

Der Abstieg zum Waldrand auf den Ebenen der Sonnseite nahm vier Stunden in Anspruch. Bis dahin waren die meisten kleineren Lagerfeuer der Szgany Hagi erloschen, und viele Angehörige des Stammes schliefen schon in ihren notdürftig aus Tierhäuten errichteten Zelten. Aber die Nachtwache unterhielt ein großes Feuer in der Mitte des Lagers, und wenn sie nicht den Außenrand abschritten, versammelten sie sich dort, um sich zu unterhalten. Aus den Eingängen einiger größerer Zelte drang Lampenlicht.

Wie stets bildeten die am äußeren Rand in gleichmäßigen Abständen aufgeschlagenen Zelte der allein stehenden Männer eine Barriere gegen etwaige Eindringlinge oder Räuber, obwohl dies in diesen ruhigen Zeiten wenig wahrscheinlich war. In diesem losen Außenkreis waren ein paar Tiere angebunden oder grasten in Einfriedungen, deren Seilbegrenzungen sich zwischen den Bäumen spannten. Die großen Familienzelte standen näher zur Mitte des Lagers, das Feuer bezeichnete den genauen Mittelpunkt.

Einige Wagen standen dort, ein paar davon waren mit Häuten überspannt. Der größte war Heinar Hagis Wohnwagen. Obwohl die Wege um die Hügel– und Waldgrenzen des Stammesgebietes kaum mehr als ausgefahrene Pfade waren, erschien es Heinar – als Anführer oder ›König‹ seiner dreihundert Seelen starken Sippe – nur würdig und recht, hinter schnaubenden Tieren herzuzuckeln, statt wie der Rest einen kleineren Karren oder Packschlitten zu ziehen.

Wenn er es versäumte, seinen Bereich abzuschreiten, drang womöglich eine andere Szganygruppe ein und ließ sich hier nieder. Nur wenn Heinar ständig seine Landmorgen maß, seine Grenzen abschritt und ungefähr jede Meile sein Zeichen aufstellte (ein grob stilisiertes Gesicht mit einem mürrischen Mund und einer schwarzen Klappe über ein Auge gemalt), konnte er darauf hoffen, das Gebiet für seine Nachkommen und den Stamm zu erhalten. Der Grenzumfang maß vielleicht sechsunddreißig Meilen, die von Heinar eifersüchtig bewacht wurden. Die meisten Sippen und Stämme hielten es so, daher waren sie in dieser Beziehung von Anfang an Wanderer – wahrlich Szgany – gewesen.

Doch war nicht der gesamte Stamm des Heinar Hagi auf Wanderschaft. Im Osten gab es in den löcherdurchzogenen Klippen des Vorgebirges Höhlen, die fast ein Drittel seiner Leute beherbergten. Seit der Katastrophe hatten sie dort Unterschlupf gefunden, und sie würden dort bleiben. Und im Süden, wo der Wald in Grasland und schließlich in eine Wüste überging und sie zwischen den Bäumen ihre festen Heime errichtet hatten, zogen fünfzig Siedler der Szgany Hagi ihr Getreide. Da diese beiden Orte auf Heinars ein grobes Dreieck bezeichnenden Route lagen, freute er sich schon auf den Aufenthalt im Waldlager und danach in den Höhlen.

Sein Volk wuchs und mehrte sich, also würden sie weitere Siedlungen entlang der Grenze von Heinars Land errichten und es auf diese Weise sicher umschließen. Vielleicht konnte er sich irgendwann niederlassen und den Rest seiner Tage beschließen, ohne sich über Landräuber Gedanken machen zu müssen – nur war Heinar dann vielleicht nicht mehr, aber seine Söhne und deren Söhne würden die Früchte ernten.

Dies waren seine Gedanken, und an hundert kleinen und großen Lagerfeuern im Osten und Westen, entlang der Sonnseitenflanke des Grenzgebirges, dachten hundert Anführer seiner Art just dasselbe. Heinar ließ sich am Mittfeuer nieder, plauderte mit den Männern der Nachtwache, und ein Sud aus Kräutern blubberte leise am Dreibein.

Plötzlich ... schlug am Außenrand ganz in der Nähe ein Wolf an. Es war ein vertrauter Laut, halb Knurren, halb Husten! Das musste einer der Lagerwölfe sein. Von den wilden Grauen näherte sich keiner einer so großen Ansammlung von Menschen. Heinar sah auf, runzelte die Stirn, und sein heiles Auge funkelte im Feuerschein. Seine Männer nahmen ihre Armbrüste auf. Das Feuer knisterte. Sie lauschten in die Nacht.

Dann erklangen neue Geräusche. Eine Stimme rief: »Wer da?« Eine weitere antwortete mit einem Keuchen, fast einem Schluchzen! Heinar glaubte die zweite Stimme zu erkennen. Er fuhr auf und schnappte: »Wer ist noch unterwegs?«

»Die Burschen, die du in den Wald und zum Fluss geschickt hast, sind alle sicher zurückgekehrt«, gab einer seiner Männer zur Antwort. »Wenn die dort überhaupt zu uns gehören, können es nur Klaus, Dezmir und Vidra sein.«

»Aye.« Heinar nickte knapp. »Das war dann mit Sicherheit Vidras Stimme. Aber was hat der Junge?« Darauf gab niemand eine Antwort; sie würden es rasch genug herausfinden.

Drei Männer betraten die Lichtung: Ein Wächter mit seinem Wolf trieb zwei weitere vor sich her. Die beiden kamen taumelnd, zerzaust und offenbar erschöpft herangestolpert. Heinar erkannte nur einen davon – Vidra Gogosita.

»Heinar!«, rief der Junge. »Heinar!«

»Was ist?«, wollte Heinar wissen, als Vidra nachgerade in seinen Armen zusammenbrach. »Was ist passiert? Wo sind Klaus und Dezmir? Und wer ist das hier?«

»Klaus ... Dezmir ...«, plapperte Vidra drauflos. »Tot ... alle beide! In den Hügeln!«

»Was?«, stieß Heinar hervor. »Tot, sagst du? Wie?«

»Wir ... wir wurden überfallen, aus dem Hinterhalt!« Vidra riss sich sichtlich zusammen. »Gesetzlose! Sie kamen aus den Schatten. Und ich wäre auch tot, wenn ... wenn *er* nicht gewesen wäre. Er hat sie abgewehrt und mir das Leben gerettet. Er heißt ... sein Name ist ... ist ...« Aber er brachte kein Wort mehr heraus, verdrehte die Augen und sackte in Heinars Armen zusammen.

Der Fremde schwankte, seine Knie gaben nach. Eifrige Hände fingen ihn auf, ließen ihn rücklings auf den Boden sinken. Das Feuer schimmerte seltsam in seinen Augen, als sie ihm langsam zufielen. Und seine Stimme wurde leise bis zur Unhörbarkeit, als er hauchte:

»Mein Name ... ist Shaitan.«

ZWEITES KAPITEL

Zunächst hatte im Lager von Heinar Hagi Chaos geherrscht. Fast eine Stunde lang waren Heinar, seine Männer und mehrere Frauen in aller Eile bemüht gewesen, sich um die unmittelbaren Bedürfnisse des jungen Vidra Gogosita und des Fremden zu kümmern, den er in das Lager gebracht hatte – des Mannes namens Shaitan.

Vidras Mutter, die schlanke, gut gebaute Witwe Gogosita, war als Erste auf dem Schauplatz erschienen. Sie war noch wach gewesen und hatte in ihrem kleinen Zelt darauf gewartet, dass ihr einziger Sohn aus den Bergen zurückkehrte. Als sie die aufgeregten Stimmen gehört und die plötzliche Spannung und den in der Nacht lauernden Schrecken gespürt hatte, war sie zum Lagerfeuer gegangen. Und als sie ihren Jungen dort ausgestreckt hatte liegen sehen, war das Heulen und Wehklagen groß gewesen! Aber ... Vidra war am Leben, lediglich erschöpft, und er schlief! Darauf hatte sie den Jungen in die Arme genommen, während ihr die Männer das Wenige erzählten, was sie von der Geschichte zu berichten wussten. Die endlosen Segnungen, die sie über den hoch gewachsenen, bleichen Fremdling ausschüttete, der ihrem Sohn das Leben gerettet hatte: Shaitan, der wie bewusstlos in der Nähe lag und unterdessen alles über diese Leute und ihre Sitten in sich aufnahm.

Dann hatte man nach der erwachsenen Tochter Dezmir Babenis geschickt, nach der schönen Maria. Zuerst hatte sie den Tod ihres Vaters nicht hinnehmen wollen und hielt vergeblich unter den Männern nach ihm Ausschau. Bis schließlich stark und still ihre Trauer sie überkam und sie sich abseits setzte, sich vor– und zurückwiegte und weinte. Die Frau und die Söhne von Klaus Luncani waren unter der Wucht dieser unerwarteten Nachricht wie betäubt und stolperten wie im Traum umher. Und so wurden Ruhe und Frieden, die traditionsgemäß am Lagerfeuer herrschten, rasch in ein Bild der Tragödie, der Trauer und der Gram verwandelt.

Niemand empfand den Verlust der Szgany Hagi tiefer als Heinar Hagi. Er konnte das Leid der weinenden Frauen nicht mit ansehen. Er gab Anweisungen, für die Hinterbliebenen dieses scheußlichen Verbrechens zu sorgen, und zog sich auf sein Ruhelager zurück. Im

Laufe der langen, vierzigstündigen Nacht stand er immer wieder auf, und noch lange vor Sonnauf wollte er einen Suchtrupp ins Hügelland führen, um die Körper der Toten zu bergen. Wenn sie dort oben dabei zufällig auf eine Gruppe Ausgestoßener oder Einzelgänger trafen ... Aber Heinar wusste, dass die Chancen dafür sehr schlecht standen.

In der Zwischenzeit hatte die Witwe Gogosita ihren Sohn in ihr Zelt bringen lassen und wachte an seiner Seite. An seinem Hals war das übel zugerichtete Fleisch angeschwollen, wies Wunden auf und war vermutlich entzündet. Er hatte hohes Fieber, warf sich unablässig hin und her und sprach stöhnend im Schlaf. Die *Dinge,* von denen er sprach, entsprangen den finstersten Albträumen und rührten zweifellos von dem, was er in den Hügeln erlebt hatte.

Am Lagerfeuer hatte man es Shaitan etwas bequemer gemacht, eine Decke über ihn gebreitet und ihm ein Fellbündel unter den Kopf geschoben. Maria Babeni war zu ihm gekommen, hatte sich neben ihn gesetzt und starrte nun im flackernden Feuerschein auf sein hageres, hübsches Gesicht. Ihrer Ansicht nach sollte man ihn aufnehmen, ihm eine ordentliche Unterkunft verschaffen und ihm anständige Pflege und Schutz angedeihen lassen, bis er sich wieder ganz erholt hatte. Hatte er nicht sein Leben für die Männer der Szgany Hagi aufs Spiel gesetzt? Sicher – vergeblich, was ihren Vater und Klaus Luncani betraf ... aber wenigstens den jungen Vidra Gogosita hatte er gerettet. Wenn die Nachtwache zurückkehrte, würde sie ihn in ihren kleinen Wohnwagen bringen lassen (ach ja, nun gehörte er ihr, so einsam es darin auch war), wo sie ihn pflegen konnte, wie er es verdiente.

Genau so hielt sie es.

Aber der Großteil des Lagers schlief weiter. Die meisten bekamen von den nächtlichen Ereignissen nichts mit und sollten es erst erfahren, nachdem sie aufgestanden waren, gegessen, sich um ihre Tiere gekümmert und ihren Wachdienst angetreten hatten. Falls zuvor nicht etwas geschah, das ihren gewohnten Ablauf unterbrach.

Die Sterne drehten sich in ihrem endlosen Reigen und tauchten die Lichtung am Waldrand in ihren funkelnden Glanz. Hoch oben in den Bergen heulte ein einsamer Wolf seine Herrin, die Mondsichel, an, dass sie sich erheben und ihm Licht für die Jagd spenden möge ...

Als Maria Babeni sich hinter einem Vorhang bettfertig machte, hörte sie, wie Shaitan sich regte, dann sein Stöhnen. Sie schloss ihr Nachtgewand und ging zu ihm. Er lag im Bett ihres Vaters am anderen Ende des Wagens. Im Licht eines ölgetränkten Dochtes sah sie, dass sein Gesicht unverändert blass war. Das lange, dunkle Haar von der Farbe eines Rabenflügels hatte er zurückgeworfen, die Lippen waren fast so rot wie die eines Mädchens. Nach seinem Aussehen zu urteilen, war er vielleicht vierzig Jahre alt; seine Züge waren ebenmäßig, seine Stirn hoch und zeugte von Klugheit und Adel. Für einen Mann war Shaitan durchaus schön zu nennen.

Woher er auch kommen mag, dachte sie, *ein Szgany ist er nicht.*

Dann schlug Shaitan die Augen auf.

Jetzt war es nicht mehr zu verkennen: Seine Augen waren rot!

Maria keuchte auf, als sie sich über ihn beugte. Und so rasch wie ihre Gedanken – genauso rasch – packte er sie am Arm, erhob sich halb auf einen Ellbogen ... schloss dann die Augen, ließ sie los und sank wieder zurück. Da er wusste, was sie gesehen hatte, sagte er: »Meine Augen ... meine Augen! Sie tun weh. Das Blut steht in ihnen. Jemand hat mich geschlagen ...«

»Blutunterlaufen?« Das Wort entschlüpfte ihr, als habe es jemand heraufbeschworen, was in gewissem Sinne ja auch zutraf. Seine Augen waren blutunterlaufen? Derart gleichmäßig?

Einen Moment lang, nur einen Augenblick, hatte Maria etwas anderes als einen hübschen Mann vor sich gesehen. Etwas Grässliches, das hinter der schönen Maske lauerte. Aber ... das konnte nur an der Eigenart dieser Begegnung liegen – daran, dass dieser Mann im Bett ihres Vaters lag und Maria des Nachts mit ihm allein war. Seit dem Tag, an dem ihre Mutter gestorben war, hatte Maria trotz ihrer neunzehn Jahre nur die Gesellschaft ihres Vaters gekannt. Und das Wissen um den neuerlichen Verlust breitete sich langsam in ihr aus. Der Schock, die gewaltige Leere in ihr, die Einsamkeit. Natürlich erblickte sie Schatten, wo keine waren, und Gespenster, die in ihnen wohnten.

Abermals stöhnte er, versuchte sich aufzusetzen, schlug die Augen auf – doch diesmal hielt er sie halb geschlossen. Sie half ihm, schob ihm ein Kissen in den Rücken, sagte: »Wie ... wie ist er gestorben? Mein Vater, Dezmir Babeni. Er war der Kleine mit dem Bart und hat immer gelacht.«

Shaitan wich der Frage aus. »Ich habe nicht alles gesehen«, antwortete er. »Ich hörte nur ihre Schreie und wollte ihnen beistehen. Aber ... dein Vater?« Er musterte den Wohnwagen, als sehe er ihn zum ersten Mal. »Wo bin ich?« Seine Frage klang so unschuldig wie die eines Kindes.

Sie setzte sich zu ihm auf den Rand des Bettes und erzählte ihm alles, was er wissen wollte. Über die Szgany Hagi, über die Szgany im Allgemeinen, über sich, ihre Lage – alles. Und als seine Augen sich weiter öffneten (aber ganz langsam und allmählich), wich Marias Angst, ihr unbestimmter Argwohn verblasste, ihr Wille war dem seinen unterworfen.

Seine Stimme war so tief – trügerisch freundlich, doch voll wilder Kraft, wie das Schnurren einer großen Katze – und melodisch, trotz ihrer noch fremdartigen Aussprache. Hinter jedem Wort lag ein Hinweis, ein Vorschlag, eine Verlockung. Shaitan umgarnte, bezauberte, verführte – denn er war der große Versucher. Er verführte mit seinen Blicken, seiner Zunge, der Verlockung seiner kraftvollen Persönlichkeit, die nichts glich, was Maria je gekannt hatte. Und trotz seiner Fremdartigkeit und der Fremdartigkeit ihrer eigenen innersten Gefühle, die nun zum ersten Mal geweckt wurden, wurde sie von dem blutroten Feuer seiner Augen angezogen wie eine Motte vom Licht.

Sie wusste, dass seine Finger auf den Verschlüssen ihres Nachtgewandes lagen, sie öffneten, ihr Fleisch bloßlegten. Doch wie um jede brennende Berührung dieser Finger auf ihrer gereizten Haut zu lindern, trug Shaitan die Salbe seiner Worte auf. Seine Gluthitze umfing sie und breitete sich in jede Stelle ihres Körpers aus. Und ihr wurde heiß, oh so heiß.

Maria spürte, wie ihre Poren sich mit Schweiß füllten, wie sich Tröpfchen bildeten und ihr über Hals und Schultern, Brüste und Bauch liefen. Sie hörte, wie Shaitans süße Stimme ihr bestätigte, wie schwül die Nacht auf ihr lastete, wie heiß es war, wie gut es doch war, sich von den feuchten Beklemmungen durch Kleidung und Bettdecken zu befreien.

Er hatte seine Decken zurückgeschlagen, setzte sich auf und half ihr, sich zur Gänze zu entkleiden; ihr Schweiß vermischte sich, als er seinen Leib an ihrem rieb. Maria hatte stolze, feste Brüste mit dunkelbraunen Knospen ... die sich aufrichteten, als Shaitan sie streichelte. Bisher hatte sie nur die jungen Szgany-Burschen gekannt, ungeschickte Tölpel mit fummelnden Händen, die sie geohrfeigt hatte. Doch als Shaitan nun aufstand, sich das Hemd auszog, aus seinen Hosen stieg ... umklammerte sie ihn und küsste seine Brustwarzen und rieb sein dampfendes, zuckendes Horn.

»Siehst du?«, sagte er. »Mein Körper will alles von dir kennen lernen! Zwar haben meine Augen die weichsten aller Früchte geschaut, und meine Hände haben ihre vollkommene Haut berührt, so wollen doch die Lippen meines Kundschafters ihr Fleisch kosten, ob es auch süß und saftig ist. Oh ja, denn ich fürchte, dass es bitter ist, dass ein Wurm in dein saftiges Inneres gekrochen ist, um dort im Herzen deiner Hitze zu jucken und deinen Geschmack zu verderben. Spürst du nicht, wie er juckt?«

Er berührte ihren Bauch, die Spalte in ihrem Busch, und ihre Schenkel öffneten sich wie von selbst. »Oh, du siehst es? Siehst du es?« Shaitans Gesicht zeigte sein Erstaunen und ein klein bisschen seiner Lust. »Dieses dunkle, geheime Loch, das keiner dort vermutet hätte! Dort muss er ganz sicher hineingekrochen sein. Lass mich also aus eigenem freien Willen hinein, damit ich deinen Wurm mit dem nassen Kuss meines Schwanzes ertränke.«

Mit einem langen, langsamen Stoß glitt er in sie hinein, durchstieß sie, ohne innezuhalten, und spürte ihr süßes Jungfernblut heiß auf seinem knochenharten Schaft. Und Marias Hunger war so groß, dass sie nach mehr schreien wollte, aber nur keuchen und gurgeln konnte, während er zwischen ihren nassen Lippen ein und aus fuhr.

Lange, lange Zeit nahm Shaitan Maria auf jede Weise, die er kannte, und auf andere, die er sich erdachte, bis seine Lust zumindest für den Augenblick gestillt war. Während er sich lüstern streckte und das am ganzen Körper geschundene Mädchen besinnungslos zwischen seinen Schenkeln lag und sein Same wie Schaum auf ihren sämtlichen Öffnungen trocknete, dachte er:

Diese Menschen sind schlau, doch in vielerlei Hinsicht sind sie so unschuldig wie Trogs. Und wie die Trogs werden auch die Szgany Hagi mir gehören!

Das war Shaitans erster großer Irrtum.

Zwei lange Jahre hatte er sich bei den Trogs aufgehalten, und in dieser Zeit hatte sich nur wenig ereignet, was seinen überragenden Verstand beansprucht oder angeregt hätte. In gewisser Hinsicht war er nachlässig und vielleicht ebenso naiv geworden wie die Trogs. Doch wie er bald herausfinden sollte, waren die Männer der Sonnseite keinesfalls Trogs.

Für den Augenblick jedoch ... hatten ihn seine Ausschweifungen mit dem Mädchen ermüdet. Er wollte wie Maria ein wenig schlafen.

Das war sein zweiter großer Fehler ...

Als die Nacht zu einem Drittel verstrichen war, wurde Turgo Zolte zu seinem Wachdienst gerufen. Zolte war ein großer, wortkarger Mann, kräftig gebaut, mit eisengrauen Augen und schulterlangem Haar von gleicher Farbe. Er trug silberne Ohrringe, eine Silberschnalle an seinem Gürtel und silberne Knöpfe zum Schließen seiner schwarzen Kleidung. Wie bei allen Männern der Sonnseite klirrte es, wenn er einen Fuß vor den anderen setzte, nur etwas lauter. Zolte war ein Einzelgänger, jedoch kein Außenseiter. Die Szgany Hagi hatten ihn mittlerweile angenommen.

Vor einem Jahr erst war er zu ihnen gekommen. Der Häuptling seines Stammes im Westen hatte ihn vertrieben, denn er hatte dessen Sohn getötet. Er behauptete, dass es ein ausgeglichener Kampf gewesen sei. Der andere hatte ihn wegen einer Frau herausgefordert, und Turgo hatte ihm das Genick gebrochen. Nun ja, die Kraft dazu hatte er, und da bei den Hagi stets Platz war für große, starke Kämpfer – sofern sie auch bei der Arbeit Hand anlegten – hatte Heinar ihn bleiben lassen. Seitdem hatte sich niemand so recht um Turgo Zolte gekümmert, und er hatte sich meist abseits gehalten. Aber wenn ein Mann ihn in der richtigen Stimmung antraf, wenn er schon einen Krug mit gutem Pflaumenschnaps zu sich genommen hatte, erzählte er ab und zu abenteuerliche Geschichten aus seiner

Zeit in den Westlanden. Lagerfeuergeschichten von Schreckgespenstern und wilden Bestien. Seine Zuhörer schmunzelten vielleicht ein wenig, doch niemand nannte ihn einen Lügner.

Als Turgo in dieser Nacht ans Feuer trat, war es andersherum: Der Mann, den er ablöste, hatte ihm eine Geschichte zu erzählen. Turgo hörte ihm zu, verzog das Gesicht, kniff die steingrauen Augen zusammen und sagte schließlich: »Das alles hast du gesehen? Der Hals von Jung Vidra war aufgerissen und verschorft? Und der Fremde, bleich war er, sagst du? Keine großartige Beschreibung!«

Der andere zuckte die Achseln. »Was gibt es da groß zu beschreiben? Ein Mann, groß, blass, mit den langen, weichen Händen eines Mädchens. Er sah irgendwie nicht wie ein Szgany aus – seine Haut war glatt und unverwittert, als habe er sein Leben lang in einer Höhle gelebt. Und seine Augen waren ... sie schienen voller Blut zu sein!«

»Blut? In den Augen?«

»Ganz genau! Als ob ihn etwas dort gestochen oder jemand ihm Sand in die Augen geworfen hätte – was ihm zweifellos im Kampf passiert ist.«

Turgos Augen verengten sich noch mehr, und er nickte wie zu sich selbst. Er setzte sich ans Feuer und sagte: »Erzähle mir mehr, alles, aber in allen Einzelheiten. Lass nichts aus.«

Der Bericht dauerte nicht lange.

Kurz darauf ...

... schrak Heinar Hagi hoch und blickte in das ernste Gesicht des Mannes, der ihn wachgerüttelt hatte. Er grunzte und spähte durch eine Öffnung im Dach seines Wagens zum Nachthimmel hinauf. Am Stand der Sterne sah er sofort, wie spät es war, grunzte ein weiteres Mal und knurrte: »Schon gut, ich sollte ohnehin bald aufstehen.«

Turgo Zolte war kein großer Diplomat. Er zuckte die Schultern und sagte: »Sollen oder nicht sollen, jetzt bist du wach. Sieht so aus, als gebe es da eine Sache, die erledigt werden muss, Heinar. Eine böse Sache, fürchte ich.«

Heinar zog sich an und befestigte die Augenklappe, um das Loch abzudecken, das ihm ein Adler gerissen hatte, als er noch ein Junge gewesen war. Das hatte ihn gelehrt, nicht mehr in den Bergen auf Eiersuche zu gehen! »Eine böse Sache?«, wiederholte er. »Da sprichst du wohl von Mordgesindel in den Hügeln, stimmt's? Aye, wir werden tun, was wir können – aber bei Sonnauf. Wenn du mitkommen willst, bist du willkommen. Konnte das nicht warten?«

Turgo schüttelte den Kopf, trat aus dem Wohnwagen in die Nacht hinaus und wartete, bis Heinar zu ihm aufschloss. »Nicht das, was ich zu sagen habe«, gab er zur Antwort. »Es sei denn, du willst zusehen, wie sich die Pest unter all deinen Leuten im Lager verbreitet!«

Mit einem Mal war Heinar hellwach. »Was?« Er packte den anderen am Arm. »Die Pest?«

Turgo nickte. »Still! Wir wollen doch nicht das ganze Lager wecken. Noch nicht. Jetzt hör zu, und ich sage dir, was ich von der Wache gehört habe. Ich weiß, dass es vielleicht übertrieben ist. Aber du warst dabei, und wenn alles passt ...« Er gab die Geschichte des Wachpostens wieder. Als er geendet hatte, grunzte Heinar:

»Jawohl, das ist die Geschichte. Stimmt Wort für Wort.«

»Hrmpff!«, schnaubte Turgo seinerseits. »Na, dann habe ich jetzt noch eine Geschichte für dich ...«

Sie machten sich auf den Weg zum Lagerfeuer. »Wie du weißt, komme ich aus dem Land westlich von hier«, begann Turgo nach einer Weile, »aus dem Stamm und Gebiet von Ygor Ferenc. Das liegt ganz am Ende des Grenzgebirges, wo die Hügel in neblige Täler, Sümpfe und Morast übergehen. Das Moorgebiet ist ein elender Ort: Treibsand, Stechfliegen, Blutegel, aber der Ferenc hat seine Grenze gut siebzig Meilen davor – was noch viel zu nah ist, wenn du mich fragst!«

Sie hatten das Feuer erreicht. Die Wächter hatten ihren Rundgang angetreten. Turgo setzte sich auf einen Hocker, und Heinar ließ sich auf dem glattgesessenen Ast eines umgestürzten Baumes nieder. Sie schenkten sich starken, bitteren Tee ein, und schließlich fuhr Turgo fort:

»Nun, vor etwa achtzehn Monaten begannen sich seltsame Dinge dort am Rand des Nirgendwo zu ereignen. Wie du dir vorstellen kannst, gibt es da oben, nicht anders als hier unten, auch ein paar

Bergbewohner: Einzelgänger, die sich in die Hügel zurückziehen, sich um ihre eigenen Angelegenheiten kümmern und ihr Leben in der Wildnis fristen. Ab und zu kommt so einer ins Lager und bringt ein erlegtes Tier mit, dessen Fleisch für einen allein zu viel ist, und meistens ist er willkommen. Es gibt ein Festmahl, und Schnaps wird gereicht, um das Fleisch herunterzuspülen. Die Frauen tanzen bis Sonnunter, die üblichen jungen Raufbolde gehen sich irgendwann an die Gurgel ... und so weiter. So ist das nun mal.

Aber im Westland war das während der letzten sechs Monate nicht immer so. Einige von den Bergbewohnern oben in den dunstigen Hügeln, die in die Täler und Sümpfe führen, und der eine oder andere einsame Wolf ... Plötzlich hatten sie sich verändert. Etwas Unheimliches war in sie gefahren.

Es gab Gerüchte über Männer mit roten Augen, Wahnsinnige mit tierhaften Gelüsten, und Wölfe, die sich Menschen glattweg vom Lagerkreis und den Bereichsgrenzen schnappten! Immer des Nachts oder im Mondschein. Es war wie eine ansteckende Krankheit, die sich aus den Sümpfen verbreitete, und die Leute wurden misstrauisch gegen alle Fremden, die zur Dämmerung oder bei Sonnunter in ihre Lager kamen. Aber in den Lagern des Ferenc oder unterwegs um die Gemarkungen ... nun ja, wie ich schon sagte, es waren Gerüchte. Die anderen Lager waren vielleicht betroffen, wenn die Geschichten stimmten, aber der alte Ygor hatte Glück. Jedenfalls eine Zeit lang.

Dann, kurz bevor ich Ärger bekam – als Ygors hitzköpfiger Sohn Ymir mir um der Gunst einer Frau willen einen Kampf aufzwang und so weiter – da jedenfalls hatte das Glück der Szgany Ferenc ein Ende. Es geschah folgendermaßen:

Ich war mit Ygor und vielleicht einem Dutzend anderen unterwegs auf Grenzgang, so wie wir jetzt auch. In der Dämmerung erreichten wir eine Lichtung, auf der wir lagern wollten. Ygor kannte den Ort recht gut. Es war der westlichste Punkt seiner Grenze, und niemand überschritt sie, abgesehen von ein paar Einzelgängern, die sich ja oft an Orte begeben, die sonst keiner betritt. Das hat mit Aberglauben nichts zu tun; westlich der Stelle taugt der Boden eben nicht viel. Man kann nichts mehr anbauen.

Auf dem Wasser schwimmen Algen, und es gibt viel zu häufig Nebel. Als sei dort die Welt zu Ende! Aber der alte Ygor geht eben auch dorthin, um sicherzustellen, dass niemand aus den Hügeln kommt und sich dort ansiedelt.

Auf der Lichtung fanden wir dann Oulio Onescu – jedenfalls etwas, das wie Oulio aussah ...«

Als Turgo innehielt, warf Heinar ihm einen scharfen Blick zu. »Hä? Etwas, das aussah wie er?«

»Warte nur ab, dann erkläre ich es dir.« Turgo hob beschwichtigend die Hand und fuhr nach kurzem Nachdenken fort: »Oulio gehörte zu der Sorte, die ab und zu für einen lustigen Abend ins Lager kamen. Eigentlich war er ja ganz gern für sich, nur manchmal hatte er zuviel davon. Seine Eltern waren ebenfalls Bergbewohner gewesen – bis sie von einer Lawine getötet wurden – und Oulio hatte irgendwo dort oben eine Höhle. Außerdem wusste man, dass er ab und zu nach Westen wanderte und im Sumpfland große Eidechsen fing. Siehst du meinen Gürtel hier? Aus Oulios gutem Reptilienleder.

Wir kannten ihn also ganz gut. Oder dachten es wenigstens. Aber diesmal war er in Schwierigkeiten.

Zuerst wussten wir nicht, worüber wir da gestolpert waren. Der Oulio, den wir kannten, war ein großer wilder Raufbold gewesen: in zusammengeflickter Kleidung, mit Augen, so schwarz wie die Nacht, und Haaren, so lang wie ein Wasserfall. Und schwatzhaft? Er war randvoll mit Worten, die regelrecht aus ihm heraussprudelten, weil er sie so lange zurückhalten musste. Er spielte Geige, wie ich es noch nie gehört hatte, trank Schnaps wie Wasser, tanzte, bis er umfiel. Aber er tanzte allein, weil er sich vor Frauen in Acht nahm.

Und jetzt? Nun ja, eine Zeit lang würde er nicht mehr tanzen können, das war mal sicher.

Niemand wusste zu sagen, wie lange er schon so umhergewandert war. Aber er war dabei ziemlich mager geworden. Sein gesamtes Fett war fort, und auch ein Gutteil seiner Haut. Tatsächlich war er ... schwarz! Von der Sonne schwarz gebrannt, wie sich herausstellte. Aber er war auch rot. Rot an den Stellen, wo die Haut sich von Gesicht und Gliedern geschält hatte. Sogar seine Augen waren rot. Oh ja, so rot wie Blut. Da lag er nun, alle viere von sich gestreckt, wie ein Toter auf jener Lichtung, und nur ein gelegentliches Zucken oder Aufseufzen zeigte, dass überhaupt noch Leben in ihm steckte.

Wir haben uns um ihn gekümmert. Wir wussten nicht, was ihm zugestoßen war, aber trotz aller Gerüchte und Altweibergeschichten sorgten wir für ihn. Wie wir uns jetzt auch um den Fremden kümmern ...«

»He?« Heinar fuhr zusammen. »Der Fremde? Aber er war doch hier am Feuer!«

»Bis Maria Babeni ihn zu sich genommen hat«, nickte Turgo grimmig. »Sie ließ ihn in ihren Wagen bringen.«

Jetzt glaubte Heinar zu verstehen, was hier vor sich ging. Er wusste, dass Turgo dem Mädchen eine oder zwei kleine Gefälligkeiten erwiesen hatte, wenngleich das Mädchen sie scheinbar weder bemerkt hatte noch darauf eingegangen war. Doch Turgo sah die Gedanken des Hagi deutlich in dessen gutem Auge stehen und sagte: »Lass mich erst zu Ende erzählen, ehe du voreilige Schlüsse ziehst.«

»Dann erzähl doch«, forderte Heinar ihn auf.

»Oulio wurde ins Zelt eines Stammesangehörigen gebracht, eines jungen Mannes, der dort mit seiner Frau wohnte. Vier Paare dieser Art lebten dort. Sie sollten den Kern einer Siedlung in den südlichen Wäldern bilden, so wie du südlich von hier ein dauerhaftes Lager errichtet hast. Er und seine kleine Frau kannten Oulio von früher; sie nahmen ihn auf, wuschen ihn, legten ihn auf eine saubere Decke und rieben gute Butter und Salz auf seine wunden Stellen. Mittlerweile war es Nacht geworden.

Als die Finsternis sich ausbreitete und der Mond aufging, wurde der junge Mann zum Wachdienst gerufen. Er ließ sein junges Weib zurück, damit es sich um den zerschundenen Oulio kümmerte. Doch als er Stunden später zurückkehrte ...

... stelle dir nur einmal das Grauen des Burschen vor, als er sein *zerschundenes* Weib entdeckte! Und Oulio machte sich immer noch wie ein Eber über sie her! Ihre Brüste waren zerschrammt und zerkratzt von seinen langen Nägeln, und die Bestie, die sie doch versorgt hatten, nahm sie so übel her, wie es nur ging. Er hatte sie geknebelt und mit ihrem Haar an die Zeltstange gefesselt. Er hatte sie auch ein- oder zweimal geschlagen und ihr dabei die Nase und den Kiefer gebrochen, bevor er sie auf jede Weise nahm, die ihm nur gefiel. Und sie gefielen ihm alle!

Da stand also der junge Mann am Eingang seines Zeltes, seine Frau lag wie eine zerbrochen Puppe vor ihm, und der flammenäugige Schuft ließ noch immer nicht von ihr ab. Schlimmer noch, Oulios Zähne waren zu Reißzähnen geworden. Er hatte sie ihr in den Hals geschlagen und trank ihr Blut! Und als er hinter sich das entsetzte Keuchen des Jungen hörte, durchtrennte er ihr mit einem Biss die Schlagader!

Er wandte den Kopf, funkelte den Eindringling böse an und knurrte dabei wie ein Wolf! Und sein Gesicht war dem eines Wolfes nicht unähnlich, nur waren seine Augen nicht tierisch gelb, sondern blutrot! So rot wie das Blut, das mit jedem schwächer werdenden Herzschlag aus der zerrissenen Kehle des armen Mädchens spritzte!«

Heinars Auge trat hervor, und er packte Turgo am Arm. »Mann, welch eine Geschichte!« Seine Stimme klang heiser. »Aber bring sie zu Ende.«

Der andere nickte und fuhr fort: »Der Junge hatte Wachdienst gehabt und trug daher seine geladene Armbrust bei sich. Einen Moment lang stand er wie gelähmt da, doch dann brüllte er seine Empörung heraus, schoss seine Waffe ab und pflanzte dem Schurken einen Bolzen dicht an sein schwarzes Herz. Wenn ein Hartholzschaft nur eine Haaresbreite vom Herzen entfernt einen Mann zur Gänze durchbohrt, dann ist er erledigt. Jeder andere Mann wäre tot gewesen – nur Oulio nicht! Nicht dieses Wesen, das aus Oulio geworden war! Mit der Kraft eines Wahnsinnigen drosch er den jungen Mann beiseite, trat ihm ins Gesicht und stürzte aus dem Zelt in das schlafende Lager. Sein Fauchen und Heulen weckte uns alle auf ...

Nun, alles, was ich bisher erzählt habe, beruht auf Hörensagen. Aber ab dieser Stelle habe ich es selbst gesehen. Und ich habe keinen niederen Beweggrund, dir diese Geschichte zu erzählen, Heinar. Oh nein, denn was Frauen betrifft, habe ich meine Lektion gelernt, und zu Heimlichkeiten tauge ich nicht besonders. Aber die Szgany Hagi haben mich aufgenommen, und dafür schulde ich euch einen Gefallen. Höre nun also den Rest:

Noch bevor das Lager ganz wach war, bevor irgendjemand etwas fragen, sagen oder tun konnte, feuerte der Junge – der mittlerweile genauso wahnsinnig wie Oulio war – einen weiteren Bolzen ab, der ihn diesmal ins Rückgrat traf. Oulio stürzte vornüber ins Lagerfeuer, und der Bursche bekam ihn zu fassen! Er packte ihn an einem Bein, zerrte ihn schreiend aus der Glut, warf ihm eine Schlinge um den Hals und zog ihn an Ort und Stelle an einem Baum in die Höhe! Dann führte er uns zu seiner Frau, damit wir es verstanden.

Jedenfalls verstanden wir einen Teil davon ...

Niemand schnitt Oulio herunter. Vielleicht würde er immer noch dort baumeln, nur ... das war noch nicht das Ende. Oh nein, noch lange nicht.

Denn bei Sonnauf weckte uns Oulios Röcheln und Grunzen aufs Neue! Ja, er war *immer noch* am Leben! Mit einem Strick um den Hals, mit violett angelaufenem Gesicht in der Luft baumelnd. Ein Bolzen ragte aus seiner Brust, und ein weiterer steckte tief in seinem Rückgrat. *Nichts* davon hatte ihn umgebracht! Aber etwas würde ihm ganz sicher den Tod bereiten: die Sonne, die sich über die Bäume erhob und ihren Schein auf die Lichtung warf. Als das Licht Oulio traf ... rauchte und dampfte er!

Und dann ... der schreckliche, unmögliche Aufruhr, als er dort oben röchelte und zappelte und um sich trat! Bis der Knoten sich löste und er herabstürzte. Wir riefen nach dem Jungen, der gerade seine arme Frau beerdigt hatte, damit er kam und die Sache zu Ende brachte. Das schien nur gerecht ...

Er holte ein Haumesser und ging zu der Stelle, an der Oulio lag. Aber bevor er ihm den Kopf nehmen konnte ... sprach das Ungeheuer ihn an. Oh, er schrie nicht etwa weinend auf, bettelte nicht um Gnade oder flehte um sein Leben; das nicht. Sein angeschwollener, verdrehter Hals hätte das auch unmöglich gemacht, außerdem hatte er dafür nicht genug Luft. Mit einer Stimme, die nicht lauter war als ein heiseres Flüstern, sagte er: »Es tut mir Leid! Das war nicht ich!«

Der Lügner. Denn natürlich wussten der junge Bursche und alle anderen, dass es kein anderer gewesen war! Halb verrückt vor Gram stieß der frisch verwitwete Gatte einen Wutschrei aus und holte mit dem Haumesser aus ... Doch bevor es herabsausen konnte ... begann Oulio zu krächzen und sich aufzubäumen, und wir wussten, dass dies sein Ende war. Vielleicht dachte sich der Junge: »Warum soll ich es ihm leichter machen?« Jedenfalls hielt er inne.

So schlug Oulio in seinem Todeskampf um sich. Er riss den Mund auf, sein Hals schwoll an, und sein violettes Gesicht stand kurz vor dem Platzen. Bis schließlich ... etwas aus ihm herauskam!«

Heinar sprang beinahe auf. »Etwas? Was für ein Etwas? War er krank? Kotzte er sich die Därme aus dem Leib?«

Turgo schüttelte den Kopf. »Nicht seine Gedärme; nein. Er übergab sich nicht. Ich habe es gesehen und weiß es noch genau. Ich weiß noch, was ich dachte: dass dieses Ding aus ihm heraus *wollte!* Denn wenn er auch am Ende war, so hatte es vielleicht doch noch eine Chance. Frag mich nicht, wie ich auf diesen Gedanken gekommen bin, aber das war es, was ich dabei dachte.«

»Aber was *war* es?«

Turgo zuckte die Achseln und schüttelte sich dann schaudernd. Das hatte Heinar noch nie bei ihm gesehen. »Eine große Schnecke, ein Egel, ein riesiger, dicker Regenwurm – frag mich nicht, ich weiß es nicht. Es war halb schwarz, halb grau, geschuppt und hatte einen Kamm auf dem Rücken – es wand sich. Es war so groß wie der Arm eines Jungen, und ich dachte schon, es zerreißt ihm das Gesicht! Es zog sich aus ihm heraus und suchte zappelnd Deckung – denn genau wie Oulio fühlte es das Sonnenlicht. Der Kopf war so flach wie der einer Schlange, aber es war blind und augenlos. Aber irgendwie spürte es das immer noch erhobene Haumesser des Jungen und bäumte sich davor zurück. Doch zu spät ... er war schnell ... er schlug ihm den Kopf ab!

Sogleich lösten sich die Männer aus ihrer Erstarrung, sprangen vor und traten die zappelnden Stücke in die Flammen. Dann sahen wir uns alle in die kalkweißen Gesichter – und wir blickten auf den Jungen, der abermals sein großes Messer zum Einsatz brachte. Diesmal ging er Oulios Kopf an: Zwei, drei Streiche ... und es war getan. Wieder warfen wir beide Teile ins Feuer und sahen zu, wie sie zu Asche verbrannten ...«

Heinar starrte Turgo mit hartem Blick an, und dieser erwiderte ihn, ohne zu blinzeln. Und Heinar erkannte, dass jedes Wort der Wahrheit entsprach. Denn wer konnte sich so etwas schon ausdenken? Schließlich sagte er: »Die Augen von diesem Shaitan waren rot. Ich dachte, es sei nur der Feuerschein, der sich in ihnen spiegelt. Nun, vielleicht war es das – vielleicht auch nicht.«

»Bei Sonnauf wissen wir es mit Sicherheit«, antwortete der andere. »Aber willst du wirklich so lange warten? Ganz gleich, wer oder was dieser Mann ist, gerade jetzt ist er bei Maria Babeni in ihrem Wohnwagen. Und vielleicht ist er so bei ihr, wie Oulio dem armen Mädchen beigewohnt hat. Außerdem, Heinar, ist meine Geschichte noch nicht fertig.«

»Noch mehr? Aber was kann denn noch kommen?«

»Eine Pest, sagte ich«, rief Turgo ihm ins Gedächtnis, »und das meinte ich auch so. Denn mitten in der folgenden Nacht – und nachdem der Gatte des armen Mädchens sie in den Wäldern begraben hatte – wer kam da wohl wie ein Gespenst ins Lager geschlichen, wenn nicht die junge Frau selbst! Oh, ihr Fleisch war bleich, und ihre Nägel waren von den Wühlarbeiten gesplittert, aber ihr Appetit war gut entwickelt, und sie hatte die langen, starken Zähne dafür!

Nun ja, die Männer am Feuer hatten schon einiges getrunken und erkannten sie zuerst nicht. Wie eine Hure stolzierte sie zwischen ihnen herum, reizte und koste sie und knabberte an ihren Hälsen. Doch plötzlich wurden die Bisse ernst! Jawohl, und ihre Augen waren rot! *Da erst* erkannten sie sie.

Nun, diesmal wussten wir, was zu tun war. Aber wir mussten ihren armen, rasenden Mann am Boden halten, während wir es taten ...«

Heinar schüttelte fassungslos den Kopf. Schließlich sagte er: »Eine Pest, ganz sicher. Aber, Turgo, wovon reden wir hier? Von einer Kreatur, die in einem Mann – oder einer Frau – haust und ihn oder sie so sehr in den Wahnsinn treibt, dass sie vom Blut anderer Menschen leben?«

»Genau darüber reden wir«, sagte der andere. »Über einen

Wampir, der sein Wirtsopfer stark, gierig und heimtückisch macht und zudem bewirkt, dass es kaum zu töten ist. Der alte Oulio Ionescu war kein Schänder, und ganz gewiss war er kein Mörder! Und das Mädchen doch auch nicht, das aus dem Grab zurückkehrte.«

»Ist es denn nicht möglich, dass sie lebendig begraben wurde?«

»Nein.« Turgo schüttelte entschieden den Kopf. »Sie war ganz sicher tot. Und später – untot!«

Heinar konnte das alles kaum fassen. »Welches Wort hast du vorhin benutzt? *Wampir*?«

Turgo nickte. »In gewissen westlichen Landstrichen nennen die Menschen die großen Fledermäuse so, die sich von Ziegen ernähren. Wenn sie im Mondlicht einen verwundeten Bock finden, saugen sie ihn nachgerade leer.«

Heinars Mund war trocken geworden. Nervös blickte er um sich – auf die Zelte, die Karren und Wohnwagen und nicht zuletzt auch in die Schatten – dann befeuchtete er seine Lippen und nickte schließlich. »Nun, solche Fledermäuse kenne ich natürlich: Wir Hagis nennen sie Plageflieger. Wenn wir sie bei unseren Ziegen erwischen, schleichen wir uns an, ziehen ihnen eins mit dem Knüttel über und zertreten ihnen die Flügel. Aber Menschen mit riesigen Saugegeln in sich?« Er machte keinen Versuch, sein Erschauern zu verbergen. »Nein, ich muss zugeben, in dieser Sache hast du die größere Erfahrung, Turgo Zolte. Was machen wir also? Wie gehen wir die Sache an?«

»Zunächst einmal werden wir nicht übereilt handeln«, sagte Turgo. »Denn wenn dieser Shaitan unschuldig – und zudem ein Held ist, werden wir die Schande nie mehr los.«

»Und das könnte er wohl sein«, sagte Heinar und erhob sich von seinem Ast. »Immerhin ist der junge Vidra Gogosita der Ansicht, dass er ihm das Leben gerettet hat!«

Turgos tiefe Stirnfalten waren deutliche Anzeichen seines Zwiespalts und seiner Unsicherheit. »Das ist die Schwierigkeit dabei«, sagte er und nickte. »Es ist möglich, dass dieses Gespräch vertane Zeit war – eigentlich hoffe ich ja, dass dem so ist! Aber können wir das Risiko eingehen?«

»Nein!« Heinar schüttelte kurz und heftig den Kopf. Er wollte lieber sichergehen, als Schaden zulassen. »Vidra hat sich schon einige Zeit erholen können. Vielleicht sollten wir uns mal mit ihm unterhalten.«

Sie marschierten los. Die Witwe Gogosita hörte sie kommen und fing sie am Eingang ihres Zeltes ab. Sie legte einen Finger vor den Mund. »Shhh! Der arme Junge schläft. Und, Heinar«, sie packte ihn am Arm, »es ist sehr gütig von dir, dass du dich so um ihn sorgst. Ach, dort oben muss es schrecklich gewesen sein! Solche Albträume! Vidra brabbelt wie im Fieberwahn ... er spricht von Blut und Mord!«

Die drei betraten das Zelt und blickten auf den Jungen herab, der sich auf seinem Lager wälzte. Die Nacht war kalt geworden, dennoch stand Vidra der Schweiß auf der Stirn. Er war bleich wie ein Gespenst, und auf seinen Wangen und unter den Augen lagen dunkle Schatten.

Turgo sah kurz zu Heinar und wollte den jungen Mann an der Schulter rütteln.

Seine Mutter fuhr dazwischen. »Was soll das?«, zischte sie. »Siehst du denn nicht, dass er seinen Schlaf braucht? Ganz gleich, was es ist, es kann warten.«

»Nein, Elana. Es kann nicht warten.« Heinar ging auf sie ein, blieb aber standhaft. Er schob sie beiseite und ...

... Vidra erwachte atemlos plappernd zum Leben!

Zwar schlief er noch, aber er war schweißüberströmt, und die Worte sprudelten wie plötzliche Regenschauer stoßweise aus ihm heraus. »Nein, nein ... bleib weg ... geh fort!« Er krampfte die Hände in seine Decke, bis sie ein feuchter Knoten war. »Ach, du großes Scheusal ... ermordest du Männer um ihrer Kleidung willen? Nein, nein, ich sehe schon, du willst mehr von ihnen als ihre Sachen! ... Bleib mir vom Leib! Quäle doch Dezmir, aber nicht mich, nicht mich.« Er warf sich hin und her. »Ah ja, jetzt erkenne ich dich, du Teufel! ... Deine Augen sind wie Laternen ... mit ihnen findest du deinen Pfad in der Finsternis! Aber nicht mich, nicht mich! Saug doch an Dezmirs Hals und lass mich in Frieden!«

Mit diesen Worten wälzte er sich zur Seite und offenbarte seinen

Hals, den seine Mutter ihm gewaschen hatte, ihren Blicken. Turgo und Heinar sahen, was zu sehen war.

»Bisswunden«, knurrte Turgo. »Das Fleisch ist aufgerissen. Und entzündet, vergiftet!«

Heinar nickte finster.

Die Witwe schlug die Hand vor den Mund. »Was hat Vidra gesagt? Dass Männer um ihrer Kleidung willen ... ermordet wurden? Jetzt fällt es mir wieder ein. Der Fremde trug Vidras langen Mantel. Und Klaus Luncanis Hosen! Sie sind ihm viel zu kurz ... das rechte Bein ist geflickt. Den Flicken würde ich überall wiedererkennen, denn ich habe ihn selbst angenäht. Seine arme Frau ... taugt nichts ... mit Nadel und Faden!« Ihre Augen weiteten sich vor Entsetzen.

Vidra blickte nicht minder entsetzt, als er erwachte, sich vor Grauen wimmernd kerzengerade aufsetzte und mit bebenden Armen nach seiner Mutter langte. »Ma! – Mama! – Ma–*aaaaa!*« Sein Aufschrei war ein zischendes Aufjapsen, nicht laut, aber es durchdrang Turgo, Heinar und die Witwe wie ein langes, glühendes Eisen, das einem ins Fleisch fährt.

Und obwohl danach Stille herrschte, erklang der Widerhall dieses Schreis nicht nur im Zelt der Gogositas ...

In Maria Babenis Wohnwagen erwachte Shaitan!

Was war das? Ein Schrei in der Nacht? Woher kam er?

Die Nacht schien ruhig und still zu sein, aber von Shaitans Vampirbewusstsein konnte man das nicht behaupten. Es war unruhig. Er spürte Bewegung: Außer den Wachposten waren im Lager weitere Männer auf den Beinen und schlichen verstohlen umher.

... Sie waren bei seinem Knecht! Er griff mit seinem Geist nach ihm – und keuchte auf, als die Szene im Zelt der Witwe Gogosita seinen Verstand in allen lebhaften Einzelheiten telepathisch überflutete. Kein Bild aus den Träumen des Jungen, oh nein, sondern aus dem Leben. Vidra war erwacht – und plauderte aus vollem Hals!

Nein!, sandte Shaitan seinen Befehl, als schleudere er ein Messer. *Oh du Treuloser! Zum Seitenwechsel ist es schon viel zu spät, Vidra Gogosita ...*

Im Zelt der Witwe riss Vidra plötzlich erschrocken die Augen auf, hielt sich an seiner Mutter fest und plapperte Turgo und Heinar die wahre Geschichte entgegen. Sein Redefluss wurde unterbrochen, als Shaitan seinen Verstand in einen telepathischen Würgegriff nahm. Stöhnend sank er zu Boden. Doch die anderen hatten genug gehört.

»Kümmere dich um ihn!«, schnappte Heinar, als die bebende Witwe sich neben ihren Sohn kniete. Und Turgo dachte: *Oh ja, kümmere dich gut um ihn – sehr gut!*

Die beiden Männer stürzten aus dem Zelt, und Heinar blies in seine Alarmpfeife. Vom Rand des Lagers erschollen antwortende Rufe, das sonderbare Husten eines Wolfes, die Geräusche herbeieilender Männer. »Der Wohnwagen des Mädchens steht auf der anderen Seite der Lichtung«, grunzte Heinar und ging voraus. Sie umrundeten das Lagerfeuer und Heinar blies erneut in die Pfeife.

»Mittlerweile ist er aufgeschreckt«, warnte Turgo.

»Abgelenkt, hoffe ich!«, erwiderte Heinar.

Turgo lud seine kleine Armbrust und legte die Sicherung um. »Wir sind nur zu zweit.«

»Ha! Wie viele brauchen wir denn?«

Turgo war nicht gerade für seine Geduld bekannt. Dennoch fletschte er die Zähne und fauchte: »Mehr als nur uns beide, da kannst du sicher sein!« Damit packte er Heinar am Arm, um ihn zurückzuhalten.

Mittlerweile waren sie fast bei Maria Babenis kleinem Wohnwagen angelangt. Heinar schüttelte Turgos Hand ab und knurrte: »Ja, ich weiß! Dieses Wesen wird stark sein. Aber die arme Maria ist nur ein schwaches Mädchen – und ich, ich bin ein Szgany!«

»Das sind wir beide!«, schnappte Turgo. »Und wir sind beide Narren.«

Als sie den kleinen Planwagen erreichten, blies Heinar ein letztes Mal in seine Pfeife. Sogleich erlosch der schwache Schimmer einer Lampe, der durch die geflochtene Weidentür des Wagens gefallen war, und die Schatten wurden länger, während die Wachposten durch das Sternenlicht herbeieilten. Doch ehe sie eintrafen, wurde die Tür aufgestoßen!

Shaitan stand im Rahmen. Die bleiche Maske seines Gesichts verriet Wachsamkeit, aber auch Ruhe. Er machte keinerlei Anstalten mehr, die blutroten Flammen in seinen Augen zu verbergen, sondern sagte nur: »Heinar, zunächst mag dir meine Art fremd erscheinen. Aber mache sie dir nur zu Eigen, und ich werde dich zum mächtigsten Anführer machen, den die Szgany je kannten, bis die Hagis überall auf der der Sonnseite gefürchtet werden.«

Heinar schüttelte den Kopf. »Nicht die Furcht hat einen Anführer aus mir gemacht«, entgegnete er, »sondern Achtung! Achtung und Gerechtigkeit!« Mit einer Stimme, die wie ein Peitschenhieb auf seinen Abzugsfinger wirkte, wandte er sich an den Mann an seiner Seite: »Turgo!«

Turgos Bolzen raste aus der Zugrinne seiner Waffe. Im gleichen Augenblick knallte Shaitan ihnen mit einem Wutschrei die Tür vor der Nase zu. Trotzdem durchschlug der schwere Hartholzbolzen das Weidengeflecht und musste sein Ziel wohl getroffen haben, denn aus dem Wageninnern erklang wie das Aufheulen eines verwundeten Tieres Shaitans Schmerzensschrei, und die Bolzenfedern wurden vom Schaft gerissen, als er durch das starke Geflecht hineingezerrt wurde und verschwand.

Drei Männer trafen nun ein. Einer hatte seinen Wolf dabei. »Was ist los? Was ist geschehen?«

Heinar hatte keine Zeit für Erklärungen. »Der Mann da drin, der Fremde, Shaitan. Ich will, dass er zur Strecke gebracht wird. Vielleicht sogar getötet. Turgo hat ihn angeschossen, das mag vielleicht ausreichen ...«

Turgo, der gerade einen weiteren Bolzen in seine Armbrust einlegte, war anderer Meinung. Und er hatte Recht. Doch ehe er etwas sagen konnte ...

... umwaberte sie plötzlich dichter Nebel – geradezu wie aus dem Nichts!

Im einen Augenblick standen die fünf Männer vor der Tür von Marias kleinem Wohnwagen – und in den übrigen Zelten und Wagen des Lagers wurden Lampen entzündet und Stimmen erhoben sich – und die Luft war trocken und kalt. Dann plötzlich, als hätten die Erde und der Wald heftig ausgeatmet, spülte dichter Bodennebel um ihre Beine, und die Luft wurde feucht, sogar schmierig. Ein Wachposten brachte gerade noch ein »Was denn?«, ein anderer ein »Hä?« hervor, bevor der Dunst dichter wurde, sich durch die Bäume wand und die Umrisse des Lagers verschwimmen ließ.

Dann erklang Maria Babenis Aufschrei aus dem Wagen!

Wie von einer Sehne geschnellt sprang Heinar, ungeachtet der unheimlichen Stimmung der Nacht, die hölzerne Stufe des Wagens hinauf und warf sich mit der Schulter gegen die Tür. Gleichzeitig war zu hören, wie Leder zerfetzt wurde, und der Wagen schwankte leicht.

Unter Heinars Gewicht barst die Tür nach innen, und eine Wand aus Nebel nahm ihn auf, wand sich um ihn und strömte nach draußen wie Wasser aus einem gebrochenen Damm. Dann war der Hagi drinnen, Turgo folgte ihm dicht auf dem Fuß, und die nackte, schluchzende Maria brach in ihren Armen zusammen.

In einer Seitenwand klaffte ein Loch. In der zerrissenen Lederhaut sahen sie wie in einem Rahmen die hoch gewachsene, bleiche Gestalt Shaitans in die Nacht entfliehen. Turgos Bolzen steckte in seiner Schulter, und sein Blut floss reichlich ... aber nicht nur Blut. Denn Shaitan atmete einen wallenden, wabernden Nebel aus, und die Poren seines Körpers, die wie winzige Münder offen lagen, stießen einen milchigen Dunst aus, etwa so wie eine Schnecke Schleim absondert!

Turgo fluchte, löste sich unsanft aus Marias Armen, feuerte seinen zweiten Bolzen durch das Loch in Shaitans Nebel hinein und hoffte, ihn zu treffen. Aber nein, kein Schrei erklang, und ein rotäugiger Schatten hetzte mit langen, lautlosen Sprüngen durch das nebelfeuchte Unterholz.

»Lasst euren Wolf los!«, brüllte Heinar den Männern vor dem Wagen zu.

Mit einem Knurren raste das Tier davon, und die Wachposten liefen hinterher. »Ja, lauft ihm nach!« Turgo lehnte sich aus der Tür und feuerte sie an. »Aber fangt ihn nicht erst – tötet ihn an Ort und Stelle!« *Wenn ihr könnt ...*

Heinar hatte seinen Mantel um das Mädchen gelegt. Sie legten sie aufs Bett, untersuchten ihre Kehle. Nichts, nur Schrammen, und weitere auf ihrem Leib. Sie gingen behutsam vor und warfen nur flüchtige Blicke auf ihren nackten Körper, doch das genügte. Die Zeichen waren unverkennbar.

Marias Worte bestätigten ihre unausgesprochenen Gedanken: »Ich ... hatte gedacht, ich träume.« Ihre Stimme war nur ein leises Schluchzen. »Aber ... als ich erwachte, da ... da wusste ich, was er getan hatte. Ich ... ich konnte ihn doch nicht aufhalten! Ich schwöre es! Er ... er hat diese Macht. Sie liegt in seinem Blick ...«

Heinar rief nach den Frauen und ließ Maria in ihrer Obhut zurück. Wenig später fragte er Turgo am Lagerfeuer: »Nun, was jetzt?«

Der Nebel lichtete sich, sickerte in den Boden und verschwand. Die Sterne schienen wieder hell, und der dahineilende Mond war gerade aufgegangen. In weiter Ferne erklangen leise, schwache Rufe aus dem Wald. »Für den Augenblick«, antwortete Turgo, als die Rufe erstarben, »warten wir ab und sehen zu, ob sie ihn erwischen.«

Heinar grunzte, nickte und sagte: »Nun, Turgo Zolte, es scheint, als stünden die Szgany Hagi tief in deiner Schuld. Ich für meinen Teil werde das nie vergessen. *Hah*! Wer könnte schon eine Nacht wie diese vergessen? Aber wenigstens sind Jung Vidra und das Mädchen wohlauf.«

Der andere antwortete nicht, starrte nur ins Feuer und fragte sich: *Wohlauf, ja? Sind sie das wirklich?*

Vor dem Morgengrauen kehrten zwei der drei Männer zurück. Sie waren von dem dritten Wächter getrennt worden und hatten ihn seitdem nicht mehr gesehen. Weder ihn noch seinen Wolf.

Bei Sonnauf sah Heinar, wie Turgo sein kleines Zelt und einige wenige persönliche Gegenstände zusammmenpackte und die Nase in die von Osten herüberwehende Brise hob und schnupperte. »Hast du etwas vor?«, fragte er.

»Mit nichts kam ich zu euch«, gab Turgo zur Antwort, »und viel mehr nehme ich auch nicht mit. Das Wenige, was ich besitze, habe ich mir verdient. Irgendwelche Einwände?«

»Keinen. Aber ich lasse dich nur ungern ziehen. Hat dich die letzte Nacht aufgewühlt? Liegt es an dem Mädchen? Was geschehen ist, war nicht ihre Schuld. Dieser Shaitan steckt voller übler Künste. Sie gäbe immer noch eine gute Ehefrau ab ... für den einen oder anderen.«

»Für den hier nicht.« Turgo schüttelte den Kopf. Dann umarmte er den anderen aus einer plötzlichen Rührung heraus und sagte: »Höre auf mich, Heinar ... nimm dich in Acht!«

Der Hagi machte sich erstaunt los. »Ich nehme mich stets in Acht«, antwortete er. »Aber wovor diesmal?«

Turgo zuckte die Achseln und wandte den Blick ab. »Etwas Unschuldiges ist gegangen«, sagte er schließlich. »An seine Stelle ist etwas voll finsterer Kenntnisse getreten, machtvoll und böse. Wie einst die Szgany Ferenc sind nun auch die Szgany Hagi davon berührt worden.« Mit grauem Gesicht wandte er sich zu Heinar und packte ihn an den Schultern. »Höre: Ich kann nicht ertragen, es ein zweites Mal mit ansehen zu müssen, nicht bei dir und den deinen, und nichts dagegen tun zu können! Aus dem Westen bin ich gekommen, also ziehe ich weiter nach Osten.«

Stirnrunzelnd fragte Heinar: »Und wenn dieses Böse hier lauert, wie soll ich mich davor hüten?«

»Hauptsächlich mit Hilfe deines scharfen Blickes. Und wenn du es siehst, mach es nieder! Einer deiner Männer ist nicht zurückgekehrt. Wenn er noch kommt, behalte ihn im Auge – ihn und seinen Wolf! Beobachte jene, die zurückkehrten, ebenso Maria Babeni! Und am offensichtlichsten – pass auf Vidra Gogosita auf!«

»Vidra? Seine Mutter ist außer sich. Offenbar ist er in der Nacht davongelaufen. Sein Fieber ...«

»Ach?« Das schien Turgo kaum zu überraschen. »Dann sprich ein Gebet, dass er nie zurückkommt. Hm, ja, und du solltest auch seine Mutter im Auge behalten.« Er hob sich sein Bündel auf die Schulter und setzte sich in Bewegung.

Heinar spürte die warme Sonne auf seinem wettergegerbten Gesicht und erlag einem trügerischen Gefühl des Wohlbefindens. »Ich denke, du übertreibst!«, rief er Turgo nach. »Das Böse, das mit Shaitan gekommen ist, die Krankheit, die er in sich trägt – beide sind mit ihm verschwunden. Und wo immer er auch sein mag, die Seuche wird ihn letztlich doch umbringen. Es gibt hier nichts mehr, vor dem man fortlaufen müsste.«

»Fortlaufen?«, rief Turgo über die Schulter, während er durch die Bäume schritt und das Sonnenlicht Muster auf ihn zeichnete. »Ja, vermutlich tue ich das. Es ist die einzige Art, die ich kenne, mich davon fern zu halten.«

Als er stehen blieb und zurückblickte, waren seine Lippen schmal und grimmig. Dann sagte er: »In gewisser Hinsicht sind du und ich vom gleichen Schlag, Heinar. Schlägst du dein Lager etwa neben einer verseuchten Quelle auf? Nein, du weißt es besser. Nun, ich weiß es ebenfalls besser. Denn ich habe dieses Übel schon einmal gesehen und weiß, dass ich damit nicht leben kann. Lass mich dich also ein letztes Mal warnen, und ich bete, dass du meine Worte beherzigst: Sei wachsam, Heinar – sei wachsam!«

Aber die Sonne schien warm und tröstlich auf Heinar. Natürlich würde er wachsam sein – nun ja, eine Zeit lang. »Dann speise gut«, rief er Turgo hinterher, vielleicht ein wenig zu grob. »Bleibe gesund. Habe viele Kinder ... irgendwann.«

Turgos Nicken war seine einzige Antwort. Dann war er verschwunden ...

Turgo Zolte behielt Recht: Heinar Hagi sollte acht lange Jahre benötigen, bis er Shaitans vampirischen Makel aus seinem Volk getilgt hatte, und diese Aufgabe erforderte die Beschneidung seines Stammes auf weniger als die Hälfte seiner gegenwärtigen Zahl. Es war dies die erste echte Schlacht des Menschen gegen den Vampir (wenn auch nicht gegen den Wamphyri), aus der viele wertvolle Erfahrungen zu künftigem Nutzen gewonnen wurden.

Was die Szgany Ferenc betraf, die in Turgos Geschichte von Oulio Ionescu eine Rolle gespielt hatten: Die Verseuchung in ihrem Blut wurde nie fortgewaschen, sondern blieb ihnen bis ans Ende ihrer Tage nicht nur in dieser Welt, sondern auch in einer weiteren erhalten.

Diese Geschichte ist jedoch bereits erzählt worden ...

DRITTES KAPITEL

In rasender Wut floh Shaitan aus dem Lager des Heinar Hagi. Er glitt durch die Nacht, die sein Element war, und bedeckte sich mit ihrer Finsternis. Doch ihm folgte ein Wachhund – eigentlich ein Wolf – dicht auf den Fersen. Und hinter dem Wolf kamen Sonnseiter, Szgany, die, wie er festgestellt hatte, mit den Trogs rein gar nichts gemein hatten. Es war schwer, solchen Leuten seinen Willen aufzuzwingen. Ihr eigener Wille war so stark! Shaitan hatte eher Gewalt über ihre Frauen, die zumindest seine Schönheit zu schätzen wussten. Aber schön zu bleiben, tatsächlich überhaupt am Leben zu bleiben – das war jetzt sein vornehmliches Ziel.

Turgo Zoltes blutiger Hartholzschaft ragte aus seiner rechten Schulter und schmerzte ihn. Zwar konnte er einen Teil der Schmerzen durch bloße Willenskraft verbannen, nicht jedoch den Bolzen selbst. Der musste herausgezogen werden. Und trotz der unverminderten Geschwindigkeit seiner Flucht entlang des Waldrands holte der Wolf allmählich auf. Seine Augen waren denjenigen Shaitans in der Nacht und ihrer Finsternis nahezu ebenbürtig.

Plötzlich ragten zu Shaitans Linker Felswände in die Höhe. Er holte weiter aus, glitt durch das unregelmäßige Laubwerk, erklomm einen niedrigen Felssims. Ranken und Kriechgewächse hingen von oben herab. Aber er hatte nicht vor, an ihnen emporzuklettern.

Er rammte das gefiederte Ende des Bolzens in seiner Schulter in eine Nische und warf seinen Körper zur Seite. Der Bolzen zerbrach ... und Shaitan schrie auf. Blut floss, und sein Geruch entflammte ihn. Dann langte er mit der linken Hand hinter die Schulter. Die eiserne Pfeilspitze ragte einen Zoll weit hervor, aber ihm fehlten der Ansatz und die Hebelwirkung, um sie herauszuziehen. Er riss eine zähe Ranke herunter, warf sie in einer Schlinge über die Pfeilspitze und verknüpfte sie mit einer Kriechpflanze, die aus einer Spalte wuchs.

Der Wolf hatte Shaitans Aufschrei gehört und witterte sein Blut. Knurrend kam er angerannt, sprang auf den Sims, scharrte kurz, um das Gleichgewicht wiederzuerlangen. Dann sah er Shaitan, sprang ein weiteres Mal und schloss die Kiefer um seinen Arm. Das

Gewicht des Wolfes warf Shaitan zu Boden. Ineinander verkrallt fielen sie von dem Sims; der Bolzen wurde Shaitan aus dem Rücken gerissen.

Aus nicht allzu weiter Entfernung rief der Mann, der Shaitan am nächsten war, seinem Wolf zu: »Such ihn!« Aber der Wolf hatte Shaitan bereits gestellt, und dieser stand kurz davor, eine weitere schreckliche Waffe zu entdecken. In ihm war sein Vampir endlich herangereift. Sein gestaltwandlerisches Fleisch war das Fleisch Shaitans.

In den Kiefern des Wolfes, die sich nun um die Knochen in Shaitans Unterarm geschlossen hatten, steckte die Kraft einer Bärenfalle. Sie sahen sich in die Augen – die einen tierhaft-gelb, die anderen dämonisch-scharlachrot – und dabei spürte Shaitan etwas von der Wildheit des Tieres. Ebenso sein Vampir, der ihn gleichermaßen wild gestalten musste. Etwas wurde zu seinem, ja, *aus* seinem Fleisch gezwungen! Er spürte ein Brennen in seinen Fingern, als stünden sie in Flammen, rasende Schmerzen in seinem Gesicht und Kiefer, die die Pein in seinem Rücken bei weitem übertrafen. Und doch war diese zusätzliche Qual nicht ohne ... Lust?

Es war den Gelegenheiten, da er seinen Vampirnebel heraufbeschworen hatte, nicht unähnlich; aber das hier hatte er nicht bewirkt, nicht wissentlich. Denn dies war die instinktive Antwort seiner Verwandlung, der Beharrlichkeit seines Vampirs, seiner Lust am Leben; und auf einmal war der riesige Wolf nichts weiter als ein Welpe!

Shaitans Finger, die zu Klauen geworden waren, stießen in die Flanken des Tieres und zerfleischten sie. Seine Kiefer öffneten sich unmenschlich weit und verlängerten sich zu einer Albtraumhöhle voller gezackter Reißzähne, die aus dem blutspritzenden Zahnfleisch sprossen. Seine Augen waren schweflige Rundungen, die von blutroten Flammen durchzogen wurden. Er riss dem Wolf den Bauch auf und ließ das Gedärm herausquellen. Und als das Tier im Todeskampf das Maul öffnete, biss Shaitan zu – in seine Kehle. In einem Schauer aus Luft– und Speiseröhrenteilen, Knorpel, Knochen und Blut zerfetzte er sie!

Binnen eines Augenblicks war der Wolf kein Wolf mehr, sondern nur noch ein zermalmter Kadaver. Er hatte nicht einmal aufgejault, sondern war voller Verblüffung schweigend verendet.

Eine Sekunde verstrich .... eine weitere ... und eine dritte.

»Lupé?« In der Nähe erklang eine Stimme. »Wo um alles ...?« Ein Mann trat aus dem Wald in das Licht der Sterne – und sah eben noch, wie sich etwas im Unterholz am Fuß der Steilwand bewegte. »Lupé?«, wiederholte der Mann, nun jedoch fragend und im Flüsterton, und hob seine Armbrust.

Leicht gebückt lief er zu der Stelle unter der Steilwand. Als er sie erreichte, erhob sich die Finsternis vor ihm! Das Sternenlicht schimmerte auf dem Grauen namens Shaitan, das eine blutige Hand ausstreckte und ihn an der Kehle packte.

Der Wächter wollte seine Waffe abfeuern – doch er hatte die Sicherung vorgelegt! Shaitan schlug ihm die Armbrust aus der bebenden Hand und zerrte ihn zu sich.

»Lupé?«, knurrte er leise, fast im Gesprächston, und neigte den Kopf zur Seite. »Ach nein – ich heiße Shaitan!« Und ehe er seine Fänge an den zuckenden Hals führte, flüsterte er: »Aber von jetzt an wirst du mich Meister nennen ...«

Mit seinem neuen Gefolgsmann, der der erste zur Gänze menschliche Untertan der Wamphyri war, machte Shaitan sich wie zuvor auf den Weg nach Osten. Es gab keine weiteren Verfolger, die Nacht war lang, und sie legten eine erkleckliche Anzahl an Meilen zurück – bevor die Sonne sie erreichte.

Denn Shaitans Symbiont oder Schmarotzer stellte ein zweischneidiges Schwert dar: Man konnte seine Vorteile nicht nutzen, ohne auch seine Nachteile in Kauf zu nehmen. Das Sonnenlicht hatte Shaitan von Anfang an gereizt – im Grunde seit dem Augenblick, da er die roten Leichensporen eingeatmet hatte. Doch jetzt sengte es ihm in siedender Pein in den Augen und auf der Haut. Es verbrannte ihn, dampfte ihm sichtbar die Feuchtigkeit aus dem Fleisch, fraß sich wie Säure in ihn hinein und beraubte ihn aller Kraft. Er konnte den Schatten sekundenlang verlassen, aber ein minutenlanges Verweilen würde ihn entsetzlich schwächen, und binnen einer Stunde wäre er tot. Im Augenblick war sein Knecht noch nicht allzu beeinträchtigt, doch im Lauf der Zeit musste auch er sich vor dem unmittelbaren Sonnenlicht verbergen. Solcherart war das Ausmaß von Shaitans Verderbtheit und seiner Verseuchung.

Sie kletterten schräg aufwärts gen Osten, ließen die Vorberge hinter sich und befanden sich auf dem Weg zur Baumgrenze, als der Sonnauf in den Tälern und Wäldern der Sonnseite Nebeldunst aufsteigen und seine goldenen Strahlen über den Gipfeln spielen ließ. Die Strahlen fanden sich irgendwann zu einer gelben Feuerwand zusammen, die stetig auf die Wanderer zukroch, die wie Ameisen arglos am Berghang umherstiegen.

Dennoch argwöhnte Shaitan (oder sein Parasit) etwas. Er war unruhig, und aus einem unerfindlichen Grund drängte es ihn fort von diesem Ort, hin zur Kühle der Sternseite. Doch als er die Wirkung der ersten noch schwachen Strahlen auf seiner Nacktheit spürte und mit Erstaunen bemerkte, wie rasch seine Körperflüssigkeiten verdunsteten und sein Fleisch versengt wurde, begriff er sehr wohl, warum sein Instinkt – oder der seines Vampirs – ihn dazu trieb, Deckung zu suchen. Und so wurden Shaitan und sein Knecht Ilya Sul in den Schatten einer tiefen Höhle getrieben, in der sie den ganzen Tag lang ausharrten.

In der Höhle hatte irgendein Tier gehaust, doch jetzt war sie verlassen. Die Nebenhöhlen und Abzweigungen waren kühl, feucht und dunkel, also fühlte Shaitan sich recht sicher. Aber er empfand auch Hunger. Die kurze Einwirkung der Sonnenstrahlen hatte ihn empfindlich geschwächt. Er stillte seinen Hunger an Ilya Sul, was den Mann zwar noch mehr schwächte, ihn aber auch zugleich enger an seinen Herrn und Meister kettete. Zudem wurde das Feuer des Vampirs in Sul genährt und seine Verwandlung damit beschleunigt. Als er danach mit der Armbrust am Hang auf Jagd ging, um sich Nahrung zu verschaffen, kehrte er binnen einer Stunde schwach und blasenübersät zurück. Aber er hatte wenigstens ein Ziegenjunges erlegt, an dem Shaitan sich satt fraß, ehe er Sul die weniger schmackhaften Teile zuwarf.

So nährten sie sich.

Und dann schliefen sie, denn mittlerweile konnten sie das *Gewicht* der aufgehenden Sonne spüren, das wie ein unbeweglicher Felsen auf ihnen zu lasten und den Höhleneingang zu versperren schien. Das bedeutete, dass sie eine Zeit lang ohnehin nicht weiterwandern konnten. Shaitan konnte geradezu *hören,* wie das Land vor der Höhle in der todbringenden Hitze schmorte, er konnte sogar das Sengen der Felsen *riechen*, und seine Haut zog sich zusammen, als ihm klar wurde, was dieser goldene Glutofen mit ihm anstellen würde ...

Shaitan fuhr aus dem Schlaf!

Er rüttelte Sul und mahnte ihn zum Schweigen. »Die Sonne steht hoch«, raunte er. »Ich kann sie fühlen. Außerdem spüre ich Sonnseiter! Also komm, such dir ein dunkles Loch.« Sie zogen sich tiefer in die Höhle zurück und fanden schattige Nischen, in denen sie sich verkrochen.

Die müden Fährtensucher erreichten mit ihrem Wolf die Höhle, doch sie betraten sie nicht. Denn als Shaitan dort lag, bezwang er den Drang, einen Nebel heraufzubeschwören und darin zu fliehen (etwa ins Sonnenlicht?). Stattdessen richtete er seinen Willen darauf, dass die Männer umkehren sollten. Der Graue war ihr Führer. Mit seinem Vampirbewusstsein drang Shaitan in seinen Verstand und führte ihm das Verhängnis vor Augen, das ihn ereilen würde, sollte er in die Höhle kommen.

Der Wolf scharrte am Eingang in den Überresten der Mahlzeit, die sie dorthin geworfen hatten, aber er kam nicht näher. Die Männer, Szgany Hagi waren es, sahen Fell, Haar und Knochen und erkannten die Reste als die einer Ziege. Einer von ihnen sagte: »Ein Bär, wahrscheinlich ziemlich groß. Hier hat er wohl seine Höhle. Seht doch, die Reste sind frisch. Er könnte vielleicht sogar zu Hause sein!« Und so gingen sie weiter.

Shaitan wartete kurz, dann schlich er zum Eingang. Während er sich von dem gleißenden Licht fern hielt, strengte er die Augen an, um die Männer abziehen zu sehen, und staunte gewaltig, dass sie sich offenbar ohne Schaden in der grellen Sonne bewegen konnten! Bitterer Hass erfüllte ihn. Sie lebten dort, wo er nicht leben konnte, sie jagten und lebten von den einfachen Dingen der Erde, was er ebenfalls nicht konnte. Dieser Ort gehörte ihnen, er war ihnen

Zuflucht (und Paradies?) und konnte niemals ihm gehören außer ... bei Nacht.

Nun, sollten sie doch hier leben und jagen! Tatsächlich machten sie ja sogar Jagd auf ihn! Aber morgen und übermorgen war auch noch ein Tag, und darauf folgten lange, dunkle Nächte, in denen er seinerseits Jagd machen würde – auf Menschen! Oh ja, und dann würde er ihr Paradies in eine Hölle verwandeln.

Das schwor Shaitan sich ...

Shaitan kam es so vor, als wolle der lange, lange Tag der Sonnseite niemals enden. Doch schließlich wurden die Schatten länger, die Sonne war nur noch ein heißes, rauchig rotes Geschwür am südöstlichen Himmel, und über den Graten des Grenzgebirges zeigten sich funkelnd die ersten blassen Sterne. Die Dämmerung setzte ein, und es war Zeit zur Weiterreise.

Die durch eine Ablenkung verzögert wurde.

Als Shaitan vom Höhleneingang in die Abenddämmerung trat, zuckte er zusammen, denn er hörte ein Heulen und Klagen und sah, wie zwei Gestalten sich näherten – die er sogleich wiedererkannte. Die eine, die aufschrie und sich die Haare raufte, erwies sich letztlich als keine große Überraschung. Es handelte sich um den verräterischen Knecht Vidra Gogosita, der sich allem Anschein nach in einem wahrhaft schlechten Zustand befand. Doch die zweite Gestalt, die hohlwangig, mit glühenden Augen und schweigend mit raschen Schritten auf Shaitan zukam, bot fürwahr einen erschreckenden Anblick. Denn ...

... es war ein Toter! Und zwar Dezmir Babeni!

Doch er hatte sich verändert. Er trug immer noch seinen Bart und war an Rumpf und Gliedern so kurz wie ehedem, aber etliches von seinem Fett war ihm abhanden gekommen, so dass er nicht mehr wie ein Fass wirkte. Dezmir Babeni war magerer geworden, gewiss, aber er war immer noch derselbe. Und er war nicht mehr tot.

Das war etwas Neues. Vor Babeni hatte Shaitan weder Mensch noch Trog so weit ausgesaugt, dass er daran gestorben wäre. Die Geschöpfe, die zu seinen Knechten geworden waren, hatten nicht den Tod erlitten, sondern lebten – um seinen Bedürfnissen zu willfahren. Dieser Mann *war* allerdings gestorben! Babeni war tot ... oder untot?

»Meister! Meister!« Der junge Gogosita stürzte mit bebenden Händen auf Shaitan zu. »Nimm mich wieder auf, ich flehe dich an! Ich habe keinen anderen Ort, an den ich gehen oder mein Leben fristen kann.« Shaitan sah ihn nicht einmal an, sondern schob ihn beiseite. Denn sein Blick haftete hingerissen auf Babeni. Der erwiderte diesen Blick voller Hass!

Der Untote knurrte, kam steifbeinig näher und streckte die bleichen, grauen Hände aus. Seine Augen glühten wie Schwefelgruben, in deren Mitte ein Feuer glost. »Du!«, sagte er anklagend mit rauer, krächzender Stimme. »Du, Shaitan, du hast mir das angetan. Und jetzt sagt mir dieser Junge, dass du meiner Tochter noch ganz andere Dinge angetan hast!«

Er stürzte sich auf Shaitan, packte ihn und schlug ihm die Zähne in den Hals. Und Shaitan erkannte, dass diese Zähne zu Fängen herangewachsen waren! Der Schreck ließ ihn zunächst erstarren, doch schließlich nahm er seine vampirische Kraft zusammen, schleuderte den anderen von sich und warf sich auf ihn, um ihn zu erwürgen. Unter der zermalmenden Kraft von Shaitans Händen wandelte sich Babenis graue Gesichtsfarbe zu einem tiefen Dunkelrot. Doch er wehrte sich noch immer, und sein Körper bäumte sich mit unmöglicher Kraft auf.

Entsetzt schlug Shaitan Babenis Kopf auf den steinigen Boden, wieder und wieder, bis die Rückseite des Schädels ganz weich und eingebeult war. Schließlich stellte Babeni seine Gegenwehr ein und sackte zurück. Aber er war noch nicht tot, seine Glieder zuckten, und seine gelben Augen folgten Shaitan bei jeder Bewegung.

Shaitan sah ihn an und dachte: *Deine Körperkraft steht allein der meinigen nach, und deine Wunden heilen ebenso rasch. Als ich dich von deinem schwachen Menschenleben befreite, habe ich dir dieses Unleben geschenkt. Und mir scheint, ich habe dir – wenngleich unbeabsichtigt – gewisse Kräfte verliehen! Und doch bist du nicht mein Knecht und willst mich nicht als deinen Meister anerkennen. Also muss ich dich töten, damit du nicht mein Rivale wirst. Aber wie soll ich dich umbringen, wo du doch untot bist?*

Trotz seines Zustandes griff Babeni nach einem scharfkantigen

Felsbrocken, kam taumelnd auf die Beine und torkelte mit einem rauen Wimmern auf Shaitan zu. Aus seinem Mundwinkel sickerte Speichel, sein Kopf und Hals waren blutüberströmt. Weil sein Gehirn in Mitleidenschaft gezogen war, kam er mit dem seitlich schlenkernden Gang eines Schwachsinnigen heran. Shaitan wich zur Seite, stellte ihm ein Bein und suchte nach einem großen Stein, um ihm ein Ende zu bereiten.

»Wie kann ich dich nur töten?«, sprach er seinen Gedanken laut aus, als das wimmernde Wesen sich abermals taumelnd in die Höhe zwang.

»Meister!« Vidra Gogosita umklammerte seinen Arm. »Ich weiß, wie man ihn umbringen kann!« Vidra hatte nämlich am Lagerfeuer gesessen, als Turgo Zolte seine Geschichten zum Besten gab.

»Ach ja?« Shaitan sah ihn an und wich gleichzeitig dem umhertorkelnden Krüppel aus. »Du willst dich also wieder einschmeicheln? Nun, vielleicht bist du ja doch noch zu etwas nütze. Also sag: Wie kann man ihn erledigen?«

»Mit einem Pflock durchs Herz«, keuchte Vidra. »Damit er nicht mehr wegkommt. Dann schneide ihm den Kopf ab. Zuletzt musst du ihn verbrennen – mit Haut und Haaren.«

»Das alles ist nötig?«

Vidra nickte. »Das werden die Szgany Hagi mit dir anstellen, wenn sie dich zu fassen kriegen!«

Shaitan nickte. »Tatsächlich? Dann müssen wir das ausprobieren. Du wirst mir ein Feuer machen.« Ilya Sul, der das Wesen abwehrte, das einst Dezmir Babeni gewesen war, befahl er: »Schieß ihm einen Bolzen durchs Herz!«

Der Mann gehorchte. Babeni wurde niedergestreckt und blieb auf dem Boden liegen. Lediglich die Befiederung des Bolzens ragte ihm noch aus der Brust. Auch als Sul ein Messer nahm und damit durch Nacken, Röhren und Rückgrat sägte, blutete er kaum. Während des gesamten Vorgangs zuckten und bebten die Glieder des Untoten, und die Luft fuhr zischend durch seine mahlenden Kiefer, bis Luft- und Speiseröhre durchtrennt waren und der Kopf sich vom Körper löste. Dann verbrannten sie ihn. Doch selbst, während ihm das Fett aus den Poren kochte, zappelte er noch ...

Shaitan betrachtete alles ganz genau und nickte erneut. »So wollen sie also mit mir umspringen? *Hah!* Wenn ihr glaubt, dass er einen schweren Tod hatte, dann habt ihr keine Ahnung. Die Hagi werden mich nicht erwischen, Vidra Gogosita, und falls doch, wird das Sterben nicht von mir übernommen.«

Ilya Sul hatte die Flammen mittlerweile zu einer prasselnden Feuersbrunst entfacht. »Ich ... mir will einfach nicht warm werden«, klagte er und musterte seine kalten, grauen Arme.

»Mir geht es genauso«, pflichtete Vidra ihm bei. »Denn wir haben den Kuss des großen Wampirs erfahren, unseres Meisters Shaitan.«

Abermals wurde Shaitans Interesse geweckt. »Wampir?«

Vidra erklärte ihm den Begriff und wiederholte alles, was er von Turgo Zolte erfahren hatte. Als er fertig war, sagte Shaitan:

»Ach nein! Wampire sind gewöhnliche Fledermäuse, niedrige Geschöpfe, die mir auf der Sternseite als Vertraute dienen. Ich dagegen bin außergewöhnlich. Deshalb soll man mich ... Wamphyri nennen! Oh ja, der Klang dieses Wortes gefällt mir. Der große Lord Shaitan, der Erste der Wamphyri! So sei es.«

In dieser Nacht überquerten sie das Gebirge. Während der Wanderung wollte Shaitan von Vidra wissen, wie er ihn gefunden hatte. Der Junge gab zur Antwort, dass er seinen Meister in seinem Geist ›gespürt‹ und gewusst habe, dass er zu ihm gehen sollte. Als die Sonnenstrahlen schwächer geworden waren, war er Dezmir Babeni begegnet, der sich in einer Felsspalte verborgen hatte, um dem grellen Licht zu entgehen. Als Untoter war er Shaitan noch ähnlicher gewesen, und die Sonne war ihm ein tödlicher Feind geworden.

Die Nacht verstrich, und als die drei – Shaitan, Ilya Sul und Vidra, zur Sternseite hinabstiegen, stellten sie fest, dass Shaitans Trog-Knechte auf sie warteten. Sie hatten ebenfalls gewusst, wo ihr Meister zu finden war. Nun zählten sie dreizehn: die drei, sieben weibliche und drei männliche Trogs. Und Shaitan nannte die anderen seine Jünger.

Dann sahen sie ein Licht, das weiß und verschwommen in der Nacht leuchtete und den kalten Nordlichtern ganz unähnlich war.

Ilya Sul meinte, dass dies die herabgestürzte weiße Sonne sein musste, die von manchen das Tor zur Hölle genannt wurde.

»Weiße Sonne?« Shaitan wich zurück.

»Sie soll kalt sein«, sagte der andere. »Wenn man sich von ihr fern hält, ist sie nicht schädlich. Aber man darf sie niemals berühren.«

Shaitan war jedoch neugierig und sagte, dass er dieses Höllentor sehen müsse.

Sie erklommen den niedrigen Kraterwall, blieben an seinem Rand stehen und sahen auf den kalten, weißen Feuerball darin herab. Die Trogs wurden geblendet und taumelten in alle möglichen Richtungen davon. Einer stolperte, stürzte und landete auf einem Sims nahe an dem weißen Glast. Entsetzt hob er zur Abwehr die Hand. Sie berührte die Oberfläche, versank darin ... und er stieß einen kehligen Schrei aus, als das Höllentor ihn anzog und verschlang!

Der Trog war verschwunden, und nur das Echo seines seltsamen, tiefen Schreis hallte noch zwischen den Felsen nach. Shaitan glaubte, ihn unten erkennen zu können, eine kleine, verängstigte Gestalt, die rasch kleiner wurde, aber das Licht schmerzte in seinen Augen, und er musste kurz darauf den Blick abwenden.

»Dies soll meine Strafe für jeden sein«, sagte er, »der sich drei Mal gegen mich wendet. Drei Mal, oh ja – denn wie ihr seht, bin ich barmherzig.«

»Eine gerechte Strafe«, schmeichelte Vidra ihm.

»Diese Meinung steht dir gut zu Gesicht«, erwiderte Shaitan. »Und nun höre meine Worte! Zum Ersten hast du den Hagi von mir erzählt. Zweitens hast du Dezmir Babeni gesagt, welche Ehren ich seiner Tochter angedeihen ließ. Also vergehe dich kein drittes Mal.« Seine Stimme klang finster, und Schrecken schwang in ihr mit.

»Außerdem wird es noch andere Strafen geben«, verkündete er ihnen. »Denn ich bin Shaitan, der die Menschen zu Untoten machen kann. Wer mir Böses will, sollte Folgendes bedenken: Ich werde ihm sein Blut nehmen und ihn tief in der Erde verscharren. Und wenn er erwacht, soll er dort liegen und in alle Ewigkeit kreischen, bis er in der Erde versteinert.

Und was das Land im Norden betrifft: Ich sehe, dass es eisig kalt ist und daher selbst für Unseresgleichen keine passende Wohnstatt bietet. Darum soll der Ungehorsame sich vorsehen. Denn in meinem Haus gibt es für ihn kein warmes Bett mehr, auch kein Frauenfleisch, keinen gütigen Meister, der ihn leitet und lehrt, keine Wunder zu bestaunen und keine Geheimnisse, die ihm enthüllt werden. Denn ich werde ihn nach Norden verbannen, auf dass er allein und verlassen im Eis erfrieren möge.

Doch wer mir in allen Dingen gehorcht und mein wahrer Diener und Knecht ist, dem sei auf ewig ein reichhaltiges, rotes Leben beschert! Fürwahr, sogar bis zum Tod – und darüber hinaus! So sei es ...«

»Wo soll dein Haus stehen, Lord?«, wagte Ilya Sul zitternd zu fragen, als sie das Tor hinter sich ließen und sich daranmachten, eine breite Passmündung zu durchqueren, in deren Spalt das Licht der Sonnseite wie ein violetter Glanz zu sehen war. »Denn dies scheint mir ein elender Ort zu sein – eine Geröllebene ohne Flüsse, wo nur Moos und raue Gräser wachsen – mit Wölfen in den Bergen und Fledermäusen an den Höhen, doch ohne Menschen.«

»Es gibt hier schon Menschen im weiteren Sinne«, gab Shaitan ihm zur Antwort. »Unter dem Gebirge leben Trogs in ihren Höhlen. Sie werden mich mit Nahrung versorgen – mir Nahrung sein, bis wir uns eingerichtet haben. Doch auf der Sonnseite gibt es reichlich Leben! Zunächst muss uns eine karge Speise genügen, aber das echte Blut, das das Leben ist, findet sich jenseits der Berge. In all den kommenden Nächten werden wir jagen. Was mein Haus betrifft: Es soll weiter östlich von hier liegen, denn es zieht mich gen Osten.« Er warf einen scharfen Blick auf Sul. »Zweifelst du etwa an mir?«

»Niemals, mein Lord!«

Sie wanderten etliche Meilen weiter und kamen in eine Gegend voller Felstürme, die aus dem Gebirge herausgeschält worden waren und nun wie die Stämme riesiger versteinerter Pilze aus der Ebene aufragten. Ihre Fundamente waren von Geröllhalden umgeben, die ihnen zusätzlichen Halt gaben, und in ihren Säulen fanden sich Simse und Kavernen, von denen viele die Ausmaße von Sälen hatten.

Shaitan bewunderte diese Türme, denn sie waren gewaltig und dennoch sehr schlank; und er sagte: »Einer davon soll mein Haus sein.«

Darauf erwiderte Sul: »Sie ähneln den Horsten der Bergadler!«

»Oh ja!«, sagte Shaitan. »Die Horste der Wamphyri!«

So machte Shaitan sich an den Bau seines Hauses. Die Aufgabe war enorm; nur ein Vampir und seine langlebigen Knechte konnten sie bewerkstelligen. Zudem wollte Shaitan nicht nur ein Haus, sondern ein wahres Reich der Vampire errichten.

Er zog Trogs aus ihren Höhlen an der Leeseite der Berge in seinen Dienst und schickte seine Offiziere in die Nächte der Sonnseite aus, um Szgany zu jagen und in seinen Dienst zu pressen. In den finsteren Kammern am Fuß seiner erwählten Felshöhe experimentierte er mit seinem eigenen formbaren Fleisch und seinen Kräften, um sich mit allem zu versehen, dessen er bedurfte.

Er züchtete sich Trogs, die keine Trogs mehr waren, sondern knorpelige Geschöpfe mit geringem Verstand und elastischen Körpern. Aus ihnen machte er Leder und Vorhänge für die äußeren Treppen des Horstes und Möbelstücke für seine Gemächer. In gewisser Weise blieben sie noch lebendig, verhärteten allmählich und verwuchsen schließlich auf Dauer mit ihrer Umgebung. Er paarte Menschenmänner mit Trogfrauen, und die Brut war unschön – aufgedunsene, üble Wesen von grässlicher Gestalt und ohne Verstand. Doch nicht einmal diese wurden verschwendet. In den tiefsten Höhlen züchtete er sie zu Gaskreaturen zur Beheizung des Felsturmes heran oder zu Fresswesen für seine Abfallgrube.

Er nahm geistloses Vampirfleisch und versuchte sich daran. Er wollte die fliegerische Gewandtheit der großen Fledermäuse nachahmen und Flugwesen erschaffen, die aus seinem Horst aufstiegen, um auf den Winden zu kreisen. Zunächst erlitt er einen Fehlschlag nach dem anderen, doch später stattete er seine Flieger mit den verwandelten Gehirnen von Menschen aus, damit sie ein wenig (doch nie zu viel) freien Willen besaßen. All diese Geschöpfe, unreife und ausgewachsene gleichermaßen, waren Shaitans Knechte.

Die Kunde von seinen Werken verbreitete sich und erreichte

sogar die Sonnseite. Nun war die Sternseite zweifach verflucht und wurde völlig gemieden ... wenigstens von den Menschen.

Mittlerweile hatten die Szgany der Sonnseite außer Shaitan und seinen räuberischen Nachtkämpfern noch andere Probleme zu fürchten. Denn im Westen waren die Sümpfe zu einer schieren Brutkammer für Ungeheuer geworden! Törichte Menschen und arglose Tiere tranken aus dem überwucherten Wasser, und Wesen, die etwas ganz anderes waren als Mensch oder Wolf, kehrten von jenem Ort zurück. Im Lauf der ersten zwanzig Jahre waren etliche Wesen von der Sonnseite eingetroffen, die Shaitan sehr ähnlich waren und sich nun in den hohen Steintürmen häuslich einrichteten. Und weil sie genauso stark waren wie er und zudem von seiner Art, begehrte er nicht auf, sondern ließ sie nur bauen. In den zahlreichen Türmen gab es ohnehin genug Raum, den nicht einmal Shaitan zur Gänze beanspruchen konnte; und gleich hinter den Bergen gab es genug Nahrung und Zerstreuung für alle.

Zu dieser Zeit begab es sich, dass Shaitans Offiziere zur Jagd auszogen und von der Sternseite einen Mann mitbrachten, mit dem ihr Meister früher zu tun gehabt hatte. Als Shaitan sich unter die Gefangenen begab, um sie zu mustern, erkannte er ihn sogleich. An der Schulter hatte er sogar noch eine Narbe, die ihm ebendieser Mann beigebracht hatte. Shaitan hatte sie als Andenken an jene erste Nacht auf der Sonnseite behalten. Dieser Mann war kein anderer als Turgo Zolte, nun nicht mehr ganz so jung, aber immer noch stolz und unabhängig wie eh und je.

Shaitan lachte und hängte ihn an Ketten auf und quälte ihn von nun an nach Belieben. Doch der Mann kannte einen Kniff: Er konnte den Schmerz, ganz ähnlich wie Shaitan, von sich schieben. In gewisser Weise mochte Shaitan Turgo wegen seines Stolzes und seiner Tapferkeit und ob des Umstandes, dass er nicht schrie, sondern seine Qualen ertrug, indem er sein Bewusstsein ausschaltete. Also holte er ihn nach einer Weile herunter und machte ihn zu seinem höchsten Offizier ... Das war ein Fehler.

Denn Turgo war auf vielfältige Weise stark, und etwas in seinem Wesen machte ihm jedwede Knechtschaft, welcher Art auch immer, unmöglich. Sollte Lord Shaitan ihn nach Belieben aussaugen, bis ihm sein Lebenssaft zur Neige ging, aber solange er lebte, wollte er sein eigener Herr sein. Doch diese Gefühle behielt er streng für sich, ebenso die Tatsache, dass er auf der Sonnseite ein gewaltiger Vampirjäger gewesen war, der in zwanzig Jahren viel über die Gefahr aus den Sümpfen erfahren hatte. Zum Beispiel gab es da ein weißes Metall und die Wurzel einer bestimmten Pflanze; beides kam auf der Sonnseite häufig vor und war das reinste Gift für Vampire. Vielleicht auch für Shaitan ...

Turgo kam dem Wamphyri-Lord Shaitan nahe, der sein Vertrauen in ihn setzte. Wenn Shaitan jemanden seinen Bruder nennen konnte, dann womöglich Turgo Zolte. Nur ... dürstete es Turgo nicht nach Blut. Oder falls doch, war dieser Durst besonderer Art und tief verborgen.

Schließlich nahm Turgo Ilya Sul beiseite und besprach sich mit ihm. Und weil Turgo stark war, lauschte Ilya seinen verräterischen Worten – dass sie Shaitan auf altbewährte Weise töten, dabei jedoch die neuen Künste zu Hilfe nehmen sollten, die Turgo sich angeeignet hatte. »Ich habe ein langes Messer aus Silber geschmiedet«, erklärte er Ilya, »mit dem ich ihm den Kopf nehmen werde! Und ich kann einen Speer aus Hartholz mit einer Widerhakenklinge aus Silber machen. Silber bannt Shaitan, während ich ihn mit dem Öl der Kneblaschwurzel einreibe, die ihm das Fleisch vergiftet. Dann werden wir ihn verbrennen.«

»Und Shaitanshöhe wird mir gehören?«, gierte Sul.

»Natürlich«, sagte Turgo achselzuckend, »du verdienst sie doch.« Er hatte allerdings nicht vor, diese Zusage zu halten; denn Sul war verderbt und sein Blut verwandelt, und letztlich musste er seinem Meister auf dem letzten Weg folgen.

Danach suchte Turgo Vidra auf und sagte ihm in etwa die gleichen Dinge, auf die dieser auch bereitwillig einging. Doch kaum hatte Turgo sich abgewandt, lief der Verräter sofort zu Shaitan ... Der hörte ihn an, lächelte grimmig, nickte und tat nichts ... außer zu warten.

In seiner Werkstatt, die nunmehr allen verboten war, formte er mit finsterem Eifer das Fleisch von Trogs und Menschen um und erschuf sich eine gewaltige Abscheulichkeit. Denn wo Shaitans

Knorpelgeschöpfe der Bereitstellung nützlicher Dinge dienten und seine Flieger dem Erkunden und Ausspähen des Landes, während ihm also all seine Schöpfungen in der einen oder anderen Weise von Nutzen waren – selbst seine schlaffledrigen Leitungswarte und die schnaufenden Gastiere – war dieses neue Ungeheuer, das sich in seinem Bottich wand, doch ein Ding ganz anderer Art. In der Tat schien es nichts anderes zu sein als eine Vernichtungsmaschine.

Genau das war es auch – ein Werkzeug des Todes. Aus Furcht vor dem Verrat seiner Knechte hatte Shaitan die erste Kampfkreatur der Wamphyri geschaffen! Und da sie teilweise seinem eigenen wandelbaren Fleisch entstammte, gehörte ihm das Wesen zur Gänze in Körper und Geist. Als Turgo und die anderen ihn nun suchten, um ihn zu vernichten, war dies der Albtraum, den er auf sie herabbeschwor. Niemand – nicht einmal ein Dutzend Turgo Zoltes – konnte sich dagegen behaupten. Weder sein Messer noch sein Speer oder sein Kneblaschöl nützten ihm etwas.

Danach wandte Vidra Gogosita sich an Shaitan und erinnerte ihn daran, dass er es gewesen war, der ihn gewarnt hatte. Doch Shaitan erinnerte ihn seinerseits daran, dass auch er ihn gewarnt hatte, und erklärte ihm, dass dies nun sein dritter und letzter großer Verrat war.

Vidra stand starr vor Erstaunen! Worin bestand denn sein Vergehen?

Es lag nicht in der Richtung seines Verrats, sondern darin, dass sein ganzes *Wesen* verräterisch war. Außerdem war es ein Vergehen, dass er ihn, Shaitan, vor dem geplanten Aufstand des Turgo Zolte gewarnt hatte – jenes Turgo, dem er seine Freundschaft geschenkt hatte. Das hinterließ einen bitteren Nachgeschmack auf Shaitans gespaltener Zunge, und dafür war Vidra verantwortlich.

Ohne weitere Umschweife wurde er zum Tor geschafft und jaulend in den gleißenden Glanz geschleudert. Er verschwand darin, bis zuletzt seine Unschuld beteuernd ...

Was Ilya Sul betraf, so beraubte Shaitan ihn seines Lebenssaftes, bis er bleich und tot dalag, und trug ihn dann auf die Felsebene, wo das Heer seiner Trogs ein tiefes Grab aus dem steinigen Boden hob. Die Zeit verstrich, und als die ersten Sonnenstrahlen durch den großen Pass fielen und Sul aufschrie und sich nackt und untot erheben wollte, sagte Shaitan: »Ich habe dich zu einem Vampir gemacht. Die Sonne ist der Beweis. Sie verbrennt dich ebenso, wie sie mich verbrennt. Aber du brauchst sie nicht zu fürchten, denn du sollst ihre Strahlen nie mehr spüren. Du hast danach getrachtet, mir großes Leid anzutun, Ilya! Doch ich bin ein gütiger Herr und werde dir nicht das Geringste zu Leide tun. Ich verbanne dich lediglich aus meinem Blickfeld.«

Auf sein Geheiß wurde Sul schreiend in das Loch geworfen, das die Trogs mit Felsen und Erde füllten. »Dort soll er auf ewig liegen«, sagte Shaitan düster. Sein Mantel aus Fledermauspelz schützte ihn vor der aufgehenden Sonne. »Bis er zu Stein wird. So sei es!«

Danach wandte er sich Turgo Zolte zu, der bleich, gefesselt und schwitzend vor ihm stand, und sagte: »Du ... bist ein Fall ganz eigener Art. Denn du warst nur ein Mensch, und ich habe dich gemocht. Oh, in meiner Obhut hast du ein paar kleinere Quälereien erlitten, aber ich habe nicht von deinem Blut getrunken. Weil ich bin, wie ich bin, habe ich dir gestattet, zu sein, wie du sein willst, um zu sehen, ob du dich mit der Zeit meiner Sache zuwendest. Es hat mir gefallen, einen Menschen – keinen Vampir, keinen Knecht, nur einen einfachen Menschen – unter den meinen zu haben. Nun gefällt es mir nicht mehr. Mein Gefallen an dir ... hat ein Ende.«

Sie kehrten zurück zur Shaitanshöhe, wo Turgo in ein Verlies geworfen wurde, um dort eine Weile zu büßen. Eine sehr kurze Weile.

Dann trat der Meister der Felsenburg zu ihm und sagte: »Vidra Gogosita ist in unbekannte Regionen entschwunden, in ein Land jenseits unserer Welt. Nenne es meinethalben die Hölle. Ilya Sul kreischt aus der dunklen Erde herauf, und manchmal gefällt es mir, ihm zu lauschen. Doch ich habe einst drei Strafen verkündet. Eine davon ist noch unerprobt. Du bist ein harter Mann, Turgo Zolte, aber trotz allem doch nur ein Mann. Wenn ich dich als Mann nach Norden schicke, wirst du sterben – allerdings viel zu schnell! Also werde ich dich zuerst zu einem Vampir machen.«

Turgo war an die Wand gefesselt, seine Füße baumelten einige Zoll über dem steinernen Boden. Shaitan griff hinauf und schnitt ihn herunter, so dass er kraftlos und unter Qualen zusammenbrach.

Dann ließ Shaitan sich neben ihm auf die Knie nieder und starrte ihn düster aus seinen blutroten Augen an. Sein Zorn war gewaltig. »Ich habe dich behandelt wie meinen Bruder, ja wie meinen Sohn«, sagte er. »Und du wolltest es mir vergelten, indem du mich tötest! Es wäre nur gerecht, wenn ich dich nun töten würde, aber ich will, dass du im Eis erstarrst und dort deine Untaten bereust.«

Turgo sah ihn an und erkannte, dass seine Zeit als Mensch abgelaufen war. Doch solange er noch ein Mensch war, wollte er sich Shaitan nicht beugen. »Ich, dein Sohn?«, sagte er. »Du könntest niemals einen Sohn zeugen, du Sumpfding! Du siehst doch nur wie ein Mensch aus, aber deine Zunge ist die einer Schlange, und dein Blut ist das Blut von Trogs, Narren und Knechten. Deine Vertrauten sind verlauste Fledermäuse, und das reine Sonnenlicht zerkocht dir das Fleisch wie das einer Schnecke in ihrem Gehäuse. *Hah!* Ich, Turgo Zolte, Shaitans Sohn? Nein, denn ich bin der Sohn eines Mannes!«

Shaitan vermochte seinen Zorn nicht länger zu beherrschen, und sein Schmarotzer verstärkte seine Leidenschaft nur. Seine Kiefer brachen auf, und Blut spritzte aus dem aufgerissenen Zahnfleisch, als Zähne wie knöcherne Sicheln daraus hervorwuchsen. Im einen Augenblick noch gut aussehend – selbst mit den blutroten Augen – war er im nächsten die Verkörperung des Grauens. Und seine Leidenschaft entfachte die des Wesens in ihm, das nun *er selbst* war.

Er kniete sich neben sein Opfer, riss ihm mit rot triefenden Klauen die Brust auf und legte die messerscharfen Nägel an die kräftigen Adern von Turgos schlagendem Herzen. Das bedeutete Turgo nichts mehr, denn er befand sich bereits im Abgrund des Vergessens. Aber als Shaitan seine Innereien erblickte, sein Blut, das Röhrenwerk seines Lebens ... da geschah etwas Neues.

Die Kreatur in ihm verfiel in Zuckungen. Sie umklammerte sein Rückgrat, stach ihm Saugnadeln in die Adern und in seine Organe und schwelgte in seiner, ihrer beider Leidenschaft. Shaitan hustete, röchelte, spürte, wie ihm etwas in die Kehle stieg und durch die verkrampfte Halsröhre nach oben kroch. Er erbrach das Ding – eine helle Kugel, die nicht größer war als ein Augapfel.

Sie glänzte und wimmelte von winzigen, flimmernden Fäden. In einem Speichelbatzen fiel sie auf Turgos offene Brust. Dort wurde sie dunkelrot .. und verschwand in ihm, als würde sie aufgesogen!

Taumelnd richtete Shaitan sich auf. Ihm war schwindlig und übel. Instinktiv erkannte er, dass, was auch immer hier passiert war, so unumkehrbar war wie das Einatmen der Sumpfsporen. Was ihm als Grund ausreichte, dem Geschehen bis zum Ende beizuwohnen. Er ließ Turgo mit offener, blutiger Brust bewusstlos liegen, und das rote Vampirei grub sich tief in ihn und verbarg sich in seinem Körper ...

Turgo Zolte erholte sich. Sein aufgerissenes Fleisch heilte rasch. Er war ein Wamphyri!

Und er hasste Shaitan, wie kein Wesen jemals gehasst wurde. Shaitan wusste das und sagte manchmal zu ihm: »Aber du bist doch mein Sohn – mein wirklicher Sohn. Deshalb nenne ich dich nun Shaithar Shaitansohn. Du bist kein elendes Troggezücht, von dem ich viele Exemplare erschaffen und wieder abgetan habe, sondern Wamphyri! Oh, du hattest vor mir schon einen Vater, aber er machte dich sterblich. Ich dagegen habe dich unsterblich gemacht. Warum verabscheust du mich also?«

»Ich war, der ich eben war«, knurrte Turgo, während er in seinen Silberketten im Kerker hing. »Und das war mir lieber. Du hast mich zu etwas anderem gemacht ...«

»Zu viel mehr!«

»... und es widert mich an. Ich spucke auf deinen Namen und nehme ihn nicht an! Außerdem werde ich kein Menschenblut trinken.«

»Oh das wirst du schon noch, oder du wirst verdorren und sterben. Das Blut ist das Leben.«

»Nicht meins.«

»Narr!«

»Auswurf blutsaugender Flederratten!«

Und jedes Mal geriet Shaitan in Zorn. Aber er konnte ihn nicht töten. Denn in gewisser Hinsicht war Turgo tatsächlich sein Sohn.

Am Ende ließ er ihn frei, schickte ihn weg und verbannte ihn aus Shaitanshöhe. Nicht ins Nordland, denn er wollte beobachten, was aus ihm wurde. Darum schickte er ihn nur auf die Sternseite hinaus, damit er sich seinen Platz in der Welt suchen musste.

Turgo ging auf die Sonnseite, doch dort konnte er nicht bleiben. Die Szgany verfolgten ihn, und die Sonne stellte eine Gefahr für ihn dar. Sein heranreifender Vampir zupfte an seinem Willen – wenn er bleiben wollte, musste er töten. Er tötete auch – allerdings nur Tiere, um von ihrem Blut zu leben. Schließlich suchte er nach Menschen, die in den Sümpfen mit dem Vampirkeim verseucht worden waren, scharte sie um sich, kehrte zur Sternseite zurück und stellte eine Armee aus Trogknechten auf. Und nach dreißig Jahren hatte er Shaitharsheim erbaut, das weit vom Horst seines so genannten ›Vaters‹ lag. Letztlich nahm Turgo doch den Namen seines Erzfeindes an und nannte sich Shaithar Shaitansohn ... auf dass ihm sein ›Vater‹ besser im Gedächtnis blieb und er ihn umso besser hassen konnte.

Mittlerweile war Shaitans Haus vollendet und mit allem versehen. Ein Banner mit dem Zeichen des gehörnten Totenschädels flatterte von den Brüstungen seines Horstes, und beiderseits des Gebirges war er als Lord Shaitan von den Wamphyri bekannt. Das schmeichelte ihm sehr.

Turgo war noch immer ein rangniedriger Lord und litt häufig unter Albträumen. Eines Nachts träumte er, dass er Szganyblut trank, und als er erwachte, war es wahr geworden. In der Nacht hatte er von seiner Odaliske getrunken, einem Mädchen, das er einem Szgany-Stamm geraubt hatte. Er konnte es nicht länger leugnen: Er *war* ein Wamphyri! Und weil er Shaitan die Schuld gab und ihn nur noch mehr verabscheute, ersann er sich ein eigenes Wappen: Shaitans gehörnten Totenschädel – der von einer silbernen Axt in zwei Hälften gespalten wurde!

Shaitan sah, wie sehr er verhasst war, und züchtete weitere und bessere Krieger. Auch Turgo züchtete Krieger, um sich den Rücken zu decken. Unterdessen kamen immer mehr Menschen aus den Vampirsümpfen herbeigetorkelt und erbauten sich ihre Horste in den Felstürmen. Damit hatten sie viel zu tun und daher wenig Zeit für Kriege.

Wie im Flug verstrichen zweihundert Jahre, und die Wamphyri waren groß an Macht und Zahl geworden. Zu groß ...

Auf der Sonnseite hatten sich die Szgany mittlerweile zu

Nomaden, zum Wandernden Volk entwickelt. Zu Zigeunern, die tagsüber von Ort zu Ort zogen und nachts tief in den Wäldern oder in Höhlen schliefen. Für sie war es so schlimm oder noch schlimmer als nach der Verheerung durch die weiße Sonne. Die Wamphyri ließen sie nicht in Frieden. Nacht für Nacht unternahmen sie ihre Raubzüge. Der Blutzoll war ungeheuer!

Auf der Sternseite erkannte Shaitan allmählich seinen Irrtum, die anderen Lords so sehr an Zahl und Macht erstarken zu lassen. Er entschloss sich, anstelle seiner Offiziere Söhne zu Statthaltern zu machen, leibliche Söhne, die schöne Frauen ihm gebären sollten. Auf diese Weise wollte er die Wamphyri-Lords überwältigen und sie am Boden halten. Er richtete sich einen Harem aus sechs Szgany-Frauen ein, und seine Vampirsöhne und -töchter waren zahlreich. Wenn Letztere alt genug waren, verwandte er sie wie seine Frauen, denn sein eigenes Fleisch war ihm am liebsten. So sollten es alle Vampire zu allen Zeiten halten ...

Shaitan zeugte Shaithos Langarm, Shailar den Heimgesuchten (der halb verrückt war, denn Wahnsinn war ein Fluch, den die Wamphyri niemals los wurden), Shaithag die Quälerin und viele andere. Sein aus dem Ei geborener Sohn, der nunmehr Shaithar Shaitansohn hieß, zeugte Shielar, die Schlampe, Turgo Zahnbrecher, Zol Zoltesohn und Pedar Schlaffhaut, der sich im Alter von dreizehn Jahren auf einer Sonnseitenjagd mit Lepra ansteckte. Danach tötete Pedar, den man auch den Aussätzigen nannte, die Szganyfrauen, wo er sie traf, und gab sich nur noch mit Trogweibern ab.

In den großen Horsten der Wamphyri zeugten die anderen Lords ihrerseits Eisöhne und Blutsöhne, erschufen Vampire und Kämpfer zuhauf und füllten ihre Türme mit Grässlichkeiten jedweder Art und Gestalt. Lagular Ferenczy zeugte Nonari den Scheußlichen, dessen linke Hand eine große Faust war, da die Finger zu einer Keule verwachsen waren. Lagular zeugte außerdem Freyda Ferenczy, die um ihrer Lust willen Männer mit ihrem Geschlecht erstickte. Freyda war eine wahrhafte Mutter der Vampire. In einer einzigen Niederkunft brachte sie einhundert Eier hervor, worauf sie an Auszehrung starb. Doch waren bis auf eines sämtliche Eier Freydas scheußlich und verseucht und starben alsbald ab. Aber das eine Ei verschmolz mit Bela Manculi, einem Szganyknecht, der darauf zum Erben von Freydashöhe wurde.

Pedar der Aussätzige zeugte Tori Trogsohn, der auf allen vieren lief und Lord von Troghöhe wurde. Und Shielar von Hurenhöhe brachte Thador Dornenschädel hervor. Dann erschuf sie einen Krieger mit einem männlichen Glied und starb, als sie sich mit diesem Wesen lüstern vereinigte. So wurde Thador der Lustfürst von Hurenhöhe. Von da an waren sich jedoch alle Wamphyri einig, dass niemand mehr Ungeheuer mit Fortpflanzungsorganen erschaffen durfte, denn Shielars Kreatur war nur unter Schwierigkeiten zu töten gewesen.

Während die zahlreichen Lords und weniger zahlreichen Ladys sich mehrten, sanken sie immer tiefer. Sogar die Wamphyri schritten von Übel zu Übel und verkamen mehr und mehr ...

Schließlich hatten alle großen Horste ihre Herren oder Herrinnen, auch die kleineren Türme waren besetzt, und in sämtlichen Vampirtürmen fand sich kein weiterer Raum mehr für die Männer und ihre Söhne, ihre Frauen, ihre Knechte und Kreaturen. Einige errichteten ihre Horste in den steileren Wänden des Grenzgebirges oberhalb der Sternseite. Doch hatten diese unter Erdrutschen zu leiden, die ihre Feinde auslösten. Zudem wurden sie als wertlose Lords verachtet, die keine anständigen Horste ihr Eigen nannten. Zu guter Letzt trugen sie Kriege um den Besitz der hohen Türme aus, bis die Winde über der Sternseite erfüllt waren von Fliegern und Kriegern, die am finsteren Himmel unter den blau funkelnden Sternen und auf den höheren Brüstungen der großen Horste gegeneinander kämpften.

Unter Gongklängen wurden unerprobte Krieger plärrend aus ihren Bottichen geholt und in die Schlacht geworfen. Die Kriegstrommeln dröhnten, und auf den Felsenburgen flatterten die Banner mit den Zeichen ihrer Herren. Vampir vernichtete Vampir, selbst Sohn und Bruder, während die Felsebene und das Land um die großen Horste in Blut getränkt und mit den grässlichen, zerschmetterten Kadavern der gefallenen Ungeheuer übersät waren.

Sogar Shaitan wurde angegriffen, doch er war klug, verteidigte seinen Horst und zog nicht aus, um selbst Krieg zu führen. Aber wenn in den nahen Felsenburgen die Lords geschwächt wurden, stieß er auf sie nieder und unterwarf sie. Auf diese Weise gelangten zahlreiche Horste unter Shaitans Gebot.

Als die anderen dies erkannten, riefen sie einen Waffenstillstand aus und zogen als vereinte Streitmacht gegen ihn. Davon wurde Shaitan überrascht und fand sich alsbald in den oberen Stockwerken von Shaitanshöhe eingeschlossen. Die Flieger seiner Feinde besetzten seine Startrampen, er war von seinen Mitkämpfern abgeschnitten, und feindliche Krieger landeten auf seinem Dach und suchten nach ihm!

Er wurde aus einem Fenster gedrängt und auf dem höchsten Sims in die Enge getrieben. Flieger schossen heran, um ihn hinabzustoßen. Er verwandelte das formbare Fleisch seiner Hände in große Saugnäpfe, mit denen er sich an der Steilwand des Turmes festhielt, und kletterte hinab, um sich eine sichere Zuflucht zu suchen. Aber ein Krieger, der neben ihm gegen die Wand prallte, ließ ihn den Halt verlieren. Mit Hilfe seines großen Willens – gepaart mit der Unbeugsamkeit seines Vampirschmarotzers, der es nicht wagte, ihn durch einen solch verheerenden Fall zerschellen zu lassen – streckte Shaitan sein Fleisch zu einer dünnen Flugmembran und stieß in einer Art Gleiten auf die Erde hinab. Zwar stürzte er schwer, aber seine Verletzungen waren leicht.

In der Zwischenzeit hatten sich seine Truppen unter seinen Offizieren neu formiert, und Shaitanshöhe wurde nicht eingenommen.

Somit war Shaitan der erste Wamphyri, der aus eigener Kraft flog – was ihm kaum sonderbar schien, da er doch meinte, er habe diese Fähigkeit einst irgendwo, irgendwann schon einmal besessen ...

Einhundert Jahre währten die Turmkriege. Menschen und Monster wurden im Kampf geboren und starben darin. Das Erschaffen von Fliegern und Kriegerkreaturen entwickelte sich zu einer Kunst, und die Zahl der Wamphyri verringerte sich im Gestank und Gebrodel geistlosen Dahinschlachtens. Dies war die Zeit, in der die Szgany der Sonnseite vom Abgrund zurücktraten und wieder Atem holten, ihr Leben und die Reste ihrer Gesellschaft neu errichteten. Nur sollte das nicht von Dauer sein.

Denn Shaitan war nun der unbestrittene Herrscher der Vampire, der oberste Richter, vor den die niedrigeren Wamphyri-Lords ihre Streitigkeiten brachten, damit er seinen Schiedsspruch fällte. Und als der Kampfeslärm erstarb, war auch die Zeit der barmherzig seltenen Überfälle auf die Sonnseite vorüber, und der Albtraum begann von neuem, und zwar schlimmer als zuvor. Denn die Wamphyri mussten sich jetzt um Vorräte für ihre verwüsteten und erschöpften Horste kümmern, deren Nährstoffe sich auf der Sonnseite tummelten.

So ging es weitere sechzig Jahre lang: dreitausend Sonnunter des Grauens und des Elends, in denen Shaitan Jagdscheine vergab und sich seinen Zehnten von dem zitternden Fleisch holte, das die anderen zurückbrachten. Doch in diesen sechzig Jahren erstarkte auch das Ei in Shaithar Shaitansohn, der einst Turgo Zolte gewesen war, und machte ihn zu einem wahrhaft kundigen Vampir. Shaithar war stark, ebenso wie seine Söhne Zol Zoltesohn und Turgo Zahnbrecher. Und sie alle hassten Shaitan mehr als sonst jemanden auf der Welt.

Das wusste der Fürst der Vampire, denn er hatte in jedem Horst seine Spitzel. Als der Aufstand endlich losbrach, stand er bereit und schlug ihn ohne nennenswerte Verluste nieder. Darauf stellte er Shaithar mit seinen Söhnen und Offizieren vor Gericht und verbannte sie nach Norden in die Eislande – all jene, die von seinem Ei abstammten.

Man gestattete ihnen natürlich, Flieger und die eine oder andere Dienerin mitzunehmen, aber sie erhielten weder Vorräte noch Ersatztiere oder auch nur einen einzigen Krieger. Also flogen sie los gen Norden, behielten diese Richtung für eine gewisse Zeit bei – und schwenkten dann nach Osten, um dem Grat des Grenzgebirges in unbekannte Länder zu folgen. Shaitans Fledermausvertraute brachten ihm die Kunde von dieser Täuschung, aber sie überraschte ihn nicht sonderlich. Denn er hatte sie vorhergesehen.

Und er sagte sich: *Ach, Turgo Zolte, welch ein Sohn hättest du sein können! Gemeinsam hätten wir die gesamte Welt ausplündern können, du und ich! Aber ich habe bereits Schwäche gezeigt, als ich dich nur verbannte, da ich dich doch hätte töten sollen, und jetzt weiß ich, dass du sterben* musst. *Sonst kehrst du eines Tages zurück, um mir mit deinen Ränken das Leben schwer zu machen. Nun, sei's drum ...*

Noch während er dies dachte, stiegen seine Krieger bereits auf und rasten durch den nächtlichen Himmel der Sternseite ihrer Beute entgegen, Shaithar und seinen Ausgestoßenen, die Richtung Osten flogen.

Mit seinen Geistesklauen griff Shaitan nach seinen Ungeheuern und befahl ihnen: *Vernichtet sie bis auf den letzten Mann!*

Auf dem Flug nach Osten war der verbannte und ausgestoßene Shaithar wieder zu Turgo Zolte geworden. Oh ja, er war ein Wamphyri, aber so weit er feststellen konnte, waren seine Absichten von Menschlichkeit geprägt. Nur schade, dass es auf der Sternseite keinen Platz für Menschlichkeit gab.

Sein Plan war einfach: Er wollte für seine kleine Gruppe eine neue Heimat im Osten finden, weit hinter der Großen Roten Wüste, die dort liegen sollte. Vielleicht konnte aus dem, was aus ihnen geworden war, noch ein Rest ihrer alten Menschlichkeit zurückgewonnen werden. Vielleicht konnten sie zu einer neuen Lebensweise finden.

Turgo hatte es nicht eilig. Seine Flieger waren schon beladen genug, er wollte sie nicht auch noch erschöpfen, indem er sie hetzte. Wieso auch? Damit die Tiere in der Großen Roten Wüste abstürzten und sie zu Fuß weiterstolpern mussten, bis die Sonne aufging und sie zu Teer verbrannte? Lieber wollte er die Flieger so hoch führen, wie sie zu fliegen vermochten, um sie dann auf den Aufwinden gleiten zu lassen, damit sie so ihre Kräfte schonten. So geschah es auch.

Shaitans Krieger rückten näher, waren aber noch weit entfernt. Sie sahen, wie die kleine Gruppe von Fliegern vor ihnen in weiten Kreisen zu den Sternen aufstieg, und mussten ihnen folgen. Ihre Stoßdüsen wummerten, ihre Gasbeutel blähten sich auf, und sie spreizten die Flughäute, um den Auftrieb zu verstärken. Flieger waren jedoch zum Fliegen geschaffen, die Krieger dagegen zum Kämpfen. Für eine lange Verfolgungsjagd fehlte ihnen die Ausdauer. Shaitan musste sie opfern. *Kehrt nicht zurück, vernichtet sie ganz und gar,* lautete sein letzter Befehl, der bereits aus einer solchen Entfernung kam, dass er sie kaum erreichte. Doch sie vernahmen ihn.

Turgos Gruppe flog weiter, glitt mit dem Wind davon ... Doch jetzt entdeckten sie hinter sich die Instrumente von Shaitans Zorn. Sie spornten ihre Flieger zu größerer Anstrengung an und rasten über die Große Rote Wüste. Die Krieger verfolgten sie weiter und holten allmählich auf. Im Süden gab es keine Berge mehr, nur noch Ebenen mit rostrotem Sand, hinter dem schon die ersten Sonnenstrahlen in den Himmel stachen! Bald war Sonnauf!

Der goldene Fächer neigte sich über den Rand der Welt, und Turgo musste tiefer und immer tiefer fliegen, um den tödlichen Strahlen zu entgehen. Seine Kreaturen waren erschöpft, ihre Kräfte verausgabt – was auch auf Shaitans Krieger zutraf, nur wurden diese lediglich von einem einzigen Ziel beherrscht, einer einzigen Aufgabe. Sie brauchten sich nicht zu schonen: Denn dies war ihr letzter Einsatz!

Dann entdeckte Turgo hinter der Großen Roten Wüste eine weitere Gebirgskette, in deren Nordseite tiefe Einschnitte und Schluchten klafften, wohin kein Sonnenlicht je scheinen konnte. *Dort!*, rief sein Geist seinen Leuten zu. *Im Sonnenschatten der Berge. Erbaut dort eure Horste.*

An seinem Tonfall erkannten sie jedoch, dass er sie nicht begleiten würde. *Und was ist mit dir?*

Mein Flieger ist am Ende, sagte er ihnen. *Außerdem ... will ich nicht länger fortlaufen. Jetzt macht, dass ihr wegkommt!*

Shaitans Krieger hatten sie beinahe eingeholt. Während Turgos Leute auf die Schatten der Berge zurasten, wendete er sein Tier, schoss geradewegs zwischen seinen Verfolgern hindurch, zog die Zügel an und stieg zu den verblassenden Sternen auf – hinein in das blendende Sonnenlicht! Die Krieger folgten ihm auf dem Fuße!

Ihr Vampirgewebe war sehr stark, denn es stammte von Shaitan selbst – und war deshalb auch ihre größte Schwäche! Das Sonnenlicht wirkte umso stärker auf sie ein, grub ihnen Krater in die Haut und ließ ihr Fleisch verdampfen. Alle stürzten ab, als ihre Haut runzlig wurde und ihre Gasblasen platzten – alle bis auf einen.

Turgo wurde ebenfalls verbrannt und mit Blasen übersät, bis er es schließlich nicht mehr ertragen konnte und sein fauchendes Tier in einen Sturzflug in den Schatten des Gebirges zog.

Zu spät – er war blind geworden! *Fliege weiter,* befahl er seinem Tier. *Nach Osten, so weit und so schnell es geht.* Denn er wusste, dass noch ein Krieger am Leben war. Er spürte, wie dessen winziger bestialischer Verstand sich ausschließlich mit seiner Vernichtung befasste, und er wollte ihn von seinem, Turgos Volk, fortlocken.

Das tat er dreißig weitere Meilen lang. Er lockte den Krieger an einen Ort, an dem Nebelschwaden, angezogen von der aufgehenden Sonne, aus dem Boden stiegen, wo die Berge wieder zu Sümpfen und Treibsand zerfielen. Dort holte ihn Shaitans Krieger schließlich ein und riss ihn und seinen Flieger in Stücke. Turgo Zolte, sein Flugtier und die Kampfbestie hauchten ihr Leben aus und stürzten ins Sumpfland.

Turgos Flucht aus den Felstürmen der Wamphyri hatte lange, sehr lange gedauert, doch er gehörte der Linie Shaitans an und trug einen Parasiten in sich, der aus Shaitans Ei gewachsen war. Als Turgo starb, wusste Shaitan sofort Bescheid. Er seufzte einmal ... und vergaß ihn.

Doch als Turgos zerfetzte Leiche im klebrigen Boden des Ostsumpfes verrottete, sammelten sich Gase in seinem Gewebe, und der Kadaver stieg wieder an die Oberfläche. In Schilf und Schlamm sprossen schwarze Pilze in seinem Fleisch, und als sie reiften, quollen Sporenwolken aus ihren Lamellen.

Denn Vampire sind zäh ...

TEIL DREI
IN DER GEGENWART

ERSTES KAPITEL

»So war es damals«, intonierte der Historikerknecht Karz Biteri. Dem Ende seiner Lehrstunde, da er dieses jüngste Tributgesinde zur Zuteilung ... oder zu etwas anderem ... weiterreichen konnte, sah er freudig entgegen. »Es war das Ende für Turgo Zolte, genannt Shaithar, aber es war auch der Anfang für Turgosheim und die Epoche einer neuen Herrschaft der Wamphyri. In seinem Sitz weit im Westen hegte Shaitan vielleicht gewisse Zweifel, was den Fortbestand von Turgos Volk betraf, aber bequemerweise ging er davon aus, dass sie zusammen mit ihrem Anführer umgekommen waren. Außerdem hatte er in seinem unmittelbaren Umfeld zahlreiche Probleme, mit denen er sich befassen musste. Letzteres ist ebenfalls eine Annahme, aber wir verfügen über die schriftlich niedergelegten Worte des Seherfürsten Mendula Weitblick, die diese Theorie unterstützen, und aus diesem Grunde bleibt sie gültig.

Mendula Zolsohn – besser bekannt als Weitblick und später als ›der Krüppel‹ – war in jener Zeit vor mehr als zweitausend Jahren ein Wamphyri. Tatsächlich war er der erste Blutsohn vom Blutsohn des Turgo Zolte persönlich! In Mendula waren die geheimen Künste sehr stark; seine Mutter war ein Szgany-Weib, dessen Begabung sich in dreifacher Stärke im Sohn zeigte. Und Mendula hatte die Macht, auf weite Entfernung Gedanken zu lesen und Bilder von fernen Orten zu erkennen. In dieser Hinsicht war er dem Lord Maglore von Runenstatt unserer Tage nicht unähnlich, der selbst ein mächtiger Gedankendieb und Seher ist. Aber ... ich darf nicht abschweifen.

In jungen Jahren zog Mendula sich eine verkrüppelnde Knochenkrankheit zu, die ihm die Gelenke verbog, seine Gestalt krümmte und ihn für Jagd oder Kampf unbrauchbar machte. Daher wandte er seinen Verstand der Gelehrsamkeit zu, anstatt ihn auf körperliche Tätigkeiten zu verwenden. Mendula war so erpicht darauf, die Geschichte sämtlicher Wamphyri aufzudecken und aufzuzeichnen, dass er sogar eine Schrift erfand, um sie festzuhalten. Ohne diese müssten die gegenwärtigen Lords von Turgosheim sich auf allerlei Sagen, kaum erinnerte Mythen und mündliche Überlieferungen verlassen, die vom Vater an den Sohn weitergegeben wurden. Und die Lords wären die Ersten, die einräumen würden, dass sie für dergleichen nicht viel übrig haben. Auch zur Schriftdeutung neigen sie nicht sonderlich, und das ist mein Glück ...

So klug er auch war, machte seine Verwachsung Weitblick, den Krüppel, doch unbeholfen und verwundbar. Aber er war sicher vor den Hänseleien anderer, weil er in Vladstatt lebte, dem Haus seines jüngeren Bruders, der Mendulas Rat in allen Dingen schätzte. Den größten Teil seines Lebens verbrachte er damit, an seinen bereits erwähnten Geschichtswerken zu arbeiten. Außerdem betrieb er geistige Spitzeldienste für seinen Bruder und richtete seinen Seherblick auf das finstere Westgebirge, wo die alten Wamphyri in den Felstürmen der Sternseite ihre Horste errichtet hatten. Und so war Vlad Zolson Mendulas Bruder und Beschützer.

Das bringt uns fast zum Ende der Frühgeschichte, denn als Mendula starb, gab es niemanden mehr, der die Wamphyri im Westen ausspähen und ihre Taten verzeichnen konnte. Aber es gab immer wieder Lords, die sich für Mendulas Schriften interessierten. Dadurch wurde eine gewisse Beherrschung seiner Schriftzeichen weitergegeben. Und beizeiten wurde dieses Wissen auch an mich übermittelt, so dass ich nunmehr als Historiker walte.

Was die Geschichte von Turgosheim betrifft, so darf ich sagen, dass ich sie in Weitblicks eigener Schrift aus ungenannten Sagen und den wenigen Bruchstücken der Bildgobelins und Häute verfasse, die die Zeit bis heute überstanden haben. Es ist meine Aufgabe, euch weiterhin in diesen uralten Dingen zu unterweisen – jene von euch, denen das Schicksal ... gütig genug ... gesonnen ist, dass sie sich einen Platz im Dienst der Lords erringen.«

Karz Biteri hielt kurz inne, um die Gesichter seiner Tributantenklasse zu überfliegen. Er sah sie als verschwommenes Bild aus sonnengebräunter Haut und dunklen Szgany-Augen und versuchte, sie *nicht* im Gedächtnis zu behalten. Oh nein, denn er wusste, dass er einige dieser Gesichter nie wieder sehen würde. Allerdings konnte man in gewisser Hinsicht behaupten, dass jene dann Glück gehabt hätten ...

Der Historiker befeuchtete sich die Lippen, die plötzlich trocken geworden waren, zwinkerte rasch ein paarmal und überflog erneut ihre Gesichter. Sie waren alle so jung, so stark! Bislang jedenfalls. Doch ... besser, nicht darüber nachzudenken.

»Jetzt jedoch ...«, fuhr er fort und brachte es irgendwie fertig, seine Stimme nicht beben zu lassen, seine Worte nicht hervorzusprudeln, »... müssen wir uns wieder mit Shaitan befassen:

Nun, Shaitans Machtgier, seine Gier, seine Misswaltungen und – obgleich er sich als selbst ernannter Richter aufspielte – seine ungerechten Urteile nahmen überhand. Wie ein Mann standen die anderen gegen ihn auf, und er wurde überwältigt. Einige schlugen vor, er solle das Tor durchschreiten. Andere beharrten darauf, dass er unter dem Grenzgebirge eingemauert oder auf der Felsebene vergraben werden sollte, um dort bei lebendigem Leib zu versteinern. Irgendwie schaffte er es – ganz in der alten, glattzüngigen Manier – sie davon zu überzeugen, die geringste seiner eigenen Strafen über ihn zu verhängen, und er wurde ins Nordland verbannt.

Außerdem verstießen sie einen seiner Günstlinge, einen gewissen Kehrl Lugoz, der mit ihm ging. Als diese beiden aber erst einmal aus dem Weg geräumt waren, zerbröckelte die Einheit der Wamphyri rasch. Sie verfielen wieder in Feudalismus, Fehden, Inzucht und zogen sich in die Abgeschiedenheit ihrer Burggemeinschaften zurück. Von jener Zeit an bis auf den heutigen Tag hat zwischen ihnen eine solche Feindschaft bestanden, dass keiner versucht oder auch nur die Zeit gehabt hat, ihr Reich über seine althergebrachten Grenzen hinweg zu erweitern. Sie wissen noch nicht einmal, dass wir hier sind. Aber ...

... zumindest haben wir Grund zu der Annahme, dass sie nicht mehr dort sind! Seit Maglore der Magier vor achtzig Jahren die Herrschaft über Runenstatt übernahm« – er sagte nicht ›Jahre‹, sondern sprach von ›viertausend Sonnuntern‹ – »hat er wie einst Weitblick auf seine eigene Art und Weise geschaut und gelauscht. Vor achtzehn Jahren berichtete er von einem gewaltigen Krieg. Der

Grund dafür war nicht ganz klar, aber offenbar wurden die alten Wamphyri dadurch fast völlig ausgelöscht! Dann, vor vierzehn Jahren, erstrahlte ein grelles, weißes Licht weit im Westen am Himmel. Donner rollte über das Land und kündigte schwarzen, warmen Regen an, und die empfänglicheren unter den Lords von Turgosheim meldeten, sie hätten gespürt, dass der Boden unter ihren Füßen bebte.

Seither, von jener Zeit bis heute ... nichts! Lord Maglore hat eine Theorie aufgestellt: Ein mächtiger Zauberer, der ihren Krieg überlebt hatte, beschwor ein solches UNHEIL auf sie herab, dass niemand davonkam. Vielleicht hat er Recht, aber unter den jungen Lords gibt es einige Hitzköpfe, die seine Theorie gerne auf die Probe stellen wollen. Sie sagen: ›Wenn noch eine Hand voll der alten Wamphyri lebt, dann sollen sie für die Verbrechen ihrer Vorfahren bezahlen!‹ Außerdem sagen sie: ›Einst wurden wir vertrieben, doch jetzt umhüllt der Handschuh die andere Faust! Wir sind in der Überzahl, und sie wissen nicht einmal, dass es uns gibt! Wir werden über sie kommen wie der Regen, der den Flugsand niederdrückt – ein für alle Mal! Denn jetzt ist unsere Zeit angebrochen! Die Zeit, da wir heimkehren zur Sternseite und den prächtigen Horsten der Wamphyri!‹

Oh ja, denn Turgosheim engt diese jungen Lords ein. Sie sind unruhig und dürsten danach, sich nach angemesseneren Stätten auszubreiten und selbst einen Horst ihr Eigen zu nennen. Sie spüren ihre wachsende Kraft, wollen sich untereinander messen, und jeden Tag üben sie sich im Kampf und lassen ihre Muskeln spielen. Für den Moment ist all dies Handschuhrasseln auf Worte beschränkt, aber wenn sie nicht bald ausziehen können, um Krieg zu führen, wer kann dann garantieren, dass sie ihn nicht hier austragen? Es wäre nicht das erste Mal – oder auch nur das zehnte, dass Turgosheim sich im Bruderkrieg zerfleischt!«

Karz Biteris Stimme war zu einem rauen Flüstern geworden. Das Thema hatte ihn gepackt, und nun war er nicht mehr nur der Historiker, sondern ein Kommentator zeitgenössischer Ereignisse, was im günstigsten Fall eine gefährliche Beschäftigung war, und zwar umso mehr, wenn ein Knecht ihr nachging. Dennoch verlieh er nicht seinen eigenen Befürchtungen Ausdruck, sondern gab die seines Herrn Maglore von Runenstatt wieder, der seinerseits zum Grübeln neigte und dies zudem oft mit lauter Stimme tat.

»Man sagt«, fuhr Biteri fort, »dass in den geheimen Höhlen der großen Stätten ...« Er hielt inne, sah sich nervös um und sagte warnend: »Wohlgemerkt, das ist nur ein Gerücht, das nicht wiederholt werden darf! In den Bottichen sollen sich plärrende Kreaturen regen, die für den Luftkampf entworfen sind! Scheußlichkeiten, verboten seit jener Zeit, als Shaitans Bestie Turgo Zolte im Sumpfland abschlachtete, an jenem Tag, da sein Volk aus dem Westen floh, um sich ein Heim zu erschaffen, hier in den ... in den ...«

Abermals stockte er und schaute erneut erschrocken um sich. War jemand unbemerkt in den Raum gekommen? Plötzlich schien es trotz der zahlreichen gleißenden Gasflammen viel finsterer zu sein. Aber es kam einem *immer* finsterer vor, wenn ein Lord zugegen war.

Karz Biteri schluckte, und seine trockene Kehle krampfte sich wie eine geballte Faust zusammen. Doch irgendwie krächzte er die letzten Worte hervor: »Ein Heim – hier in ... in den dunklen Klüften und Schluchten.«

Und als der Widerhall seiner Worte erstarb, machte der unsichtbare Eindringling – kein Er, *eine Sie* – sich bemerkbar und glitt aus den Schatten hervor. Als er sie erblickte und erkannte, schluckte Karz noch heftiger und fiel auf die Knie. »Meine ... meine Lady!«

Dies spielte sich an einer öffentlichen Stätte in den unteren Stockwerken ab, die für angehende Offiziere, Knechtspfleger, Stättenwartungspersonal, Bestienpfleger, Brauer und andere besonders befähigte Knechte wie Karz Biteri vorgesehen waren. Die weitläufige Anlage war von kleineren Höhlenabzweigungen durchzogen und erhob sich über der östlichen Sternseite und den sonnenlosen, lebensfeindlichen Eislanden. Zu dieser Stunde hielten sich in diesen Bereichen für gewöhnlich keine Lords oder Ladys auf. Hier gab es für sie wenig von Interesse; davon jedenfalls war Karz Biteri stets ausgegangen. So kurz vor Sonnauf zogen sie es vor, sich in ihren eigenen Gemächern aufzuhalten, wenngleich die Sonne ihnen in den Tiefen von Turgosheim nichts anhaben konnte. Hier und jetzt war die Anwesenheit der Lady Wratha jedoch der lebende oder auch untote Beweis für die Unberechenbarkeit der Wamphyri.

Wratha, die Auferstandene: Sie war wie ein Sonnenstrahl auf einem düsteren Edelstein. Zumindest trat sie in dieser Gestalt auf. Biteri wusste allerdings, dass sie zu anderen Zeiten weit eher etwas ähnelte, das aus den Tiefen der Hölle aufgestiegen war! Denn war sie nicht wahrhaftig aus der Hölle oder ihrem Randgebiet emporgestiegen – dieses ehemalige Szgany-Mädchen, das jetzt eine mächtige Lady der Wamphyri war?

Sie legte eine Hand auf seinen geneigten, erkahlenden Kopf, und ihr Parfüm umwehte ihn mit seinem süßlichen Duft.

»Erhebe dich, Historiker«, hauchte sie. »Wahrlich, ist dies nicht ein Ort der Freizügigkeit? Ihr habt doch jedes Recht, euch hier aufzuhalten, du und dein Tributgesinde. Ich kam lediglich auf meinem Weg durch die Stockwerke zur Wrathhöhe hier vorbei und hörte einige deiner Worte, als du diese .... jungen Leute unterrichtet hast.«

Sie zog ihn beiseite, und er wedelte mit den Händen und sagte: »Einige meiner ... meiner Worte, Lady? Aber es lag nicht in meiner Absicht, Unruhe zu stiften. Ich habe lediglich dem Befehl meines Lords Maglore gehorcht und die geringen geschichtlichen Kenntnisse weitergegeben, über die wir verfügen. Das ist Teil der Einführung und ...«

»Das weiß ich.« Ihr Blick ließ ihn verstummen. »Doch mir war, als hätte ich eher etwas Gegenwärtiges vernommen, als etwas aus der Vergangenheit, und ich wunderte mich über die Anmaßung eines Knechtes, über die Angelegenheiten seiner Herren zu mutmaßen.«

»Meine Lady.« Wieder fiel Biteri auf die Knie, was beinahe schon einem Zusammenbruch glich. »Wenn ich ... gefehlt habe ...?«

»Hoch mit dir!«, zischte sie und zerrte ihn fast auf die Beine. »Vielleicht hast du gefehlt. Doch wenn das der Fall ist ... nun, du bist nicht mein Knecht, und dich zu bestrafen, ist nicht meine Sache. Bisher habe ich keinen Grund, das zu wiederholen, was ich gehört habe.« Sie starrte ihn an, und ihre großen Augen öffneten sich noch etwas weiter. In ihnen brannte eine fast körperlich spürbare Glut, die sonst von dem geschnitzten Knochenreif auf ihrer

Stirn und den kleinen, kreisförmigen Plättchen aus dunkelblauem Vulkanglas, die vor ihren muschelgleichen Ohren an den Schläfen befestigt waren, gedämpft wurde. Aber wenn sie die Türen zu der Hitze in ihrem Blick öffnete, wie sie es jetzt tat ... Sie sah den kalten Schweiß auf Biteris Stirn, die pochende Ader an seinem Hals, und fragte: »Fürchtest du mich, Historiker?«

»Ich bin nur ein Knecht«, gab er automatisch zur Antwort, die tatsächlich die einzige vollkommen sichere war. »Hier in Turgosheim herrschen die Wamphyri. Wenn ich etwas Falsches tue oder denke, sterbe ich vielleicht oder mir geschieht Schlimmeres! Daher fürchte ich niemanden außer mir selbst, denn meine Handlungen bestimmen die Art meines Daseins. Ich wiederhole: In Turgosheim herrschen die Lords und – natürlich – die Ladys.«

»Nur in Turgosheim?«

»Und in der ganzen Welt«, ergänzte er hastig, »wenn die Sonne untergegangen ist und die Schatten sich ausbreiten. Und was mich betrifft: Die Dinge sind, wie sie sind, und es obliegt mir, zu gehorchen, nicht mich zu fürchten.«

»Dann gehorche mir jetzt«, befahl sie ihm mit leiser, sinnlicher, lebensgefährlicher Stimme, »und sprich nicht mehr über Kampfkreaturen, die in ihren Bottichen plärren. Ach, ich weiß, woher du dieses Geraune vernommen hast, das den Ängsten uralter Männer entspringt, deren Gelehrsamkeit sie ihre Manneslüste einbüßen ließ. Aber denke nicht mehr daran! Ach ja – solange du noch eigene Gedanken denken kannst!«

»Selbstverständlich, Lady, sehr wohl!«, gab er zur Antwort und folgte ihr, als sie zum Tributgesinde schritt.

Sie blieb stehen, nahm seinen Arm, als seien sie schon ihr Leben lang befreundet, und sagte: »Wusstest du eigentlich, Historiker, dass, so wie Maglore dich besitzt, auch ich einst einen vertrauten Knecht hatte? Nun ja, ich hatte derer viele, das ist wahr, aber jener war etwas ... Besonderes. Kein harter, stacheliger Offizier, sondern ein weichhäutiger Singvogel von der Sonnseite. Oh ja, er badete mich und sang mir Lieder vor! Doch leider reichten ihm die vielen Vertraulichkeiten, die ich ihm gewährte, nicht aus. Er wollte sich zu meinem Gatten aufschwingen und als Ebenbürtiger über Wrathspitze herrschen! Denn er war ein starker, hübscher, junger Mann, und schließlich war ich doch nur eine Frau, nicht wahr?«

Sie ließ seinen Arm los, und plötzlich war ihre Stimme kalt wie Eis. »Nun, dieser Tage singt er nicht mehr viel, allerdings muss ich einräumen, dass er ab und zu grunzt. Denn wenn ich nunmehr zu Bett gehe, hütet das meiste seiner warzigen Haut meine Türschwelle, und der Rest seines Gehirns windet sich unter der Peitsche meiner Gedanken!«

Karz erschauerte innerlich, als ihm einfiel, was er über den Hüter von Wrathas Schlafgemach gehört hatte – dass er nämlich einst ein hübscher Szgany-Knecht gewesen sein sollte, dessen Ehrgeiz größer als sein Glied gewesen war. Außerdem fiel ihm ein altes Sprichwort des Knechtvolkes ein: »Versuche nie, deinen Herrn zu verführen, weder durch Worte, noch durch Taten. Denke daran, dass die Verführung die erste und geringste *seiner* Künste war!«

Aber Wrathas Stimme klang wieder unbeschwert, als sie befahl: »Und jetzt musst du mir diese hübschen Tributjünglinge frisch von der Sonnseite zeigen.«

Das konnte der Historiker ihr nicht abschlagen. Ihr Vorschlag verstieß gegen die allgemeinen Regeln, aber sie hatte ihn dabei erwischt, wie er einen nicht ganz regelrechten Unterricht abhielt, und hatte ihn so in der Hand. Jetzt wollte sie gleichermaßen regelwidrig das Tributgesinde in Augenschein nehmen – nun gut, was konnte er dagegen tun? Nichts, nur beiseite treten, als sie lächelnd wie ein junges Mädchen unter sie trat, die Lady Wratha, vor fünfundneunzig Jahren tot und begraben, doch seit jener Zeit untot.

Als sie ihren Blick von ihm nahm, wunderte Karz sich aufs Neue über diese Absonderlichkeit. Er war fünfundvierzig Jahre alt und sah aus wie siebzig, während sie über hundert Jahre zählte, aber wie eine Zwanzigjährige aussah – jedenfalls im Augenblick. Er wusste, dass ihr Vampir ihr wandelbares Fleisch in die ihr genehme Gestalt formte und sie so frisch und prall wie das Leben selbst machte. Doch wenn man sie in Zorn versetzte, reagierte das Wesen in ihr sogleich darauf und bewirkte eine Verwandlung, die selbst die mächtigsten Lords unter allen Umständen zu vermeiden trachteten! Denn Wratha war kein einfaches Szgany-Mädchen, und es setzte den

Historiker in Erstaunen, dass sie das je gewesen war – *falls* sie es je gewesen war. Er dachte daran, was Maglore der Seher ihm über sie erzählt hatte: Wratha war eine Sonnseiterin gewesen, die mit ihrem Vater in einer kleinen Stammesgemeinschaft lebte. Der Sohn des Anführers hatte sie haben wollen, aber ihr Vater, der selbst ein starker Mann war, sagte, dass sie ihren Gatten selbst aussuchen dürfe. Da sie sowohl schön als auch eigensinnig war, traf sie keine Wahl, sondern verschmähte alle jungen Männer des Stammes gleichermaßen. Als ihr Vater starb, machte der Anführer ihr klar, dass ihre Wahlmöglichkeiten sich sehr eingeschränkt hatten. Entweder konnte sie die Frau seines Sohnes werden, oder aber sie wurde für den Tribut aufgestellt. So einfach war das.

Offenbar war es doch nicht so einfach, denn sie riss aus! Wutentbrannt und trotz der flehentlichen Bitten seines Sohnes setzte der Stammesführer sie auf die Tributliste. Wenn sie nicht zu seinem Sohn gehen wollte, dann sollte sie eben zu den Vampiren gehen.

Eine Zeit lang fristete sie ein wildes Dasein im Hügelland und schaffte es, der ersten Tributzahlung zu entgehen. Wie schon ihr Vater war auch sie ganz und gar gegen die Knechtschaft unter den Vampiren eingestellt und glaubte fest daran, dass man sie bekämpfen, vernichten, ja ihnen zur Sternseite des Gebirges folgen und sie in ihren Felsstätten erschlagen musste. Wahnsinn! Denn bei Sonnauf wurden die Krieger freigelassen, damit sie die Schluchten und Klüfte von Turgosheim durchstreiften und die Wamphyri vor Angriffen während ihrer verwundbarsten Zeit schützten. Und wie sollte man außerdem Menschen töten, die bereits tot waren?

Nun, es gab Mittel und Wege, aber bei den wenigen Gelegenheiten, zu denen sie erprobt worden waren – als Offiziere und rangniedrige Lords bei Sonnunter über das Gebirge gekommen waren, um den Tribut einzufordern, dabei in Hinterhalte gerieten und niedergemacht wurden – war die Vergeltung der Wamphyri stets rasch und gnadenlos über sie hereingebrochen. Von dem letzten ›Aufstand‹, der vor etwa vierzig Jahren stattgefunden hatte, sprach man noch heute an den Lagerfeuern, aber die aufständischen Helden gab es nicht mehr, ebenso wenig ihren Stamm, der bis auf den letzten Mann ausgemerzt worden war.

Die Geschichte selbst lieferte also bereits das stärkste Gegenargument.

Jedenfalls wurde Wratha gefangen genommen, eingesperrt und mit der Tortur bedroht – jedoch weder geschunden, noch anderweitig verletzt, denn einen solchen Tribut gab man nicht an die Wamphyri –, und schließlich wurde sie zur Abgabezeit den Eintreibern übergeben, die ihre Tributrunden durch die Stammesterritorien zogen. Aber während ihrer Gefangenschaft hatte sie es irgendwie geschafft, eine kleine Menge Kneblaschöl und ein Päckchen mit Silberspänen an sich zu bringen und verborgen zu halten ...

Damals pflegten die Eintreiber die meisten Tributanten zu Fuß gen Turgosheim zu treiben – eine Sitte, die sich bis zum heutigen Tag gehalten hatte. Besondere Fälle, wie schöne junge Frauen, gut gebaute Jünglinge, begabte Musiker und geschickte Metallarbeiter wurden auf Fliegern dorthin verfrachtet. Auf diese Weise blieben ihnen die mit einer Fußreise verbundenen kleineren Strapazen erspart, und sie wurden in einwandfreiem Zustand vorgeführt. Wratha wurde locker an den Händen gefesselt und auf den langen Sattel eines Fliegeroffiziers geschnallt. Im letzten Augenblick trat der Sohn des Anführers an sie heran, grinste höhnisch und warf ihr einen kleinen Beutel mit ihren Habseligkeiten zu.

Während des Fluges nach Turgosheim entledigte sie sich ihrer Handfesseln und begann, ihrem Häscher den Rücken zu massieren und ihm sinnliche Vorschläge ins Ohr zu raunen. Zwar war er für Höheres vorgesehen, aber noch kein Wamphyri. Er stammte von der Sonnseite, empfand den Verführungsversuch der jungen Szgany als angenehm und erhob keine Einwände, als Wratha ihn liebkoste und ihm süße Worte zuflüsterte ... und ihm dabei Kneblaschöl in den breiten Rücken massierte und ab und zu nach dem Griff des Eisenholzmessers tastete, das sie in dem Beutel jenes Mann, den sie einst verschmähte, entdeckt hatte.

Das Blut des Fliegeroffiziers war natürlich vampirisch verseucht. Er stand in Knechtschaft zu den Wamphyri im Allgemeinen und zu seinem Lord im Besonderen. Darin lag sein Untergang. Sein verseuchtes Blut ermöglichte es Wratha, ihn zu vergiften. Sie massierte ihm den Kneblasch tief in den Rücken, den Nacken, die Schultern, bis er zuerst ermüdete und ihm dann übel wurde und er im Sattel zu schwanken begann. Die Baumgrenze lag unter ihnen, und die dunklen Gipfel lockten, aber seine Hände zitterten an den Zügeln, und sein Leib war klamm vor kaltem Fieberschweiß.

»Du bist krank!«, sagte Wratha in gespielter Sorge. »Bring uns herunter, ehe wir abstürzen. Ich werde mich um dich kümmern, bis es dir wieder besser geht.«

Im Griff einer fürchterlichen Benommenheit folgte er Wrathas Vorschlag und lenkte seinen Flieger zu den Bäumen hinab. Doch tief im Innern argwöhnte er, dass sie hinter seinem schlechten Befinden stecke, und statt zu landen, straffte er sich, um sich gegen den schwächenden Einfluss zur Wehr zu setzen. Doch da brachte Wratha ihr Messer zum Einsatz und trieb es ihm bis ans Heft in den Rücken. Eigentlich hatte sie das Messer als Werkzeug der Barmherzigkeit erhalten, damit sie sich das Leben nehmen konnte. Aber das war nicht ihre Art. Tatsächlich war ihr das Leben noch nie so kostbar erschienen.

Sie riss das Messer im Rücken des Offiziers hin und her, bis er aufschrie und sich in Todespein krümmte. Als er im Sattel zur Seite sackte, stürzte Wratha ihn in die Tiefe. Er schlug zwischen den Kiefern auf, einen Moment später tat sein Flugtier es ihm gleich. Wratha blieb unverletzt, sprang aus dem Sattel und machte sich auf die Suche nach ihm. Sie fand ihn im Schatten der Bäume. Er war schwer verletzt und stöhnte, und sie warf ihm Silberspäne ins Gesicht, bis er sie einatmete. Während er keuchte und röchelte, stach sie immer wieder auf ihn ein: in die Augen, um ihn zu blenden, und ins Herz, um die Sache abzuschließen. Und schließlich machte sie sich daran, ihn zu zerlegen.

Doch in den Dämmerstunden vor Sonnauf bemerkte eine Patrouille aus Turgosheim den Schein ihres Feuers. Argwöhnische Fliegersoldaten kamen herbeigerauscht, um nachzusehen – und entdeckten Wratha, wie sie die Teile des Offiziers den Flammen übergab!

Man fing sie wieder ein – diesmal wurde sie bewusstlos geschlagen – und brachte sie schließlich doch mit dem restlichen

Tributgesinde zusammen. Im Unterschied zu den anderen, die unschuldig waren, hatte sie sich eines ›schändlichen‹ Verbrechens gegen die Lords der Sternseite schuldig gemacht und dadurch natürlich ihr Leben verwirkt. Es bestand kein Zweifel daran, wie ihr Schicksal aussehen oder wem die Hinrichtung übertragen werden sollte. Denn ihr Opfer hatte einen Bruder gehabt, der ebenfalls Offizier war ...

Die anderen Tributanten wurden aufgeteilt, aber Wratha wurde Radu Zackenknecht übergeben, der mit ihr umspringen durfte, wie es ihm beliebte, solange er sie am Ende tötete. Radu war der Bruder von Lathor, jenem Offizier, den sie getötet hatte. Aber er war auch der oberste Knecht von Karl dem Zacken und lebte in Zackenspitze. Karl war ein Fels von einem Mann, Wamphyri durch und durch, aber was ihm eine launische Natur an Körperkraft gewährt hatte, hatte sie ihm an Verstand genommen. Kurz gesagt, er war nicht allzu helle.

Radu führte die stolze und nackte Wratha vor seinen Lord Karl und zählte all die Dinge auf, die er ihr antun wollte, ehe sie den letzten Preis bezahlte. Die Liste war lang und ausführlich. Zuerst spendete Karl seinem Offizier Beifall, aber Wratha hatte seinen Blick eingefangen und ließ sich nicht von Radus Drohungen einschüchtern. Sie war eine atemberaubende Schönheit, mit Haaren, so schwarz wie die Nacht, und Augen von gleicher Farbe, mit Beinen, so lang wie die Sonnunterzeit, mit spitzen Brüsten und einem Hintern, so fest und rund wie ein Apfel.

Ihr Mund war erst recht entzückend: geschwungen wie die Feder einer Armbrust, schmollend und dahinter mit einer weichen Zunge versehen, so spitz wie ein Pfeil, deren Stich ... Karl vielleicht nicht missfiel. Die dunkle Zigeunerschönheit reckte ihm ihre Brüste entgegen, und Lust stieg in ihm auf.

Radu erkannte die Absicht des Mädchens, unterbrach die Aufzählung seiner geplanten Foltern und schlug die junge Frau zu Boden. Sie schrie auf und fiel gegen Karl auf seinem Thron, umklammerte seine Beine und presste ihre Brüste dagegen. Und als sie seinen Schutz erflehte, stürzte Radu schon vor. Doch Lord Karl von Zackenspitze hob eine Hand ... und diese einfache Geste reichte völlig aus. Da beging Radu, der seine Felle davonschwimmen sah, einen Fehler, der ihn leicht das Leben kosten konnte. »Sie gehört mir!«, knurrte er. »Sie wurde mir übergeben!«

»Oh ja«, sagte Karl und nickte. »So wie du mir gehörst und mir übergeben wurdest. Aber mit deinen hitzigen Worten – was du alles mit ihr anstellen willst – hast du meine Säfte in Wallung versetzt, und ich will sie zuerst ausprobieren. Sage mir also: Erhebst du irgendwelche Einwände?« Während er sprach, hielt Wratha seine Schenkel umklammert und sagte:

»Rette mich, Lord! Rette mich! Ich habe seinen Bruder umgebracht, weil er mich genommen hätte; deshalb ließ er auch seinen Flieger in den Hügeln aufsetzen. Aber soll ich denn an bloße Knechte übergeben werden, derweil der Größte der Wamphyri-Lords leer ausgeht?«

Radu riss sich zusammen. Blut stand im Blick seines Lords, und ein kleiner Speichelfleck hatte sich in seinem Mundwinkel gesammelt. Zwar war Karl ein großer Narr und leicht zu lenken, wenn er mit der Welt im Reinen war, aber wenn seine Laune sich dem Zorn zuneigte ... dann übernahm sein Vampir das Ruder. Ihn jetzt zu erzürnen, war keine gute Idee. Also sagte er: »Erhebe ich Einwände? Nein, natürlich nicht, Lord – nur den, dass sie deiner nicht würdig ist! Doch wenn es dich erheitert, nimm sie allemal zuerst und unterweise sie in unseren Gebräuchen. Denn welch besseren Lehrer könnte sie schon haben?«

»Ganz genau«, knurrte Karl. Damit war die Sache erledigt.

Anschließend ... nahm Lord Karl sich reichlich Zeit, Wratha ›auszuprobieren‹, und verliebte sich dabei in sie. Schließlich ließ sie sich von ihm vampirisieren, was unvermeidlich war: Durch die Küsse und Umarmungen und jene anderen Handlungen, mit denen sie ihn unterhielt und umgarnte, gelangte sie mit seinen Körperflüssigkeiten in Berührung. Allerdings begab sie sich nur insoweit in seine Knechtschaft, als sie ohne ihn verloren gewesen wäre. Weiter unterwarf sie sich ihm nicht. Ihr Wille war stark, und der seine im Vergleich zu ihrem so schwach. Als Karls Geliebte blieb ihr Leben verschont – vorerst. Diese Schonfrist musste sie nutzen.

Nun wusste Karl, dass er Wratha letztendlich an Radu übergeben musste, oder wenn schon nicht ›musste‹, dann doch ›sollte‹. Sie war rechtmäßig zum Tod durch Radus Hand verurteilt worden, und wenn Karl die Dinge zu lange hinausschob, konnte er vor den anderen Wamphyri nur das Gesicht verlieren. Er befand sich gewissermaßen in einer Zwickmühle, denn er war einer Sklavin hörig. Unterdessen flehte Wratha ihn an, dass sie alles tun wolle, um ihrem Schicksal zu entgehen, wenn Karl ihr nur einen Ausweg gewährte. Sie wollte nicht sterben, sondern stattdessen ewig leben ... natürlich mit Karl in Zackenspitze.

Ihre Zeit kam eines Nachts, als sie in seinen Armen eingeschlafen war und zuvor geschluchzt hatte, wie sehr sie ihn liebe und dass sie immer bei ihm bleiben wolle. Karl beschloss, dass dem so sein sollte. Während sie schlief, leerte er sie bis auf den letzten Blutstropfen, bis sie in Bewusstlosigkeit versank und schließlich starb. Er bahrte sie in seinem Privatgemach auf, kreuzte ihr die Arme über der Brust und rief dann Radu zu sich, damit dieser sehen sollte, was er getan hatte. »Da«, sagte er. »Das Urteil ist vollstreckt. Wen schert es, wer sie getötet hat und auf welche Weise? Sie ist tot. Bald wird sie untot sein und mir gehören. Sie braucht dich also nicht mehr zu kümmern.« In seiner Torheit sah er das Funkeln in Radus Augen nicht, und auch nicht den Zorn, den sein höchster Offizier nur mühsam bezähmte.

Denn Radu war kein Narr; er hatte Wrathas Willensstärke selbst gesehen, ihre Zähigkeit, ihre Lebenslust. Zwar war sie für den Augenblick tot, doch sobald – falls – sie wieder auferstand, würde sie umso stärker sein. Und für sie beide gab es keinen Platz in den Diensten des Lords Karl von Zackenspitze. Daher ...

Als Karl unterwegs war, um sich um seine Angelegenheiten zu kümmern, brachte Radu Wratha an einen geheimen Ort, weit weg von den Felstürmen und -stätten, und bereitete eine Kammer für sie vor. Diese Kammer war eine Nische am Ende einer langen, dunklen Höhle, die er mit vielen Tonnen Felsgestein vermauerte; mit seiner wütenden Kraft brachte er sogar den Eingang zum Einsturz. So wurde das Urteil schließlich doch vollstreckt, und Radu war zufrieden.

Als Karl später nach Zackenspitze zurückkehrte und Wrathas

Zimmer leer vorfand, wütete er eine Zeit lang. Radu konnte nur die Achseln zucken und ahnungslos dreinschauen. Ein Flieger fehlte: Offenbar war Wratha erwacht, hatte das Tier gestohlen und war davongeflogen. Vielleicht konnten sie sie aufspüren? Radu, Karl und zwei rangniedrige Offiziere versuchten es – erfolglos. Als Sonnauf nahte, kehrten sie zur Zackenspitze zurück. Möglicherweise hatte Wratha versucht, sich zur Sonnseite durchzuschlagen. Nun ja, schade drum. Mittlerweile schmolz die Sonne sie wahrscheinlich gerade zusammen.

In Wirklichkeit jedoch ließ sie nur das arme Flugtier schmelzen, dem Radu befohlen hatte, so weit nach Süden zu fliegen, wie es nur konnte. Und so kehrte wieder Ruhe in Zackenspitze ein, während in einer zugemauerten Nische in einer verschütteten Höhle in einer abgelegenen Schlucht der Tod dem Untod wich.

Wratha erwachte!

Mit einem leisen Aufschrei erwachte sie in einer Finsternis, die der einer Gruft glich ... und doch konnte sie sehen, als herrsche hier Tageslicht! In der Tat erkannte sie ihre Umgebung als eine Gruft – nämlich die ihre! Sie begriff, was geschehen war, und erriet in etwa, wie es geschehen war und wer die Hauptverantwortung dafür trug. Eine Zeit lang weinte sie, raufte sich die Haare und schlug sich an die Brust, denn sie glaubte schon zu spüren, wie sie sich allmählich in einen Stein verwandelte, um ganz der Erde anzugehören.

Rasch folgte der Wahnsinn. Sie kreischte und zerrte an dem Felswall, der sich unheilverkündend regte und einzubrechen drohte, wodurch sie zerquetscht werden musste. Schluchzend sank sie zu Boden, umklammerte ihre Schultern und fragte sich, wie lange die Luft wohl reichte; gewiss schlossen die herabgefallenen Steine sie hier luftdicht ein wie Wein in einem Krug.

Aber ... was scherte es sie? Zwar war die Luft abgestanden, aber sie würde weiterleben, denn sie war eine Vampirin und konnte kein zweites Mal sterben – nur den Vampirtod: durch Pflock, Schwert und Feuer. Was wiederum bedeutete, dass sie in einem Jahrhundert – oder zwei oder drei – tatsächlich zu einem einsamen Fossil unter der Erde versteinern mochte. Aber lange vorher, in wenigen Tagen oder Wochen, wäre sie so geschwächt, dass jede Bewegung unmöglich würde und sie hier liegen müsste, um ihr elendes Leben an sich vorüberziehen zu lassen und sich im *Hass* auf jene erbärmlichen Kreaturen zu verzehren, die ihr dieses unaussprechliche Ende bereitet hatten.

Wieder überfiel sie der Irrsinn! Sie schrie auf und kreischte immer weiter! Bis es ihr so vorkam, als komme aus der Felswand ... ein schwaches Echo?

Ein Echo? In einer luftlosen Gruft?

Wratha sprang auf und suchte die Höhle von oben bis unten ab, von einem Ende zum anderen, in allen Ecken und Winkeln, die sie nur durchsuchen konnte. Schließlich entdeckte sie ein Loch, das nicht breiter war als ihre Schultern und nicht höher als der Abstand zwischen ihrer Kinnspitze und ihrem Scheitel, durch das ein Hauch aus namenlosen Bereichen sie anwehte. Ein Hauch frischer Luft!

Sie zwängte sich mit dem Kopf voran in das Loch, und es folgte ein Albtraum des Erstickens, des Sichwindens, des zollweisen Vorrückens, bis die Erschöpfung ihr Einhalt gebot. Dann das Ausruhen, so gut es eben ging und in welch absonderlich gekrümmter Haltung sie sich auch gerade befand, bevor sie sich wieder aufmachte. Sie wusste nicht, wann der Gang sein Ende fand, aber ihr war klar: Wenn er zu Ende war, gab es keinen Weg zurück, kein Rückwärtskriechen. Und so wand sie sich wie eine Schlange durch den engen Felsen, während über ihr der abertonnenschwere Berg drohte.

Schließlich erreichte sie eine Höhle, von der weitere kleinere Ausgänge abzweigten. Auf Händen und Knien erforschte Wratha mit blutigen Fingernägeln jede Vertiefung, jeden Spalt. Am Boden fand sie nichts; sämtliche der schmalen Ausgänge waren Sackgassen. Aber in ihrem finsteren Gefängnis, ihrer Felsengruft, waren ihre Vampirsinne aufs Höchste geschärft.

Sie war keine Wamphyri, denn in ihrem Körper befanden sich weder Ei noch Sporen, aber sie war eine Vampirin: die Vampirsklavin des Karl von Zackenspitze. Seine Sklavin – hah! Das wollte sie erst einmal sehen! Er hatte die Eingänge zu ihrem Körper, sogar ihre Kehle, für sein Vergnügen benutzt, und sie hatte die Säfte seiner

Lust aufgesogen wie altes, trockenes Leder, das Öl in sich hineinsaugt. Und dies war ihre Belohnung. Oh ja, sie wusste, wem außer Karl sie die Schuld dafür zu geben hatte, sie wusste es ganz genau. Und er würde es erfahren, wenn sie nur einen Weg hier heraus fand ...

Sie ruhte sich kurz aus, und als sie reglos dalag, spürte sie erneut, wie ein Luftzug über ihren verschmutzten, zerschundenen Körper, ihre aufgerissenen Hände und die mit kaltem Schweiß bedeckten Rundungen ihrer Brüste und Hinterbacken strich. Doch sie empfand kaum Schmerzen, und ihre Angst legte sich rasch. Sie hatte kein Ei in sich, das nicht, aber sie war dennoch angesteckt. Die Zähigkeit der Untoten ergänzte ihre eigene Hartnäckigkeit und schärfte ihre Sinne. Außerdem heilten die Wunden an ihren Händen bereits. Das neue Fleisch wuchs zwar bleicher heran, war aber stärker als zuvor. In allen Gliedern spürte sie eine gewisse Sehnigkeit, als seien sie biegsamer geworden. Wenn sie ging, schien sie zu gleiten und bewegte sich mit einer teuflischen Anmut. Auch ihre Schönheit würde sich noch steigern – wenn sie hier nicht zur Mumie verdorrte!

Sie sprang von neuer Energie durchströmt auf, spähte zur Decke der Höhle hinauf, suchte nach der Luftzufuhr dieses Ortes. Tatsächlich, da war ein Loch, das wie ein Kamin senkrecht in die Höhe verlief. Dazu bedurfte es eines geübten Kletterers! Sie machte sich daran, die Höhlenwand zu erklimmen, und stellte auf Anhieb fest, dass sie klettern konnte! Noch in den kleinsten Spalten fanden ihre Finger und Zehen sicheren Halt. Ihre Armmuskeln waren so kraftvoll wie saftstrotzende Baumäste; sie schien fast nichts mehr zu wiegen! Wie eine Klette erklomm sie Zoll um Zoll die schrundige Felsenkammer bis zur Decke der Höhle.

Langsam, ganz langsam, aber stetig kam Wratha voran ...

Sie war im ersten Drittel von Sonnunter eingeschlossen worden und war beim folgenden Sonnunter wieder draußen ... hatte sich jedoch derart verausgabt, dass ihr Hunger wie eine Feuersbrunst in ihrem Innern wütete. Als sie auf die trockenen Staubebenen der Sternseite hinaustrat, beherrschte Wratha nur ein einziger Gedanke: sich Nahrung zu beschaffen.

Sie entdeckte eine Troghöhle, aus der die ersten lederhäutigen Bewohner gerade in die Dämmerung herauskamen, und riss sogleich einen. Es war zwar nur ein Trog, aber Blut war nun mal Blut. Von dem Moment an, als ihre jüngst gewachsenen, scharf gezackten Fangzähne in seinen Hals eindrangen und die sprudelnde Arterie fanden, erkannte Wratha die Bedeutung des uralten Sprichwortes der Wamphyri: ›Das Blut ist das Leben!‹

Die Trogs begehrten nicht auf, als sie einem von ihnen das Leben aussaugte. Sie war eine Vampirin, Sklavin und Dienerin der Wamphyri. Was konnten sie schon tun? Wenn sie sich einmischten, würden die übrigen Ungeheuer wie ein Erdrutsch mit aller Macht von ihren Höhen über sie hereinbrechen. Zudem hatten sie solche Verluste nur selten zu erdulden, denn die menschlichen Blutsauger von Turgosheim waren dem süßen Fleisch der Sonnseiter viel eher zugetan. Es stand zu hoffen, dass dieser Angriff lediglich eine Ausnahme von der Regel darstellte. Als Wratha weiterzog, zerrten sie den blutleeren Kadaver ihres Opfers in die Höhle und verbrannten ihn, denn selbst die Trogs wussten, was es mit Vampiren auf sich hatte ...

Frisch gestärkt machte Wratha sich auf den Weg nach Turgosheim. Sie schlug die Route über die Pässe zur Sonnseite ein. Es herrschte Sonnunter, und die Wamphyri regten sich in ihren Stätten und zogen auf ihren Fliegern aus. Aber sie wusste, dass die Kampfkreaturen in ihren Pferchen unter den Gipfeln und Höhen eingeschlossen waren, und das machte ihr Mut. Indem sie sich stets in den finstersten Schatten hielt, näherte Wratha sich schließlich einem Pass.

Hier stieg das Gelände steil an, vom Boden der tiefen Schlucht, in der Turgosheim lag, bis zum Eingang des Passes, und es gab kaum Deckung. Sie konnte es nicht riskieren, nicht, wenn die hohen Leuchtfeuer rot und gelb flackerten, wenn in allen Stätten Lichter brannten und Flieger kreisten, wenn Luftpatrouillen durch den Pass hin– und herflogen. Sie wollte sich ausruhen und in der Stunde vor Sonnauf weiterziehen. Was sie in der Deckung eines Felssimses abseits des durch den Pass führenden Pfades auch tat ...

... Das Fauchen und Brüllen hungriger Krieger weckte sie. Man hatte sie aus ihren Pferchen in die Schlucht entlassen, wo sie nach Belieben umherstreiften. Wenn zwei aufeinander trafen, forderten sie einander heraus und bäumten sich auf, schlugen jedoch nicht zu. Ihre Wamphyrimeister hatten ihren kleinen Gehirnen Befehle eingegeben, die Kämpfe unter ihresgleichen verboten. Sie waren einfach nur Wachhunde; und sie hielten nicht nach anderen Kriegern Ausschau.

Vor Jahrhunderten nämlich, als das Tributsystem neu eingerichtet worden war, kam eine Gruppe Sonnseiter bei hohem Sonnauf durch die Berge, um die Wamphyri in ihren Stätten aufzuspüren und zu töten. Ihnen war tatsächlich ein geringer Erfolg beschieden gewesen – der Tod mehrerer Offiziere und Knechte, die Einnahme einer kleinen Burg, der Mord an deren Lord und Herrn – bevor die überraschten Bewohner von Turgosheim sie zur Strecke gebracht hatten. Seither war der tägliche Auslauf der Ungeheuer zu einer festen Gewohnheit geworden, die sich durch all die Jahre gehalten hatte.

Als sie aus ihrer Deckung kam, entdeckte Wratha den abscheulichen graublauen Rumpf eines Kriegers, der sich dicht vor ihr in der Dunkelheit bewegte! Hals über Kopf ergriff sie die Flucht zum Pass. Als die Kreatur ihre Witterung aufnahm, brüllte und schnaubte sie nur noch mehr und folgte ihr. Sie hätte es vielleicht geschafft ... Doch ein weiterer Krieger wartete am Eingang des Passes!

Wratha war zwischen ihnen gefangen. Jaulend stapften sie heran und starrten sie böse aus blutroten Nachtaugen an. Sie konnte nicht mehr fliehen, also blieb sie einfach stehen und wartete ab. Wenigstens würde es schnell gehen. Doch die Krieger schnaubten und prusteten und stießen eklige Gerüche aus, aber sie kamen nicht näher. Sie hatten ihre Witterung aufgenommen und erkannt, dass sie ebenso wie sie aus dem Stoff der Vampire bestand. Wratha schritt zwischen ihnen hindurch und betrat den Pass ...

Sonnauf kam, und Wratha drang weiter gen Süden vor, aber in der tiefen, gewundenen Schlucht, die den Pass darstellte, spürte sie nichts von der Kraft der Sonne und sah ihr Licht lediglich als bleichen Fleck am Himmel. Während des langen Tages blieb sie auf der

Straße der Tributanten und lauschte mit all ihren erwachenden Vampirsinnen auf fremde oder feindselige Wesenheiten. So erreichte sie den Hang, der zur Sonnseite führte, und anstatt sich der Sonnenglut auszusetzen, ruhte sie sich in der Mündung der Schlucht bis Sonnunter aus. In der Dämmerung badete sie in einem munter dahinplätschernden Bach und machte sich in der Nacht auf den Weg zu der Stelle, an der ihr Stamm innerhalb seines Gebietes eine kleine Stadt an der Tributstraße der Wamphyri erbaut hatte.

Sie umging die Wachposten und schlich sich lautlos wie ein Gespenst zu der aus geflochtenen Weiden und Lederhäuten errichteten Hütte des Anführers, den sie zu Hause und bereits im Bett antraf. Seine Frau war seit Jahren tot, und er lebte allein in seinem verlotterten Haushalt. Sein lautes Schnarchen entlockte Wratha ein Lächeln, weil sie wusste, dass dies sein letzter Schlaf war. Aber ihr Lächeln schimmerte grässlich in der Nacht: Es barg keinerlei Wärme und noch weniger Menschlichkeit. Und als sie nackt in einem dunklen Winkel seines Zimmers stand, rief sie ihn leise beim Namen.

Mit einem lauten Schnaufen fuhr er hoch und fragte: »Wer ist da?«

»Wratha!«, gab sie zur Antwort und trat in das Mondlicht, das durch sein Fenster fiel. Doch vorerst hielt sie ihre blutunterlaufenen Augen verborgen.

»Du!«, keuchte er auf, als er ihren Umriss sah – ihre nackte Silhouette. Er wurden zusehends munterer. »Aber ... du?«

»Ich bin geflohen!«, flüsterte sie leise. »Die Wamphyri halten mich für tot. Heute Nacht muss ich mich ausruhen und vor Sonnauf in den Wald laufen, wo ich mich den Rest meiner Tage verbergen werde.« Sie hatte keineswegs diese Absicht.

Er setzte sich gerade auf. »Du ... du hast gewagt, wieder zurückzukommen? Du wirst sie uns noch auf den Hals hetzen wie ...«

»Nur für die Nacht, wie ich schon sagte«, fiel sie ihm ins Wort. »Außerdem wissen sie nicht einmal, dass ich noch lebe ... du armer, blinder Narr!«

»Was?« Erstaunt sah er sie an, als sie näher an sein Bett trat. »Ich blind? Was sagst du da?«

»Du wolltest mich deinem Sohn geben, da ... du doch alles warst, was ich wollte!« Das war eine List. Ihre Worte sollten ihn reglos verharren lassen und davon abhalten, zu laut zu schreien. Sie hob seine Decke an, schlüpfte darunter, drückte sich an ihn. Sie war eine Vampirin, fremdartig und sinnlich. Er spürte die seltsame Hitze ihres Körpers, der zugleich kalt war, und ihm schwindelte unter der Faszination, die von ihr ausging.

»Aber ... ich bin doch viel zu alt«, stotterte er. »Und du ...«

»Du bist der Anführer!«, erwiderte sie. Ihre streichelnde Berührung brachte ihn zu glutheißem Leben, und er zuckte in ihrer Hand wie ein Fisch an der Angel.

»Lass mich ... lass mich dich spüren«, raunte er und ließ seine groben Hände über ihren Körper fahren. Sie ließ es geschehen – bis er den Kopf neigte, um ihre Brüste zu küssen. Da sah sie das Pochen an seinem Hals, denn ihre Liebkosungen hatten sein Blut in Wallung gebracht, und er hörte das Zischen ihres Atems, als ihre Hand von seinem Glied hinabglitt zu der prallen Quelle seiner Lust. Als sie diese dann mit der Kraft einer Vampirin packte und ihre Nägel sich in das Fleisch gruben, wollte er zurückfahren ... doch dafür war es zu spät!

Er sah ihre Augen wie geschmolzenes Gold leuchten, sah das Mondlicht weiß auf den Dolchen in ihrem Mund schimmern, mit denen sie seine Luftröhre durchbiss. Und als sie zuschlug, gab er vielleicht noch den hohen Schrei eines Wallachs von sich, der im gleichen Augenblick wie seine Luftzufuhr – und kurz darauf sein Leben – abgewürgt wurde ...

... und vielleicht hörte oder spürte sein Sohn Javez in dem kleinen Häuschen nebenan den leisen Aufschrei seines Vaters. Jedenfalls erwachte er, lauschte kurz der nächtlichen Stille und tappte dann los, um nachzusehen.

Wratha, das Kind der Nacht, sah Javez in allen Einzelheiten. Er hingegen erblickte im Zimmer seines Vaters nur Schatten und Mondlicht und einen runden Umriss unter der Decke. Aber er hörte auch das Geräusch von Wrathas hungrigem Saugen. Es klang nach etwas anderem – als liege sein Vater bei einer Frau! Was auch der Fall war, nur nicht so, wie Javez es vermutete. Der junge Mann klappte den Mund auf und wollte rückwärts den Raum wieder verlassen.

Wratha reckte den Kopf hoch, warf ihr Haar zurück und sagte ›schockiert‹: »Oh! – Javez!« Was Bände sprach – allerdings gelogen war.

Er erkannte die Stimme sofort, und die Augen traten ihm aus dem Kopf. »Wratha?«, flüsterte er. Dann sackte ihm der Kiefer noch weiter herunter, und er japste: »Vater?« Mit rasendem Puls sprang er zum Bett und riss die Decke beiseite. Dort lag das, was einst sein Vater gewesen war ...

Javez taumelte zurück, stolperte und wäre fast gestürzt. Aber Wratha stand neben ihm und lächelte ihn an. Sie hielt ihn fest, musterte sein Gesicht, seinen Mund, seine Kehle, die stumm arbeiteten und keinen Laut hervorbrachten. Javez' Adamsapfel ruckte auf und ab wie der Kehlkamm eines dummen Vogels, als er Speichel sammelte, um aufzuschreien. Doch ehe es so weit war ...

... zeigte sie ihm einen Eisenholzsplitter, den sie von einem geborstenen Baum am Schluchteingang abgerissen hatte. »Weißt du noch?«, sagte sie und zerrte ihn an den Haaren zum Bett seines Vaters. »Du hast mir einst ein Messer wie dieses gegeben – vermutlich, damit ich mich selbst töten sollte. Doch nein, ich habe es für einen anderen Zweck verwendet. Und jetzt gebe ich es dir zurück.«

»Wratha-a-a-a!«, gurgelte er, als sie ihm den Splitter tief in den Schritt trieb und wieder hervorzog, in seinen zuckenden Bauch und dann wieder heraus, in sein Herz, wo sie ihn drehte und hin und her riss, bis er zerbrach. ... Als alles vorbei war, küsste sie beide sanft auf die nassen Stirnen und ließ sie in ihrem Blut liegen, wo sie gestorben waren ...

Am Morgen wurden sie gefunden. Der Stamm errichtete ein Lagerfeuer, verbrannte die Leichen und wählte sich einen neuen Anführer. Die Umgebung wurde durchsucht, aber ohne Ergebnis. Lange Zeit fand keiner von ihnen Schlaf, denn sie vermuteten, dass ein Vampir aus den Sümpfen sie heimgesucht hatte. Darin irrten sie, denn sie war von der Sternseite gekommen.

Und sie hatte ihren Rückweg angetreten.

Im Hügelland überfiel Wratha bei Nacht einen Jäger, tötete ihn und nährte sich von seinem roten, pulsierenden Lebenssaft. Jedes Mal, wenn sie ihren Hunger auf diese Weise stillte, beschleunigten sich die Veränderungen in ihrem Stoffwechsel, und ihre untote Lebenskraft wuchs beständig. Ihre vampirischen Sinne gewannen an Schärfe, sie spürte die ruhelose, unheimliche Begeisterung des Vampirs und eine erneuerte, erstarkte Lebenslust – allerdings eine Lust nach dem Leben anderer. An der Weise, in der diese Leidenschaften sie überkamen, erkannte sie, dass sie ein Sonderfall war. Fast schien es, als sei sie als Vampirin geboren. Vielleicht war einiges davon auf Karl von Zackenspitze zurückzuführen, denn er trug einen aus einem Ei gewachsenen Parasiten in sich, dessen Essenz sich mit derjenigen Wrathas vermischt hatte.

Beim folgenden Sonnauf stieg sie in die steinigen Gänge und Schlünde von Turgosheim hinab, zwischen die Felstürme der Wamphyri mit ihren gewaltigen Geröllhalden und unter die Fassaden ihrer Stätten in den düsteren Schluchtwänden und zackigen Vorsprüngen. Kein Krieger belästigte sie, als sie wie ein Schatten zum Fuß von Zackenspitze huschte, deren Wächter auf den Rampen und in den Eingängen postiert waren: Wachposten, die doch nur Knechte waren. Aber Wratha war mehr als eine bloße Sklavin geworden, denn sie bestimmte ihren Weg selbst.

Sie erklomm die Zackenspitze an der hinteren Seite bis zu einem unbewachten Stockwerk und erreichte einen Knorpellaufgang, der an der Außenwand des Felsturms entlangführte. Der Laufgang wand sich steil in die Höhe; niemand hielt Wratha auf oder rief sie an. Weiter oben war der Turm zum größten Teil ausgehöhlt. Sie stieg hinein und kam umso rascher vorwärts, während sie von Flur zu Flur, von Treppe zu Treppe huschte.

Sie kannte die Räume, in denen Karls Offiziere ihre Odalisken untergebracht hatten, und die Schränke, in denen die Frauen ihre Kleider verwahrten. Nachdem sie in ein enges Kleid geschlüpft war, das weit mehr enthüllte als verbarg, steuerte sie endlich die Gemächer des Lords von Zackenspitze an. Alle im Felsturm schliefen bis auf jene, die ihre Pflichten versahen, und denen ging Wratha aus dem Weg.

Aber in allen drei Durchgängen zur vorletzten, unter den verwitterten Brüstungen des Turmes gelegenen Etage, entdeckte sie kleine Kampfbestien, die dort Wache standen und die Abgeschiedenheit ihres Meisters beschützten. Beim dritten Eingang war ihre Geduld zu Ende, und sie trat dem angebundenen Ungeheuer offen und mit erhobenem Haupt entgegen. Die Kreatur blinzelte mit ihren vielen Augen und regte sich, schnaubte jedoch nur und machte keinerlei Anstalten, sie aufzuhalten. Denn die Bestie erkannte Wratha, da sie den Meister des Felsenturmes schon häufig aufgesucht hatte. Und ER hatte Anweisung erteilt, dass ihr der Zugang zu gewähren war und sie nicht aufgehalten werden sollte. Dieser Befehl war niemals widerrufen worden. Außerdem haftete Wrathas Körper der Geruch des Meisters an, durchzog selbst ihr Blut.

Sie ging an dem gepanzerten Rumpf des Untiers vorüber, während seine Scheren und Stacheln unaufhörlich durch die Luft zuckten und sein gewaltiges Maul wie in Vorfreude mahlte.

So erreichte Wratha Karls Gemächer. Sie wusste, wo seine Schlafstätte lag. Nur schlief er nicht, denn der Vampir in ihm hatte ihn gewarnt, dass jemand sich näherte. Als sie sein Schlafzimmer betrat, stellte sie fest, dass Karl sie erwartete ...

... und sein Erstaunen war groß! Er hob sie hoch, starrte sie von allen Seiten an. Er brachte kein Wort hervor, und sein Mund stand weit offen. Und Wratha ... schon vorher war sie schön gewesen, auch als sie noch eine niedrige Sklavin gewesen war (obgleich sie in Wahrheit niemals zu den Niedrigen gezählt hatte). Doch jetzt war sie die Verkörperung der sehnlichsten, finstersten Wunschträume eines Mannes. Karl erkannte, dass sie den erotischsten aller Träume Wirklichkeit werden lassen konnte. Mit einem Blick sah er, was er erschaffen hatte: ein *Prachtexemplar* von einer Vampirin!

Oh ja, und er begriff, was ihm die ganze Zeit über entgangen war ...

Sie legte ihr Kleid für ihn ab und setzte sich auf sein kräftiges Knie, und als er sie liebkoste, war eher er der Sklave als sie. Als er sie dann haben wollte, hieß sie ihn einhalten, sagte ihm alles und ließ nichts aus.

Als er sie anhörte, flammte Karls Wut auf, bis sie seiner entbrannten Leidenschaft an Stärke gleichkam. Denn wie Wratha schon vermutet hatte, erkannte der Lord von Zackenspitze nun ebenfalls, wer hinter dieser Angelegenheit steckte. Die Augen traten ihm vor, und sein Kiefer verengte sich und legte sich in verschlungene Windungen, bis er dem einer großen Fledermaus glich, während die Zähne wie rote Sicheln aus dem Zahnfleisch hervorbrachen! Bis er aufsprang und mit blutigen Lippen einen Namen brüllte:

»Radu!«

»Aber auf meine Weise«, beharrte sie und umklammerte seinen Arm. »Tu es auf meine Weise.«

»Er stirbt noch heute Nacht – den Tod, den er für dich plante – verwandelt in einen Vampir und auf ewig begraben. Nicht etwa in einer Höhle, oh nein, in einem fünfzig Fuß tiefen Grab, dessen Aushebung ich persönlich überwachen werde. Ganz besonders seine Füllung!«

»Oh nein«, riet sie ihm ab, »denn wie wir gesehen haben, kehren manchmal die am tiefsten Begrabenen wieder zurück. Radu ist ein Verräter, den du auf alle Ewigkeit los sein musst. Tu es auf meine Weise.« Und sie offenbarte ihm ihre Weise. Karl hörte ihr zu und lächelte – wobei sein Gesichtsausdruck mit einem Lächeln notgedrungen nur wenig Ähnlichkeit hatte.

Dann ließ er Radu rufen, der sich ankleidete und sogleich zu seinem Lord eilte. Dabei wunderte er sich, worum es um diese Stunde des Sonnaufs wohl gehen mochte. In Karls Gemächern hatte Wratha sich versteckt, beobachtete und hörte alles.

Radu stand vor Karls großem Knochensessel. »Lord?«

Karl hatte seinen felsgleichen Körper nach vorn gebeugt, und das unregelmäßige Flackern der Gasflammen an den Wänden unterstrich nur die rote Glut in seinem Blick. Sein finsteres Schweigen währte so lange, dass Wratha schon fürchtete, dass er vergessen hatte, was er sagen sollte. Doch dann sagte Karl knurrend: »Es ... es geht um diese Sache mit der Szgany-Sklavin, Wratha.« Er atmete schwer, als er seinen Wamphyri-Zorn bezähmte. »Ich habe gewisse Schwierigkeiten mit dem Einschlafen, weil sie mich vor ein Rätsel stellt. Und du weißt, wie sehr ich Rätsel hasse.«

Radu zuckte die Achseln (recht lässig, wie Wratha fand) und setzte sich auf einen verzierten Hocker, ohne erst Karls Erlaubnis abzuwarten. »Worin besteht das Rätsel, mein Lord? Im Leben besaß sie einen starken Willen, und dieser blieb auch durch ihren Untod unverändert. Sie erhob sich von deinem todbringenden Kuss, stahl einen Flieger und setzte sich aus Zackenspitze ab, aus Turgosheim, aus der ganzen Welt. Sie flog nach Süden zur Sonnseite und in die aufgehende Sonne hinein. Es gibt sie nicht mehr.«

Karl nickte. »Das vermuteten wir«, gab er zur Antwort. Sein Atem ging jetzt gelassener. »Das ... war die Vermutung, die du vorgebracht hast.«

Jetzt bemerkte Radu die Spannung in der Stimme seines Lords, und er stand auf. Wieder zuckte er die Schultern, doch diesmal nicht ganz so lässig, und sein Blick wanderte unstet umher. »Aber die Beweise waren doch ...«

»... Welche Beweise?«

»Eh? Nun, ihre Abwesenheit – der verschwundene Flieger!«

»Ah ja! *Diese* Beweise.« Karl betastete sein Kinn und musterte Radu eindringlich.

Zum dritten Mal hob Radu die Schultern, doch diesmal war seine Verblüffung echt. »Nun ja ... welche anderen Beweise gibt es denn noch?«

Karl nickte abermals und seufzte tief. Dann wechselte er scheinbar das Thema und sagte: »Weißt du eigentlich, dass mich die anderen Lords für einen Schwachkopf halten?«

»Was, dich, Lord?« Radus gespieltes Erstaunen war nicht ganz überzeugend. »Das kann ich nicht glauben.«

»Oh, das kannst du, das kannst du! Du hast sicher schon gehört, wie jemand es ausgesprochen hat.«

»Niemals, Lord! Wenn ich so etwas je zu hören bekäme, nun, dann ...«

»... und dennoch glaube ich«, fiel Karl ihm ins Wort, »dass sich unter meinen Vorfahren ein Seher von großer Befähigung befand. Vermutlich ein Oneiromant von großer Macht! Deshalb kann ich nicht schlafen – es liegt an meinen Träumen.«

»An deinen Träumen, Lord?«

»Sie handeln von Verrat – oh ja!«

Radu schwieg und wartete. Schließlich war ein Traum, der von Verrat handelte, doch nur ein Traum. Nach einer Weile fuhr Karl fort: »Siehst du diese Haut dort auf dem Tisch? Die Karte von Turgosheim und allen umliegenden Ländern?« Er deutete auf einen Beistelltisch. »Sieh sie dir genau an. Ich habe ein Zeichen darauf gesetzt.«

Radu trat an den Tisch, musterte die Karte, und sein Blick wurde unwiderstehlich von einem bestimmten geheimen Ort angezogen – nur war er nicht mehr geheim, denn Karl hatte ihn mit einem schwarzen Kreis umrandet! Radu taumelte einen halben Schritt zurück, rang um Beherrschung, so gut er es vermochte, und sagte: »Ich ... ich sehe dein Zeichen.«

»Komm her«, sagte Karl und krümmte lockend einen Finger. »Komm hierher, damit ich dir ins Gesicht sehen kann.«

Radu stellte sich vor ihn.

Karls Stimme war sehr leise, als er sagte: »Gestehe es mir nun – dass du sie dort begraben hast, wie ich es in meinen Träumen sah.«

Wie vom Donner gerührt öffnete und schloss Radu den Mund, sagte jedoch nichts. Also warnte Karl ihn: »Sag es mir besser mit deiner eigenen Zunge, solange du sie noch dein Eigen nennst.«

Radu blieb stumm.

Karl seufzte und breitete wie besiegt die Arme aus. »Dann, Radu, mein Beinahe-Sohn, müssen wir dorthin gehen und graben, du und ich. Und meine sämtlichen Sklaven und Trogs – alle graben in einer gewissen verschütteten Höhle. Bis wir ausgegraben haben, was du dort abgelegt hast. Und dann, wenn mein Traum mich nicht getrogen hat ... wirst du dort für immer ihren Platz in der kalten, kalten Erde einnehmen. Aber wenn du tapfer bist und mir mit deinem eigenen Munde sagst, wie es geschehen ist, und mir dadurch die Mühe ersparst ...?«

»Aber ...!« Endlich brach in Radu der Damm.

»Ja?« Karl neigte den Kopf zur Seite und sah ihn an, blickte in ihn *hinein*. Doch Radu ließ nur den Kopf hängen. Das war schon eine Art Geständnis – aber es reichte Karl nicht.

»Also gut«, sagte er, und seine Stimme wurde noch leiser. »Dann gehe an mein Bett und bringe mir das schärfere der gekreuzten

Schwerter, die darüber zur Zierde an der Wand hängen. Sie sind leider nicht besonders scharf, aber in einer starken Hand scharf genug. Das eine ist aus Eisen, das andere aus Silber. Wie du weißt, kann ich Silber nicht leiden, aber es hat einen Knochengriff, und es ist tatsächlich das schärfere der beiden; an dem anderen klebt roter Rost. Bringe mir also das Schwert aus Silber!«

Radu blickte auf und sah den stumpfen Schimmer des Gaslichts auf den alten Szgany-Waffen. »Schwerter ...«, sagte er tonlos.

»Tu es«, sagte Karl.

Radu holte das Schwert. Als er damit zu Karl zurückging, durchfuhren viele Gedanken seinen Kopf. Er konnte ihn anspringen und versuchen, ihn zu töten ... hah! – Welch ein Wahnsinn! Einen solchen Kämpfer töten zu wollen! Er konnte sich selbst töten, was viel einfacher wäre. Oder ... vielleicht sollte er versuchen, die Sache durchzustehen; denn gewiss wusste Karl noch nichts Genaues, und dies war nur eine Nervenprobe. Wenn es später zum Schlimmsten kam, konnte Radu immer noch fliehen. Das heißt, wenn es ein Später gab ...

Mittlerweile stand er wieder vor dem Sessel seines Meisters, und die Zeit für Taten, vielleicht sogar für Gedanken, war vorbei. Karl streckte eine Hand aus. »Das Schwert«, sagte er. »Leg es hin.« Radu tat, wie ihm geheißen, und sein Herr nahm es – sehr vorsichtig – am Knochengriff auf.

Karl erhob sich und Radu wich zurück. »Wenn du auch nur an Flucht denkst«, sagte Karl warnend, »werde ich dich in die Schlucht führen und die Krieger um dich streiten lassen. Jetzt knie dich neben diesen Hocker.« Das fiel Radu leicht, denn seine Knie gaben ohnehin nach. »Gut so!«, sagte Karl. »Falte die Hände hinter dem Rücken. Dann beuge deinen Nacken auf den Hocker. Genau so ...«

»Herr, ich ...« Aus hervortretenden Augen stierte Radu auf den Steinboden.

»Ja?« Karls Frage klang fast beiläufig.

»Wenn ich nichts sage, verliere ich meinen Kopf«, plapperte Radu los. »Und wenn ich die Wahrheit sage – obwohl ich sogar nichts für mich getan habe, sondern alles für dich – verliere ich trotzdem den Kopf. Wo liegt da die Gerechtigkeit?«

»Sage mir die Wahrheit«, befahl Karl, »und ich schwöre, dass ich dich nicht im Geringsten verletzen werde. Weder ich noch irgendein Mensch oder Ungeheuer in ganz Turgosheim.«

Radu war klug genug, nicht noch mit dem Hals über dem Richtblock das Feilschen anzufangen. Der Damm in ihm brach, und die Worte sprudelten nur so aus ihm hervor. »Es ist ... wie du es geträumt hast! Aber sie war Szgany-Abschaum; sie war deiner nicht würdig, sie machte dein Bett zu einem Schandpfuhl!«

»Ahhh!«, stieß Karl hervor.

Radu hörte das Zischen, als das Schwert gehoben wurde, und kreischte auf: »Herr! Dein Wort, dass mir niemand schadet: Weder du noch irgendein Mensch!«

»In der Tat«, sagte Karl.

Als er in seinem letzten Augenblick die Gegenwart einer weiteren Person spürte, rollten Radus Augen in die Höhe – und Wrathas silbernes Schwert fuhr herab. Und in der Sekunde seines Todes konnte Radu immer noch nicht glauben, wen er vor sich stehen sah.

Dann war es auf Wrathas Weise vollbracht, und Karl hatte sein Wort in fast jeder Hinsicht gehalten. Denn weder er noch ein anderer Mensch in Turgosheim hatte Radu Zackenknecht getötet.

Aber ein Ungeheuer ...?

ZWEITES KAPITEL

Einige Stunden nach seiner Begegnung mit Wratha sprach Karz Biteri, Historiker der Wamphyri und Knecht von Maglore von Runenstatt, bei seinem Herrn in einer seiner Werkstätten vor und berichtete ihm von den Ereignissen des Tages. Allerdings nicht in allen Einzelheiten.

Als Karz endete, sah Maglore von seiner Untersuchung aufgespannter, runenbekritzelter Häute (bei denen es sich hauptsächlich um gebleichte Troghäute handelte) und verschiedener Bruchstücke verzierter Knochen auf und sagte: »Fahre fort.« Mehr nicht. Er war ein Mann der Worte und wusste dennoch, wie man sie sparsam einsetzte. Und mit diesen beiden Worten deutete er an, dass er bereits wusste, dass es mehr zu erfahren gab.

Maglore war einhundertsechzig Jahre alt. Nach den Maßstäben der Wamphyri befand er sich im besten Mannesalter, aber er wirkte uralt. Er und gewisse andere Lords und Ladys – die hauptsächlich der so genannten ›Hochkaste‹ der Wamphyri angehörten – waren moderne Schüler des Turgo Zolte und folgten so weit wie möglich Zoltes altüberlieferten asketischen Geboten.

Diese einfachen Grundsätze beruhten allesamt auf einem einzigen Ideal: den Vampirismus zu bekämpfen, und zwar im Leben und im Untod, einschließlich des höchsten Ausdrucks der vampirischen Ansteckung, nämlich des Wamphyri-Zustandes! All jenen Dingen zu entsagen – und sie damit auch dem Parasiten zu verweigern, die dem Bösen Nahrung sind: dem Blut, der Fleischeslust, dem Argwohn und Hass gegenüber den Mitmenschen und dem Hochmut, der bekanntlich vor dem Fall kommt. Kurz – in allen Dingen das Gegenteil von Shaitan zu sein, oder sich zumindest ihm und seiner Art als so entgegengesetzt zu erweisen, wie es eben ging. Turgo Zolte und seine Gefolgsleute waren in diesem Kampf von Anfang an zum Scheitern verurteilt, aber sie gaben dennoch nicht auf. Daher rührte auch Maglores verrunzeltes Aussehen. Denn er hatte erfahren müssen, wenngleich er es immer noch abstritt, dass das Blut *sehr wohl* das Leben war.

Ja, Maglore wirkte alt, aber Karz wusste, dass er nicht so aussehen musste. Wenn ihn, was selten vorkam, nach seinem Weib verlangte, erschien er bald wieder jung, und dem Historiker war klar, dass er dann wieder Menschenblut gekostet hatte.

»Fortfahren, Herr?« Karz zog ein verdutztes Gesicht, und fragte sich, obwohl er es besser wusste, was Maglore gerade dachte.

»Meine Gedanken gehören allein mir!«, beschied ihm der Magier sogleich mit raspelnder Stimme. »Im Unterschied zu den deinen, die für mich wie ein Bild in einem Sichtstein vor mir liegen. Nur strenge ich mich ungern an und würde sie daher viel lieber aus deinem eigenen Mund hören – zum Beispiel jetzt sofort! Oder möchtest du, dass ich ein wenig tiefer in deinen Schädel schaue? Das lässt sich einrichten, allerdings könnte es dir etwas wehtun. Ich gestehe, dass der Gedanke verlockend ist: Wer weiß, welche Geheimnisse ich dort sonst noch entdecken würde, eh? Hör also auf, mir den Narren vorzuspielen, und berichte mir von Wratha: Was hat sie außerdem noch gesagt und getan?«

Karz hatte Maglore nicht verärgern wollen. Aus diesem Grund hatte er einiges von seiner Unterhaltung mit Wratha der Auferstandenen zurückgehalten. Den Teil zum Beispiel, der jene selbst ernannten Aristokraten von Turgosheim wie Maglore und seinesgleichen betraf, die als alte Männer erachtet wurden, gesetzt und eingefahren in ihrem Denken. Doch als der Magier ihn nun anspornte, fielen Wrathas Worte ihm wieder ein und traten an die Oberfläche seines Geistes: *»Gehorche mir, Historiker ... und sprich nicht mehr über Kampfkreaturen, die in ihren Bottichen heulen. ... Das sind die Ängste uralter Männer, deren Gelehrsamkeit sie ihre Manneslüste einbüßen ließ ...«*

Maglore las ihre Worte in Karz Biteris Bewusstsein und lächelte bitter. »Ha!«, grunzte er. »Weil wir uns kasteien – weil wir, nun ja, sagen wir es ruhig, *gütig* sind, statt grausam, Fragen stellen, statt Antworten zu erzwingen, ruhig sind, anstatt zu rasen – hält sie uns für Tattergreise! Das ist nichts Neues. Aber ist das alles? Drohungen gegen dich und Beleidigungen für mich? Wenn dem so ist, schätzt du meine Empfindlichkeit viel zu hoch ein, Karz, denn Wratha hat schon ganz andere und schlimmere Dinge von sich gegeben! Also sprich, was hat diese so genannte ›Lady‹ sonst noch gesagt und getan?«

Karz sah seinen Herrn an und war gleichermaßen fasziniert und abgestoßen von dem Mann, der einst ein Mensch gewesen war. Von seiner tief zerfurchten Haut, die altem, fleckigem Leder glich, in das die Zeit ihre Spuren gegraben hatte, von seinen weißen Augenbrauen, die sich zu den Schläfen hin verjüngten, an denen der grobe, zurückweichende Haaransatz wie graue Flechten an den Hängen eines kuppelförmigen Kopfes wuchs; von den blutroten Kreisen seiner Augen, die tief in ihren violetten Höhlen lagen, jenen Augen, die sich nun mehr und mehr verengten, als Maglore allmählich die Geduld verlor.

Karz riss sich zusammen. »Nun ja, sie schritt die Reihen des Tributgesindes ab, Lord!«, platzte er hervor. Und fuhr dann stockend fort (denn er wusste, wie wenig es sich schickte, die Wamphyri zu kritisieren): »Was nicht ... nicht entsprechend ... was im Widerspruch steht zu ... was ...«

»Was schlicht und einfach falsch war!«, führte Maglore den Satz zu Ende und rief ihm ins Gedächtnis: »Wir sind hier allein, Historiker! Wenn du hier fehlst, wem soll ich dich denn melden? Ich bin dein Herr, der die Strafe zuteilt – falls und wann sie erforderlich ist.«

»Ja, Lord.«

»Sprich also weiter.«

Karz nickte, befeuchtete sich die trockenen Lippen und fuhr fort: »Einer der jungen Tributanten war von hohem Wuchs, sehr stark, stolz und sogar kühn. Seine Haltung und sein Blick waren eine einzige Herausforderung. Er zuckte weder zurück, als Wratha ihn anlächelte und seine Armmuskeln erprobte, noch senkte er den Blick, als sie nahe – sehr nahe vor ihm stand.«

»Umso größer seine Blödheit!«, knurrte Maglore. »Was geschah dann?«

»Als ich die Tributanten zur Zuteilung führte, sagte sie zu mir: ›Sage dem Zuteiler, dass ich ... den hier vorgemerkt habe.‹ Was ich auch tat.«

»Und?«

»Es war seltsam«, antwortete Karz. Doch nun ließ er den Kopf hängen, als schäme er sich seines Szganyblutes. »Der Zuteiler war

Giorge Nanosi, den man den Schicksalskünder nennt, Knecht für alle und niemanden. Er steht bei keinem in besonderer Gunst und nennt keinen Lord seinen Herrn, sondern erfüllt seine Pflichten ... unparteiisch.«

Maglore nickte, und der menschliche Teil in ihm dachte: *Dieser Karz Biteri ist ein verschwendeter Mann. Doch wenn er ganz und gar mein Sklave wäre, so wäre die Verschwendung nur noch größer. Bei seinen eigenen Leuten wäre er zweifellos ein großer Denker, vielleicht sogar ein Weiser. Deshalb habe ich keine Veränderung an ihm vorgenommen, sondern beließ ihn zur Gänze menschlich oder jedenfalls beinahe – um der Originalität seiner Gedanken willen, die nicht bloße Spiegelbilder der meinen sind. Ich* gestatte *ihm Gedankenfreiheit, denn er verfügt über Verstand und ist ein Denker! Und weil er mich für einen ›gerechten‹ oder ›vernünftigen‹ Herrn hält, ist er mir auf seine Weise treu und macht sich meine Sorgen zu Eigen. Ach, es ist in Turgosheim schon schwer genug, ein gewöhnlicher Mensch zu sein, Szgany, selbst wenn man kein Denker ist! Darum ist Wratha die Auferstandene auch mit ihm aneinder geraten, obwohl die Worte, die sie hörte, zum größten Teil die meinen waren. Sie kamen lediglich aus seinem Mund ...*

Doch Maglores unmenschlicher Teil dachte: *Andererseits könnten mit zunehmendem Alter diese Ehrlichkeit und offene Spontaneität zum Problem werden. Womöglich liegt es in ein, zwei Jahren – sobald er sämtliche erhaltenen Geschichtswerke übersetzt hat – in meinem Interesse, ihm eine Gunst zu erweisen und diese spröden Knochen durch ein biegsameres Material zu ersetzen. Fürwahr ... mit seinem wendigen Geist gäbe Karz Biteri einen fabelhaften Flieger ab!*

All diese Gedanken durchzuckten seinen Verstand binnen eines Augenblicks. Laut sagte er: »Giorge Nanosi, den man aus offensichtlichen Gründen Schicksalskünder nennt? Ja, ich kenne ihn. Und – was kam dir daran seltsam vor?«

»Zuerst«, führte Karz weiter aus, »untersuchte Giorge die Tributanten und sonderte jene aus, die er als minderwertig erachtete. Sie wurden fortgeführt, um umgeformt zu werden. Für die ... die Bedürfnisse von Turgosheim; die Wartung; was für die Stätten und Türme ... notwendig ist.«

»Ja, ja«, winkte Maglore ungeduldig ab. Doch worauf diese beiläufige Geste sich bezog, war für Karz das reine Grauen.

»Dann«, fuhr der Historiker fort, »stellte der Schicksalskünder die anderen in einer Reihe auf und begann, die Wappenzeichen aus seinem Lederbeutel zu holen. Ich war Zeuge, wie es unseren Sitten entspricht. Als Erster in der Reihe stand der junge Mann, der Wratha ... aufgefallen war. Giorge hatte ihn dorthin gestellt. Und wahrlich, das erste Wappenzeichen, das er aus seinem Beutel holte, war dasjenige Wrathas. Es zeigte einen knienden Mann mit gesenktem Kopf!«

»Ja, ja«, knurrte Maglore. »Ich kenne ihr Wappen.« Mit einem Mal kamen seine Worte zwar nicht in einem Wutausbruch, aber doch weit lebhafter als zuvor: »Korruption, Karz! Oder? Man hätte den Begriff nach ihr benennen können! Nicht Wratha die Aufgestiegene, sondern Wratha die Tiefgesunkene – tief in den Morast ihrer eigenen Korruption! Du weißt es, und die Lady weiß, dass du es weißt. Daher solltest du dich in Zukunft unter allen Umständen von ihr fern halten. Denn ich schätze dich.«

»Ich halte mich von ihnen allen fern, Lord«, sagte Karz, ehe er sich dafür auf die Zunge biss.

Doch Maglore nickte nur und sagte: »Korruption, oh ja. Aber sollte es mich überraschen? Nein, denn wir alle – sämtliche Wamphyri – sind korrupt! Wir sind nicht unsere eigenen Herren, sondern werden von unseren Schmarotzern regiert, so wie wir über unsere Knechte herrschen. Aber während wir lediglich korrupt sind, ist Wratha *bis ins Mark verderbt!*«

Karz schwieg. Er wartete, und schließlich fuhr Maglore fort: »Habe ich dir jemals ihre Geschichte erzählt?«

Karz nickte. »Ja, Herr. Bis zu der Stelle, wo sie Radu Zackenknecht getötet hat.«

»Dann lass mich sie beenden.« Maglore ließ sich in seinen Sessel zurücksinken und legte die Fingerspitzen aneinander. »Denn die Menschen sollten diese Hexe und ihre Art kennen lernen, damit sie sich vor ihr hüten ...«

»Ein Jahr lang lebte Wratha mit Karl in Zackenspitze. Aber sie herrschte nicht über Zackenspitze, nur über Karl ... und wir dürfen vermuten, dass dies sie ärgerte. Man kann ebenfalls vermuten, dass sie irgendwann sein Ei bekommen würde, aber ›irgendwann‹ kann lange dauern.

Nun war die Zackenspitze einer der höchsten Felsentürme. Bei Sonnauf verwandelten die zwischen den hohen Berggipfeln hindurchscheinenden Sonnenstrahlen die oberen Brüstungen in schieres Gold. Aus diesem Grund verhängte Karl die Fenster seiner Gemächer mit dicken Vorhängen aus gutem, schwarzem Fledermauspelz. Seine kleinen Kampfkreaturen im Horst und die Sonne draußen reichten ihm als Schutz für jene Stunden, in denen die Wamphyri ihre Betten bevorzugen, völlig aus.

In jener Jahreszeit, als die Sonne am heißesten brannte und die herberen Früchte der Sonnseite – wie Nüsse, Obst, Getreide und Wein – in vollem Saft standen, schlug Wratha zu. Sie trieb Karl im Bett bis zur Erschöpfung (an sich schon keine geringe Leistung!) und machte ihn mit gutem Wein betrunken. Als er tief und fest schlief, fesselte sie ihn mit Ketten ans Bett. Man sagt sogar, dass sie verbotenes Kneblaschöl im Zimmer versprühte, das für ihn giftiger war als für sie, denn sie war bloß eine Vampirin, während er Wamphyri war! Wohlgemerkt, für dieses letzte Gerücht kann ich mich nicht verbürgen, doch Wratha selbst brüstete sich mit dem Rest vor den anderen Ladys, als die Tat vollbracht war.

Sie behängte die Wände mit Bronzeschilden aus der guten, alten Zeit, als die Szgany sich noch gewehrt hatten – sie waren aus den Sälen der Zackenspitze entfernt und zu Spiegeln verarbeitet worden – und richtete sie alle auf Karl aus.

Dann riss sie die Vorhänge auf!

Karl erwachte auf der Stelle, und zwar schreiend. Aber er war erschöpft und betrunken. Angekettet wand er sich auf dem Bett, und seine Schreie klangen wie der Schlag geborstener Glocken, als seine Haut sich schälte und sein Blut kochte! Die Sonnenstrahlen waren auf seine Augen konzentriert, die sich in seinem Schädel in schwarze Krater verwandelten! Sein Haar ging in Rauch auf, während seine Glieder und Teile des Rumpfes aufplatzten und stinkend verdampften! Während all dies geschah, lachte Wratha wie eine Wahnsinnige in einem abgedunkelten Teil des Raumes, tanzte vor freudiger Erregung von einem Fuß auf den anderen und zerrte an einem Seil, das sie am Bett befestigt hatte, um Karl noch weiter ins Sonnenlicht zu ziehen.

Karls Körper warf Runzeln und schrumpfte zusammen. Er war erledigt. Sein Schmarotzer verließ ihn, wand sich zappelnd durch seinen Rumpf und durchbrach schließlich die Bauchdecke. Als Wratha dies sah, schloss sie die Vorhänge, lief zu Karls Bett und schlug ihm den verkohlten Kopf mit demselben Silberschwert ab, das sie für Radu Zackenknechts Hinrichtung verwendet hatte!

Dann wandte sie sich seinem Vampir zu, der ebenfalls tödliche Verbrennungen erlitten hatte und am Verenden war. Mit seinen letzten Zuckungen brachte das Wesen sein Ei hervor – und Wratha hatte endlich, was sie wollte! Freiwillig öffnete sie sich dem Wesen, das ohne innezuhalten in sie drang und sich in ihrem Fleisch verbarg. Es war vollbracht. Wratha war nun eine Wamphyri oder würde bald eine sein!

Karls Kampfbestien hatten sich vom Augenblick seines ersten Aufschreis an gegen ihre Ketten geworfen. Jetzt riss eine von ihnen sich los und raste heran, um den Schänder ihres Herrn aufzuspüren und zu vernichten. Wratha wurde von der ekstatischen Agonie durchschüttelt, die mit der Übertragung eines Eis stets einher geht. Trotzdem stand sie aufrecht und zeigte sich der Kreatur. Denn sie hatte ihre Zeit in Zackenspitze wohl genutzt und sich mit allen Kindern aus Karls Bottichen vertraut gemacht. Die stumpfen Wesen hatten sich an Wratha gewöhnt und reagierten auf ihre Vampirtechniken und ihre Ausstrahlung, und so hatte sie ihnen ihren Willen aufgezwungen und sich für diesen Tag erprobt.

Nun war die Zeit gekommen, da diese Vorbereitungen vor der endgültigen Prüfung bestehen mussten. Wratha starrte den Krieger nieder, brüllte ihn mit ihrer Stimme und ihrem Willen an ... und das Ungeheuer wich zurück! Als sie erkannte, dass sie gewonnen hatte, befahl Wratha den Krieger auf einen neuen Posten in einer Ecke von Karls Schlafgemach – nur war es jetzt ihr Zimmer, und die Streitbestie gehörte nun ebenfalls Wratha. Denn ihr Wille durchstreifte sämtliche Flure und Gänge der Zackenspitze (die bald in Wrathspitze umbenannt wurde). Karls andere Kreaturen wurden auf die gleiche Weise besänftigt.

Doch sind Bestien eben nur Bestien, während Männer Männer sind, und von Letzteren schliefen etliche im Felsenturm. Wrathas Wappenzeichen – eine ungehörige Abbildung, wie ich finde – zeigt jedoch nur zu gut, was sie von Männern hält! Sie rief Karls Offiziere einen nach dem anderen zu sich, zeigte ihnen ihr Werk und forderte von ihnen Treue und Gehorsam. Einige davon waren gewöhnliche Knechte, bei anderen handelte es sich um untote Vampire, die es womöglich nach Karls Stellung gelüstet hatte, doch keiner erhob Einspruch. Wenn einer von ihnen auch nur die Stirn runzelte oder ein mürrisches Gesicht machte, begann Wrathas Krieger zu grollen und stieß zischend stechende Gase aus. So war sie, Wratha von Wrathhöhe, in jeder Hinsicht aufgestiegen und bereit, dies der Welt zu verkünden.

Mit Einbruch von Sonnunter sandte sie einen Offizier auf einem Flieger aus, der gewissen anderen Wamphyri-Ladys wie Zindevar Greisentod und Ursula Torbrut Einladungen zu einer Versammlung in Wrathhöhe überbrachte. Natürlich nahmen sie aus schierer Neugier alle teil, aber Wrathas spezieller Gast war Devetaki Schädellarve, die so genannte ›jungfräuliche Dame‹ von Maskenstatt, die sie sehr bewunderte.

Als Devetaki noch eine Sklavin gewesen war, hatte sie mit einer jungen Vampirin um das Ei ihres Herrn gewetteifert. Bei dem darauf folgenden Kampf trug sie den Sieg davon, aber sie verlor die rechte Hälfte ihres hübschen Gesichtes, als ihr diese bis zum Wangenknochen heruntergefetzt wurde. Seither trägt sie vergoldete Halbmasken aus Blei: eine lächelnde Maske, wenn sie guter Stimmung ist, und eine finstere, wenn sie missgelaunt ist. Auf diese Weise stimmen die beiden Hälften, die lebendige und die aus Blei, stets überein. Da sie aber nun einmal Devetaki ist, trägt sie gewöhnlich die finstere Maske. Oh, und wenn sie sehr zornig ist, trägt sie gar keine Maske ...

Nun, um es kurz zu machen: Die Ladys hießen ihre neue Schwester willkommen (Zindevar von Greisenfried vielleicht etwas widerwillig), danach taten die Lords es ihnen gleich. Schließlich war Wratha nun eine Wamphyri, und so war, ist und wird es immer sein. Der Weg zum Aufstieg ist unwichtig, nur die Ankunft zählt. Man sollte stets daran denken, dass es für jeden von uns, der in den Felsentürmen oder den Stätten geboren wurde, einen gibt, der von der Sonnseite oder aus den Sümpfen stammt.

So starb Karl, und Wratha stieg auf. Lang lebe Wratha! Nur ein Blinder oder ein Narr fragt in Turgosheim danach, warum Wesen, die so lange zu leben vermögen wie die Wamphyri, für gewöhnlich nur so kurz unter uns weilen.

Aber wer sollte schon anderes verfügen, oder? Ich habe es oft genug gesagt: Wir sind keine wahren Herren, sondern Sklaven unserer Schmarotzer, und nicht einmal ihnen zur Gänze untertan, sondern dem blinden Schicksal, das uns auf unserem torkelnden Marsch über den Abgrund zwischen Leben und Untod leitet. Solcherart ist die Natur der Wamphyri, und Eifersucht, Gier, Hass, Lust – und Blut – sind ihr Lebensinhalt. So sei es. Vielleicht sollte man es dabei belassen ...«

Maglore schwieg kurz und erwiderte: »Nun gut, Karz Biteri, Historiker! Jetzt kennst du die Geschichte von Wratha der Aufgestiegenen!« Er seufzte und verfiel in Schweigen.

Nach einer Weile erwiderte Karz: »Dafür bin ich dankbar, Herr. Doch wenn ich so kühn sein darf: Deine gesamte Geschichte spielte vor langer Zeit – vor hundert Jahren. Doch wir leben in der heutigen Zeit und wissen, dass die Lady Wratha insgeheim Krieger für den Luftkampf züchtet. *Aber gegen wen?* Welchen Mann, welche Männer hasst sie jetzt, und welchen neuen und höheren Rang strebt sie an?«

Maglore sah zu Karz auf. »Hmmm?«, sagte er. Aber er hatte ihn sehr gut verstanden. Und er dachte: *Oh ja, ein schlauer Mann und ein feines Gehirn, aber vielleicht mit einer gefährlichen Zunge versehen. Ich gebe dir noch ein Jahr, Karz, mein Freund, höchstens zwei. Danach wirst du wenigstens etwas von deiner Intelligenz behalten – aber Flieger werden nicht gerade nach ihrer Konversationsfähigkeit ausgesucht.*

Laut sagte er: »Höre gut zu. Es soll keine leichtfertigen Gespräche über Dinge mehr geben, die du vielleicht ab und zu in Runenstatt vernimmst. Und lass niemals den Inhalt meiner Rede Grundlage der deinigen sein. Nicht einmal in den allerbesten Absichten oder Beweggründen. Hast du verstanden?«

»Selbstverständlich, Lord. Von nun an bin ich taub, stumm und blind.«

Grimmig lächelnd schüttelte Maglore den Kopf. »Stumm sollte genügen«, sagte er. »Und das kann ich sehr rasch einrichten, falls du dazu nicht in der Lage sein solltest! Was Wratha und gewisse verbotene Flugwesen betrifft, die sie, wie ich begründeterweise vermute, in den Tiefen von Wrathspitze heranzieht: Dafür wird sie schon bald Rechenschaft ablegen müssen. Und nicht nur Wratha, sondern auch andere, die ich nennen könnte. Für den Augenblick lass es jedoch gut sein. Was mich betrifft: Ich muss mich ausruhen, denn es ist Sonnauf, und ich werde allmählich müde!« Er stand auf, und Karz wich mit einer Verneigung zurück.

»Räume meine Sachen weg«, sagte Maglore zu ihm und überflog seinen Arbeitsraum. »Richte alles ordentlich her und kehre dann zu deinen Studien zurück, oder widme dich deinen Pflichten. Zuvor jedoch lege mir meine gute Kleidung heraus, komplett mit Kette und Wappenzeichen. Und meinen Handschuh! Befreie ihn vom Rost, wenn du kannst. Zweifellos werde ich während des langen Tages ab und zu wach sein, aber *sei gewiss,* dass ich bei Sonnunter ganz sicher wieder wach bin!«

»In der Tat, Lord!«, antwortete Karz, der genau wusste, warum sein Herr bei Sonnenuntergang wieder aufstehen musste. In Anbetracht ihrer Unterhaltung unterließ er es jedoch, eine Bemerkung darüber zu machen. Er dachte nicht einmal daran, erst sehr viel später, als Maglore sich schon zur Ruhe begeben hatte.

Später ...

... sah Karz aus einem Fenster zu den vom Sonnenlicht wie mit Gold übergossenen Türmen und hohen Zackengipfeln auf. Sein Blick schweifte weit über die mehrere Meilen breite Schlucht von Turgosheim, in deren durchlöcherten Wänden die großen Stätten lagen, bis zu der Stelle, wo die fahlen Lichter der düsteren Vormspitze trotz des angebrochenen Tages wie Glühwürmchen schimmerten. Karz dachte darüber nach, was das wohl bedeuten mochte. Denn Folgendes war geschehen:

Lord Vormulac Ohneschlaf, der seinerzeit der Mächtigste unter ihnen gewesen war und immer noch über erkleckliche Macht gebot, hatte zur zweiten Stunde nach der Dämmerung eine Zusammenkunft in Vormspitze anberaumt. Es war keine gewöhnliche Zusammenkunft, denn sämtliche Wamphyri, Lords wie auch Ladys, waren gleichermaßen geladen worden, und Tributstrafen drohten jedem, der sich zu enthalten gedachte.

Oh ja, die Dinge änderten sich in Turgosheim; das spürte Karz Biteri im Urin! Und er vermutete, dass schon bald neue Geschichten verzeichnet werden mussten – möglicherweise sogar mit Blut ...

Lord Vormulac Giftkeim, den man nach siebzig Jahren Schlaflosigkeit auch Ohneschlaf nannte, hatte den Platz am Kopfende der großen Tafel eingenommen. Das war nur recht und billig, da er sowohl Gastgeber als auch Einberufender war. Als Tributmeister, Schiedsrichter und ›Ästhet‹ (dieses Wort muss auf die gleiche Weise verstanden werden wie die Bezeichnung ›Asket‹ für Maglore, sofern diese Worte überhaupt auf Wamphyri angewandt werden können) genoss Vormulac großen Respekt ... im Allgemeinen.

Er war kein strenger Anhänger des Zolteismus, aber er schwelgte auch nicht in allen möglichen Genüssen. Selbst auf dem Höhepunkt seiner Macht hatte er den anderen Lords kein Übel angetan. Seine Truppen hatten außer zur Verteidigung von Vormspitze niemals angegriffen, aber wenn sie Krieg geführt hatten, dann gründlich und rücksichtslos! Vor achtzig Jahren hatte Vormulac Gonarspitze und Trogstatt in Schutt und Asche gelegt, ihre Herren mit silbernen Ketten gefesselt und sie an ihre eigenen Brüstungen gehängt, um den Schmelztod durch die aufgehende Sonne zu erwarten. Seither war Turgosheim von inneren Streitigkeiten vergleichsweise verschont geblieben.

Und so sah er aus:

Seit einhundertdreißig Jahren präsentierte Vormulac der Welt den rasierten Kopf und die Stirnlocke eines Knechtes. Was damals seinem alten Herrn Engor Sporensohn gefallen hatte, gefiel Vormulac noch immer. Seine Sklaven, Männer und Frauen, waren gleichermaßen geschoren. Seine Stirnlocke hatte ihren mattschwarzen Glanz durch die langen, schlaflosen Jahre verloren und schimmerte nun eisengrau. Geflochten und mit Perlen durchsetzt, hing sie ihm bis zur Brust herab. Seine eng zusammenstehenden Augen waren nicht völlig rot, sondern mit seltsamen gelben Flecken durchsetzt und lagen tief in ockerfarbenen Höhlen.

Vormulacs Nase war lang und schmal, ihr Rücken scharf gebogen; vielleicht war sie vor langer Zeit einmal gebrochen gewesen und schlecht verheilt. Ihre Schrunden und die Größe der Löcher waren weniger ausgeprägt als bei den meisten anderen Wamphyri, aber ihre Länge war äußerst ungewöhnlich: Die Spitze reichte fast bis zur Mitte der Oberlippe und verlieh seiner Miene etwas falkenhaft Strenges. Er trug einen eisengrauen Schnurrbart, dessen lange, einwärts gebogene Enden sich mit dem Keil seines Kinnbartes trafen. In diesem borstigen Rahmen wirkte sein breiter Mund so schmal wie ein bloßer Schlitz. Er war leicht schief, jedoch nicht höhnisch verzogen. Auf seiner linken Wange verlief eine dünne, weiße Narbe, die von der Augenhöhle bis zum Mundwinkel reichte und vielleicht für dessen Schiefe verantwortlich war. Seine Ohren lagen flach an, und ihre muschelgleichen Windungen waren von dicken weißen Haarbüscheln bedeckt.

Mit seiner Größe von fast sieben Fuß wirkte er wie ein Riese. Die Geschichtsschreibung verzeichnete unter den frühen Wamphyri etliche Fälle von Riesenwuchs, einige waren acht Fuß und größer gewesen! Vormulac war mit seinen sieben ganz zufrieden, und bei Gelegenheiten wie dieser erwies sich seine Körpergröße als besonderer Vorteil. Da die Sitzfläche seines Sessels ebenfalls ein bis zwei Zoll höher lag als die aller anderen am Tisch, machte er wahrlich einen imposanten Eindruck.

Dennoch wirkten Vormulacs Antlitz und Gestalt alles in allem so düster wie Vormspitze selbst, und die Atmosphäre seiner Gemächer, Möbel und Wandbehänge war trotz ihrer Üppigkeit, Reichhaltigkeit und fragwürdigen ›Schönheit‹ gleichermaßen trübsinnig. Sie waren nicht unbedingt unfroh oder untergangsschwanger zu nennen, sondern steckten voll trauriger Nostalgie und schienen stumm danach zu streben, Bilder einer entschwundenen oder gestohlenen Jugend, unheilvoller Fehler und ewiger Bitternis heraufzubeschwören.

Maglore, von gleichem Alter wie Vormulac, kannte den Grund

dafür sehr wohl. Vielleicht wäre er auch einigen anderen gegenwärtig gewesen, wenn sie sich darum gekümmert hätten, solche Dinge wahrzunehmen und sich daran zu erinnern. Aber in einer Welt ohne anständige Aufzeichnungen löscht die Zeit selbst höchst wirksam die Erinnerung.

In jungen Jahren war Vormulac nämlich, nachdem er das Ei des sterbenden Engor Sporensohn empfangen hatte, zum Herrn über Vormspitze aufgestiegen. Da er sich noch einen Rest seiner Szgany-Menschlichkeit bewahrt hatte, war er auf die Sonnseite zurückgekehrt, um seine verlorene Liebe wiederzugewinnen. Er war ihrer verlustig gegangen, als er als Tributant entführt worden war. Sie war mit ihm nach Vormspitze gekommen, und ihre Leidenschaft entflammte auf eine Weise, dass binnen kurzer Frist sein noch unreifer Vampir ein Ei hervorbrachte, das durch den Geschlechtsakt auf sie übertragen wurde.

Nur hatte Vormulacs früherer Herr ihm eines nicht gesagt: dass er, Engor, ein Aussätziger gewesen war!

Die Wamphyri, deren wandelbares Fleisch die meisten Krankheiten der Szgany mit Leichtigkeit abschüttelte, waren für Lepra anfällig. Sie zeigte sich in mehreren Erscheinungsformen und war wenig erforscht. Aber man glaubte, dass zumindest eine Art vererbt und durch das Ei weitergegeben wurde. Sie konnte eine oder zwei Generationen überspringen, doch früher oder später trat sie in der Linie wieder auf. Im Falle des Lords von Vormspitze hatte sie nur eine Generation übersprungen: seine eigene.

Als nach einigen Jahren das Fleisch seiner Geliebten eine krankhafte Färbung annahm und zu zerfallen begann, da erst fiel Vormulac das rasche Siechtum und Sterben seines früheren Herrn wieder ein. Er öffnete Engors Mausoleum, um festzustellen, ob er dort irgendeinen Hinweis entdecken konnte. Darin lag Engors Leiche in zahlreiche verrottende Stücke zerfallen, und es war mehr als deutlich zu sehen, dass sich die elende Fäulnis *noch nach seinem Tod von seinem Schmarotzer aus* in sein verwesendes Fleisch ausgebreitet hatte!

Um ein schnelles Ende herbeizuführen, hatte Vormulac seine erschöpfte und gezeichnete Geliebte mit Kneblasch und Silber vergiftet und ihren Leichnam neben Engor zur Ruhe gebettet. Dann war die Gruft wie ein Feuerofen in Brand gesetzt und nach dem Abkühlen der Glut für immer versiegelt worden. Seit jenem Tag hatte Vormulac von ihrer Verbrennung geträumt und davon, wie sein eigenes Fleisch langsam zerfiel, bis er schwor, nicht mehr zu schlafen oder zu träumen. Wohlan, geschlafen hatte er seitdem nicht mehr, doch Maglore war der Meinung, dass er immer noch träume.

Die Geschichte erklärte den ersten seiner selbst erwählten Namen, Giftkeim, ebenso wie die trauervolle Atmosphäre, die ihn und Vormspitze wie ein Leichentuch umgab ...

Solcherlei Gedanken und Erinnerungen gingen Maglore durch den Kopf, als er zur Rechten Vormulacs am Kopfende des Tisches Platz nahm. Und während ihr Gastgeber die anderen Gäste benannte und förmlich vorstellte (was meist unnötig war, da sie einander gut kannten; es war lediglich eine Formalität, um die Zusammenkunft einzuleiten), sann der Magier von Runenstatt ebenfalls über sie nach: »Die Lady Zindevar von Greisenfried«, intonierte Vormulac mit knirschender Stimme. Und mit einer gewissen Galanterie fügte er hinzu: »Und in all ihren Jahren nie ... schöner als heute.«

»Hah!«, schnaubte sie. Dabei sprühten ihre Augen Flammen. »Und welche Jahre wären das, bitte?«

Vormulac zuckte die Achseln. »Eine Hand voll, Lady«, räumte er trocken ein. »Was sind schon ein paar Jahre für die Wamphyri? Wahrlich, Ihr seid doch kaum dem Mädchenalter entwachsen.«

Sehr zu Maglores Unbehagen saß Zindevar gleich zu seiner Rechten, und sie war eben kein Mädchen mehr, sondern ungefähr in seinem Alter. Als er damals aus den Sümpfen gekommen war (›niedrig geboren‹, wie man sagte, ein Mystiker der Szgany, der sich an die verbotenen Stätten zurückzog, um zu meditieren, eine Spore einatmete und als Wamphyri wieder herauskam), da war Zindevar bereits zur Herrin von Greisenfried aufgestiegen. *Damals* war sie jung gewesen, aber niemals schön!

Sie war untersetzt, haarig, lesbisch veranlagt, und all ihre reichlich aufgetragenen Parfüms vermochten die geradezu männliche Atmosphäre, die sie verströmte, nicht zu überdecken. Trotz der Zahl ihrer Jahre – die geringer war als diejenige Vormulacs, aber die von Maglore übertraf – wirkte sie jung oder höchstens in mittlerem Alter, was einiges über ihren Lebenswandel aussagte. Zindevar hielt nichts von ›Askese‹.

Mit rot gepuderten Wangen und stark geschminkt, die Ellbogen auf dem Tisch, während eine Hand an ihrem Kinn kratzte und die klauengleichen Finger der anderen einen Trommelwirbel auf die alte Eichenfläche schlugen, umgab sie eine überwältigend kampflustige Ausstrahlung, die von Ungeduld zeugte und einer großen Abneigung – hauptsächlich gegen Männer, wie Maglore vermutete. Kaum konnte er den Drang unterdrücken, seine Nasenlöcher zuzuklappen und vor der Berührung ihres langen, dicken Schenkels, der sich unter dem Tisch an den seinen drückte, zurückzuschrecken. Allein der Gedanke daran war ihm schon zuwider. Er sah davon ab, einen tieferen Blick in ihren Geist zu werfen, der voll war mit Bildern von Brüsten und Hinterteilen in verschiedenen Formen und Größen, von rot geränderten, klaffenden, zuckenden Öffnungen, und natürlich von Blut. Das Schlimmste daran war jedoch die Erkenntnis, dass er die lüsterne Bilderfolge in ihrem Verstand nicht deshalb mied, weil sie ihn anwiderte, sondern weil sie ihn *verlockte!* Denn trotz seiner vorgeblichen Haltung war Maglore ebenso Wamphyri wie die Lady Zindevar auch.

Was den meist abfällig gemeinten Beinamen ›Greisentod‹ betraf, so wurde er unter den Wamphyri zwar häufig verwendet, jedoch nie vor Zindevar selbst, es sei denn, man beabsichtigte, sie zu beleidigen. Daher hatte Vormulac ihn auch vermieden. Er bezog sich auf die Art und Weise ihres Aufstiegs: Sie hatte nämlich der alten Lady, die vor ihr den Horst bewohnte, allmählich das Blut und die Lebenskraft entzogen. Und dieser Tage verhielt sie sich nicht anders, was ihre zahlreichen Sklavinnen zweifelsfrei bestätigen konnten. Nur eine Hand voll ihrer Offiziere waren Männer im vollständigen Sinne des Wortes (aus Notwendigkeit, um des Schutzes, der Wartung und Verwaltung von Greisenfried willen), und als Ausgleich hielt sie sich eine gleiche Anzahl weiblicher Offiziere. Was die gewöhnlichen Diener Greisenfrieds betraf, so waren sämtliche Männer, menschlich oder unmenschlich, Eunuchen.

So viel zu Zindevar. Maglore hatte verpasst, wie ein paar rangniedrigere Anwesende flüchtig vorgestellt wurden. Vormulac redete weiter: »Ich empfehle eurer Aufmerksamkeit nunmehr Lord Grigor Haksohn von Hagerstatt, dem unser Mitgefühl gehört. Sein Losanteil an den letzten Tributen hat seine Bedürfnisse sicher nicht befriedigen können.« Grigor, hoch gewachsen, mager und mit unstetem Blick, nickte mürrisch und kaum aufmerksamer in die Runde, als es der Form entsprach. Dann widmete er sich wieder dem Studium seiner Fingernägel. »Nach dem offiziellen Ende unserer Zusammenkunft«, fuhr Vormulac fort, »und für den Fall, dass einige Anwesende sich mit ihm einigen möchten, ist Lord Grigor zweifellos für den einen oder anderen zum beiderseitigen Vorteil gereichenden Tauschhandel bereit.«

Maglore beugte sich etwas vor, um Grigor von Hagerstatt oder ›Grigor den Lüstling‹, wie man ihn auch nannte, genauer zu betrachten. Er zählte zu den jüngeren Lords und verfügte über einen starken Trieb, doch seit kurzem hatte sein Anteil an den Tributanten der Sonnseite – bei dieser Lotterie ging es um Menschenleben – aus nur wenigen Frauen bestanden. Fast ohne Ausnahme hatten seine Lose ihm Szgany-Männer eingebracht, und von denen hatte er genug. Maglore las in seinem Verstand, dass Grigor, sollte er heute Nacht einen Abnehmer finden, vier starke Männer für zwei halbwegs annehmbare Mädchen anbieten wollte! Ganz gewiss machte dabei jemand ein blutiges Schnäppchen. Unter anderen Umständen wäre es vielleicht die Lady Wratha gewesen, nur war sie, wie Maglore wusste, heute Nacht anderweitig beschäftigt.

Das Vorstellen ging weiter, und nun war Canker Canisohn an der Reihe. Wer den Lord von Räudenstatt erblickte, wusste sogleich, dass sich irgendwo in seiner Ahnenreihe ein sporenbefallener Hund oder Fuchs befunden hatte. Canker trug den Namen jener Krankheit des Innenohres, die seinen Vater in den kläffenden Wahnsinn getrieben hatte (bis er einen Flieger bestieg und gen Süden in Richtung der aufgehenden Sonne gerast war). Er hatte die fleischigen Läppchen und Windungen seiner Ohren dazu gebracht, sich in sonderbare Windungen und Muster zu legen, unter denen auch sein Wappenzeichen, die Mondsichel, zu finden war. Sein Haar war rot, sein Maul groß, sein langbeiniger Gang fast schon ein Streunen, und wenn er lachte, warf er den Kopf in den Nacken und schüttelte sich von Kopf bis Fuß.

Lom der Halb-Starke:

Der Lord von Trollstatt war ein Zwerg unter den Wamphyri. Seine Beine waren zu kaum mehr als zu Oberschenkeln mit Füßen verkümmert. Aber in Anbetracht seiner gewaltigen Tonnenbrust, seiner Greifzangen ähnelnden Hände, und seiner Arme, die fast so lang waren wie er selbst, musste jeder, der ihn zu schmähen trachtete, einen sicheren Abstand wahren. Seine Reichweite war phänomenal, und er wusste um die Verletzlichkeit der besten Teile eines Mannes ...

Vasagi der Sauger sah gleichermaßen abartig aus.

Er war das Opfer einer erblichen Knochenkrankheit. Krankheiten waren bei den Wamphyri zwar selten, aber meist erblich: verschiedene Animalismen, mehrere Formen des Wahnsinns, aggressive Autismen, Akromegalie und andere Knochenkrankheiten. Mit Ausnahme der Lepra verliefen sie selten tödlich. Doch als das Wachstum von Vasagis Kiefern und Zähnen das wandelbare Fleisch seines Gesichtes zu überwältigen drohte, hatte er sie einfach entfernt. Mit anderen Worten: Er hatte sämtliche Zähne aus seinem Oberkiefer entfernt, sich den Unterkiefer ausgehakt, sämtliches Fleisch von den widerspenstigen Knochen zurückgezogen und war ihrer so ledig geworden. Nun war sein kinnloser Mund ein blassrosiger Tentakel, der vorn in eine bewegliche Nadelsaugspitze auslief, dem Rüssel einer Biene nicht unähnlich, die er mit erstaunlicher Geschicklichkeit in die winzigste Ader zu führen vermochte. Es bedarf kaum der Erwähnung, dass er *kein* Asket war.

Und die Liste ging weiter:

Ursula Torbrut von Torstatt, die sich fast menschlich gab und sogar Sonnseiter-Kleidung mit Lederfransen und klimpernden Glöckchen trug (nur waren Letztere aus Blech, statt aus Silber). Zur gleichen Zeit schwor sie jedoch darauf, das ausgelassene Fett von Szgany-Frauen als Salbe anzuwenden, um ihre nach über einem Jahrhundert schlaffe und vernarbte Haut straff und geschmeidig zu halten. Zudem bewahrte sie verschiedene Andenken an ihre Liebhaber auf, die sie in all den Jahren gehabt hatte – in Krügen. Man muss allerdings sagen, dass Ursula sich diese *Souvenirs* nicht angeeignet hatte, solange ihre Besitzer noch am Leben waren. Zwar wusste sie, welchen Preis sie zu zahlen hatte, wenn sie ihren Wamphyri-Gelüsten nicht nachgab, doch war sie bis zu einem gewissen Grad Zolteistin und als solche weder grausam noch zur Gänze blutrünstig.

Und weiter ging es:

Lord Eran Schmerzensschrund; Lady Valeria von Valspitze; Lord Tangiru; Zun von Zunspitze; Gorvi der Gerissene; Lady Devetaki Schädellarve (die heute aus unbekanntem Grund ihre lächelnde Maske angelegt hatte); Wran der Rasende und sein Bruder Spiro Todesblick von Irrenstatt ... All diese und noch viele mehr. Alles in allem sechsunddreißig Lords und sieben Ladys. Sie vorzustellen, nahm fast eine Stunde in Anspruch. In dieser Zeit spürte Maglore Zindevars wachsende Ungeduld und ihren heißen, fetten Schenkel gegen den seinen, und die verschiedenen Gedanken der Übrigen, die auf ihn einstürmten, bis er unter den Anspielungen und Beleidigungen, der Mordlust und dem Verlangen ihrer Bewusstseine geradezu schwankte.

Natürlich hielten sie den Großteil ihrer Gedanken verborgen, denn der Lord von Runenstatt war mit seinen telepathischen Fähigkeiten nicht allein. Alle Wamphyri besaßen sie in unterschiedlichem Maß; zumindest vermochten sie zu spüren, worauf sich die Gedanken eines anderen richteten. Zindevar zum Beispiel:

Der Lady war Maglores nahe Gegenwart ebenso bewusst wie ihm die ihre, was sehr wohl der Grund für ihre Ungeduld und die schlüpfrigen Szenen sein konnte, mit denen sie ihren Verstand füllte. Wahrscheinlich nahm sie an, dass dies genügen würde, ihn auf Abstand zu halten – womit sie Recht hatte.

Die Vorstellung fesselte ihn. Aus dem Augenwinkel heraus warf er einen Blick auf sie – und stellte fest, dass sie ihn ihrerseits anstarrte! Ihr heißer Blick brannte in ihm, und ihre Nasenlöcher verengten sich argwöhnisch. Nun gut, was hatte sie wohl zu verbergen?

Mittlerweile war Vormulac fast zum Schluss gekommen, und nur noch eine musste vorgestellt werden: Wratha die Aufgestiegene. Maglore vertrieb alle ablenkenden Gedanken und konzentrierte sich auf die Worte des Tributmeisters.

»Lady Wratha«, intonierte Vormulac, während sich seine Augen verengten, »von Wrathspitze ...« Doch jetzt lag ein gewisser Unterton in seiner Stimme. Die Unruhe und das Gemurmel der Runde erstarben sofort, und aller Augen richteten sich auf Wratha – was niemandem schwer fiel.

Maglore blickte über den Tisch auf ihren Platz am anderen Ende der Tafel, Vormulac direkt gegenüber, und erkannte, dass er sie noch nie ... köstlicher erblickt hatte! Sie sah geradezu zum Anbeißen aus! Im gleichen Moment erfüllte sich der geistige Äther mit zwei Gedankenwellen: Die eine kündete von Lust, die andere von eifersüchtiger Abscheu. Nach dem Ursprung dieser aufwallenden Gefühle musste man nicht lange suchen. Ah, und auf den Kämmen dieser Wellen schäumte so etwas wie Respekt, sogar Bewunderung! Oh ja, denn Wratha die Aufgestiegene besaß Stil.

Sie hatte nicht einfach Platz genommen, sondern sich ganz entspannt in ihrem Sessel in Szene gesetzt. Beide Ellbogen lagen auf einer Lehne, das Kinn hatte sie auf die Hände gestützt. Ihr zu Zöpfen geflochtenes, schwarzes Haar fiel ihr fast bis auf die Schultern, auf denen ein Band aus fein verarbeitetem Gold lag. Von diesem goldenen Ring hingen lange, schwarze Streifen aus Fledermauspelz herab und bildeten einen rauchigen Vorhang. Wrathas helle Schultern und Arme ragten daraus hervor, ebenso ihre spitzen Brüste, ein langer Streifen makellos glatter Schenkelhaut und die Knie ihrer untergeschlagenen Beine. Der beachtliche Rest zeigte sich als helle Streifen hinter grauschwarzen Vorhängen und blieb den Blicken kaum verborgen.

Auf widersprüchliche, aber bei ihr nicht unübliche Weise, waren Wrathas Augen kaum zu sehen. Sie wurden von dem geschnitzten Knochenreif auf ihrer Stirn beschirmt. Die blauen Glasovale an ihren Schläfen und dazu passende Ohrringe, die von den fein behaarten Läppchen ihrer Ohren herabhingen, dämpften die Glut ihres Blickes. Doch abgesehen von ihren Wamphyri-Ohren und ihrer gesenkten, leicht flachen Nase, deren Windungen nicht allzu ausgeprägt waren – und natürlich von ihrer roten, gespaltenen Zunge – abgesehen also von diesen Dingen hätte sie gut und gerne eine Szgany sein können, ein wohlgeratenes Zigeunermädchen von der Sonnseite, dessen Fleisch noch unerprobt war. So musste sie vor fast einhundert Jahren Karl dem Zacken erschienen sein.

Nur ... wo war Karl jetzt?

Einige Sessel von Maglore entfernt gab Grigor Haksohn einige leise schnaubende, kehlige Geräusche von sich, die Maglore eher spürte denn hörte. Er richtete seine Aufmerksamkeit auf den Lord von Hagerstatt, dessen Geist nun wie ein offenes Buch vor ihm lag. *Wenn ich sie nur haben könnte* (gierte Grigor nach Kräften). *Oh, dieser Mund! Und wie ich ihn füllen würde! Sie nimmt Szgany-Welpen in ihr Bett, die von ihren Kurven so besoffen sind, dass sie ihr auf die Schenkel sabbern. Aber wenn ich sie haben könnte ... dann würden meine Säfte sie wie heißer Dampf bis in ihr Innerstes verbrühen!*

Maglore sah von weiteren Abtastversuchen ab. Sie dachten ohnehin alle mehr oder weniger dasselbe. Zumindest die Männer. Die Frauen dachten allerdings andere Dinge. Devetaki Schädellarve war erheitert und befand sich so mit ihrer Maske im Einklang. Eine oder zwei andere waren eifersüchtig und warfen ihr mürrische Blicke zu. Zindevar von Greisenfried dachte: *Bleiche, magere Schlampe! Szgany–Hure! Zeigt sich den Männern, gibt sich ihnen hin! Wenn ich nur daran denke, dass ich einst ... auch nur daran gedacht habe, sie selbst zu besitzen! Soll doch der Aussatz ihre weicheten Stellen verfaulen lassen, sollen sich doch die Würmer ihrer Öffnungen bedienen!*

»Aye, Wratha die Aufgestiegene«, wiederholte Vormulac mit starrem Blick. Seine Stirnlocke erbebte leicht. »Von der einige sagen, dass sie vielleicht zu hoch gestiegen ist!« Er legte die großen Hände auf die Platte, als wolle er gleich aufspringen. Am anderen Ende des Tisches richtete Wratha sich gleichfalls auf und schwang die Füße zu Boden.

»Wenn dein Ton und deine Worte irgendetwas zu bedeuten haben, Lord Vormulac«, zischte sie, »solltest du uns das vielleicht besser erläutern!«

»Besser?« Sein Mundwinkel zuckte und schnappte nach einer Bartlocke. *»Besser!«*

»Ich kam auf das höfliche Ersuchen eines *Lords* hierher!« Sie hatte die Stimme ebenfalls erhoben. »Es ist doch keinesfalls so, dass irgendein ... ein protziger Rüpel von Offizier den Finger nach mir krümmte und ich wie eine Küchenmagd auf seinen Wink hierher gehastet wäre. Nicht wahr? Ich bin die Lady Wratha! Keine Sonnseitermetze, die man herumschubsen, schmähen und ... und beleidigen kann! ›Zu hoch aufgestiegen‹, von wegen!«

Als Wrathas Blut sich erhitzte, setzte ihre Verwandlung ein. Ihr Vampir reagierte auf ihre Zorngefühle und pumpte seine Essenz in ihren Kreislauf, wie gewöhnliche Sterbliche Adrenalin ausschütten. Sie hatte gespürt, dass sie im Mittelpunkt stehen sollte, und wappnete sich daher für alle Eventualitäten.

Ohne auch nur mit der Wimper zu zucken, wuchs sie um mehrere Zoll. Ihr Fleisch, ihre Knochen streckten sich, und sie schien in ihrem Sessel größer zu werden. Ihre Wangen fielen ein, und ihr Gesicht wurde hager und schien binnen kürzester Frist zu altern. Ihr Nasenrücken trat scharf hervor, die Ränder wurden dunkel und feucht, und die Nasenlöcher klafften auf. Ihre Brüste, die eben noch schön und mädchenhaft gewesen waren, schrumpften augenblicklich, verflachten und zogen sich hinter die Stränge ihres Fledermauspelzumhanges zurück.

Und ihre Augen ...

... *Kein Wunder, dass sie sie überschattet!,* dachte Maglore. Denn unter dem geschnitzten Knochenreif auf ihrer Stirn glommen Wrathas Augen nun wie glosende Höllenglut aus ihren Höhlen.

Unter den Wamphyri hatte es stets auch einige von gemischter Herkunft gegeben. Ihre Mutationen traten in vielerlei Gestalt auf, und ihre Wandelbarkeit gestattete eine endlose Vielfalt an Formen. Doch nur wenige Ausformungen waren so scheußlich wie die Augen der Lady Wratha.

Darüber hatte sie kaum eine Kontrolle. Wenn man sie reizte oder bedrohte, war dies das Ergebnis. Sie führte es nicht willkürlich herbei; tatsächlich hätte sie es lieber ungeschehen gemacht, wenn dies nur möglich gewesen wäre. Denn diese rasche Verwandlung von einem Mädchen in eine dämonische *Wesenheit* war etwas, was selbst die abgehärtetsten Wamphyri-Lords als monströs und, ja, unnatürlich erachteten. Wie Maglore nur zu gut wusste, war die Ursache dafür auch keineswegs natürlich gewesen.

Da er Gedanken lesen konnte, hatte er schon vor langer Zeit den Grund dafür erfahren. Er lag hundert Jahre zurück – in der Zeit von Wrathas verfrühter Beerdigung. Als sie damals in ihrer Höhlengruft vom Tod in den Untod erwacht war, hatten ihre Augen erstmals so ausgesehen. Nur war ihre Klaustrophobie nicht fleischlicher Ursache, sie lag auch nicht in einer Besonderheit ihres Geistes begründet, sondern hatte ihren Ursprung in ihrem Parasiten. Oh, auf Gefahr oder Bedrängnis reagierte er wie alle anderen Vampire auch – mit Kampf, einem Fluchtversuch, oder dem Rückzug aus dem unmittelbaren Gefahrenbereich. Aber er reagierte sehr viel stärker und heftiger! Während der Zeit ihrer Eingruftung war Wratha teilweise dem Wahnsinn verfallen gewesen, und dieser Wahnsinn hatte sich später auf ihren Schmarotzer übertragen. Und nun waren bei Wirt und Schmarotzer gleichermaßen die Stimmungen und gelegentlichen Wutanfälle untrennbar miteinander verbunden.

Sie ist so schuldig wie die Sünde selbst!, dachte Vormulac, während er vor Zorn und Empörung auf seinem Sessel am Kopfende der Tafel schier erzitterte. *Die Reaktion ihres Parasiten und ihres Fleisches ist ganz offensichtlich! Vor aller Augen stellt sie sich bloß. Ihre Ankläger, zu denen ich ebenfalls zähle, haben mit ihrem Argwohn zur Gänze Recht. Nur bin ich zu rasch vorgeprescht; es läuft nicht so, wie Maglore, Devetaki und ich es geplant haben. Daher muss ich es für den Augenblick dabei bewenden lassen. Aber wie?*

Die Lady von Maskenstatt kam Vormulac zu Hilfe. Allerdings konnte Maglore nicht sagen, ob es nun Zufall war oder Absicht. Indes bemerkte er, dass Devetaki ihre lächelnde Maske mit einer zürnenden vertauscht hatte. Sie schnalzte leise mit der Zunge, blickte von einem Ende der Tafel zum anderen und sagte: »Aber Wratha – ach, Wratha, mein Kind – warum hast du heute Nacht nur so schlechte Laune? Ganz sicher hatte Lord Vormulac keinerlei Beleidigung oder Anklage im Sinn, sondern stellte lediglich eine Tatsache fest. Denn dir ist doch sicherlich ebenfalls klar, dass es hier einige gibt, die dir tatsächlich deinen hohen Aufstieg neiden, wie Vormulac es angedeutet hat. Du weißt es, und wir anderen wissen es ebenfalls, denn sie bestreiten deine Stellung bei jeder sich bietenden Gelegenheit. Na und? Gegen meine erheben sie ebenfalls Widerspruch und sogar gegen die von Vormulac! Ist es nicht schon immer so gewesen? Wir alle stecken sicherlich voller kleiner Eifersüchteleien dieser oder jener Art! Und gewiss ist es besser, beneidet zu werden, anstatt missachtet!«

Schlau!, dachte Maglore. Er erkannte, dass Devetaki dem hitzigen Verlauf das schlimmste Feuer nahm und damit nicht nur Vormulac die Gelegenheit zur Wiedergutmachung gab, sondern auch Zeit herausschlug, damit ihr Plan während und abseits dieses Treffens seinen gebührenden Verlauf nahm. Denn es käme ganz und gar ungelegen, sollte die Lady Wratha zornentbrannt den Saal verlassen – gerade in diesem Augenblick – und vielleicht selbst feststellen, aus welcher Richtung der Wind wehte. Ja, sehr schlau! Denn Maglore wusste seinerseits, dass Devetaki Schädellarve von Maskenstatt zu Wrathas Hauptanklägern zählte.

Devetaki hatte an jenem verschwiegenen Treffen mit Maglore und Vormulac hier in Vormspitze teilgenommen, bei dem die drei annähernd Gleichaltrigen ein geheimes Triumvirat der Wamphyri gebildet und diese Zusammenkunft vorbereitet hatten. In der Abgeschiedenheit von Vormulacs oberen Stockwerken zu jener unbequemen, doch sicheren Stunde des Sonnauf, da die Außenseite des Turmes von sengenden Strahlen überschüttet wurde, hatten sie sich zusammengefunden, um ... über Wratha zu sprechen! Damals hatte Devetaki berichtet, wie gewisse ungenannte Informanten sie vor Wrathas Arbeiten gewarnt hatten, die solcherart waren, dass sie den anderen zur Kenntnis gebracht werden mussten. Sämtliche so beschriebenen Fehltritte stimmten mit Maglores eigenen Befürchtungen und Ansichten überein, die er zum größten Teil durch seine Gedankenschnüffelei errungen hatte.

Devetaki hatte also ebenso wie Maglore Anschuldigungen gegen Wratha erhoben. Zur gleichen Zeit hatte sie sich jedoch gegen sämtliche Erziehungs- oder Strafmaßnahmen, die Vormulac vorgeschlagen hatte, gewandt – bis auf die am wenigsten weitreichenden. Sie meinte, es genüge völlig, Wrathas neue Kriegerbrut zu vernichten und die Lady selbst vor jedweder weiteren Experimentiertätigkeit zu warnen. Vergleichbare Maßnahmen mussten gegen eine Hand voll jüngerer Lords ergriffen werden, die die Lady von Wrathspitze mutmaßlich dazu angestiftet hatte, eigene Kreaturen ähnlicher Art zu züchten. Auf diese Weise wurde offenbar, dass Devetaki Wratha immer noch ›mochte‹ oder sich um sie ›sorgte‹, auch wenn sie sie angeschwärzt hatte.

Natürlich erhob sich ebenfalls die Frage, wozu Wratha diese Luftkampfbestien benötigte. Um sich zu schützen? Doch vor wem? Oder ... konnte es sein, dass sie zum Krieg rüstete?

Devetaki und Maglore stimmten darin überein, dass die Lady bezüglich Turgosheim keinen besonderen Ehrgeiz hegte, jedenfalls noch nicht. Aber mit Hilfe von Maglores telepathischen Kräften und Devetakis Quellen hatten sie sich zusammengereimt, dass sie im Westen zuschlagen wollte – auf der Alten Sternseite! Turgosheims Gefilde waren schließlich doch zu eng, zu beengend geworden. Die jüngeren Lords wollten ausbrechen, und Wratha sollte sie anführen.

Das war zwar schön und gut, aber in dem unwahrscheinlichen Fall, dass die Alten Wamphyri auf der Sternseite immer noch über Macht verfügten, konnte Wrathas Vorhaben ihnen nur die Anwesenheit der Bewohner von Turgosheim verraten! Und wenn sie und ihre Lords im Kampf gegen sie unterlagen, wie lange mochte es dann dauern, bis jene mächtigen und *kampferprobten* Krieger auf der Suche nach ihrer Herkunft hierher kamen? Falls im umgekehrten Fall Wratha die Alte Sternseite verlassen vorfand und sich dort niederließ, wie lange mochte es dann dauern, bis sie eigene Heere aufstellte, mit denen sie, nunmehr als Kriegsfürstin, nach Turgosheim zurückkehrte? Oh, diese Wratha kannte sich mit Auferstehungen und Rückkünften aus!

Daher kam es nicht in Frage, sie einfach ziehen zu lassen und zu vergessen. Wratha war halsstarrig und ›heimtückisch‹ ... sie wagten es nicht, ihr diese Sache durchgehen zu lassen und damit zu riskieren, dass sie sie in nicht allzu ferner Zukunft dafür bezahlen ließ. Vormulac, Devetaki und Maglore wollten ihre vereinbarten Maßnahmen treffen. Aber um dies zu bewirken, mussten sie zuerst für ein Ablenkungsmanöver sorgen: eine Versammlung aller Wamphyri – dieses Konzil. So war es also dazu gekommen ...

Dies waren Maglores Gedanken, die vielleicht ein wenig zu sehr um Devetaki Schädellarve kreisten. Denn während er noch die Wirkung von Devetakis schlichtender Rede bedachte, hatte er ihren Geist unbewusst telepathisch gestreift, und ...

Gibt es hier keine Privatsphäre?, fragte Devetaki ihn plötzlich und direkt, ohne die Miene zu verziehen oder auch nur in seine Richtung zu blicken.

Eh? Maglore zuckte zusammen und entschuldigte sich sofort: *Vergib mir, teure Lady, die Geschehnisse nahmen mich gefangen.*

Devetaki war selbst eine Telepathin, eine Mentalistin von nicht geringer Befähigung, und wusste daher, dass Maglores Entschuldigung aufrichtig gemeint war. Außerdem war er ein alter ›Kollege‹. Dennoch warnte sie ihn: *Finger weg von meinem Verstand, Maglore! Durchstöbere die schwachen, seichten Gedanken der anderen nach Belieben und fang dir die Fischlein, die du dort finden magst. Doch hüte dich vor den wirbelnden Tiefen, denn die Fische, die dort leben, sind groß und tückisch!*

Ah ja – in der Tat!, pflichtete er ihr bei und zog sich rasch zurück. Der Austausch hatte sich, wie auch sein Schwelgen in Erinnerungen, wahrhaft in Gedankenschnelle ereignet und kaum Zeit in Anspruch genommen.

Unterdessen ...

»Nun?« Wratha hatte sich etwas entspannt und ließ sich leicht in den Sessel zurücksinken. Ihr Aussehen hatte wieder einen Hauch von Jugendfrische angenommen, die verengten Augen lagen erneut unter dem Knochenreif verborgen. Ihr Leib nahm allmählich wieder seine noch recht blasse, rosige Färbung an. Und ihre klingende Stimme, aus der jedwedes Zischen verschwunden war, trug bis zu Vormulac am oberen Ende der Tafel: »Hat die Lady von Maskenstatt das richtig gesehen?«

Vormulac wusste, welche Antwort er ihr gerne gegeben hätte, aber nicht geben durfte. Stattdessen nickte er knapp und fügte, einer Eingebung folgend, hinzu: »Doch liegt es in deiner Art, Wratha – in der Art deiner ... Posen? – dich als starke Ablenkung zu präsentieren. Wir haben ernste Dinge zu besprechen. Ich wünsche, dass die anwesenden Lords mir und binnen kurzem Maglore ihre ungeteilte Aufmerksamkeit schenken. Doch leider ist ein viel zu großer Teil ihrer Aufmerksamkeit auf dich gerichtet!«

Genug! Grigor von Hagerstatt durchfuhr ein geistiges Erschauern. Er hatte schon Gerüchte über Wrathas verstörende Rückverwandlungen gehört, aber noch nie zuvor eine gesehen. *Gerade eben noch verschont geblieben! Sie ist eine Hexe!*

Wratha schien jedoch besänftigt. Sie schmollte ein wenig und nahm dann mit langsamen, mutwilligen Bewegungen ihre vorherige Haltung wieder ein – jene ›Pose‹, die Vormulac beanstandet hatte.

Maglore gestattete sich ein bitteres Grinsen und warf aus dem Augenwinkel einen Blick auf Zindevar. *Aha!,* dachte sie gerade. *Diese Männer! Sie sind doch alle gleich: Hunde, die eifrig und nutzlos die haarigen Schenkel der Trogs begatten. Nur haben sie jetzt diese ›Lady‹ so gesehen, wie sie wirklich ist: als Greisin!* Hah! *Na, und ich, Zindevar, weiß, wie man mit Greisinnen umzuspringen hat! Diese Wratha ... Verfüttern sollte man sie an die Kreaturen, die sie in ihren gar nicht so geheimen Bottichen heranzüchtet! Ah, wenn ich Devetaki doch nur von einer entsprechenden Lösung hätte überzeugen können ...*

Das offenbarte Maglore einiges und erklärte zudem Zindevars Ungeduld und Heimlichtuerei, die Art, wie sie ihren Geist vor Unbefugten abschirmte. Offensichtlich gehörte sie zu Devetakis Informanten über Wrathas verbotene Tätigkeiten. Doch da allgemein bekannt war, dass Zindevar ein Netz aus Spitzeln unterhielt, dem kein anderes in Turgosheims Türmen und Stätten gleichkam, war dies wahrlich keine große Überraschung.

Der Grund, warum Zindevar so erpicht darauf war, ihre Rolle in diesem Spiel geheim zu halten ... war womöglich zweifacher Art. Zum einen fürchtete sie die Vergeltung der Herrin von Wrathspitze, sollte sie ungeschoren davonkommen. (Denn Wratha standen zahlreiche Männer zur Verfügung, während Zindevars »Mannschaft« hauptsächlich aus Frauen bestand.) Zum andern: Auch wenn Zindevar eine von Neid zerfressene Blutsaugerin war, hatte sie dennoch wenig Freude an ihrem hässlichen Ruf als Greisengeißel und allgemeine Plage ihres eigenen Geschlechts. Oder falls sie ihn genoss, trachtete sie doch danach, die Tatsache selbst zu verbergen. Während also Wratha auf der einen Seite durch und durch verderbt war, bestand Zindevar auf der anderen aus nichts als List und Tücke!

Nun ja (der Magier von Runenstatt zuckte innerlich mit den Achseln), niemand war vollkommen ...

Inzwischen hatte sich die Lage wieder entspannt. Die Wamphyri am Tisch nahmen etwas Wein und rohes dunkles Fleisch zu sich – die halbierten Herzen von Wolfswelpen, wie Maglore feststellte – um sich die Kehlen zu befeuchten. Er sah von einem zum anderen und drang in ihre Gedankenwelten ein, wann und wo immer er es vermochte.

Wrathas Geist war abgeschirmt. Wie immer beschwor sie dichte Nebelbänke in ihrem Kopf, um jede unerwünschte geistige Aufmerksamkeit auszuschließen. Wratha war keine besonders gute Telepathin, aber sie wusste, wie man Abtastversuche abblockte. Am Tisch saßen noch mehrere andere, die sich – vielleicht verständlicherweise – ähnlicher Kniffe bedienten:

Zindevar von Greisenfried, natürlich, mit ihrer ungehobelten Galerie an Schlüpfrigkeiten; aber auch Vasagi der Sauger? Canker Canisohn? Wran und Spiro, die Brüder von Irrenstatt? Gorvi der Gerissene? Merkwürdige Verschwörer! Oder zählten sie etwa nicht dazu?

Maglore nickte wissend, wenngleich nur zu sich selbst. Oh ja, diese Bande würde sich großer Vorsicht bedienen. Denn sie steckten allesamt so tief drin wie Wratha selbst! Es waren nämlich ebendiese Lords, die sie umgarnt hatte. Und ihre Gedanken waren so fest verschlossen wie der Klammergriff der Flechte an einem Felsen.

Doch ... bedeutete dies nicht vielleicht auch, dass sie wussten oder zumindest vermuteten, dass etwas in der Luft lag? Wratha hatte sehr rasch begriffen, was los war, als der erzürnte Vormulac fast alles preisgegeben hatte. Keine Zeit mehr, sich darum zu sorgen, denn zu Maglores Linker hatte Vormulac sich erhoben und streckte die Arme aus, um das Gemurmel zu unterbinden.

»Zur Geschäftsordnung«, schnaubte der Herr von Vormspitze. »Um eure Erinnerung an den unsere Angelegenheit betreffenden Hintergrund aufzufrischen, gestattet mir jedoch, euch zuvor erneut

Maglore von Runenstatt zu präsentieren, dessen Kenntnisse unserer Geschichte von den bescheidenen Anfängen Turgosheims bis zur Gegenwart unübertroffen sind. Ich übergebe das Wort an den Seher-Fürsten Maglore.«

Vormulac setzte sich, und zugleich erhob sich Maglore mit knirschenden Gelenken. Nun war er an der Reihe, die Scharade fortzuführen. Ach, wenn er doch nur sicher sein könnte, dass sie nicht schon vorüber war ...

DRITTES KAPITEL

»Vor zweitausend Jahren«, begann Maglore übergangslos und ohne Vorrede, »war Turgosheim ein gewaltiges ausgewaschenes Schluchttal: eine Stelle, an der sich die Berge auseinander gerissen hatten, ein tiefes, finsteres, klaffendes Felsenloch, dessen Mündung sich zu den Eislanden weit im Norden öffnete. Die unregelmäßige Schlucht klaffte wie eine offene Wunde im Bauch des Gebirges, und ihre zahlreichen Ausläufer gingen in die Pässe über, die zur Sonnseite führen.

In der Schlucht erhoben sich zahlreiche Türme und Zackengipfel, die aus dem Ursprungsgestein hervorgeborsten oder herausgewaschen worden waren. Einige Türme waren oben flach, andere gezackt und zerklüftet. In den Schluchtwänden fanden sich Höhlungen und Überhänge und Simse in großer Zahl, so dass der Felsen selbst einer Honigwabe glich. Die Kluft war in Nord-Süd-Richtung etwa vier Meilen lang, in ostwestlicher Richtung zweieinhalb bis drei Meilen breit und wurde durch das Grenzgebirge vor den höchsten Sonnenstrahlen beschirmt. Nur die höchsten der Spitz- und Flachgipfel spürten je die volle Kraft der Sonne.

Der Boden der Schlucht war eine Ansammlung von herabgestürzten Felsen, Geröll, kleineren Klammfällen und alten Wasserläufen. In den Wänden lagen einige tiefe Höhlen, in denen armselige Trogs ihr trostloses Dasein fristeten. In den frühen Tagen mussten unsere Vorfahren sich dieser stumpfsinnigen Geschöpfe bedienen, so gut es eben ging, zumindest so lange, bis sie die Sonnseite erforschen und den Überfluss ihrer Wälder und Seen und natürlich ihrer Szgany-Siedlungen erfahren konnten.

Kurz gesagt, war die Schlucht Turgosheim damals ihrer heutigen Form recht ähnlich, nur dass sie eben leer und lediglich eine Hand voll von Turgo Zoltes Leuten da war, um ihre Türme und Stätten herzurichten. Zwar war Turgosheim ein kleiner Ort, doch für sie war er gewaltig! Kein so gewaltiges Gelände wie die Alte Sternseite mit ihren hoch aufragenden Felstürmen und der endlosen Findlingsebene, nein, aber doch riesig für sie, die so wenige waren. Trogfleisch gab es reichlich, und bald standen auch die süßeren

Genüsse der Sonnseite zur Verfügung. Und das in Hülle und Fülle, oh ja, in jener Zeit, als Turgo Zoltes Leute, die vor dem Teufel Shaitan von der Alten Sternseite hierher geflohen waren, nur eine Hand voll zählten ...

Die großen Stätten wurden erbaut, erweitert und mit Knorpel und Knochen möbliert. Desgleichen die Türme, deren Außentreppen in Nachahmung der größeren Festen auf der Alten Sternseite mit eingeölten Häuten verhängt wurden. Die Pässe zur Sonnseite wurden erschlossen: Bei Sonnunter jagten unsere Vorfahren in den Wäldern und flogen vor Sonnauf mit ihrer Beute zurück. Das Leben war schön und die Wamphyri gediehen ... eine Zeit lang.

Sie gediehen und vermehrten sich. Turgo war in den Sümpfen abgestürzt und umgekommen; seine Leiche brachte Sporen hervor; Tiere und Menschen von der Sonnseite wurden angesteckt. Einige davon schlossen sich den Wamphyri von Turgosheim an, wogegen niemand Einspruch erhob. Denn wenn diese Außenseiter auch von niedriger Sporengeburt waren und nicht dem wahren Ei entsprungen, machten sie uns doch stark. Noch gab es reichlich Raum in der großen Felsschlucht. Ah ja, doch die ganze Zeit über ... schwand der verfügbare Platz! Lords zeugten Lords und Ladys, auch die Sümpfe brachten sie hervor, und binnen sechshundert Jahren war Turgosheim überfüllt. Selbst die kleinsten Stätten und niedrigsten Türme waren besetzt, und von den kleinsten Hügeln flatterten die Banner der Wamphyri. Und wahrlich, die Straße zum Aufstieg war mühsam, wenn die neuen Lords Felstürme bewohnen mussten, die vormals als bloße Stümpfe abgelehnt worden waren!

Zugleich hatte das Prinzip des Zolteismus an Anziehungskraft verloren. War es doch schwer, den guten Dingen des Lebens zu entsagen, wenn es sie so reichlich und so nahe in Fülle gab, einen bloßen Dämmerungsflug über die Gipfel oder durch die Pässe entfernt. Unsere Vorfahren schwelgten im Blut und in der Jagd, und die Sättigung ihrer Schmarotzer wurde ihr einziger Zeitvertreib. Ihre fleischlichen Gelüste befriedigten sie mit enormer Hingabe unter den Stämmen der Szgany. Doch zu welchem Zweck? Es entstanden weitere Lords und Ladys, ohne dass ausreichend Raum für sie zur Verfügung stand.

Aus zwei Hauptgründen ziehen Menschen in den Krieg: Um sich zu ernähren und um sich auf neue Gebiete auszubreiten. Nein, aus drei Gründen, denn selbst die friedliebendsten Menschen werden sich gegen einen kampflustigen Nachbarn stellen, der sie ebendieser Lebensgrundlagen berauben will, ihnen Nahrung oder Gebiet streitig macht. Die Wamphyri waren da keine Ausnahme. Bislang gab es noch reichlich Nahrung, aber der Platz war beschränkt. Die rangniedrigen Lords in ihren gleichsam niedrigen Wohnstätten beneideten die Lords in den hohen Türmen, und die Schmutzfinken in den bröckelnden Höhlen konnten von der Pracht der Ladys in ihren geräumigen Kavernen nur träumen. Und frisch entstandene Vampire mussten gar mit dem vorlieb nehmen, was sich ihnen an winzigen Nischen am Boden der Schlucht bot.

Vorlieb nehmen ...? Ach ja ...?

Das konnte nur in einem Krieg enden!

Jüngere oder nicht so wohlhabende Lords schlossen sich zusammen und erzeugten Vampirknechte, Offiziere, Kampfkreaturen, weit über das erlaubte Maß hinaus. Sie marschierten auf die großen Türme los und nahmen sie einen nach dem anderen ein. Und für jeden besiegten, niedergepflockten, enthaupteten, verbrannten Lord gab es drei oder vier, die sich in die verschiedenen Stockwerke der verwüsteten Türme teilten. Die neuen Herren dieser Stockwerke, frisch in Blut getaucht und voller Kampfeslust, traten dann gegeneinander an: Stockwerk gegen Stockwerk, Turm gegen Turm, Stätte gegen Stätte! Doch selbst inmitten des wogenden Haders sahen die meisten Kriegsherren davon ab, flugfähige Streitbestien zu züchten, denn jeder, der gegen dieses Gebot verstieß, sah sich bald einem Angriff aller anderen preisgegeben.

Doch nach jedem Aufwallen des Krieges erkannten Sieger und Besiegte gleichermaßen, wie erschöpft und mitgenommen sie doch waren, und fielen wie regelmäßig ausbrechende Seuchen über die Sonnseite her, um wieder Kräfte zu sammeln. Wir können nur zu gut verstehen, wie unsere Wamphyri-Vorfahren die Sonnseite schändeten und geradezu aussaugten, um sich zu weiterem Kampf zu stärken – oder um danach wieder zu Kräften zu gelangen. Wie sie ohne einen Gedanken an die Zukunft die Szgany, die *wahrlich* diese Zukunft waren, beinahe ausrotteten! Oh ja, denn obgleich einige von uns ihm ihr Leben lang widerstanden haben, so geben wir doch zu, dass das Blut fürwahr das Leben ist. In jenen frühen Tagen von Turgosheim stand dieses Blut allerdings kurz vor dem Versiegen!

Schließlich setzte sich die Vernunft durch. Dic Lords riefen einen Großen Waffenstillstand aus; sie versammelten und besprachen sich. Und dreizehnhundert Jahre später dürfen wir uns glücklich schätzen, dass sich unter den Hitzköpfen auch ein paar Denker befanden. Sie erkannten, wie klein Turgosheim im Vergleich zu der Alten Sternseite im Westen war. Turgosheim war klein! Die Bergkette, in der es einen bloßen Einschnitt darstellte, war klein! Die Region hinter den Bergen – die man aus offensichtlichen Gründen Sonnseite nannte – war ebenfalls klein! Ganz offensichtlich bedeutete die Vernichtung der Sonnseite auch den eigenen Untergang. Sie erkannten also, wie nahe sie vor der Katastrophe standen.

Und es lief auf Folgendes hinaus: Keine weiteren Kriege, zumindest für eine gewisse Zeit nicht; eine Neuerstarkung des Zolteismus; ein Verbot der Überfälle, ja sogar der Jagden auf der Sonnseite, sowie der Aufzucht unnötiger Kreaturen. Der Frieden kehrte nach Turgosheim zurück ... Doch er kostete einen Preis. Worin bestand dieser Preis? In der Unterdrückung der Wamphyri-Leidenschaften, dem Verbot der Gebietserweiterung und der Einführung des Tributsystems. Diese Regeln haben bis zum heutigen Tag Bestand, und wir alle haben auf unsere Wappen geschworen, uns daran zu halten.

Oh ja, es gab Fehden, von Zeit zu Zeit sogar Kriege, doch nie mehr in so verschwenderischem und allgemein bedrohlichem Ausmaß. Seit langer Zeit hat es sich so verhalten.

Nur ... die Zeiten ändern sich, und die Veränderungen haben sich fast unsichtbar eingeschlichen. Was ich damit meine? Ganz einfach: Turgosheim füllt sich erneut. Es gibt zu viele Sklaven, Offiziere, Lords und Ladys. Dieses Mal jedoch ist es unsere Pflicht, die Lehren der Geschichte zu beachten und es nie wieder so weit kommen zu lassen, dass wir uns gegeneinander wenden.

Kurz gesagt: Wir müssen uns ausbreiten! – Aber nach außen, um uns nicht gegenseitig zu zerfleischen. Einige von uns empfinden vielleicht sogar das Bedürfnis, Turgo Zoltes Doktrinen zur Gänze zu entsagen und der Willkür ihrer Parasiten freien Lauf zu lassen. Denn sie fürchten die Stagnation ihrer Schmarotzer, die die treibende Kraft der Wamphyri als Volk sind.

Also Ausbreitung – aber wohin? In der gesamten Bergkette gibt es nur eine einzige Schlucht, die auf unsere Bedürfnisse zugeschnitten ist, deren Türme und Höhlen vor der Sonne geschützt sind: Turgosheim. Und was neues Blut für unsere Lords und Ladys betrifft: Aus welcher Quelle soll es sprudeln? Schon spürt die Sonnseite die Belastung so, wie es zuletzt vor Jahrhunderten der Fall war. Die Szgany vermehren sich nur noch widerwillig; einige töten die neugeborenen Mädchen und entstellen die Jungen, um sie nicht aufwachsen und als Tribut fortgeführt zu sehen. Sicher, von ihrem Obst und Wein, ihrem Getreide und Vieh trennen sie sich bereitwillig, aber ihre Kinder legten sie sich unter größeren Mühen zu und geben sie daher umso unwilliger her.

Dazu kommt, dass wir ihnen in dieser Hinsicht keinen Beistand leisten dürfen. Damit meine ich ihre mangelnde Bereitschaft, ihre Frauen zu schwängern. Zwar würden unsere lebenslustigeren Lords zweifellos solche ... Ausflüge zur Sonnseite genießen, aber der Same des Vampirs bringt nur Vampire hervor. Und davon haben wir genug.

Somit wiederhole ich: Die Ausbreitung scheint unser einziger Ausweg zu sein. Es bleibt jedoch die Frage nach dem Wohin. In welches Märchenland der Fülle? Ganz genau: In ein *wahrhaftig* märchenhaftes Land der Fülle – auf die Alte Sternseite!«

Maglore hielt inne, als sich in der Runde ein Raunen erhob. Als er seine Rede begonnen hatte, waren immer wieder einige Hintergrundgeräusche aufgekommen: hier und da ein Husten oder Räuspern, desinteressiertes Füßescharren und Stühlerücken, ab und zu ein Flüstern. Doch jetzt richtete sich ihre gesamte Aufmerksamkeit auf Maglore, und der Magier von Runenstatt konnte das Gewicht jedes einzelnen Blickes aus den blutroten Augen spüren, fühlte den Wirbel hitziger Spekulationen, während er wartete, bis das Gemurmel endlich wieder erstarb.

»Wie ihr wisst, bin ich ein Seher«, fuhr er fort. »Ein Seher und Mentalist. Seit vielen Jahren habe ich die Sternseite ausgespäht – äußerst behutsam! Denn zu ihrer Zeit hatten die Alten Wamphyri ebenfalls Magier, und noch vor kurzem gab es fähige Geister in dem fernen Westreich, als mächtige Zauberer die Nachkommen Shaitans in ihren Horsten aufgesucht hatten. Ich spürte ihre Anwesenheit und erkannte, dass ihnen die Mächte fremder Welten zu Gebote standen!

Vor achtzehn Jahren brach ein Krieg aus, dann herrschte vier Jahre lang Frieden, in denen keiner ihrer Gedanken mich erreichte, und dann kam schließlich ...

... vor vierzehn Jahren das Licht-im-Westen. Empfindliche Augen konnten es erspähen. Es war wie das Licht einer weißen Sonne, die jedoch im Westen aufging, wie zur Morgendämmerung erstrahlte und dann verschwand. Aber empfindsames Fleisch verzeichnete das damit einhergehende Beben, das die Erde erzittern ließ. Und empfindsame Träumer spürten seinen rollenden Donner tief in den Böden ihrer Stätten, und er schreckte sie aus dem Schlaf. Ich gehörte zu denen, die damals jäh erwachten, und in meinem Geist brannte ein Wappenzeichen wie aus dem Nichts, das ich mir seither zu Eigen gemacht habe.

Was die Bedeutung dieses Lichtes angeht ...

... so habe ich, Maglore, folgende Theorie formuliert: dass die letzten großen Magier der Alten Wamphyri das Verderben über die Alte Sternseite gebracht haben, dem sie zum Opfer gefallen sind. Nur ... ich könnte mich auch irren. Vielleicht verharren sie immer noch in ihren Horsten und warten die rechte Zeit ab. Wofür? Und bis wann? Das erfahren wir so lange nicht, wie wir nicht ausziehen und es auf die eine oder andere Art feststellen ...«

Der Magier von Runenstatt zuckte die Achseln und kratzte sich am Kinn. Sein Auftritt war vorüber, und er war froh, sich wieder setzen zu können.

An seiner Stelle erhob sich Vormulac und streckte die Arme aus, um Ruhe zu gebieten. Denn nach dem Ende von Maglores Rede und dem kurzen Schweigen, das darauf folgte, erfüllten lärmende Rufe und laute Anfragen der jüngeren Lords den großen Saal von

Vormspitze. Sie reagierten mit fiebriger Erregung auf die Andeutungen des Magiers über Fahrten und Erforschungen – vielleicht sogar Krieg – in den Ländern des Westens.

»Wartet!«, befahl Vormulac – und noch einmal: *»Wartet!«* – als der Tumult zum Getöse zu geraten und ihn zu übertönen drohte. Doch allmählich erstarb der Lärm, als die Anwesenden sich auf ihren Stühlen vorbeugten und ihre Aufmerksamkeit auf den Lord von Vormspitze richteten – mit Ausnahme von Wratha, die sich mit kleinen, aber bedeutsamen Gesten an ihre Spießgesellen wandte. Maglore sah oder spürte diese unruhigen, verstohlenen Handzeichen, aber er traf keinerlei Anstalten, Vormulac darauf aufmerksam zu machen. Mittlerweile war es ohnehin vollbracht, und es gab nichts, was Wratha noch dagegen tun konnte – außer einen Wutanfall zu bekommen!

Der Rest unterwarf sich indes Vormulac und war begierig, zu hören, was er zu sagen hatte. Er warf einen kurzen Blick auf Maglore zu seiner Rechten, nickte und sagte: »Wir danken dem gelehrten Lord von Runenstatt, dass er uns die Geschichte und den Hintergrund zu den heutigen Zeiten und Lebensumständen dargelegt hat – zumindest *einigen* Lebensumständen ...« Seine Stimme war leise, tief, voller Andeutungen. Und als es im Saal nach einer kurzen Pause noch leiser wurde, sagte er: »Allerdings gibt es noch andere Umstände, die ich eurer Aufmerksamkeit empfehle, und zwar die folgenden« – Wratha hatte sich aufgerichtet und gab erneut drängende Zeichen, als Vormulac aufzuzählen begann, was sich als eine Reihe schwerer Anschuldigungen entpuppte.

»Zum Ersten«, sagte er, »hat Maglore die Herstellung verbotener Krieger erwähnt, flugfähiger Streitkreaturen. Diese sind in Turgosheim vom ersten Tag an verboten gewesen. Zum Zweiten ging es um Territorialismus oder besser gesagt: Expansionismus – ebenfalls verboten, es sei denn in naher Zukunft, *außerhalb* des Bereiches von Turgosheim, da es nunmehr zu einer Notwendigkeit geworden ist. Wir müssen uns bald nach außen wenden, aber es ist immer noch ein Verbrechen, Vorbereitungen für einen Krieg im Innern zu treffen. Drittens betrifft es den Tribut – ein Thema, das meines Wissens einigen von euch aufgrund gewisser ... Unzulänglichkeiten? ...

sehr am Herzen liegt. Denn während das Getreide, das Vieh, das Obst und der Wein der Sonnseite stets gleich, gerecht und den Bedürfnissen der Einzelnen entsprechend verteilt worden sind, ist die ›menschliche Ernte‹ rein nach dem Zufallsprinzip verteilt worden. ›Rein‹ zufällig, oh ja ...

Das war gewiss notwendig. Andernfalls wären die Blüten der holden Szgany-Weiblichkeit an Zindevar von Greisenfried, Grigor Haksohn von Hagerstatt und andere jüngere Lords gegangen, während die jungen Männer der Sonnseite an Personen mit anderen Neigungen gegangen wären. Ich fälle hier kein Urteil: Wir sind, was wir sind, und niemandes Bedürfnisse sind geringer als die eines anderen, es sei denn, sie betreffen die Türme und Stätten, die ja von unterschiedlicher Größe sind.

Daher« – er zuckte die Achseln – »weist der Finger des Schicksals gelegentlich in eine andere Richtung als die erwünschte: Jene, die Mädchen brauchen, erhalten Jungen, und umgekehrt. Im Lauf der Zeit gleichen sich die Verhältnisse jedoch für gewöhnlich aus, und falls dem nicht so ist, greifen wir auf den Tauschhandel zurück und stecken je nach unseren Bedürfnissen auch einen Verlust weg. Und weil es eben ein System ist – oder vielmehr *war* – das auf einer zufälligen, jedoch unparteiischen Grundlage beruhte, wurde es als ausreichend erachtet. Bis heute ...

Nun, ich habe bestimmte Punkte aufgezählt, jedoch keine Einzelheiten genannt. Doch dafür ist die Zeit nun reif!« Er sah zu Wratha, funkelte sie über die ganze Länge des Tisches hinweg an. Sie erwiderte seinen Blick. Dabei achtete sie nicht auf ihren geistigen Schutzschild, und Maglore las ein einziges Wort in ihren Gedanken: *Flucht!*

Er sah zu den anderen am Tisch: Gorvi der Gerissene, dessen schmales Gesicht völlig ausdruckslos war und dessen Verstand von einem weißen, undurchdringlichen Leuchten beschirmt wurde. Die Brüder Wran der Rasende und Spiro Todesblick von Irrenstatt: der eine bemerkenswert gelassen, der andere mit hassverzerrtem Gesicht (eine Gewohnheit Spiros, wenn er sich in die Enge getrieben sah). Canker Canisohn: wolfs- oder hundeähnlicher denn je. Die Blicke seiner gelben Augen huschten unruhig umher, kehrten jedoch immer wieder zu Wratha zurück. Schließlich Vasagi der Sauger, dessen Gedanken so sonderbar waren wie sein Erscheinungsbild und oftmals unergründlich – wie im Moment. Allerdings erkannte Maglore die Ungeheuer in ihnen und wusste, dass Vasagis meisterliche Beherrschung der Metamorphose ihm bei der Aufzucht unheimlicher Kampfkreaturen sehr zugute kam.

Sie hatten allesamt ihre Stühle etwas zurückgeschoben, warfen ab und zu einen Blick über die Schultern, um sicherzugehen, dass der Weg hinter ihnen frei war, und kämpften ihren Herzschlag nieder, der sich bei allen beschleunigt hatte.

Denn Vormulacs Blick war nun von Wratha zu ihnen gewandert und badete sie nacheinander im roten Schein seiner Augen. Dann sprach er zu ihnen: »Seit langer, langer Zeit kennen wir, die Wamphyri-Lords und -Ladys von Turgosheim, die Strafen, die jeder von uns zu entrichten hat, wenn er oder sie unsere Gesetze übertritt. Milde und strenge Strafen, je nach dem zu sühnenden Vergehen. Vor kurzem wurden Anschuldigungen erhoben, die ich, Vormulac, überprüft habe. Zuerst die Angelegenheit der Tributantenverlosung, die angeblich durch ›unparteiische‹ Ziehung vorgenommen wird. Ach ja? Die Ziehung soll unparteiisch sein? *Hah!* Wahrlich, Lord Grigor von Hagerstatt hat guten Grund, mit seiner schlechten Zuteilung unzufrieden zu sein – *vorgenommen nach einem System, das nun schon seit einiger Zeit manipuliert worden ist!*«

Was?! Der erstaunte, erzürnte Gedanke brach wie aus einem Geist hervor – beinahe jedenfalls. Denn Vormulacs Anschuldigung kam für einige der Versammelten keineswegs überraschend. Doch bei der Mehrzahl klappten die Münder herunter, zuckten gespaltene Zungen unter klaffenden, schwarzen, feuchten Nüstern hervor, wurden blutrote Augen weit aufgerissen. Eine wütende Faust – die Grigor gehörte – fuhr krachend auf den Tisch und ließ ihn erzittern; noch war er sprachlos, aber schon bald würde er Namen hören wollen.

Vielleicht hatte er bereits einen erfahren. Denn Canker Canisohn hatte es irgendwie fertig gebracht, sich von der Tafel zu einem der großen, offenen Fenster zu schleichen, wo er die Vorhänge beiseite zog und sich hinausbeugte. Sogleich wurde er bemerkt. Köpfe drehten sich in seine Richtung. Er sah wieder in den Saal und begann umherzutorkeln. »Solch ein Verrat!«, bellte er und entblößte seine Hundezähne hinter den zurückgezogenen Lefzen. »Die Auslosung zu fälschen! Das macht mich krank! Mir wird übel, ich brauche frische Luft ...«

Als Canker auf Wrathas Ende des Tisches zuwankte, das nahe am Bogen des Saalausganges und der Treppe zu den Landerampen lag, dachte Maglore: *Er hat ein Zeichen gegeben! Vor dem Fenster lauert etwas!*

Doch offenbar ungerührt fuhr Vormulac fort: »Zum Zweiten« – erneut hob er die Arme, um Ruhe zu gebieten – »was das Züchten von Kriegern über die normalen Anforderungen hinaus betrifft: Mir liegen einwandfreie Aussagen vor, dass solche Ungeheuer in diesem Augenblick in den geheimen Kammern gewisser Türme und Stätten heranreifen!«

Was?! Wieder die Empörung, das Erstaunen, das aus ihrem Verstand hervorplatzte. Doch ehe dem Gedanken Worte folgen konnten, brüllte Vormulac los und ließ seiner bislang unterdrückten Wut freien Lauf: »Krieger, oh ja! Und wofür, frage ich, wenn nicht um Krieg zu führen? Es reicht. Ich erhebe nunmehr Anklage!«

Gorvi der Gerissene, die Zwillinge von Irrenstatt, und Vasagi der Sauger hatten sich von ihren Stühlen erhoben und schlossen sich nun Canker Canisohn auf seinem verstohlenen Weg zu Wratha an. Vormulac riss den Arm hoch, und aller Augen und Köpfe folgten der Richtung seines bebenden, stechenden Fingers. »Da gehen sie!« Er spie die Worte wie Gift hervor. »Voller Schuld, wie man an ihrem Schleichen sieht. Canker mit seinem Schwanz zwischen den Beinen: wahrlich ein räudiger Köter! Und Vasagi der Sauger, der sich unserer Gesellschaft noch weiter entfremdet. Ebenso Gorvi der Gerissene, der nie so tückisch war wie heute. Und Wran und Spiro von Irrenstatt, deren Wahnsinn sich letztlich Bahn bricht!«

Wratha war aufgesprungen. Die anderen rückten ihr näher. Sie wichen zum Torbogen des Ausgangs zurück.

»Seht, wie sie sich davonstehlen«, schrie Vormulac. »Sie verraten sich durch ihre Handlungen! Denn ich frage euch: Würden Unschuldige sich so verhalten? Seht, wie sie sich um ihre Anführerin scharen, die Hauptverräterin, von der ich erneut sage: *Sie ist zu hoch aufgestiegen!* Aber warum herrscht hier eine solche Unruhe? Beruhigt euch und nehmt wieder Platz! Sie werden nicht entkommen!«

Viele der empörten Lords und Ladys hatten ihre Stühle zurückgestoßen und waren aufgesprungen. Instinktiv langten einige nach ihren Handschuhen, die sie nicht mehr trugen, weil sie sie in den Vorräumen von Vormulacs Landerampen zurückgelassen hatten. Andere waren schon zu beiden Seiten des Tisches bedrohlich auf Wratha und ihre fünf Spießgesellen zugestürmt, blieben nun jedoch wie angewurzelt stehen, als Vormulac die Finger an die Lippen setzte und einen Pfiff ausstieß.

Es war ein kurzer, schriller, fast ohrenzerreißender Pfiff ... und ein Ruf. Er hätte sein Geschöpf ebenso gut, tatsächlich sogar leichter, mit seinem Verstand herbeirufen können, aber er tat es offen auf diese Weise, damit alle erkannten, was er vorhatte. Und nun sahen sie alle, in welcher Falle Wratha saß.

Alle, bis auf Maglore, der sich fragte: *Warum hat sie sich nicht ihrer ungeheuerlichen Verwandlung unterzogen? Warum bleibt sie so kühl?*

Und er lieferte sich sogleich die Antwort: *Weil jetzt die Zeit des Denkens ist, nicht die der Raserei. Selbst jetzt ist sie noch berechnend!*

»Bleibt sofort stehen!«, zischte Wratha, als wolle sie Maglores Überlegungen beweisen.

Aus den Fledermauspelzsträngen ihres Umhanges holte sie ein seltsames Instrument hervor, die Blase eines kleinen Tieres, die an einem schlanken Silberstab befestigt war. Sie ergriff die Blase und richtete den Stab in den Saal. »Kneblaschöl«, verkündete sie und übte leichten Druck auf die Blase aus. Aus kleinen Löchern am Ende des Stabes sprühte ein feiner Nebel hervor und blieb in der Luft hängen.

Die Wirkung trat sofort ein. Als leichter Kneblaschgeruch den Saal durchzog, stöhnten die zornigen Lords und Ladys auf und zogen sich zu Vormulac ans Kopfende des langen Tisches zurück. Ihre Gesichter wirkten bleich und kränklich. Sie drängten einander beiseite, um möglichst großen Abstand zwischen sich und Wrathas verbotene Waffe zu legen.

Als vom Treppenaufgang hinter dem Bogen Chitingeklapper und

mehrere fragende, tierische Grunzer erklangen, sagte Wratha warnend: »In dieser Blase befindet sich genug Gift, um euch alle einen Sonnauf lang aufs Krankenlager zu werfen. Einige von euch dürften es nie mehr verlassen! Ruf deine Kreatur zurück, Vormulac, oder trage die Folgen. Wenn dein Kampfwächter mich auch nur schief ansieht .... glaube mir, ich drücke diese Blase platt!«

Vormulacs Krieger, sein persönlicher Leibwächter, kam durch den Torbogen. Er gehörte zur kleineren Art und wog kaum mehr als ein oder zwei Tonnen, war jedoch bemerkenswert hässlich. Das Wesen schien nur aus Haken und Greifzangen, Würgearmen und Stacheln zu bestehen. Schiefergrau und chitinblau kam die schuppenrasselnde Kreatur wie ein riesiger Skorpion auf die sechs Angeklagten zu. Mord sprach aus jeder Bewegung.

»Vormulac!« Wratha entblößte ihre Fänge und wollte schon die Blase zusammendrücken.

»Warte!« Der knurrende Befehl des Lords von Vormspitze brachte den Krieger klappernd zum Stehen. Zu Wratha sagte er: »Lady, warum hältst du das Verfahren auf? Mein Krieger ist nicht hier, um dich zu verletzen, sondern um sicherzustellen, dass du keinen weiteren Schaden anrichtest! Er soll dich von hier in das Exil der Schande geleiten, das du dir mehr als verdient hast.«

Erstaunlicherweise lachte sie auf. »Ach ja? Du verbannst uns also wie ungezogene Kinder in unsere Türme und Stätten? Nein, das glaube ich nicht. Denn auf uns wartet die Alte Sternseite, und wir wollen die Ersten sein, die ihre Horste und die reichen Schätze der legendären Sonnseite beanspruchen.«

»Das wollt ihr also, ja?«, gab Vormulac zur Antwort und setzte nun seinerseits ein höhnisches Grinsen auf. »Oh, deinen Ehrgeiz kenne ich sehr wohl. Doch deine Pläne sind zu Schanden, Wratha. Darin liegt deine Strafe. Denn während wir euch hier beschäftigt hielten, haben unsere verschwiegensten Offiziere deine Luftkrieger beschlagnahmt oder sie in ihren Bottichen vernichtet. Mittlerweile sind deine verbotenen Kreaturen und die der Hunde, die dein Rudel bilden, entweder tot oder gehorchen neuen Befehlen. Ihr wollt also die Ersten auf der Alten Sternseite sein, ja? Ich sage, ihr werdet die Letzten sein!«

Wieder lachte sie ... dann duckte sie sich und richtete fauchend den Stab auf Maglore. Auf diese Entfernung konnte sie ihn nicht treffen, dennoch krümmte er sich innerlich. »Du, Mentalist!«, zischte sie. »Gedankendieb! Deine Schnüffeleien habe ich schon seit zehn Jahren gespürt. Aber du konntest nur die Gedanken hören, die wir dich hören lassen wollten! Und so bist du einer falschen Fährte gefolgt, Maglore von Runenstatt.«

Dann deutete sie auf Zindevar und sagte: »Und du, Bluthexe! Oh ja, ich kenne dich genau! Von Anfang an warst du von Eifersucht zerfressen. Wenn Devetaki nicht gewesen wäre und dich überstimmt hätte, dann hättest du meinen Aufstieg zunichte gemacht und versucht, mich zu deiner ... deiner *Gefährtin* zu machen! Wie konntest du es je wagen, dir vorzustellen, dass ich, Wratha, mit so etwas wie dir das Bett teilen würde? He? Wenn ich doch guten, stinkenden Schlamm aus den Methangruben haben könnte? Dachtest du wirklich, dass ich deine Spione nicht kaufen oder ihnen das geben könnte, was du ihnen nicht zu geben vermochtest? Oh, du hast mir wirklich ein paar hübsche Jungen nach Wrathspitze geschickt, meine Lady Greisentod! Ich danke dir, denn ich habe sie mir alle vorgenommen, ehe ich sie wieder zurückschickte – nur nicht mit den von dir gewünschten Informationen. Oder höchstens mit *falschen* Informationen!«

Während Zindevar vor Wut schäumte, blickte Wratha zu Devetaki Schädellarve und sah, dass diese in ihrem Zorn die Maske abgelegt hatte und die bis auf den Knochen abgerissene Gesichtshälfte den Blicken preisgab. »Und du, Devetaki, die einst meine gute Freundin war«, sagte sie nun mit leiserer Stimme, in der nicht ganz so viel Abscheu lag, »fürwahr, ich habe dich sehr bewundert. Aber du hast auf meine Feinde gehört und dich dadurch ihnen zugesellt ...«

Sie warf die Schultern zurück. »Nun, ihr alle seid Narren ... doch keiner ein größerer als du, Vormulac! Wie war das? In den geheimen Höhlen sollen Krieger heranwachsen? Ich sage euch – *ihr Wachstum ist bereits abgeschlossen!*«

Und als sie zum dritten Mal in Gelächter ausbrach, hob Canker Canisohn die Schnauze zum Himmel und heulte wie ein Wolf. Es war ein unheimlicher Klageton, der durch das hohe Fenster in die

Schlucht von Turgosheim drang. Ebenso wie zuvor Vormulacs Pfiff war es ein Ruf – und ihm wurde rasch Folge geleistet!

Doch vorher brüllte Grigor der Lüstling auf: »Auf sie! Fürchten wir uns denn vor bloßem Gestank? Wenn die Hündin ihre Waffen anwendet, sind sie und ihre Meute doch nicht weniger verwundbar als wir! Vormulac, lass deinen Krieger sie zermalmen!«

Die Lords und Ladys fassten Mut und rückten wieder vor. Vormulacs Geschöpf, das immer noch auf seinen Befehl wartete, spürte die Anspannung und bemerkte, dass die sechs ausgestoßen worden waren. Unentschlossen trippelte es klappernd mit erhobenen Stacheln und Scheren hin und her. Wratha richtete ihren Sprühstab auf den unruhigen Krieger – dann auf die Lords und Ladys – dann wieder auf den Krieger. Sie hatte die Lage nicht mehr im Griff, und ihre mädchenhafte Gestalt verwandelte sich allmählich in etwas Ungeheures.

Schließlich ... lachte Canker Canisohn auf! Er warf den Kopf in den Nacken und schüttelte sich wie ein Fuchs, der die Flöhe abwirft. Ein neues Geräusch – eigentlich ein sehr altes Geräusch aus lange vergessenen Zeiten – erklang in Vormspitze. Das Rumoren und Wummern der Düsenöffnungen eines Luftkriegers!

Vom Fenster kam ein gewaltiger Windstoß, der die schweren Vorhänge nach innen blähte, doch im nächsten Augenblick wurden sie von einer albtraumhaften Gestalt aus ihren Stangen gerissen. Der gepanzerte Rumpf passte kaum durch die Öffnung, als er durch die Brüstungsmauer krachte, die Bodenfliesen abriss und in dem großen Saal schlitternd zum Stehen kam! Ein Krieger, doch was für einer!

Wäre Vormulacs armselige Kreatur sechsmal so groß gewesen, wäre sie dem Ungeheuer immer noch nicht gewachsen gewesen. Und da Vormspitzes obere Stockwerke gute zweitausend Fuß über Turgosheims Boden lagen, war dieses Monster nicht nur auf Flugfähigkeit angelegt, sondern hatte sie bereits unter Beweis gestellt.

»Da!«, heulte Wratha in wilder Freude auf, als Mauerwerk und Knorpelleisten von dem zerschmetterten Balkon umherflogen und aus dem Schutt eine erstickende Staubwolke emporwallte. Und als der Gifthauch des Untiers sich durch die Vorhangfetzen fraß, die an seinem grässlichen Kopf hingen, rief sie: »Nun, Vormulac, willst du den hier etwa auch ›beschlagnahmen‹?«

Wie alle Wamphyri-Krieger war auch dieses Wesen eine abscheuliche Mischkreatur – ein Frevel wider alle Gesetze der Schöpfung – aber in diesem Fall umso abscheulicher. Auf der Alten Sternseite waren schlimmere, größere und weit scheußlichere Kreaturen aus Menschen und dem wandelbaren Gewebe von Vampiren erschaffen worden, aber hier in Turgosheim hatte kein Auge je dergleichen erblickt.

Der weiche Unterleib war von roten Flecken übersät, der Rücken, auf dem sich grell der Widerschein der Gaslaternen im Saal brach, silbrig geschuppt – das Wesen wirkte wie eine lebendige Maschine, ein Instrument des Wahnsinns, todbringender Raserei. Ohne jeden Zweifel war es von Canker Canisohn erschaffen worden, denn sein riesiges ›Gesicht‹ glich dem eines Fuchses! Über der Stirn funkelten rote, im Halbkreis angeordnete Augen, weitere Sehorgane reihten sich auf den gepanzerten Flanken, aber die *Kiefer* ...

Der Kopf war mit gleich drei Kieferpaaren versehen. Eins wies nach vorn, die beiden anderen klafften an den Seiten; alle offenbarten die Zähne eines urtümlichen Raubtiers. Hinter den tödlichen Zahnklingen klafften Schlünde, die einen Mann zur Gänze verschlingen konnten. Das zottige Wesen wies Cankers rötlichen Haarwuchs auf, der es noch fuchsähnlicher erscheinen ließ. Zwischen den einander überlappenden Schuppen sprossen eng anliegende Haarbüschel hervor, und steife, rote Stachelhaare schützten den Unterleib.

Entlang der Unterseite waren über Brust und Bauch des Kriegers die Schuppen beweglich und legten sich so über die nunmehr eingefahrenen Gasblasen. Von dem zackenbewehrten Rückgrat zogen sich entsetzliche Reihen von Greifklauen, Scheren, Stacheln, Keulen und scharfen Chitinplatten an den Flanken herunter. An seinem Körperende setzten beiderseits des Anus' Stoßröhren, die denen eines Tintenfisches glichen, abscheuliche Dämpfe frei. Vom Kopf bis zum Schwanz maß das Wesen gut vierzig, in der Mitte neun Fuß. Der Staub hatte sich gelegt, und seine zahlreichen Augen nahmen mit starren Blicken die Szenerie in sich auf. Das winzige Hirn wartete auf einen Befehl – ganz gleich wie er lauten mochte – seines Erzeugers und Meisters.

Man konnte den großen Saal auch auf einem anderen Weg als durch den Torbogen verlassen. In der Rückwand hinter Vormulac, der wie erstarrt am oberen Ende der Tafel stand, waren Schlupflöcher eingelassen. Doch selbst wenn er fähig gewesen wäre, auf Wrathas höhnische Frage bezüglich der Beschlagnahme dieses Ungeheuers zu antworten, wäre es ihm unmöglich gewesen. Denn in dem Augenblick, als er verdutzt blinzelte und die Schocklähmung abzustreifen begann, stieß der gewaltige Eindringling ein markerschütterndes Kampfgebrüll aus!

Das reichte den Lords und Ladys. Mit Ausnahme zweier Unglücklicher, die bei der verheerenden Ankunft der Kreatur niedergestreckt worden waren, flohen sie. Als die verwundeten Jung-Lords sich aus dem Schutthaufen befreiten, gerieten sie in Reichweite der Kampfbestie.

Töte sie!, sandte Canker Canisohn seinen Gedankenbefehl aus. Der Krieger fiel über die angeschlagenen Lords her und beutelte sie wie ein Wolf, der einem Hasen das Genick bricht. Einen schleuderte er schreiend durch das zerborstene Fenster, den anderen zertrampelte er, bäumte sich auf und ließ sich auf den Tisch fallen, dessen Stücke in alle Richtungen flogen.

Und *das* reichte nun auch Vormulac!

Als er seinen fliehenden Gästen durch den Geheimgang folgte, sandte er dem verdatterten Geist seines kleinen Wächters ähnliche Anweisungen: *Töte sie – alle sechs!*

Sofort warf sich das Geschöpf auf Wratha und ihre fünf Kumpane. Sie streckte ihm ihre Waffe entgegen, drückte auf die Blase und entleerte ihren Inhalt direkt ins Gesicht der angreifenden Bestie.

Die Kreatur atmete sämtliche Tröpfchen in ihre vampirischen Lungen, ihren Organismus ... wich aufbäumend zurück, ließ alle Glieder zugleich rasseln ... stürmte mit neuer Entschlossenheit vor, röchelte jedoch und schüttelte heftig den gewaltigen Schädel.

Mittlerweile hatte Canker seinen Krieger herbeigerufen.

Mit einem kurzen, Übelkeit erregenden Rülpsen seiner Stoßdüsen, unterstützt von der Sprungkraft seiner mächtigen Glieder, schlitterte das grauenhafte Wesen zappelnd um seine zweifache Länge weiter in den Saal. Vormulacs Bestie wurde durch die schiere Körpergröße überwältigt und hilflos von Wratha und ihrer Gruppe abgedrängt. Ohne innezuhalten, packte Cankers Krieger seinen kleineren Gegner mit den Greifscheren seiner linken Flanke und machte sich daran, ihn zu zerlegen.

Das war das grässliche Werk von Augenblicken, Sekunden nur, sicher weniger als einer Minute. Wie Kolben fuhren scharfe Stacheln vor und zurück, zerstörten und lösten Gelenke, Scheren zuckten in die Wunden und rissen sie weiter auf, Chitinsägen verschwammen unter rasenden Vibrationen. Vormulacs Kreatur stieß einen hohen, kreischenden, fast pfeifenden Schrei aus – der jedoch nur kurz anhielt. Der große Krieger grunzte zufrieden und schleuderte mit lautem Gepolter verschiedene abgetrennte Körperteile und Fleischstücke beiseite. Flüssigkeiten spritzten: graue, gelbe, rote, dazwischen erhob sich ein rosiger Nebel.

Dann erstarb das Kreischen ...

Wieder grunzte Cankers Krieger (angewidert? enttäuscht?), stieß einen zuckenden Fleischhaufen zur Seite, wandte leicht den dreifach zahnbewehrten Kopf und starrte durch den verwüsteten Saal auf die aschfahlen Gesichter, die ihn aus den Schlupflöchern heraus angafften.

Canker Canisohn lachte und tanzte in wahnwitziger Freude umher ... dann hielt er abrupt inne und ließ sich auf alle viere fallen. Speichel tropfte ihm aus dem Maul. *Töte sie!,* befahl er mit blutrot flammendem Blick.

Brüllend stürmte das Ungeheuer durch den Saal, durchpflügte dabei die Schutthaufen.

»Nicht, halt ein!«, schrie Wratha auf, packte Canker am Ellbogen und half ihm auf die Beine. »Keine Bestie kann sie dort erreichen. Die Wand ist aus massivem Fels und von Fluchttunneln durchzogen. Schone die Kräfte deiner Kreatur.«

Die sechs liefen durch den Saal zu dem Krieger, der stehen geblieben war. Von dort rief Wratha: »Vormulac, Maglore, Zindevar, Devetaki und ihr anderen. Denkt daran, ihr wart diejenigen, die sich gegen mich wandten, nicht etwa aus Angst, sondern aus Eifersucht! Ich und meine fünf, wir stellten keine große Gefahr dar. Gegen ganz Turgosheim? Nicht einmal, wenn wir ein Dutzend Kreaturen wie diese erschaffen hätten. Aber wir haben nur vier ... bisher.

Vier davon, erprobt und lufttauglich und aus gutem, kräftigem Vampirgewebe erschaffen; nicht zu vergessen aus anderem gutem, wenn nicht dem besten Material von der Sonnseite. Zur Hölle mit eurem Tributsystem! Im Moment sind sie unterwegs zur Westseite der Bergkette, wo wir Lebensmittel gelagert haben, um uns – Flieger, Krieger und so weiter – zu stärken, bevor wir den Sprung über die Große Rote Wüste wagen. Das war von Anfang an unser Plan gewesen! Wir wollten keinen Krieg mit euch führen, sondern nach Westen zu den Horsten der Alten Sternseite fliegen und dort ein neues Leben beginnen. Ihr jedoch wart gierig und eifersüchtig und wolltet als Erste ausfliegen, und ihr wart neidisch auf jene unter uns, die genug Mut hatten, es selbst zu versuchen.

Nun, Vormulac, ich bedaure es, dich und deine Offiziere zu enttäuschen. Deine Männer werden in unseren Häusern nichts als eine Hand voll Sklaven und leere Bottiche vorfinden. Was wir zurücklassen mussten, könnt ihr gerne haben. Nehmt unsere Türme und Stätten und behaltet sie. Wir haben für sie keine Verwendung mehr.

Wir fliegen also nach Westen – soll uns doch folgen, wer es wagt! Denn ihr habt euch gegen mich und die Meinen gestellt und seid dadurch zu unseren Feinden geworden. Wir werden schon mit euch umzuspringen wissen, wenn die Zeit gekommen ist. So sei es ...«

Sie und ihre fünf gingen zu der Treppe, die zu den Landerampen führte. Doch bevor sie den Torbogen durchschritt, hielt sie inne, blickte zurück und rief: »Vormulac, Maglore, schickt uns keine Gedankenbotschaft voraus. Denn sollten wir irgendwie am Verlassen der düsteren Vormspitze gehindert werden, wird Cankers Krieger seine Stoßdüsen direkt in eure Rattenlöcher ausblasen. Und wenn ihr euch früher an Kneblasch gestört habt, dann habt ihr keine Ahnung, wie seine Dämpfe euch zusetzen werden!«

Damit verschwand sie mit ihren Abtrünnigen.

In den Fluchttunneln waren Vormulac und die anderen sich uneins, was sie als Nächstes tun sollten. Die in den Fels gehauenen

Gänge führten tief ins Gestein und mündeten schließlich auf äußere Treppengänge, über die man die unteren Ebenen erreichte. Aber dieser Weg war zeitraubend und setzte sie letzten Endes den etwaigen Gefahren aus, die am Boden der Schlucht auf sie lauern mochten. Binnen kurzem würden Wratha und ihre Bande ihre Flieger besteigen und sich auf den Weg machen, ebenso wie ihre Offiziere von Wrathspitze und Irrenstatt und den anderen verräterischen Häusern. Die Letztgenannten waren jetzt schon in der Luft, kreisten in Aufwinden über Turgosheim und warteten in der Nacht auf Wratha und die anderen, um mit ihnen im Schwarm gen Westen vorzustoßen.

Wenn sie aber eine Nachhut zurückgelassen hatten? Sie hatten nur Wrathas Wort, dass bis auf den einen all ihre Krieger bereits abgeflogen waren. Undenkbar, von einem Vetter des Ungeheuers, das im Saal fauchte und rülpste, auf einer schwachen Außentreppe aus Knorpel und Knochen gestellt zu werden!

Das waren einige der weniger unflätigen Gedanken der Wamphyri-Lords und -Ladys, die sich fluchend in den niedrigen, engen Tunneln zusammendrängten. Bis Maglore sich mit der Hand an die Stirn schlug und ausrief: »Canker hat sein Ungeheuer zu sich gerufen! Unsere Belagerung hat ein Ende!«

Der Mentalist hatte Recht. Grunzend und knurrend spie Cankers Kampfbestie einen Giftstrahl zu den Schlupflöchern und stieß sich dann unbeholfen in Richtung des Fensters ab. Einen Augenblick lang blieb sie auf dem Sims hocken und streckte ihren scheußlichen Kopf in den Nachthimmel, ehe sie sich abstieß. Die Reste des Balkons stürzten dabei herab, und eine stinkende Dampfwolke aus ihren Stoßdüsen blieb zurück.

Vormulac, Maglore und ein halbes Dutzend weitere wappneten sich gegen die ekligen Dünste, stürzten aus ihrer Zuflucht hervor und eilten zum Fenster. Draußen zogen Wratha, ihre Abtrünnigen und ihre Offiziere in einer Spiralbahn um die Brüstungen der Vormspitze in die Nacht hinauf. Hinter ihnen folgte Cankers Ungeheuer mit geblähten Gasblasen, ausgebreiteter Flughaut und wummernden Antriebsdüsen nach Westen. Die Lady war unterwegs, und sie konnten nichts tun, um sie aufzuhalten.

Ihr Gelächter drang zu ihnen, gefolgt von einer Warnung: »Vormulac ... schicke uns ruhig Flieger und Offiziere zu unserer Proviantstation in den westlichen Gipfeln hinterher. Ich denke, wir können einen Krieger entbehren, der sie vom Himmel fegt. So lebt denn wohl!«

»Was immer dich auch auf der Alten Sternseite erwartet, Lady«, rief er ihr nach, »kehre ja nicht zurück! Du kennst die Strafe, die dich erwartet!«

Ihr verhallendes Lachen war die einzige Antwort ...

Später herrschte eine ungewohnte, geradezu hektische Betriebsamkeit in den großen Türmen und Stätten von Turgosheim. Neue Werkstätten mit riesigen Bottichen wurden eingerichtet und andere, die schon lange verfallen waren, wieder in Stand gesetzt. Vor Sonnauf hatte es sich herumgesprochen: Der Bann gegen die Erschaffung von Kriegern war aufgehoben!

Wrathspitze, Irrenstatt, Gorvihöhe, Saugspitze, Räudenstatt – sie alle wurden ausgeplündert und die menschlichen und anderen Beutestücke so gerecht wie möglich aufgeteilt, desgleichen die Besitztümer der beiden Lords, die Cankers Kreatur im großen Saal der Vormspitze zum Opfer gefallen waren. Alsbald setzte ein rasches Umschichten ein, als rangniedrigere Lords ihre Vorzüge hervorhoben, um miteinander um den Aufstieg in die neu gestalteten und bald neu benannten Felsenbehausungen und Gipfelhorste zu wetteifern.

Unterdessen bestellte in Runenstatt ...

... der Seherfürst Maglore in der Stunde vor Sonnauf seinem Knecht Karz Biteri, dass er ihn im obersten Gemach seiner Stätte zu sprechen wünsche. Die kleine Höhle diente einem zweifachen Zweck, zum einen als Ausguckposten, zum andern war in ihr der Leitungswart der Stätte untergebracht. Karz vermied es, diesen Ort aufzusuchen, außer, um seinen grotesken Bewohner zu füttern, der schlaff, geist- und regungslos hinter zugezogenen Vorhängen vegetierte. Denn selbst die Wamphyri erachteten bestimmte Dinge als unschön und wussten, wann man sie verbergen musste.

Dort also traf Karz seinen Herrn und Meister an. Er starrte

gedankenverloren und düster durch den senkrechten Schlitz eines Fensters hinaus auf Turgosheim und die triste Vormspitze im südöstlichen Ausläufer der Schlucht. Nachdem er eine Weile bei ihm gestanden hatte, blinzelte Maglore kurz und richtete den Blick seiner unheimlichen Augen auf Karz.

»Da du ein intelligenter und neugieriger Mann bist«, sagte er, wie stets mit raspelnder Stimme, »wirst du mittlerweile erfahren haben, was geschehen ist.«

Karz konnte nur nicken. »Einiges davon, Lord.«

»Nun, das werden wir ausführlich besprechen.« Maglore ergriff seine Schulter und drehte ihn herum. »Und du wirst es in den Schriftzeichen des Mendula Weitblick als Teil der neueren Geschichte von Turgosheim festhalten. Doch zuvor ...« (er führte den Historiker zum verhangenen Teil des Raumes) »... möchte ich dich an meine Warnung Wratha betreffend erinnern, und die Freude und den Schmerz, die es einbringt, wenn man zu gut mit ihr bekannt ist. Tatsächlich warne ich vor den Gefahren, die mit der allzu intimen Bekanntschaft *all* meiner Zeitgenossen einhergehen.«

»Aber ... Lord, das habe ich nicht vergessen!«, protestierte Karz.

»Schweig und hör mir zu«, sagte Maglore, als sie an den Vorhang traten. Er drehte Karz zu sich herum. »Siehst du, trotz all ihrer Verbrechen ist die Lady Wratha nicht zu Schaden gekommen. Die Hexe und ihr Coven sind zur Alten Sternseite geflohen. Aber was ist mit ihren Sklaven, ihren Stätten und Türmen, ihren Helfershelfern? Ich sage es dir: Sie sind zurückgelassen worden, damit sie sich selbst behelfen, abgerissen werden, zugeteilt und in alle Winde verstreut. Sie sind es, die jetzt zu büßen haben, nicht etwa Wratha. Aber ich erwähnte ihre Helfershelfer ...«

»Ihre Helfer, Meister?«

»Oh ja«, nickte Maglore. »In der Tat.«

Nach kurzem Schweigen fragte er: »Wie lange ist es her, dass du diesen Vorhang geöffnet hast, Karz?« Seine Hand legte sich auf die Zugschnur.

»Schon eine Weile«, schluckte der andere. Seine Kehle war auf einmal trocken. Er fragte sich, was Maglore vorhatte. »Nicht lange. Ich wasche das Wesen, drehe es ab und zu in eine andere Lage und fülle ihm seinen Trog auf. Ich untersuche ihn auf Bettwunden, und wenn ich welche finde, reibe ich sie mit deinen Salben ein. Ich weiß, dass er alt ist, und suche nach Verfallszeichen. Und ...«

»Ich weiß«, fiel Maglore ihm ins Wort. »Ich kenne ... deine Aufgaben und weiß, wie du sie versiehst. Denn du bist treu und erfüllst deine Pflichten gut. Doch kenne ich jemanden – wir beide kennen ihn – der treulos war, der sich bestechen und kaufen ließ ... von Wratha!« Plötzlich klang Maglores Stimme hart und grausam. »Nun, auch er muss es nun büßen.«

»Har ... heh ... er?« Entsetzen beschlich Karz, ohne dass er wusste, warum.

»Mein Leitungswart ist alt, Karz«, rief Maglore aus und zog am Seil. »Trotz deiner guten Pflege wird er bald sterben. Wo es keinen Willen gibt, fehlt es auch an Lebenswillen, nicht wahr? Aus diesem Grund habe ich mir einen neuen Leitungswart verschafft. Sieh her!«

Mit einem zischenden Geräusch fuhren die Vorhänge beiseite und dahinter ... lagen *zwei* Leitungswarte. Der eine war runzlig, fleckig und alt, aber immer noch arbeitsfähig. Der andere war rosig und wie neu, wenngleich noch nicht zur Gänze ... ausgebildet. In diesem obersten Gemach von Runenstatt sah der Historiker einen großen Teil ihrer Körper, aber nicht alles. Was er sah, lag auf einer Plattform über dem riesigen Wasserbecken, dessen Abflüsse der Versorgung der Stätte dienten. Aus dem Mund des Älteren troff Wasser in das Becken, als wäre er ein sabberndes Kleinkind. Nur waren die fallenden Tropfen frisch und klar. Ihre Leiber erbebten wie Pudding unter den Schlägen gewaltig vergrößerter Herzen. Ihre mit Vampirschleim überzogenen Glieder waren säuberlich entbeint und an Knien und Ellbogen amputiert worden. Aus den Stummelstümpfen hingen ihre lebenden Adern, die gleichsam mit einer Schutzschicht überzogen und während der Umwandlung verlängert worden waren; sie verschwanden in toten Knochenröhren, die in den Boden eingelassen waren.

Was Karz Biteri nicht sehen konnte (durch lange Übung hatte er es geschafft, noch nicht einmal daran zu denken), waren die viele hundert Fuß langen, verzweigten Kapillaren, die sich von Runenstatt und der darunter gelegenen Irrenstatt durch die Knochenröhren zogen und bis zu den Brunnen am Grund von Turgosheim reichten, von wo sie das Wasser heraufpumpten! Doch trotz seiner langen Übung konnte Karz sie sich nur allzu gut vorstellen.

Er blickte auf den neuen Leitungswart – auf den rasierten Kopf, dessen dunkle Nahtstellen und blaue Flecke von einem kürzlich vorgenommenen Eingriff zeugten: Teile des Gehirns waren entfernt worden, tatsächlich die *meisten* Teile, wie Karz wusste – und in das zu einer leeren, grinsenden Fratze verzogene Gesicht, das Karz nur zu genau wieder erkannte. Denn es handelte sich um das Gesicht und den Rest dessen, was von Giorge Nanosi übrig war, den man den Schicksalskünder genannt hatte, dessen Adern gerade aus seinen Stümpfen hervorbrachen und langsam zu den Röhren an der Wand krochen!

Der Historiker konnte sich nicht länger beherrschen. Taumelnd wich er zurück, stolperte ans Fenster, streckte den Kopf hinaus und holte lange und tief Luft.

Maglore las seine Gedanken und blieb neben ihm stehen. »Du siehst, was aus dem Schicksalskünder geworden ist«, sagte er. »Er war nicht ganz so unparteiisch, wie wir alle dachten. Oh ja, als Wratha ihre Haken in ihn schlug, verkündete sie ihm zugleich in aller Deutlichkeit sein *eigenes* Schicksal. So sei es!«

Die Schultern des Historikers zuckten.

Maglore zerrte ihn vom Fenster weg. »Was denn? Willst du Runenstatt mit deinem Erbrochenen beflecken? Das gestatte ich nicht, weder hier drinnen noch dort draußen. Geh, kümmere dich um deine Pflichten, säubere meine Werkstatt. Denn ich will mich bald in meinen Künsten üben!«

Karz entfernte sich torkelnd aus dem Raum und machte sich mit unsicheren Schritten auf den Weg in die unteren Stockwerke.

Maglore folgte ihm ein kurzes Stück, hielt jedoch hinter dem Torbogen inne und sah zurück. Sein Blick wanderte zu dem Reliefwappen über dem Türsturz, das auch über alle anderen Türen von Runenstatt gemeißelt war:

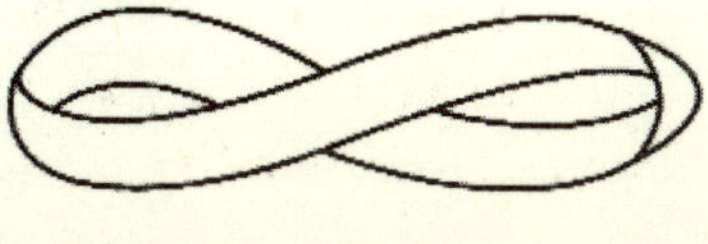

Dies war das Zeichen, von dem er zur Zeit des Lichtes-im-Westen geträumt und das er zu seinem Wappen erkoren hatte. Seine Bedeutung (wenn es überhaupt etwas bedeutete) lag allerdings im Dunkeln. Maglore vermutete, dass es machtvoll war; wieso hätte er, ein Magier, sonst davon geträumt?

Und dann fragte er sich, welche anderen machtvollen Dinge Wratha auf der Alten Sternseite wohl finden mochte ...